붓다 부른
명랑의 노래

못다 부른 명량의 노래

초판 1쇄 인쇄 2020년 2월 10일
초판 1쇄 발행 2020년 2월 15일

지은이   정찬주
펴낸이   박연
펴낸곳   한결미디어

총괄이사   이광우
책임편집   박경미
편집디자인 안승철
총무관리   노해상
제작처   한영문화사

등록   2006년 7월 24일(제313-2006-000152호)
주소   서울시 마포구 모래내로 83 한올빌딩 6층
전화   02-704-3331
팩스   02-704-3330
이메일   okpk@hanmail.net

ISBN 979-11-5916-131-5 03810

못다 부른
명랑의 노래

이순신의 동지,
명궁수 김억추 장수 이야기

정찬주 장편소설

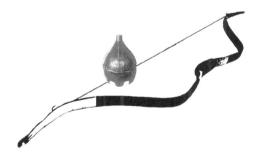

한결미디어

차례

교룡기

1579년 8월.

태풍이 격렬하게 지난 간 뒤였다. 하늘은 깊은 방죽처럼 맑고 투명했다. 늦여름의 따가운 햇살이 궁궐 기왓장에 난반사했다. 며칠 전까지만 해도 물난리가 났던 궁궐 마당은 누런 마사토가 사금처럼 반짝였다. 달아오른 복사열은 전각 처마 밑 그늘에서 식었다. 내시들이 별전을 들락거리며 부산하게 움직였다. 승지 하나가 임금께서 곧 별전으로 든다고 알렸던 것이다. 건원릉까지 갔던 선조가 도성에 들어와 광화문 앞에 이르렀다는 전갈이었다. 선조가 대여섯 선릉(先陵)을 거쳐 태조 이성계가 묻힌 건원릉까지 갔던 까닭은 태풍이 몰고 온 폭우에 봉분들이 무사한지 점고하기 위해서였다.

하늘이 뚫린 듯 폭우가 나흘 낮밤을 퍼부었지만 다행히 능들은 모두 무사했다. 허물어진 데 없이 잔디가 촘촘하게 잘 자라고 있었다. 재실은 물론 장명등이나 석물도 피해가 없었다. 건원릉도 마찬가지였다. 함흥을 유독 그리워한 태조를 위해 잔디 대신 그곳에서 옮겨온 억새풀도 웃자라 무성했다. 능참봉과 능지기들이 얼마나 노심초사했는지 평소의 태도와 수고를 알 만했다.

어가에서 내린 선조는 광화문 앞에서 내금위장을 시켜 행차에 동원한 내금위와 겸사복, 우림위 장졸들을 해산했다. 그런 뒤 영의정 박순, 좌의정 노수신, 대사헌 이산해, 곧 의주목사로 보내려고 점지해 둔 김명원 등만 거느린 채 별전으로 들었다. 이산해가 선조의 얼굴을 보고는 뒤따라 들면서 가볍게 한두 번 도리질했다. 선릉 점고를 무사히 마쳤는데도 선조가 불만족스러운 것 같아서였다. 영의정 박순도 그런 기분이 들어 심호흡을 했다. 이산해가 박순에게 말했다.

"영상 대감, 전하 심기가 불편하신 것 같소이다."

"저도 어째서 그러신지 살피고 있던 중이었소."

"행차가 몇 번 원활하지 못했지만 그것 말고는 다 좋지 않았소이까."

"행수기수가 능숙하지 못해 대가(大駕)가 멈추곤 했지만 초행길이었다면 누구나 그럴 수 있는 일이지요."

박순은 행수기수를 두둔하듯 말했다. 행수기수(行首旗手)는 깃발을 든 무인 중에 우두머리 장수였다. 교룡기를 들고 임금의 행차를 앞에서 선도하는 무장을 행수기수라고 불렀다.

교룡기는 반드시 임금이 행차할 때만 세웠으므로 깃발 중에서 가장 크고 장엄했다. 황금색의 기면에는 용트림하는 용이 한 마리나 두 마리가 그려졌고, 장방형 기면 가에는 화염 모양의 무늬가 붙어 있으며, 화염 무늬 끄트머리에는 검은 천이 붙어서 마치 톱니처럼 날카롭게 보였다. 또한 깃봉에는 삼지(三枝)의 창날을 꽂고, 그 밑에는 이삭 모양의 붉은 털인 삭모(槊毛)를 달았다. 말을 탄 행수기수가 교룡기를 두 손으로 받들고, 균형을 잡기 위해 기수군졸 네 명이 좌우에서 줄을 한 가닥씩 잡고서는 임금의 행차를 선도했다.

"대가를 자주 멈추게 한 것이 전하를 언짢게 한 듯하오. 그것밖에는 이유를 찾지 못하겠소이다."

"미구에 의주목사로 떠날 김명원을 별전에 들라고 한 것을 보면 뭔가 지시를 내릴 것 같소."

대신이 아닌데도 김명원을 별전으로 부른 것은 다소 이례적이었다. 며칠 전 선조가 김명원을 의주목사로 보내려고 하면서 가선대부(嘉善大夫)로 품계를 올리려고 했을 때 대사헌 이산해가 대간들의 의견이라며 반대한 적도 있었다. 목사는 정3품인데 가선대부는 정2품에게 주는 품계였던 것이다. 그러나 선조는 김명원을 변경인 서북방 고을로 보냈다가 장차 병마절도사를 시켜 문무를 겸비한 인물로 키워보겠다며 자신의 주장을 굽히지 않았다. 문신인 김명원에게 어떤 무재(武才)가 있는지 대신들은 아직까지도 모두가 의아해했다.

박순과 이산해의 짐작은 맞았다. 선조의 불만은 행수기수가 교룡기를 서툴게 다뤘다는 데 있었다.

"하늘이 물벼락을 내렸지만 조상님들의 선릉이 무사한 것은 참으로 다행한 일이오. 그러니 과인은 물론이고 백성들도 역대 조상님들의 혼백이 계신 성소에 정성을 다해야 할 것이오. 오늘의 흠이라면 단 하나,

교룡기를 든 장수가 너무 서툴러서 행차가 자꾸 멈추곤 했소. 이러한 허물도 선대에 정성을 다하지 못한 것이니 앞으로 다시 반복되어서는 안 될 것이오."

박순과 이산해가 머리를 조아렸다.

"전하, 분부대로 하겠사옵니다."

"쓸 만한 무신(武臣)이 있는가?"

선조는 가끔 '쓸 만한 무신'을 찾았다. 추천을 받으면 바로 불러다가 시재(試才)를 했다. 무과급제자를 따로 불러 시험해 보는 일을 시재라고 했다. 선조가 '쓸 만한 무신'을 찾는 까닭은 자신을 호위하는 군사를 보강하려는 차원이었다. 작년 정축년(1577) 동짓달에도 선조는 정3품의 병조 참지 이이에게 '쓸 만한 무신'을 천거하라고 지시한 적이 있었다.

이이가 첫 번째로 천거한 사람은 알성시 무과에 급제한 김억추였다. 이이는 김억추를 "전하께서 성균관 문묘를 참배하신 뒤에 성균관에서 베푸신 무과에 합격한 사람으로 글만 잘 짓는 것이 아니라 무술이 남다른 무장이옵니다. 힘이 장사이고 활을 잘 쏘는 명궁수이옵니다."라고 소개하며 추천했던 것이다.

두 달 뒤 선조는 참지 못하고 김억추를 별전 마당으로 불러들여 무재를 시험했는데, 김억추는 무게 여섯 냥짜리 긴 화살 세 발을 쏘아 과녁의 정중앙에 모두 명중시켰다. 김억추의 활솜씨에 탄복한 선조는 김억추를 정8품으로 특진시켜 겸사복에 배치했다. 겸사복과 우림위는 모두 2백 명 정도의 기병들로 구성된 임금의 친위대였다.

그날 김억추의 활솜씨를 본 사람은 이이 말고도 박순, 김명원도 있었다. 선조가 김명원을 보면서 미소를 지었다. 그제야 김명원이 왜 선조가 자신을 입시케 했는지 짐작을 했다. 선조가 김명원에게 물었다.

"내삼청에 속한 무신 가운데 누가 교룡기를 들고 휘두를 수 있는가?"

내삼청이라 함은 내금위, 겸사복, 우림위를 말했다. 내금위는 기병인 겸사복이나 우림위와 달리 임금을 지근거리에서 호위하는 궁중의 보병이었다.

"전하, 평산포 만호 가장(假將)으로 있다가 훈련원 부장으로 올라온 김억추는 용감한 기력이 월등하게 뛰어납니다. 김억추가 아니라면 교룡기를 들고 휘두를 사람이 없사옵니다."

나주에서 태어나 광주에서 학문을 닦은 영의정 박순이 김명원을 쳐다보며 고개를 끄덕였다. 재작년에 이이의 추천으로 김억추가 선조 앞에서 활을 쏘았는데 그 광경을 보았음이었다. 선조가 내금위장을 불러 김억추를 데려오라고 지시했다.

"내금위장은 김억추를 입시케 하라. 또한 내금위 군사는 별전 마당에 도열하라."

"전하, 내금위 군사를 별전 마당으로 불러들이는 일은 예전에 없었사옵니다."

이산해는 선조가 왜 내금위 군사를 별전 마당으로 불러들이려 하는지 이해하지 못했다. 더구나 내금위 군사는 꼭두새벽부터 대가를 호위하고 돌아와 지쳐 있었다. 이산해는 임금이 불볕더위에 지친 내삼청 장졸들을 살피지 못한다고 생각했다. 그러나 선조는 지시를 굽히지 않았다.

"내금위 군사가 각 궁궐에 흩어져 있는 것을 안다. 그렇다 하더라도 과인이 거동할 때 내금위 군사를 이끌어야 하는 대장을 뽑는 것이니 대장 될 사람의 용력(勇力)을 보는 것도 괜찮지 않겠소. 그래야 교룡기를 든 기수의 권위가 설 것이오."

"그러하시다면 전하, 이미 해가 기울고 있으니 내일 아침 일찍 군사들을 모이게 하면 어떠하겠사옵니까."

"군사들이 쉬고 있을 시각이니 영상의 의견을 따르겠소."

어느새 석양이 인왕산 너머로 기울고 있었다. 내금위 군사들이 수비를 교대하는 어수선한 시각이기도 했다. 선조는 곡진함이 몸에 밴 박순의 건의를 따랐다. 별전 마당에 횃불을 켜놓고라도 김억추의 용력을 직접 확인하고 싶었던 마음을 눌렀다.

다음 날.

내금위 군사들은 꼭두새벽에 아침 끼니를 해결하고 먼동이 틀 무렵부터 별전 마당으로 모여들었다. 내금위장의 부름을 받은 김억추도 별전 마당으로 향했다. 막 떠오른 아침 햇살이 육조거리를 비췄다. 육조거리는 간밤에 내린 밤이슬로 축축하게 젖어 있었다. 육조거리 좌우로 늘어선 관가는 아직 조용했다. 내금위장과 김억추가 탄 말의 말발굽 소리가 일정한 간격으로 또각또각 울렸다. 내금위장이 말했다.

"아침은 먹었는가?"

"아직 묵지 못했그만이라우."

"어젯밤에 연락했어야 했는데 미안하네."

"괴안찮그만이라우."

"용력을 보여주어야 하는 일이라서 그러네."

"무신 일로 그란디요?"

"전하께서 부장이 교룡기를 휘두르는 기력을 보고자 하시네."

김억추는 단전에 힘을 주었다. 작년에 임금 앞에서 활쏘기 시범을 한 적이 있는데, 또다시 자신의 무재를 보여줄 기회가 왔기 때문이었다.

"장수가 한 끄니 묵지 않았다고 혀서 심을 못 쓴당가요?"

"그렇다면 다행이네."

"내금위장님, 부탁이 하나 있그만요."

"무언가?"

"다섯 말짜리 모새 차두가 있을랑가 모르겠습니다요."

"군졸들 훈련용으로 자루가 있네."

"차두에 모새를 웽간히 담아두시믄 으쩔께라."

"자루에 모래를 반만 담아두라는 말인가?"

"모새를 다 담으믄 차두가 찢어져불 수도 있응께 그러지라우."

"알았네. 하지만 전하께서 원하시는 것은 부장이 모래 자루를 드는 시범이 아니라 교룡기를 휘두르는 것일세."

어느새 십여 보 앞에는 광화문이 우뚝 서 있었다. 김억추는 가슴이 설렜다. 미관말직에 해당하는 훈련원 부장이 임금을 또다시 알현한다는 것은 이례적인 일이었다. 광화문 수문장이 달려 나와 내금위장을 맞이했다. 젊은 수문장은 일부러 위엄을 보이며 소리쳤다.

"내금위장 나리시다. 나리께서 타고 오신 말을 빨리 받지 않고 무얼 꾸물거리느냐!"

"말구종이 달려가고 있습니다요."

수문지기가 소리치자 내금위장이 자신의 수염을 한번 쓸어내리면서 한마디 했다.

"수비를 잘 하고 있군."

광화문 수문장은 자주 바뀌었지만 무장들이 선호하는 자리였다. 문무 대신들을 사귀기 쉽고 승진이 빠른 자리이기 때문이었다. 임금이 공을 세우는 무장들에게 수문장 임명을 남발한 탓에, 특히 광화문 수문장 자리는 연줄이 없으면 아무라도 차지하지 못했다. 광화문 수문장 자리는커녕 제수를 받고도 도성으로 들어오지 못한 무장들이 부지기수였다.

별전 마당에는 벌써 내금위 군사들이 두 무리로 나뉘어 도열해 있었다. 내금위장이 별전을 향해 두 무리 사이로 걸어가자 느슨하게 서 있던 내금위 군사들이 부동자세를 취했다. 내금위장이 별장에게 지시했다.

"다섯 말들이 자루에 모래를 반만 담아오게."

"예, 나리."

내금위장은 바로 별전으로 들었다. 그런데 내금위장을 뒤따르던 김억추는 들어가지 못했다. 김억추가 내금위장을 뒤따라가려고 하는데 내금위 번장(番將) 두 명이 막아섰다. 입시하라는 명을 받았지만 김억추가 갈 수 있는 곳은 별전 마당까지였던 것이다. 더구나 번장들은 김억추의 몸을 수색한 뒤 허리에 차고 있던 칼을 회수했다. 재작년에 임금을 알현했을 때보다 한층 엄격했다.

이윽고 대신들이 별전 옆문으로 나오기 시작했다. 내금위 군사들이 별전을 향해 디귿(ㄷ) 자 대오로 바꾸어 도열해 무릎을 꿇었다. 선조는 별전 가운데 문인 어간(御間)으로 천천히 나왔다. 그 순간 무릎을 꿇고 있던 김억추는 땅바닥에 엎드린 채 고향인 강진 말 대신에 훈련원에서 익힌 계급 언어로 아뢨다.

"신 김억추는 어명을 받잡고 입시했사옵니다!"

선조는 땅바닥에 엎드린 김억추를 내려다보더니 반가운 듯 말했다.

"너를 두 번째 이 자리에서 보는구나."

"전하, 감개무량하옵니다."

"대가(大駕)를 선도하는 무거운 기가 있느니라. 교룡기를 휘두를 수 있겠는가?"

교룡기는 별전 섬돌 아래에 두 명의 기수군졸이 붙들고 서 있었다. 내금위장의 지시로 준비해 놓았음이 분명했다. 아침햇살이 교룡기에 비치자 황금색 비단 기면이 눈부시게 빛났다. 때마침 바람이 한 점 스치는 듯 황금색 기면에 새겨진 용이 꿈틀거렸다.

"전하, 지난날에는 활쏘기를 보여드렸사옵니다. 이번에는 교룡기를 들어보겠사옵니다."

기수군졸에게 교룡기를 받은 김억추는 두어 번은 느리게, 십여 번은 빠르게 휘둘렀다. 그러자 교룡기가 무겁게 펄럭거리며 회오리바람 소리를 냈다. 선조가 미소를 지으며 그만해도 좋다는 듯 고개를 끄덕였다. 선조의 표정을 재빨리 읽어낸 김억추가 또다시 아뢨다.

"전하, 교룡기 장대에 모새 차두를 매달고 소신의 기력을 보여드리겠사옵니다. 허락해 주시옵소서."

"그리해 보아라."

기수군졸 두 명이 모래가 담긴 자루를 함께 들고 와 교룡기 장대에 매달았다. 도열해 있던 내금위 군사들이 술렁였다. 누가 보아도 모래 자루를 매단 교룡기를 휘두른다는 것은 무리였다. 그러나 김억추는 순식간에 술렁거림을 감탄으로 바꾸어 버렸다. 특히 영의정 박순과 아침에 이산해 등의 반대에도 불구하고 의주목사 교지를 받은 김명원이 놀랐다. 단 세 번을 휘둘렀는데도 교룡기는 바람을 가르는 소리를 냈다. 선조 역시 탄성을 자아냈다.

"너의 용력이 초륜하구나."

초륜(超倫)이란 범상함을 넘어 특출하다는 말이었다. 선조의 말이 떨어지자마자 내금위 장졸들의 박수 소리가 별전 마당 밖으로 울려 퍼졌다. 그뿐만 아니라 김억추의 특출한 기력은 직접 눈으로 확인한 내금위 장졸들이 입소문을 퍼뜨려 궁궐은 물론 도성을 한 바퀴 돌았다.

얼마 후, 김억추는 훈련원에서 다시 임금을 호위하는 내삼청 부장(종6품)으로 자리를 옮겼다.

사신 길1

석양이 인왕산 산허리에 눕고 있었다. 육조거리에 떨어진 잔광은 아직 쨍쨍했다. 김억추는 내삼청 일과를 마치고 막 퇴청하려다가 석양이 빚은 핏빛 놀을 바라보고 있었다. 내삼청은 육조거리 뒤편에 있었으므로 인왕산이 훤히 보였다. 관원들이 모두 서둘러 퇴청한 까닭은 7월 초순의 무더위 때문이었다. 무더위는 석양이 지고 나서도 한동안 물러가지 않을 기세였다. 그때였다. 내삼청의 젊은 말구종 하나가 달려왔다. 말구종은 김억추의 말을 관리하고 사육하는 노비였다.

"나리, 김명원 대감께서 이쪽으로 오시고 계십니다요."

"무신 일로 오시고 겨신다냐?"

"대감께 감히 여쭤보지 못했습니다요."

"알았응께 나가 있거라."

김억추는 관청을 나와 선조의 신임을 받고 있는 의주목사 김명원을 맞이했다. 김명원은 내삼청 문밖에서 타고 온 말에서 내린 뒤 주위를 두리번거렸다. 퇴청 무렵에 관청을 찾는다는 것은 급한 용무가 있기 때문일 터였다.

"대감, 무신 일인디 소장을 찾아오신게라우?"

"긴히 부탁할 일이 있어 왔네."

"말씸허시지라우."

"이전에 전하 앞에서 두 번씩이나 무재를 보인 자네의 모습을 본 적이 있네. 잊지 않고 있겠지."

"한 번은 활을 쏴부렀고, 두 번째는 교룡기에 모새를 담은 차두를 달고 휘둘러버렸지라우."

"나도 보았네. 이산해, 박순 대감도 보았지."

김명원은 임금 앞에서 시범을 보이는 김억추의 무재(武才)를 눈여겨보았음이 분명했다.

"소장을 의주로 델꼬 갈라고 그랍니까?"

"아니네. 한양에 잘 있는 자네를 왜 변방으로 데리고 가 고생을 시키겠는가."

"자네에게 경사가 될 수도 있으니 약속하게."

"대감께서 분부하시면 무신 일이든지 해불랍니다."

"이달 중순에 명나라로 떠나는데 자네를 내 군관으로 천거했네. 황도를 다녀온 뒤에는 반드시 승진이 기다리고 있을 거네."

"승진을 마다할 무장이 있겠습니까만 그보다는 소장 역시 이 세상에서 가장 화려하다는 황도를 보고 잪습니다."

김명원이 선조의 부름을 받고 한양에 온 까닭은 성절사의 정사(正使)

로 간택되었기 때문이었다. 명나라 황제 만력제의 생일, 즉 성절(聖節)이 9월 초이므로 조선의 성절사가 떠나려면 적어도 7월 중순에는 떠나야 했다.

열어둔 창호 너머로 비껴 보이던 석양이 어느새 자취를 감추었다. 그러나 잠자리 날개 같은 날빛은 아직 넉넉하여 어둡지 않았다. 김명원은 용건만 말하고는 서둘러 내삼청을 떠났다. 김억추는 내삼청 정문 밖으로 나가 김명원이 사라진 뒤에도 허리를 굽혔다. 말구종이 말했다.

"나리, 대감은 뒤도 돌아보지 않고 가셨습니다요."

"이놈아, 니가 뭘 안다고 씨부렁거리느냐."

김억추는 고개를 숙인 채 미소를 참고 있었다. 뜻밖에도 승진의 기회가 찾아왔으니 기쁘지 않을 수 없었다. 자신의 무재를 임금과 조정의 대신들이 인정해 주니 기분이 좋았다. 이이가 병조 참지 시절 훈련원 활터에서 자신의 활솜씨를 직접 확인한 뒤, 선조에게 추천하여 시재를 보인 결과 정8품의 겸사복에 발탁된 적이 있었는데, 그때 선조는 자신의 용력을 보고 '쓸 만한 무신'이라 하여 별전의 병풍 밑에 깨알 같은 글씨로 김억추라고 적었던 것이다. 이후 김명원은 선조에게 김억추를 교룡기 행수기수로 천거하였고, 김억추는 내삼청 부장에 올랐음이었다.

땅거미가 진 육조거리에는 차츰 어둠이 스멀스멀 차오르고 있었다. 집으로 돌아온 김억추는 사신으로 갈 때 필요한 관복을 챙기고 은과 청심환, 장지 등 물품을 구해 가죽상자에 넣었다. 고향에서 인편에 보낸 강진 작설차도 챙겼다.

10여 일 후.

김억추는 의주관아에 도착했다. 의주목사 김명원의 배려로 성안의 군관청 작은방에 3일을 머물다가 사신 일행이 모이고 있는 의주관(義州館)으로 갔다. 의주관에는 사신 일행이 거의 다 도착해 있었지만 두 가지 이유로 떠나지 못하고 있었다. 첫 번째는 만력제에게 바칠 각 도의 방물이 아직 다 올라오지 못했고, 두 번째는 엊그제 내린 폭우로 압록강 강물이 불어나 거칠게 흐르기 때문이었다. 배가 뜨는 구룡정 밑의 나루터 강물은 더 거칠었다. 나루터 옆 절벽에 부딪치는 강물은 포효하는 짐승의 흰 이빨 같았다. 가장 애가 타는 벼슬아치는 정사 김명원의 지시를 받아 사신 길을 총감독하는 서장관이었다.

"황도 가는 길에는 강이 하나만 있는 것이 아니라 열 개도 넘는데 큰일 났구먼."

"나리, 그렇게나 강이 많습니까?"

서장관의 비장으로 나선 군관이 물었다.

"황도는 강이나 내를 하염없이 건너다 보면 도달할 수 있는 곳이네. 그런데 지금은 계절이 여름이니 여기 압록강처럼 명나라 강물도 범람하고 있지 않겠나."

서장관의 비장은 붉은색의 철릭을 걸치고 있었는데 제법 멋을 내고 있었다. 철릭은 원래 두 종류였다. 당상관 무관은 철릭이 남색이었고 당하관은 붉은색이었다. 그런데 비장의 철릭은 소매가 너무 좁아 김억추는 웃음을 겨우 참았다. 김억추가 말했다.

"철릭 소매가 겁나게 좁아부요잉."

"나도 불만이오. 명나라 장수들이 우리처럼 넓은 소매 옷을 입으면 비웃는다고 해서 한양을 떠날 때 부랴부랴 고쳤소."

옆에서 듣고 있던 서장관이 말했다.

"명나라 장수들의 말이 틀린 것은 아니네. 적과 싸울 때 소매가 넓은 것이 좋겠는가, 좁은 것이 좋겠는가."

"하하하."

김억추는 웃고 말았지만 철릭의 넓은 소매 때문에 명나라 장수들에게 비웃음을 사고 싶지는 않았다. 의주에 붙박이로 사는 역관 하나도 김억추에게 귀띔을 했다.

"군관 나리, 철릭 소매를 고치는 것이 좋습네. 명나라 놈들이 장수가 아니라 거렁뱅이 도사 같다고 놀립네."

김억추는 화제를 돌렸다.

"강물은 은제나 줄어들겠는가?"

"며칠 지나면 배를 띄울 수 있을 것입네다."

압록강을 하루빨리 건너고 싶은 김억추는 혼잣말로 중얼거렸다.

"강물이 은제나 지 낯바닥을 드러낼끄나."

지금은 흙탕물이지만 강물 빛깔이 오리 머리처럼 푸르다고 해서 불려온 강 이름이 압록강이었다. 여전히 거친 물살에 나뭇가지와 잡동사니들이 휩쓸려 떠내려가고 있었다. 서장관이 의주관으로 돌아가자고 지시했다. 구룡정을 내려오는데 김억추는 맨 뒤에 따랐다. 정사 김명원의 군관이므로 서장관을 호위할 필요는 없었다.

　의주관에는 만력제에게 진상할 조선의 방물들이 속속 들어와 있었다. 아침에 본 것과 달랐다. 김명원이 급히 예조에 공문을 띄웠던 효과였다. 팔도에서 보내는 방물들이 늦어지고 있으니 왕실 창고에 보관해 온 진귀한 물품들이라도 먼저 보내달라고 공문을 띄웠던 것이다. 김억추는 의주관으로 돌아가지 않고 의주관아에 들어가 김명원을 만났다. 김명원 역시도 초조한 기색을 보였다.

　"강물이 순해졌던가?"

　"이틀만 지나면 순해질 것 같습니다."

　"인삼이나 담비 모피 같은 방물을 더 이상 기다릴 수 없네. 도착하는 대로 강을 건너오라고 지시하고 우리는 내일 당장 떠날 수밖에 없네. 명나라에 가서도 여러 개의 강을 건너야 할 텐데 이런저런 사정으로 미루다 보면 황제의 성절을 놓칠 수 있네. 그리 된다면 전하의 심기가 어찌 되겠는가."

　"대감님 뜻을 서장관 나리에게 전해불겠습니다."

　"그러게."

　"소장이 볼 때도 늙은 역관이나 뱃사공 노비들이 무자게 몸땡이를 사리는 것 같그만요."

　"자, 이거 받아두게. 명나라 땅으로 들어가면 알게 모르게 은이 필요할 것이네."

　"소장도 쬐끔 챙겨갖고 왔그만이라."

"맨입으로 다닐 수는 없을 것이네. 술을 마실 때도 있고 탐나는 물건이 있으면 사기도 하고 그럴 것이네. 노잣돈이 웬만큼은 있어야 든든하지. 사신 일행에 따라붙는 장사치나 의주 역관들에게 빌렸다가는 귀국해서 곤욕을 치를 수 있네. 조심하게."

"으째서 그런당가요?"

"이 세상에 공짜가 어디 있겠나. 그냥 빌려주지 않고 고리를 붙인다네. 아무리 짐 수색을 해도 그자들은 어디다가 숨기는지 많은 은이나 청심환을 구해 가지고 들어간다네."

"압록강을 건너기 전에 짐 수색을 한다고 그럽니다요."

"한 번도 아니고 세 번씩이나 하네. 나라에서 금하는 물건은 가지고 갈 수 없지."

다음 날.

김억추가 한 역관에게 들은 대로 사신 일행의 짐 수색이 시작됐다. 압록강 강물은 어제와 달리 유순해져 있었다. 흙탕물은 그대로였지만 유속은 현저하게 느려졌다. 하룻밤 사이의 변화였다. 그래도 의주 붙박이 역관들이나 노비의 우두머리인 마두들은 의주관에 더 있다가 강을 건너야 한다고 엄살을 떨었다. 사신 일행은 짐을 말 등에 얹고 의주관에서 구룡정 밑 강둑으로 갔다. 강둑 풀밭에는 평안도 부윤이 나와 짐 수색을 실시하려고 도끼눈을 뜬 채 뒷짐을 지고 있었다.

짐 수색은 세 곳에서 하는데 모두 깃발이 꽂혀 있었다. 세 곳을 통과

해야만 구룡정 나루터로 내려갈 수 있으므로 깃발은 관문이나 다름없었다. 평안도 부윤이 사신 일행 앞에서 소리쳤다.

"사신 일행은 들으라. 국가에서 금하는 물품을 수색하겠다. 금하는 물품은 황칠, 호피, 금, 진주, 인삼, 담비 모피, 개인이 지참할 수 있는 한도를 넘은 은 등이니라. 소소한 모든 것을 다 말하자면 수십 가지가 되니 생략하겠다."

부윤은 종2품이었고, 목사는 정3품 벼슬이었다. 그런데 정3품의 김명원은 종2품에게 주는 가선대부 품계를 특별히 받았으므로 짐 수색을 하는 부윤과 품계가 같았다. 김명원은 짐 수색을 받지 않고 세 깃발이 세워진 곳을 가볍게 통과하여 구룡정으로 올라갔다. 사신 일행이 짐 수색을 다 마칠 때까지 구룡정에서 대기하고 있을 셈이었다. 구룡정에는 다담상(茶啖床)이 하나 마련돼 있었다. 서장관은 부윤이 하는 짐 수색을 거들어주었다. 깃발 주변으로 비장, 군관, 역관, 군뢰(軍牢), 마두(馬頭), 노비, 장사치들의 짐과 이불 보따리가 군데군데 어지럽게 널렸다. 김억추도 가죽상자를 연 뒤 딴전을 피우기만 하는 구실아치 관원에게 말했다.

"뷀 것 읎응께 빨리 보시게."

그래도 구실아치 관원은 옆 동료와 우스갯소리를 하며 김억추의 말을 귓등으로 흘렸다. 그런 뒤에야 부윤 대감의 지시라며 몇 개 안 되는 짐을 낱낱이 끌어내 살폈다. 명나라 사람들이 조선 사람만 보면 구하려고 하는 청심환 스무 개, 은이 든 자루, 강진 작설차, 글씨를 쓰는 장지, 서너 벌의 바지저고리 등이었다. 김억추는 부아가 치밀어 한마디 뱉어냈다.

"벨 것 읎다는디도 뭘 꺼내 썼는가."

이번에는 앞에서 거드름을 피우던 구실아치 관원이 김억추에게 철릭을 벗으라고 하더니 바짓가랑이를 더듬었다. 김억추는 참지 못하고 구실아치 관원의 정강이를 걷어차 버렸다.

"이놈의 자슥! 나 김억추는 임금님 교룡기를 들었던 행수기수다. 뭣이 의심스럽다는 것이냐!"

구실아치 관원이 데굴데굴 구르며 '아이고, 나 죽습네다!' 하고 비명을 질렀다. 부윤이 달려왔지만 김억추의 큰 체격을 보고는 주춤 물러섰다. 김억추의 두 눈에서 불화살이 쏟아지는 듯했다. 부윤은 지금까지 거만하게 굴던 태도를 바꾸어 부드러운 말투로 물었다.

"어느 대감 군관인가?"

"김명원 대감님 군관이그만요."

"이해하시게. 짐을 수색하지 않으면 간사한 짓을 막을 수 없다네."

"대감님, 요로크롬 질질 끌며 망신을 주는 수색은 부질읎는 짓입니다."

"어째서 그런가?"

"여그 사정에 밝은 의주 장사치들은 금지된 물건을 갖고 몬자 강을 건너가 사신 일행을 지다리고 있을 것입니다요. 긍께 부질읎는 짓이지라우."

정강이를 차인 구실아치 관원이 김억추 앞에 엎드려 빌었다.

"나리, 죽을죄를 졌습네다."

"니들 일이 수색이라 하더라도 명색이 왕명을 받들고 가는 사신 일행인디 체통을 손상시켜서야 쓰겠는가."

"명심하갔습네다."

"저쪽 사람들하고 거래를 해온 역관이나 장사치들은 엄하게 수색하는 것이 정상일 것이다. 허나 먼 길을 떠나는 사신 일행에게 망신을 주어 사기를 떨어뜨리지는 말아야 할 것이다잉."

"나리, 죄송합네다."

"오늘은 부윤 대감님을 보아서 이 정도로 끝내불 틴께 그리 알거라."

김억추 덕분에 짐 수색은 일사천리로 끝났다. 힘없는 노비들에게 옷을 벗게 한 뒤 갖은 텃세를 부리던 구실아치 관원들이 사신 일행의 성명과 숫자를 세는 정도의 수색으로 마감했다. 구룡정 나루터에 도착한 사신 일행 중 마두나 군뢰들이 김억추의 배짱을 보고서는 머리를 조아렸다. 김억추가 김명원에게 말했다.

"대감님, 짐 수색이 과한 것 같아서 혼을 쪼깐 내줘부렀습니다요."

"나도 몰랐는데 방금 들어보니 급행세라는 것이 있는 모양이네."

"그리고 봉께 놈덜이 급행세를 받고자 까탈스럽게 굴었그만요."

"다들 그랬겠는가만 꼭 몇 놈이 문제지. 부윤 대감의 위세를 믿고 몰래 급행세를 받아 한몫 챙기려고 그랬던 것 같네."

"앞으로도 그런 놈이 있다면 소장은 절대로 용납하지 않을 것입니다요."

"어디를 가나 미꾸라지 같은 놈이 맑은 물을 흐리는 법이지."

"짐 수색이 가장 엄한 곳 가운데 하나가 이곳 구룡정 나루터라고 하그만요."

"황도로 가는 길목이니 그럴 것이네."

국경지방의 짐 수색과 소지품 검사는 예부터 엄했다. 국가에서 금지하는 진귀한 물건을 가지고 있다가 첫 번째 깃발에서 걸리면 큰 곤장을 맞고 그 물건은 압수당하며, 두 번째 깃발에서 걸리면 귀양 가야 하고, 세 번째 깃발에서 걸리면 효수형에 처해져 조리를 돌렸다. 이처럼 법이 엄격하니 수색하는 구실아치 관원들의 위세까지 덩달아 올라가버린 셈이었다. 구룡정 나루터에는 사신 일행이 타고 갈 배가 말뚝에 묶여 있었다. 김억추는 정사 김명원이 탄 배를 탔다. 정사가 탄 배에는 명나라 조정에 올릴 공문서와 수석역관인 수역(首譯) 이하 정사의 권속들이 탔고, 부사와 서장관에게 딸린 권솔들은 두 번째 배에 탔다. 그리고 다른 배 한 척에는 명나라 황제에게 올릴 예물과 말을 태웠다.

이윽고 평양 감영의 구실아치와 허드렛일을 하는 장정인 군뢰 등이 뱃머리에 서서 큰 소리로 하직인사를 했다.

"잘 다녀오겠습니다요!"

김명원의 마두와 임금에게 올리는 장계 초안을 잡는 계서(啓書) 등도 손을 흔들며 하직인사를 했다.

"무사히 돌아오겠습니다요."

끝으로 김명원의 마두가 창하듯 길게 소리를 냈다.

"출~발~!"

그러자 사공들이 일제히 뱃노래를 부르며 상앗대를 치켜들었다가 강물 깊숙이 찔렀다. 순간 배들은 미끄러지듯 빠르게 강 건너편 쪽을 향해 나아갔다. 김억추는 어금니를 악물고 칼을 잡은 손에 힘을 주었다.

사신 길2

압록강을 건넌 사신 일행은 삼강(三江)으로 나아갔다. 삼강은 압록강 지류로 강폭이 평안도 청천강만 한 강이었다. 7월 중순 불볕더위가 정수리를 내리찍듯 했다. 노비들은 웃옷을 훌렁 벗어버린 채 말을 탔다. 노비들의 모습은 가관이었다. 말안장 뒤에는 상전의 가죽상자는 물론 미투리들까지 주렁주렁 매달고 있었다. 김명원이 김억추에게 눈짓을 했다. 김억추는 말고삐를 잡아당기며 김명원에게 다가갔다. 김명원이 말했다.

"황도로 가는 길에 노숙을 자주 할 걸세."

"강을 여러 개 건넌다고 말씀허셨지라우."

"비가 와서 물이 불어나 있으면 어쩔 수 없이 노숙할 텐데 그때마다 중국말을 좀 배워두게."

"영남허겄습니다."

"요긴하게 쓰일 때가 있을 것이네. 중국말을 몰라 벙어리로 황도까지 오간다는 것은 답답한 노릇이지."

"필담허는 요령부텀 배와불겠습니다."

"자네는 누구한테 글을 배웠나?"

"청련(靑蓮) 연안 이씨, 후(後) 자 백(白) 자 선상님헌티서 배왔지라우."

"청련이라면 월출산의 대유(大儒)가 아니셨는가?"

"선상님이 사신 박실마실서 지도 살았그만요."

김억추의 말은 사실이었다. 이후백은 경상도 함양에서 태어나 조실부모하고 16세에 외할머니를 봉양하기 위해 강진 작천 박실촌의 외갓집으로 왔던 것이다.

"청련 선상님께서 과거 급제허시어 출사허기 전, 긍께 지가 대여섯 살에 천자문을 쾨끔 배왔고, 선상님께서 승문원 박사로 겨시다가 고향으로 내려오시어 사가독서허실 때 글을 열심히 배왔는디 지가 열한 살쯤이었그만이라우."

사가독서(賜暇讀書)란 과거에 장원급제하는 등 실력이 발군인 젊은 문신들을 뽑아 특별휴가를 주어 고향으로 보내 독서하거나 공부하게 하는 제도를 뜻했다. 사가독서 중에도 대부분의 문신들은 고향에서 강학을 열어 향리 학동들을 가르쳤는데, 김억추가 이후백에게 사서삼경의 기초를 배운 것도 그와 같은 경우였다.

재작년에 별세한 이후백은 월출산이 낳은 호남의 대유였다. 향시에서 장원하고 사마시 합격한 뒤, 식년시 문과에 급제하고 승문원 주서, 승문원 박사, 호남지방 암행어사, 이후 홍문관 전한, 세자를 가르치는 시강원 사서(司書), 사간원 정언, 병조 좌랑, 동부승지, 예조 참의, 홍문관 부제학, 이조 참판, 형조 판서, 외직인 평안도 관찰사로 나갔다가 내직인 호조 판서에 제수되었고, 59세 나이에 별세한 이후백은 김억추에게 충효의 도리를 깊이 심어준 스승이었다.

"한문 실력이 있으니 필담은 요령을 배우기만 하면 되겠구먼. 내가 역관을 붙여줄 테니 틈나는 대로 배우시게."

"대감님, 고맙습니다."

"고마워할 것은 없네. 내 군관이 똑똑해야 나는 물론 일행 모두가 편해지기 때문이네. 자네 선조는 어떤 분이신가?"

"고려개국 공신 1세조 김근겸의 19세손이자, 고려 공양왕 경연참찬 김린(金潾)의 6세손이며 부친은 충(忠) 자 정(貞) 자그만요."

김억추의 고조부터는 모두 무장들이었다. 고조는 첨절제사를 지낸 김극중이고, 증조는 훈련원 첨정을 지낸 김령이고, 조부는 상장군을 지낸 김우필, 부친은 한량으로 정로위에 이름을 올렸다.

"어째서 훌륭한 대유 문하에서 글을 공부하고서도 무과에 응시하였는가?"

"나라에 이 한 몸땡이 바치고자 허는디 문무가 어찌 따로 있었습니까."

사신 일행은 삼강(三江)에 다다랐다. 명나라 뱃사공들은 삼강을 애라하라고 불렀다. 그런데 압록강 지류인 삼강은 뜻밖에도 맑았다. 삼강 쪽은 비가 오지 않았음이 분명했다. 수심도 낮아 말을 타고 건널 수 있었다. 김명원은 마두에게 사신 일행이 다 올 때까지 기다리다가 줄을 지어 건너자고 지시했다. 김억추는 삼강이 자신의 고향집 앞으로 흐르는 금강천 같다고 생각했다. 월출산 산자락에서 발원한 계곡물이 금강천으로 흐르다가 구강포와 접한 탐진강에 합류했던 것이다. 김명원이 조금 전에 했던 대화를 마저 이었다.

"충절에 문무가 없다는 자네 말이 맞네. 자네가 별궁 정원에서 교룡기를 흔들었을 때, 전하께서 용력이 초륜하다고 자네를 칭찬했었지."

김명원이 삼강을 바라보며 시 한 수를 읊조렸다.

진실로 내가 그대를 보니 의기가 새롭고
사방무사하여 태평한 세상(太平春)이로다
지금 문득 그때의 일(試才)을 생각하나니
전정(殿庭)에 뽑혀온 무장 중 으뜸이었네.
自我見君意氣新
四邊無事太平春
而今忽憶當時事
薦達殿庭第一人

김명원이 시를 읊조리는 동안 김억추는 마음을 다잡았다. 성절사 정사에게 시를 받는다는 것은 일개 군관으로서 대단한 영광이었다. 가슴에 의기가 용솟음쳤다. 삼강의 투명한 물속에 들어갔다가 나온 듯 심신이 개운했다. 고향에서 공부하다가도 정신이 흐려지면 집 앞으로 흐르는 금강천 검푸른 소에 들어갔다가 나오곤 했던 것이다.

이윽고 사신 일행이 다 도착하자 모두 말을 탄 채 삼강을 건넜다. 삼강을 일제히 도강한 뒤에는 북쪽으로 방향을 틀어 이동했다. 구련성으로 가 하룻밤 노숙해야 하기 때문이었다. 이름만 성이지 구련성은 폐허나 다름없다고 마두가 말했다.

"사람이 살지 않는 성입네다. 호랑이가 출몰하는 무서운 곳입네다."

서장관이 마두의 말을 받았다.

"그래도 방물이 아직 도착하지 않았으니 그곳에서 기다려야 하네."

"다른 사절 때도 구련성에서 방물을 기다린 적이 있었습네다. 게으른 노비들이 서둘러 오지 않는 탓입네다."

중국 지리에 밝은 정사의 마두는 기가 살아서 자신 있게 말했다. 구련성은 땅거미가 지기 전에 도착했다. 말이 성이지 잡목이 우거진 산자락이나 다름없었다. 사신 일행은 편편한 곳을 찾아 숙영지를 정했다. 그래도 허물어진 성벽이 남아 가파른 뒤쪽은 안심할 수 있는 장소였다. 사신 일행 2백여 명이 자리를 잡자 마을이 하나 생긴 듯했다. 노비들이 부싯돌로 불을 만드는 연기가 한 줄기 피어올랐다. 노비들 일부는 시냇가로 내려가 투망을 해서 고기를 잡아왔고, 일부는 의주에서 가져온 닭 수십 마리를 잡아 털을 벗겼다. 잠시 후 밥 짓는 구수한 냄새가 코를 자극했다.

마두는 밤이 되면 기온이 뚝 떨어진다며 노비들에게 화톳불 나뭇가지를 구해 오도록 시켰다. 화톳불은 두 가지 용도였다. 하나는 체온이 떨어지는 것을 막았고, 또 하나는 호랑이 습격을 차단하기 위해서였다. 정사의 마두는 사신 일행의 숙영지 주위를 빙 둘러 화톳불 몇십 개를 만들도록 조치했다. 그런 뒤 군뢰와 노비들을 불러 모아놓고 불침번을 2교대로 정했다. 초저녁에서 자정까지가 1반 불침번, 자정에서 묘시까지가 2반 불침번이었다. 한 반의 불침번은 1백여 명 정도였다. 그런데 불침번은 화톳불의 화부 노릇만 하는 것이 아니라 호랑이가 가까이 접근하는 것을 막기 위해 함성을 지르곤 했다. 순찰을 도는 군관이 뿔피리를 불면 그에 따라 불침번 모두가 '와아 와아!' 하고 큰 소리를 냈다.

그 바람에 김억추는 한숨도 자지 못한 채 밤을 지새우고 말았다. 김명원이나 서장관도 마찬가지였다. 게다가 김명원은 고뿔이 들어 기침을 쿨럭쿨럭 해댔다. 김억추는 재빨리 강진 작설차를 큰 주발에 한 줌 담은 뒤 찻물을 붓고 군뢰에게 끓여 오도록 했다.

"고뿔에는 강진 작설 발효차가 그만이지라우."

"특효약이란 말인가?"

김명원이 쿨럭거리며 말했다.

"두어 사발 드셔불믄 깨깟허게 나서불 것입니다요."

"강진 작설차라, 내 잊지 않겠네."

사신 일행을 여러 번 따라다녔던 역관이나 의주의 군뢰, 노비들은 불침번의 함성에도 불구하고 코를 드르렁드르렁 골며 잘 잤다. 순찰을 나갔던 서장관의 비장이 달려와 '기상! 기상!' 하고 소리쳤다. 그런 뒤 김명원에게 다가와 보고했다.

"대감님, 수상한 놈들이 저 산모퉁이를 돌아 이쪽으로 오고 있습니다."

"군관과 군뢰들은 방비를 철저히 하라."

"대감님, 수상한 놈덜이 이짝으로 오기 전에 몬자 막아불겠습니다."

"그렇게 하게."

김억추는 중국말을 할 줄 아는 마두와 군뢰들을 일부 선발하여 구련성을 떠나 재빨리 잡목 숲 속에 매복했다. 그러고 보니 구련성에서도 멀리 압록강이 보였다. 군뢰들은 의주 관아에서 뽑은 건장한 장정들이었다. 사신 일행 중에서 끼니때 음식을 가장 많이 먹는 군뢰들이었다. 그들의 용모는 거추장스럽게 치장하여 단정치 못했다. 붉은 털의 삭모가 달린 모자에는 노란색 용(勇)자가 붙었고, 전투복의 좁은 소매 속에는 불그죽죽한 속적삼이 드러나 보였다. 어깨에는 주홍색 무명실을 주렴처럼 드리웠고, 허리에는 쪽빛 전대를 찼으며, 발에는 짚과 삼으로 엮은 미투리를 신고 있었다. 김억추는 피식 웃음이 나왔지만 참았다.

'거렁뱅이가 바가치를 두 개씩 들고댕긴다고 허드니만. 쯧쯧'

숲 속에서 한참을 매복해 있자 명나라 병사 복장을 한 장정들이 나타났다. 칼이나 활 없이 몽둥이를 하나씩 든 모습이 산적 같지는 않다. 마두가 더 자세히 살펴보더니 말했다.

"봉성 병사들에게 돈 받고 가는 품팔이 국경수비군입네다."

"돈을 주고 국경 수비를 맽기다니 봉성 병사덜도 아조 폭 썩어부렀그만."

"군관 나리님, 오래전부텀 있어 왔던 관행입네다."

김억추는 숲 속에 매복해 있던 군뢰들을 시켜 품팔이 국경수비군을 붙잡도록 지시했다.

"돈 몇 푼 땜시 폴려댕기는 저놈덜을 혼 쪼깐 내줘야겄다. 가서 한 놈도 놓치지 말고 붙잡아두어라!"

"예, 나리!"

군뢰들이 일제히 숲길로 쫓아가 품팔이 국경수비군들을 포위했다. 그제야 김억추가 마두를 앞세우고 숲길로 나아갔다. 마두가 엄한 표정을 지으며 꾸짖었다.

"산적놈들아! 오늘은 못된 짓을 한 니들 손이 흙 속에 파묻히는 날이다. 알갔는가!"

"나리, 우리들은 산적이 아니오. 국경수비군이오."

"몽둥이를 들고 수비한단 말인가! 병사가 화살과 칼이 없다는 기 말이 되네? 무기는 어드메 숨갔음메?"

우두머리 품팔이 국경수비군이 무릎을 꿇었다.

"품팔이로 국경 수비를 해서 입에 풀칠하는 사람들이오. 산적이 아니니 그것만 믿어주시오."

"우리 나리님 앞으로 날레 나와 칼을 받으라우!"

품팔이 국경수비군 우두머리가 마두의 지시대로 김억추 앞에 와서 머리를 내밀었다. 마두가 고개를 돌리고 김억추를 보면서 슬쩍 웃었다. 김억추가 말했다.

"우리는 황상 폐하를 알현하러 가는 길이다. 니덜도 황상의 백성이니 어찌 우리가 니덜을 해치겠는가. 앞으로는 얄궂은 일로 밥벌이허지 말고 떳떳허게 살아야 써. 실수로 국경을 넘어오는 조선 백성이 있더라도 괴롭히지도 말고."

"아이고, 나리님. 은혜를 갚겠습니다요."

"아침을 묵지 못혔을 틴께 나를 따라오거라."

김억추는 먼저 돌아와 김명원에게 낱낱이 보고했다. 김억추의 보고를 받은 김명원이 치하했다.

"잘했네. 우리도 봉성으로 가는 길인데 봉성 사람을 건들 필요가 없지. 거기는 책문 안에 있는 마을이니 완전한 명나라 땅이거든."

책문(柵門)이란 목책을 설치한 국경 출입문을 뜻했다. 사신 일행은 아침 끼니를 간단하게 해결한 뒤 금석산을 지나 책문으로 나아갔다. 책문 안의 마을에서 하룻밤 묵을 예정이어서 서두르지 않고 천천히 움직였다. 뒤늦게 방물을 가져오고 있는 일행이 보였으므로 금석산 고갯마루에서 산들바람을 쐬며 기다렸다.

아침에 혼을 내는 척하면서 끼니를 챙겨주었던 품팔이 국경수비군들이 짐을 분산해 들고 왔다. 군뢰와 노비들이 그들과 헤어지면서 고마워했다. 김억추는 마두를 불러 돌아가려는 품팔이 국경수비군 우두머리를 멈추게 했다. 마두가 그를 불러 세웠다.

"웨이(喂), 웨이(喂)!"

"우리가 또 뭘 잘못했소?"

김억추가 그에게 청심환 두 알을 선물했다. 청심환의 위력은 곧 나타났다. 청심환을 보자마자 그가 넙죽 엎드려 고개를 주억거렸다. 그러더니 사신 일행에게 책문 안까지 길잡이를 해주겠다고 나섰다. 책문 안으로 들어가는 절차가 제법 까다로운데 사신 일행으로서는 행운이었다.

금석산을 내려서니 드넓은 목초지가 나타났다. 밭으로 개간하려는지 나무뿌리와 바윗덩이들이 군데군데 쌓여 있었다. 풀밭에는 소똥이 널려 있고 수레바퀴 자국들이 선명하게 나 있었다. 인근에 큰 마을이 있다는 흔적이었다.

이윽고 책문이 보였다. 길잡이가 된 품팔이 국경수비군 우두머리가 먼저 책문 안으로 들어갔다. 조금 시간이 지나자 책문을 지키는 수직 관원들이 나왔다. 정사의 마두와 역관들이 반갑게 그들과 악수를 했다. 그러면서 낯익은 구면이라는 듯 의례적인 인사를 나누었다.

"의주를 출발한 지 언제인가? 집안은 무고하신가? 예물은 무엇 무엇들인가?"

마두와 책문수직이 책문 안의 장군 및 미관말직의 관원들에게 줄 선물을 합의했는지 책문은 쉽게 열렸다. 책문 안부터는 실제로 명나라 땅이라는 것이 실감났다. 들이마시는 공기에도 느끼한 중국 냄새가 묻어 있는 듯했다. 책문 안길의 띠와 풀로 지붕을 인 관청 앞에는 어사와 장수, 관원 등이 계급의 순서대로 앉아서 사신 일행을 지켜보고 있었다. 다른 사람들은 모두 말에서 내려 조심스럽게 걸었는데, 김명원과 서장관이 말을 타고 그대로 지나치자 명나라 관원이 서투른 조선말로 소리쳤다.

"무례하다! 어사님이 계신데 어찌 예의가 없는가!"

그래도 '조선국 성절사'라고 쓰인 깃발을 든 사신 일행은 그대로 지나

쳐버렸다.

"때국놈들이 방귀뀌는 소리하고 있구먼."

조선 사신이 만나고자 하는 분은 황상 폐하이지 변방 촌놈인 너희들이 아니라는 식이었다. 민가가 20여 채 옹기종기 모인 곳에 이르러서야 사신 일행은 멈추었다. 민가 가운데는 여관과 술집이 여럿 있었다.

그러나 사신 일행은 책문 마을에서 지체할 이유가 없었다. 두어 식경 동안 쉬고서는 곧바로 봉성(鳳城)으로 떠났다. 책문에서 봉성까지는 30리 길이었다. 다시 봉성을 지나 요동반도를 지나다가 날이 저물어 이번에는 사찰에서 잤다. 사찰에서부터는 예측하지 못한 우여곡절을 겪었다. 태자하(太子河) 지류를 건너기 전에는 폭우를 만나 노숙하다가 겨우겨우 요동반도를 지났다. 드디어 요양(遼陽)에 입성했는데 압록강을 건넌 지 무려 보름이나 됐다. 사신 일행은 요양에서도 하룻밤만 보낸 뒤 다시 북행하여 혼하(渾河)를 끼고 있는 심양으로 향했다. 김억추는 심양으로 가는 동안 역관에게 간단한 중국 인사말을 배웠다.

심양은 평양보다 규모가 훨씬 더 큰 도시였다. 무엇보다 여관인 역관(驛館)과 술집인 식관(食館), 쌀집인 미점(米店)과 약방인 약점(藥店), 전당포인 당포(當舖) 등이 많은 데 놀랐다. 특히 한양에서 보지 못한 당포는 물건을 잡히고 돈을 빌리는 곳이었는데, 건물 입구에는 당(當) 자의 큰 패가 걸렸고, 기둥에는 주련처럼 '무기는 받지 않는다'는 구절이 쓰여 있었다. 당포 안은 널따란 중정이 있어 사람들은 차를 마시며 담소했다. 마치 찻집 같은 분위기였다. 김억추는 심양에 머무는 동안 정사의 마두에게 본격적으로 필담하는 요령을 익혔다.

역관(여관)은 어디에 있습니까? 驛館在哪裏?

식관(술집)은 어디에 있습니까? 食館在哪裏?

술 한 잔 주시오. 給我一杯酒。

하루 숙박비는 얼마입니까? 一天的住宿費是多少?

자금성은 어디로 갑니까? 紫禁城何去何從?

나는 조선인으로 중국에 온 사신이오. 我是作爲朝鮮人來到中國的使臣。

큰 배로 요하를 건너 며칠을 더 가자 드디어 산해관이 나타났다. 산해관은 지금까지 보아온 모든 성문보다 웅장하고 장엄했다. 산해관의 출입도 봉성 책문처럼 세관원과 수비대원이 사신 일행을 일일이 대조하고 예물들을 점검했다. 그사이에도 군뢰들은 넋을 잃고 침을 흘렸다. 산해관 안의 여인들은 하나같이 화사한 옷을 입고 짙은 화장을 하고 다녔다. 가까운 곳의 황도풍(皇都風)인 듯했다.

마침내 사신 일행은 황도 서문에 도착했다. 압록강을 건넌 뒤 33개의 역참을 거쳐 2030리 길을 지나온 결과였다. 정사와 서장관 등 관원들은 예를 갖추고자 관복으로 갈아입었다. 그런 뒤 서문으로 들어가 숙소인 조선관으로 향했다. 헤아려보니 의주를 떠난 지 40여 일 만이었다. 김억추는 조선관 오른쪽으로 치솟은 전각과 누각의 수풀 같은 자금성을 보고는 감격의 눈물을 흘렸다.

'시방 이것이 꿈이당가, 생시당가.'

황제가 조선 사신 일행에게 내리는 하루 음식은 푸짐하기만 했다. 정사에게는 매일 거위 한 마리, 닭 세 마리, 돼지고기 다섯 근, 생선 세 마리, 사흘마다 몽고 양 한 마리 등등이었고, 서장관은 정사의 반쯤을 지급했고, 아랫것들인 군뢰와 노비들에게는 매일 고기 반 근, 절인 채소 넉 냥, 식초 두 냥, 소금 한 냥, 쌀 한 되, 땔나무 네 근을 보냈다. 그런데 명나라 음식은 대부분 기름에 볶고 익힌 음식들이어서 몹시 느끼했다. 김억추는 끼니마다 더부룩했으므로 가져온 강진 작설차로 속을 개운하게 했다.

정사와 서장관은 황제를 알현하는 날을 기다리는 동안 느긋하게 황도 거리를 활보했다. 여러 상점에 들러 문방사우 등 온갖 진귀한 물품들을 구경하며 돌아다녔다. 물론 김억추를 비롯한 다른 군관이나 역관, 마두, 군뢰, 노비들도 마찬가지였다.

김억추석(金億秋石)

　　김억추는 명나라 황도에서 돌아와 김명원의 언질대로 사헌부 감찰로 승진했다. 김명원도 성절사를 이끈 공로로 평안도병마절도사를 제수 받았다. 김억추 같은 무장이 사헌부로 간다는 것은 쉬운 일이 아니었다. 사헌부나 사간원, 홍문관은 문과급제자들 중에서도 우수한 인재가 일하는 관청이기 때문이었다. 훈련원이나 내삼청에서 함께 근무했던 선후배 무장들이 김억추를 부러워했다.

　　그런데 김억추는 몇 달 만에 또 명나라 사신 일행이 되었다. 김억추의 무장다운 기백과 문관다운 문식(文識)이 소문나 사절단 벼슬아치들이 서로 데려 가려고 해서였다. 이번에는 정사 유영경의 비장이 되어 황도를 다녀왔다. 유영경은 김억추보다 나이는 두 살 아래였지만 과거급제는 5년이나 빨랐던 인재였다. 선조의 총애를 받은 유영경은 경륜이 짧았음에도 불구하고 춘추사 정사가 되어 사절단을 큰 허물 없이 이끌었다. 김억추 역시 중국말을 익힌 경험이 있었으므로 고생했다기보다는 초행의 다른 군관들보다 더욱 견문을 넓혔다. 지난번처럼 역관이나 마두에게 의지하지 않고서도 요양, 심양, 산해관, 황도 등에 도착해서 홀로 당포나 찻집, 식관을 스스럼없이 드나들었다. 유영경은 김억추의 언행에 감동받아 귀국해서 며칠이 지난 뒤 시를 지어 보냈다.

　　명나라 황성에 같이 갔다가 돌아온 후로
　　웅대한 마음의 울분으로 한가할 틈 없네
　　세상의 먹구름 걷혀 조정에서 만나는 날
　　거취 상관없이 나라 다스리는 날 있으리
　　粵自皇城同往還
　　雄心鬱激不曾閒
　　黑雲捲盡會朝日
　　只在徑輪進退間

　조정에서 문신과 무신으로 만나 함께 나랏일을 하고 싶다는 유영경의 진솔한 시였다. 그만큼 김억추의 충절과 의기와 문식은 유영경을 사로잡았다. 이번에도 김억추는 1품계 승진하여 종5품의 오위도총부 도사를 제수 받았다.

　오위도총부의 관원으로는 정2품의 도총관(都摠管)과 종2품의 부총관(副摠管: 종2품)이 있는데 고위 타관(他官)이 겸직했고 임기는 1년이었다. 군령과 병권을 장악하는 중요한 관직이었으므로 대체로 의정부 고관이나 부마, 종친이 임명되는 일이 많았다. 그 아래 실제로 업무를 담당하는 관원으로 종4품의 경력(經歷) 4명과 종5품의 도사(都事) 4명이 있었다. 김억추가 오위도총부 도사가 됐다는 사실은 병권을 기획하는 실무자 중에 한 사람이 됐다는 것을 의미했다.

김억추가 두 번이나 명나라를 다녀와서 오위도총부 도사가 되자, 강진 작천 박실마을 청주 김씨들은 한껏 들떴다. 큰 경사가 났다며 잔치를 벌였다. 김억추의 아버지는 사내종더러 돼지를 잡게 하고, 어머니 광산 김씨는 곡간의 쌀을 꺼내 계집종에게 떡을 치게 했다. 김억추의 아내 창녕 조씨는 이마에 흐르는 땀을 훔치며 잔칫상을 차렸다. 첫째 동생 김만추는 오래 묵은 술독을 그늘 진 마당으로 꺼냈고 둘째 동생 김응추는 금강천으로 내려가 붕어와 쏘가리를 잡아서 회를 쳤다. 김억추의 아버지가 말했다.

"대복아, 으째서 니 아부지는 아직 안 온다냐? 마실 사람들도 모도 와 복작복작헌디 말여."

"출타허셨는디 아직 안 돌아오셨그만이라우."

"그라냐. 느그덜이나 양씬 묵어라."

"당숙님, 한양 간 억추 성님 덕분에 잘 묵고 있어라우."

김억추의 어머니 광산 김씨도 한마디 했다.

"음석을 잘 채려놓았는디 으쩔끄나. 당숙님이 안 겨신께 겁나게 섭섭형마."

"성님 축하허요. 억추가 한양 가더니 출세해부렀그만요."

"아따, 충효 동상, 인복이가 더 크게 될 것이네. 인복아, 니는 시방 어치

44

께 보내냐?"

"무과 준비허고 있그만이라우. 성님 헌 대로만 허다 보믄 급제하겄지라우."

"대복아, 니도 무과를 준비허고 있지야? 잘 했다. 칼이나 활은 그짓말을 안 해야. 글은 구신도 모르게 사람을 속이기도 허지만 말여."

"낼이라도 한양으로 올라가불라요. 성님이 어치께 사시는지 볼라고라우. 존 야그를 듣고 내려와불라요."

"그래라. 느그 성제덜끼리 가 봐라. 눈으로 직접 보믄 맴이 격동헐 것인께."

김억추의 아버지 김충정과 김충서, 김충효, 김충질은 사촌 형제였다. 그리고 김충서의 아들은 김대복과 김덕복이었고, 김충효의 아들은 김인복이었다. 김충질만 아들이 없었다. 박실마을 사람은 물론 사촌 형제, 친지가 모두 모였는데 김충서만 없으니 한마디씩 하고 있었다.

잔치는 초저녁까지 하루 종일 이어졌다. 박실마을 사람 모두 세 끼니를 김억추 집에서 해결했다. 초저녁이 지나 검푸른 서쪽 하늘에 실반지 같은 초승달이 뜨자 남은 음식을 싸가지고 가기도 했다.

이튿날.

김억추의 친동생 김만추와 김응추, 그리고 당숙 아들 형제인 김대복과 김덕복은 괴나리봇짐을 쌌다. 잔칫상에서 한 말대로 한양으로 올라가기 위해서였다. 김억추의 어머니 광산 김씨가 김응추의 괴나리봇짐에

잔치음식을 꽉꽉 챙겼다.

"음석은 하루 이틀만 지나도 쉬께 소용읎어라우."

"술떡은 안 쉬께 괴안찮단마다. 인절미는 구워놨응께 메칠이 지나도 묵을 수 있을 것이고. 니 성이 좋아허는 또랑새비젓은 아무리 날씨가 떠와도 벨 탈이 읎을 것이다."

"또랑새비젓은 참말로 성님이 좋아허지라우."

"밥맛이 읎을 때는 또랑새비젓이 최고제잉. 억추는 심이 장사라 느그보다 두 배는 더 많이 묵어야 헌디 어치께 산지 모르겄다야."

"엄니, 걱정 마씨요. 도총부 도사신디 매끄니 진수성찬은 아니드라도 설마 배고프게 살랍디여."

"원체 아무것도 읎이 올라갔응께 그라제. 니 아부지 말씸으로는 도사라고는 허지만 녹봉이 벨것 읎을 것이라고 허드라. 긍께 맴껏 묵고 잪더라도 그라지 못헐 것이란마다."

김억추의 아내인 창녕 조씨는 시어머니 눈치를 보느라고 뭐 하나 나서서 챙기지 못한 채 안절부절못했다. 월출산 산자락 쪽으로 사라지는 김억추의 형제들을 바라볼 뿐이었다. 이내 창녕 조씨는 집밖의 금강천으로 내려가 찬 냇물을 두 손으로 떠 얼굴에 끼얹으며 눈물을 감췄다. 한동안 쪼그리고 앉아서 속으로만 울었다. 남편과 헤어져 독수공방하고 산 지 벌써 5년이 지나고 있었다.

열흘 후.

한양에 당도한 김씨 형제들은 숭례문에서 불심검문을 받았다. 포도청 군관들이 순찰을 돌다가 다가오더니 말했다. 붉은색의 철릭을 입은 군관이 말했다.

"어디서 온 놈들이냐?"

"놈덜이라고 혔소? 말씨가 거치요."

"허허. 어디서 온 장정인가?"

"우리덜은 전라도 강진에서 오는 질인디 도총부 도사가 우리 성님이오."

"도총부 도사는 네 명이다. 누구를 만나러 가는 것인가?"

김만추가 말했다.

"우리 성님은 김억추 도사요."

그러자 군관이 꼬챙이처럼 생긴 날창으로 육조거리 쪽을 가리켰다. 통행을 허락한다는 뜻이었다. 성깔이 불같은 김대복이 말했다.

"성님 이름을 모르는 사람이 읎는갑네. 성님 이름 댄께 무사통과해불그만잉. 히히."

"난 또 니가 대들까 봐 은근히 걱정해부렀다야."

"여그 한양 사람덜을 본께 우리 강진촌놈 모냥허고 많이 다르요."

"무자게 다르그만."

"그리고 본께 우리 모냥은 상거지 꼴이오."

산길에서 노숙하며 올라온 모습들이 하나같이 누추했다. 흰 무명 바지저고리는 숯제 누런색으로 변했고, 머리는 하나같이 산발한 듯 헝클

어져 있었다. 게다가 미투리 짝들이 덜렁거리는 괴나리봇짐은 도둑질한 산적 보따리처럼 컸다. 그러니 순찰을 도는 포도청 군관의 눈에 걸리지 않을 수 없었다.

"요런 꼴인디 안 걸리겠소?"

"니 말이 맞다."

"하하하."

김씨 형제들은 육조거리 초입에서 너털웃음을 터뜨렸다. 길 가는 관원에게 물어보니 친절하게도 오위도총부 건물 앞까지 따라와 알려주었다. 오위도총부는 병조 건물 별채에 따로 떨어져 있었다. 병조에 속하지만 독립관청이므로 별채를 사용하는 듯했다. 그런데 별채의 건물은 초라했다. 김씨 형제들은 누가 먼저라고 할 것 없이 실망했다. 김억추 형이 출세하여 으리으리한 고래 등 같은 관청에서 근무하고 있는 줄 알았는데 그게 아니었기 때문이었다.

아무 제지를 받지 않고 병조 솟을대문을 들어왔는데 뒤늦게 관노 문지기가 쫓아와 물었다.

"어느 나리를 찾아왔습니까?"

"김억추 도사님을 뵈러 왔네."

"잠깐 기다립죠."

김씨 형제들은 쏟아지는 햇살을 피해 느티나무 그늘로 갔다. 병조 마당가에는 느티나무 고목이 그늘을 드리우고 있었다. 그제야 느티나무의 서늘한 그늘 같은 병조의 근엄한 공기가 엄습했다.

"성님, 여그 분위기는 강진허고 달라부요."

"병판 대감님이 겨시는 곳인디 강진허고 같다냐?"

"성님이 요런 디서 겨신다니 자랑스럽소야."

그때, 김억추가 오위도총부 건물에서 손을 흔들며 나왔다. 김씨 형제들은 반가워서 달려가 꺼안고 싶었지만 그러지 못했다. 박실마을에서 훈련용 활을 들고 다니던 김억추의 모습이 아니었다. 검은 콧수염이 인중을 팔(八)자로 덮었고 턱수염은 목울대를 가리고 있었다. 웅건한 풍채가 그들을 압도했다. 붉은색의 철릭 때문인지 어깨가 반석 같았고 몸집은 예전보다 더 커 보였다. 김씨 형제들은 형이 아니라 고관의 장수를 만난 듯 주눅이 들어 감히 가까이 가지 못했다. 김억추가 말했다.

"소가 달구새끼 쳐다보는 거맹키로 뭘 넋이 나간 사람 모냥 서 있냐? 얼능 이리와."

"아이고메, 참말로 억추 성님이 맞소?"

"씨잘떼기없는 소리 말고 얼능 와부러랑께."

김억추는 오랜만에 고향 형제들을 만나니 강진 말이 입에서 절로 튀어나왔다. 김씨 형제들은 김억추를 따라서 오위도총부 건물로 올라갔다. 대청마루 양쪽으로 작은 방이 하나씩 딸려 있었다. 마루 가운데는 호상이 두 개가 놓였고 좌우로 팔걸이의자들이 4개씩 배열돼 있었다. 김억추가 말했다.

"가운데가 도총관 대감허고 부총관 대감이 앉는 호상이고, 좌측에 팔걸이자 4개는 경력(經歷)들이 앉는 자리고, 우측에 팔걸이의자 4개는 도사덜 자리다."

"성님 자리는 으디요?"

"우측 두 번째여."

"긍께 두 번째로 높은 것이오?"

"나보다 다 높은 분덜인디 도총관이나 부총관 대감은 여그 나오는 날이 거의 읎제. 대감덜은 이름만 걸어놓고 있응께. 임금님이 지시허는 일은 실지로 경력이나 도사덜이 허제."

"성님이 실세그만요."

"그런 말 말어. 한양은 무서운 디여. 말 한 마디 잘못했다간 쥐도 새도 모르게 목이 날아가부러. 자, 한양 거리나 구경 나가보자."

"청을 비워도 돼부요?"

"평소 도총부는 늘 사람이 읎어. 일이 생길 때만 나온께."

"성님 댕기는 여그 관청이 참말로 부럽소. 웃사람이 안 나와야 편헌 거 아닌게라우?"

"웃사람이 안 나온께 편허기도 허지만 부담도 많이 되제. 책임이 따른께 말이여."

김억추는 동생들을 데리고 청계천으로 나갔다. 인왕산 계곡에서 발원한 청계천은 강진 작천의 금강천과 흡사했다. 수량(水量)은 많지 않지만 맑은 물이 돌돌 흐르고 수심이 깊어지는 바위 사이의 소도 군데군데 있었다. 아낙네들이 빨래하고 조무래기들이 개구리헤엄을 치는 등 물놀이하는 모습도 정겨웠다.

"억추 성님, 한양이 별천진 줄 알았는디 벨거 아니그만요. 박실마실 앞에 흐르는 천이나 비슷허그만요. 성제들이 천에서 저러코름 멱감음시롱 물장구치고 그랬지라."

"쬐깐만 지달려봐라. 니덜헌티 보여줄 것이 있응께."

"뭣이 있간디 그라요? 금강산도 식후경이라고 엄니가 싸준 떡이 있어라우. 긍께 떡 쪼깐 묵고 가믄 안 되겄소?"

"니덜이 시장헌 모냥이구나."

김씨 형제들은 청계천 반석에 자리를 잡았다. 반석 가장자리로는 맑은 물이 희끗희끗 햇살을 반사하며 흘렀다. 김응추가 괴나리봇짐에서 음식을 꺼내는 동안 누가 먼저라고 할 것 없이 찬물에 발을 담갔다.

"성님, 엄니가 싸준 건디 술떡 쪼깐 잡사봐."

"고건 뭣이냐?"

"도야지괴긴디 고소헌 또랑새비젓으로 버무렸지라우."

김응추가 코를 대고 냄새를 맡더니 도리질했다.

"아이고메, 요건 묵지 마씨요. 짠 또랑새비젓을 발랐는디도 썩은 내가 나부요."

"엄니 정성인디 냄새라도 맡고 버릴란다. 이리 쪼깐 줘봐라."

김억추는 어머니가 그리운 듯 돼지고기를 입에 대더니 가만히 놓았다. 그런 뒤 딱딱해진 인절미부터 잘근잘근 씹어 먹었다. 시큼한 술떡은 입 안에서 살살 녹는 듯했다. 김억추는 고향에서 올라온 형제들과 함께 있는 시간이 믿기지 않아 도리질을 했다.

"니덜을 만난 것이 꿈인지 생신지 모르겄어야."

"아따, 그라믄 우리 동상덜이 구신이란 말이오? 구신 몸땡이로 여그 와서 시방 요로크롬 앉아 있단 말이오?"

"반가운께 그런 맴이 든갑다."

"근디 성님이 우리덜헌티 보여줄 것이 뭣인게라우?"

"쬐깐만 지달려봐라."

김억추는 다시 청계천을 따라 앞장서서 내려갔다. 김억추가 동생들을 데리고 간 곳은 남산 산자락에서 흘러온 계곡물과 청계천이 만나는 지점이었다. 그 지점 우측으로 넓은 들이 하나 나타났는데 그곳이 바로 무과시험을 실시하기도 하고 군사를 훈련시키는 훈련원이었다.

"여그서 내가 무과시험을 봤어야."

"훈련원이그만요."

"느그덜도 여그서 응시헐지 모른께 델꼬 왔제."

"시방 무과를 준비허는 사람은 대복이 성뿐이지라우."

김응추 대꾸에 김대복이 말했다.

"억추 성님, 지는 여그보담 쉬운 별시무과를 생각허고 있그만요."

"그런 소리 말어. 사람 인연이란 모른 거여. 들판 너메 쩌그 바위까정 한 번 갔다 와불자."

김억추는 자신이 방금 가리켰던 바위를 향해 동생들을 데리고 갔다. 들판은 군사들이 활을 쏘는 활터로 이용하곤 했는데, 김억추 역시 정7 품의 참군(參軍)으로 훈련원에 있을 때 틈만 나면 습사했던 곳이었다. 참군 가운데 김억추 같은 뛰어난 군관을 예우해서 부장이라고 불렀는데 실제로 훈련원에 그런 직급이 있는 것은 아니었다. 바위 앞에서 김대복이 소리쳤다.

"아이고메, 억추 성님. 그냥 바우가 아니라 원사석표(遠射石標)라고 새겨져 있그만요."

"내가 병조 참지 앞에서 시재헐 때 사대(射臺)부텀 요 바우까정 여섯 냥짜리 화살 세 발을 쏴불고 난께 기념으로 판 글씬디 사람덜은 이 바우를 그냥 김억추석(金億秋石)이라고 부른갑드라."

"지금까정 요 바우를 맞힌 사람이 성님밖에 읎응게 그러겄지라우."

"그날 찬바람이 제법 불었는디 내가 운이 좋아서 맞혀 부렀제. 아마도 개본 화살로 쏘았으믄 바람 땜시 맞히지 못했을 것이다."

선조 10년(1577) 동짓달 시재 감독관은 정3품의 병조 참지 이이였다. 시재의 목적은 선조에게 명궁수를 천거하기 위해서였다. 이이의 눈에 든 김억추는 두 달 후 선조 앞에서도 활솜씨 시재를 보였는데 선조는 바로 친위군관인 정8품의 겸사복으로 임명했다. 그런 뒤 왜구의 노략질이 잦은 평산포에 정4품의 만호가 공석이었으므로 선조는 급히 김억추를 가장(假將)으로 내려 보냈고, 만호 자리가 해결되자 다시 훈련원 참군으로 불렀던 것이다. 김명원이 김억추를 교룡기 행수기수로 추천한 것은 바로 이때였고, 선조에게 신임을 얻은 김억추는 내삼청 종6품의 부장으로 제수 받았다. 이후 사신 일행으로 김명원을 호위하여 명나라 황도를 다녀온 뒤 사헌부 정6품의 감찰이 되고, 1년 뒤에는 유영경의 비장이 되어 임무를 수행하고 나서는 오위도총부 종5품의 도사로 승진했던 것이다.

"아따, 활로는 강진서 성님 따라갈 사람이 읎었는디 여그서도 그랬는갑소잉. 병영성에서 성님이 활을 쏴블믄 수인산 노적봉까정 날아가부렀응께라우."

"누가 뭐래도 활은 억추 성님이 으뜸이었당께요."

김씨 형제들이 이구동성으로 맞장구를 쳤다. 그제야 김억추는 동생들을 데리고 온 이유를 말했다.

"니덜은 내가 도사 된 것을 출세했다고 생각허는지 모르겄으나 나는 여그 바우에 새겨진 글씨가 더 값져야. 이거야말로 우리 가문의 영광이라고 생각헌단 말여. 알았제!"

"성님 말을 듣고 본께 그래부요. 성님이 참말로 자랑스럽소."

김억추는 눈을 지그시 감은 채 고개를 끄덕였다. 김만추와 김대복은 바위에 달라붙어 글씨를 어루만지며 감개무량해했다. 김억추석이라고 불리는 바위의 글씨는 깊게 음각돼 천년만년이 지나도 희미해지지 않을 듯했다. 훈련원을 거쳐 가는 모든 무장과 군사들이 김억추의 활솜씨를 우러러볼 것만 같았다.

화살로 충성하라

선달 삭풍에 진눈깨비가 흩날렸다. 노비 하나가 언 손을 호호 불며 종종걸음으로 훈련원 부근의 명철방 산비탈 동네로 향했다. 얼굴은 벙거지를 푹 눌러써 눈만 빼꼼하게 보였다. 사흘 전 병조 판서로 제수 받은 이이의 사삿집 노비였다. 이이가 사는 한양 집은 명인방 구역의 대사동(大寺洞)에 있었다. 대사동을 사람들은 댓절마을이라고도 불렀다. 원각사라는 큰 절이 있는 마을이기 때문이었다.

노비는 살얼음이 낀 청계천 둑길을 잰걸음으로 걷다가 엉덩방아를 찧었다.

"아이쿠, 내 짚신짝 달아나네!"

짚신 한 짝이 벗겨져 청계천 바닥에 나뒹굴었다. 하마터면 짚신 한 짝이 개울물에 빠질 뻔했다. 짚신을 가까스로 끌어당긴 노비는 가슴을 쓸어내렸다. 노비가 혼잣말로 중얼거렸다.

"대감마님, 너무 하십니다요. 이런 날 김억추 나리께 쇤네를 보내다니요."

노비는 이이의 편지 한 장을 가슴에 품고 있었다. 김억추에게 전하라는 편지였다. 명인방에서 명철방은 시오리 떨어진 거리로 그리 멀지는 않았다. 그러나 모래를 흩뿌리는 것 같은 진눈깨비에다 둑길에는 살얼음이 끼었으므로 걷기가 사뭇 고약했다. 노비의 입에서 불만이 터져 나올 법도 했다.

날은 금세 어둑어둑해졌다. 노비는 되돌아갈 길을 더 걱정했다. 그런데 다행스럽게도 노비가 김억추 집에 다다랐을 때는 하늘에 먹구름이 걷히면서 진눈깨비의 기세가 잦아들었다. 거친 숨을 몰아쉬던 삭풍도 제풀에 지쳤는지 순해졌다.

"도사 나리님, 병판 대감마님 댁에서 왔습죠."

"얼능 들어오게. 날씨가 겁나게 찹네."

"캄캄해지기 전에 돌아가야 합죠."

"무신 심부름으로 왔능가?"

"대감마님 편지를 전하라는 분부를 받잡고 왔습죠."

"이리 주게나."

김억추는 가물거리는 호롱불 옆에서 접힌 편지를 폈다. 편지의 내용은 간단했다. 병조 판서가 되고 나서 인수인계 때문에 분주하게 보냈는데, 두만강 강변에 적호(敵胡, 여진족)가 날뛰려 하니 방비책이 시급하다는 내용과 함께 대사동 사저로 한번 와달라는 부탁의 글이 쓰여 있었다. 김억추가 말했다.

"앞장을 서게나."

"나리님, 지금 모시고 오시라는 말씀은 없었습죠."

"대감님께서 편지를 보낸 것은 뭔가 급헌 일이 있다는 뜻이네."

김억추는 우릿간에 있는 말을 꺼내 탔다. 되새김질을 하던 말이 우리 밖으로 나오면서 푸르르 진저리를 쳤다.

"도사 나리님, 변덕이 심한 날씹니다요."

"니 말대로 초저녁까정 진눈깨비가 날리더니 시방은 말짱허구나."

"반딧불이 같은 별이 나타난 것을 보니 달도 뜨겠습니다요."

"오늘 밤 길은 아조 어둡지 않을랑갑다."

김억추가 탄 말은 가끔 헛발질을 했다. 진눈깨비가 쌓여 얼어붙은 길이 미끄러운 탓이었다. 삭풍이 간헐적으로 날카롭게 마른 소리를 질렀다. 김억추는 몸을 잔뜩 웅크린 채 말고삐를 잡아당기곤 했다. 차가운 섣달 공기는 김억추의 목덜미를 시나브로 파고들었다.

노비는 급하게 집을 나서는 김억추를 보고 의아해했다. 그러나 김억추에게 이이는 누구보다도 고마운 은인이었다. 훈련원 시재 감독관으로서 김억추를 눈여겨보아 두었다가 선조에게 천거한 사람이 바로 병조참지 이이였던 것이다. 오늘의 김억추는 이이의 천거로 무장들 가운데 두각을 나타냈다고 봐야 옳았다. 이이가 없었다면 김억추는 변방 장수의 군관으로 쓸쓸하게 세월을 보내고 있을지도 몰랐다. 그러니 김억추는 이이가 무슨 부탁을 하든지 의리상 기꺼이 들어줄 수밖에 없었다. 이이는 자신을 발탁해준 은인이자 조정에서는 직언을 마다하지 않는 당상관이었다.

아버지 이원수와 어머니 신사임당의 몸을 빌려 외가인 강릉 북평마을에서 태어난 이이는 3살 때 글을 읽기 시작했고, 13세 때 진사초시에 합격한 뒤 한성시, 생진사시, 문과, 복시, 전시 등등 29세까지 아홉 번이나 장원했던 천재이기도 했다. 벼슬은 29세에 호조좌랑, 30세에 예조좌랑, 31세에 사간원 정언, 33세에 사헌부 지평, 천추사 서장관으로 명나라 수도를 다녀왔으며 홍문관 부교리가 됐다. 34세에는 홍문관 교리가 되어 한 달간 사가독서했으며 35세부터 44세까지는 병약하여 이조 정랑, 청주목사, 우부승지, 황해도 관찰사, 병조 참지 등의 벼슬을 제수 받았지만 나아가지 않거나 정사를 잠시 보다가 한양 사저에서 처가가 있는 해주 석담이나 파주 율곡으로 돌아가 강학을 열었다. 이후 45세에 대사간, 46세에 호조 판서, 47세에 이조 판서, 병조 판서에 임명된 거물이었다.

대사마을은 기와집이 다닥다닥 붙어 있는 동네였다. 초사흘을 막 벗어난 달이 대사마을에 달빛을 흐릿하게 뿌리고 있었다. 달빛은 기와지붕이나 고샅길에 재여 가고 있는 듯했다. 김억추는 이이의 사저 대문 앞에 이르러 말에서 내렸다. 노비가 이이의 사저로 재빨리 먼저 들어갔다가 나왔다.

"대감마님께서 들어오랍십니다요."

"알았네."

김억추는 노비가 안내하는 대로 이이의 사저 사랑방으로 갔다. 마루에 나온 이이는 김억추를 보고 놀랐다. 편지를 받은 즉시 오리라고는 생각지 못했던 것이다.

"이 사람아! 바로 오란 편지는 아니었네."

"대감님께서 편지를 보내셨는디 어쩌께 망설이겄습니까."

"어서 들어오게. 날이 매섭네."

"그래도 진눈깨비가 그쳐 다행이그만요."

사랑방은 반닫이 하나가 덩그러니 놓여 있을 뿐 휑하니 초라해 보였다. 문풍지를 비집고 들어오는 바람결에 호롱불이 춤을 추는 듯했다. 이이의 사저는 동문수학했던 지인들과 제자들이 마련해 준 것이었다. 그동안 한양에 변변한 집 한 채 마련하지 못하고 세든 집을 전전했던 것이다. 이이는 지인들이 구해준 사저 마당에 회화나무가 한 그루 자라고 있어 만족해했다. 파리나 모기를 쫓는 회화나무는 선비나무라고도 불렀다.

"5년 전이던가, 그대를 만난 것이?"

"병조 참지로 겨실 때 훈련원서 시재허는 날 뵌 적이 있습니다요."

"그때도 섣달이었는데 5년이 지난 오늘도 섣달이군."

"섣달은 같지만 그때와는 전혀 다르그만요."

"무엇이 다른가?"

"대감님께서 그때는 병조 참지이셨고 지금은 병주(兵主)이십니다요."

병주란 병사의 주인, 즉 병조 판서를 일컫는 말이었다.

"어쨌든 그대는 내가 병조로 와 있을 때만 인연이 이어지는구면."

"지가 무장인께 그런갑습니다."

"그렇지. 그대가 문신이었다면 자주 만났을지도 모르지."

"대감님, 좋아하실지 모르겠지만 강진 작설차를 가져왔그만요. 끓인 물에 우려서 드시믄 무겁던 몸땡이가 개보와져부는 발효찹니다요."

"고맙네만 그대를 한번 만나자고 한 까닭이 있네."

"뭣이옵니까?"

"지금 두만강 안팎의 적호 무리들이 변방 백성들을 괴롭히려고 한다는 보고를 받았네. 강이 어는 한겨울이 오면 밤낮을 가리지 않고 건너와서 노략질할 거라는 보고네."

이이가 말하는 적호란 노략질을 일삼는 여진족을 말했다. 겨울에 적호의 침략이 잦은 까닭은 강이 얼어붙어 도강하기가 용이하기 때문이었다. 그제야 김억추는 이이가 자신을 부른 이유를 알아차렸다.

"소장에게 맡겨주신다믄 당장이라도 달려가서 방비를 철저히 해불랍니다요."

"한양에서 잘 있는 그대를 차출해 보낸다는 것이 여간 미안한 일이 아니네."

"대감님은 소장의 은인인디 무신 일이든 해야지라우."

"국경 사정이 급하다고 아무라도 차출할 수 없는 일이네. 활을 잘 쏘는 장수를 먼저 차출하고 그다음에는 지략이 뛰어난 장수를 선발할 생각이네."

"낼 아칙에 바로 떠나불겠습니다요."

"이미 전하께서 무이보 만호로 제수하셨으니 정리할 것이 있다면 그 일을 마치고 떠나도 되네."

경흥부 두만강 강변에 있는 무이보와 조산보는 군사가 주둔하는 조그만 진지였다. 무이보는 경흥부에서 북쪽으로 26리, 조산보는 동쪽으로 35리 떨어진 거리에 있었다. 그리고 농사를 지어 군량미를 수확하는 두만강 속의 섬 녹둔도는 조산보에서 10여 리 정도 배를 타고 건너가야 했다. 두만강은 경흥에서 북쪽으로 갈수록 강폭이 좁아져 여진족의 침략이 잦았다. 그러니까 함경도라고 해도 경흥보다는 북쪽에 있는 경원, 온성, 종성, 회령 등이 더 위험했다.

김억추가 가야 할 무이보도 여진족과 마주보고 있는 최전방이었다. 이이와 김억추는 부엌데기 노비가 우려 온 강진 작설차를 한 사발씩 마셨다. 뜨거운 차가 식도를 타고 뱃속으로 들어가자 온몸이 따뜻해졌다.

"대감님, 인자 돌아갈랍니다."

"잠깐 기다리게."

김억추는 일어서려다가 다시 앉았다. 이이가 말했다.

"윗목에 있는 벼루와 먹을 이리 가져다주겠는가? 장지는 여기 있네."

이이는 미리 구상해둔 듯 붓에 먹을 듬뿍 적시더니 일필휘지로 써내려갔다. 함경도로 가는 김억추에게 신의의 정표로 주는 시였다.

試才射石立千古

三揮蛟龍御筆新

邦國賴安用武地

太平如盡八方春

시재날 화살이 맞힌 돌을 세우니 영원하고
교룡기 세 번을 휘두르매 어필이 새로워라
나라의 평안함 얻고자 군사를 쓰는 땅마다
태평함은 봄기운이 팔방에 다한 것 같구나.

김억추는 엎드려 절을 하고 난 뒤 시를 받았다. 1행과 2행은 김억추의 활솜씨와 용력을 찬탄하는 구절이고, 3행과 4행은 김억추가 군사를 쓰는 땅마다 모두 태평해져 마치 봄기운이 팔방에 미치지 않은 곳이 없을 것이라는 구절이었다.

"활 잘 쏘는 명궁수 무장부터 뽑아 올려보내려 하고 있네."

"소장이 대감님 눈에 든 것만도 영광이지라우."

이이와 김억추는 황금빛으로 우러난 작설차를 연거푸 두 잔이나 더 마셨다. 그러자 이마에 땀이 송골송골 맺혔다.

"온몸에 피가 도는 것 같구먼."

"함경도로 가기 전에 작설차를 인편으로 더 보내드리겠습니다."

"고맙네."

"대감님은 소장의 은인이시지라우. 대감님께서 지를 천거하지 않았드라믄 강진 촌놈이 어처께 내삼청에 들어갈 수 있었겠습니까."

"그거야 그대의 무재가 발군이니 당연한 거지."

김억추가 일어나려 하자 또다시 이이가 손을 저으며 만류했다. 김억추는 엉거주춤 앉은 채로 이이를 바라보았다.

"또 뭣인게라우?"

"험지로 떠나는 장수에게 충(忠)이 새겨진 칼이나 갑주(甲冑)를 주어왔네."

투구와 갑옷을 줄여서 갑주라고 했다. 갑주는 임금이 무장에게, 칼은 장수가 부하 군관에게 내리는 것이 통례였다.

"소장에게도 칼을 주실랍니까?"

"아니네. 그대는 칼보다 활이 더 어울리네."

이이가 사랑방 벽장 속에서 화살을 하나 꺼냈다. 여섯 냥짜리 장전(長箭)이었다. 그런데 화살촉이 뭉툭했다. 새 화살이 아니라 누군가가 사용했던 것이었다. 김억추는 실망한 표정을 숨기지 못했다. 벌레 씹은 얼굴로 이이를 바라보았다.

"얼굴빛이 왜 그런가?"

"대감님, 화살촉을 보니 오래된 화살 같그만요."

"하하하."

"으째서 소장을 무안하게 하십니까요."

"화살촉이야 바꿔 쓰면 되잖은가. 이 화살이 어떤 화살인지 알고나 하는 말인가?"

이이가 김억추에게 화살을 건넨다. 그제야 김억추는 낯익은, 자신의 손때가 묻은 화살임을 알아차렸다.

"대감님, 죄송하그만요."

화살은 이이가 시재 감독관일 때 김억추가 훈련원 시대에서 쏘았던 여섯 냥짜리 장전이었다. 화살 뒤쪽에 김억추라고 새긴 이름이 아직도 선명했다. 선조 10년(1577) 12월 이이가 훈련원 시재 감독관으로 왔던 것을 기념하기 위해 챙겨두었던 화살이었다.

"대감님 깊은 뜻을 몰랐그만요."

"그대를 이름나게 한 화살이니 잘 간수하게. 반드시 적장을 쓰러뜨리는 데만 사용하시게. 알겠는가?"

"영념하겠습니다요."

"함부로 쏘지 말고 아끼라는 말이네. 그대는 화살로 나라에 충성하는 장수가 될 것이네. 명심하게."

김억추는 이이의 말을 되새기면서 집으로 향했다. '화살로 나라에 충성하는 장수'라는 이이의 말이 머릿속에서 맴돌았다. 김억추는 이이의 말을 말뚝처럼 가슴에 박았다.

'그래, 화살로 나라에 충성하고 보은하는 장수가 되어불자.'

얼어붙은 밤길은 달빛이 내려와 뱀 허물처럼 허옇게 번들거렸다. 조각배 같은 달은 중천에 떠서 김억추를 미행하듯 뒤따랐다. 삭풍은 다시 거친 숨을 몰아쉬었다. 김억추는 이이에게서 건네받은 화살을 새삼 매만졌다. 영리한 말은 왔던 길을 잊어버리지 않고 끄덕끄덕거리며 김억추의 집을 잘 찾았다.

함경도 칼바람

말을 탄 김억추는 칼바람을 뚫고 북쪽으로 달렸다. 한시라도 빨리 경흥부 경성읍성으로 가서 함경도북병사 이제신에게 부임신고를 하기 위해서였다. 함경도 바람은 한양의 바람과 그 결이 달랐다. 얼굴이 칼에 베인 듯 피가 날 것만 같았다. 칼바람은 함경도 동장군이 토해내는 입김인 듯 위세를 부렸다. 휘파람 같은 소리를 내며 한번 불어오면 억새가 일제히 눕고 나뭇가지들이 부러지며 나뒹굴었다. 동장군의 기세가 섣달부터 이와 같이 난폭하므로 한겨울 정월에는 더 말할 것도 없을 듯싶었다.

한양을 떠난 지 나흘, 드디어 경흥부 경성읍성에 도착한 김억추는 남문 수문장을 만났다. 젊은 수문장이 제법 호기 있게 물었다.

"어데서 온 누구심메까?"

"나는 한양서 북병사 나리께 부임신고를 하러 온 무이보 만호다."

"무이보 만호가 날레 올기라고 간밤에 병사 나리께 들었슴메다."

"수문장은 나를 알고 있는갑네잉."

"훈련원을 거친 군관은 다 알고 있꼬망. 나리 바우인 김억추석도 알고 있음메다."

"얼능 병사 나리께 안내하게. 시간이 읇네."

김억추는 수문장의 안내를 받아 동헌으로 갔다. 동헌 군관 하나가 동헌방 앞에서 무이보 만호가 부임신고를 하러 왔다고 알리자 이제신이 방문을 열고 나왔다.

"병판 대감 공문보다 하루 늦었구면."

"나흘 밤낮을 달려 왔습니다요."

"고생했네. 어서 들어오게. 여기 날씨는 한양과 달라. 한양 겨울바람은 여기로 치면 봄바람이네."

김억추는 이제신이 공무를 보는 동헌방으로 따라 들어갔다. 동헌방은 무장의 방이라기보다는 선비의 처소 같았다. 벽에는 투구 대신에 갓이 걸려 있고, 검대에 놓인 칼은 퍼렇게 녹이 슬어 놓아 둔 지 오래된 듯했다. 칼 옆에 놓인 기다란 모지랑붓이 김억추의 눈길을 끌었다. 방에는 공무용인 듯 장지가 서너 묶음이 쌓여 있고, 문방사우가 앉은뱅이책상 옆에 놓여 있었다. 벽에 걸린 두 줄의 시를 보자 검억추는 웃음이 나왔다. 두 줄의 시는 천진난만하기 짝이 없었다.

새가 날아서 푸른 하늘로 떠오르니
푸른 하늘의 높고 낮음을 알겠네요.
鳥飛靑天浮

靑天高下知

"무얼 그리 유심히 보는가. 부끄럽게 말이네."

"소년의 꿈이 담겨 있는 거멩키로 시가 천진허그만요."

"잘 보았네. 내가 일곱 살 때 성(成), 세(世) 자 창(昌) 자 어른 앞에서 지은 시라네."

"무신 뜻인지 알겠그만요."

"내가 공부를 더 해서 세상으로 나아가 봐야 세상이 어떤지를 알지 않겠느냐는 마음으로 지은 시네."

"애린 시절부텀 출사를 꿈꾸셨그만요."

"출사해 입신양명하라는 것이 이 세상 모든 부모 마음이 아니겠는가?"

김억추는 함경도 선비를 만나 덕담을 주고받는 듯한 느낌이 들었다. 그런가 하면 좀 전부터 투구 대신 벽에 걸린 갓이 자꾸 눈길을 끌었다. 김억추는 참지 못하고 물었다.

"병사 나리 갓인게라우?"

"나는 적호를 만나 싸울 때 갓을 쓰네. 투구는 무겁고 거추장스럽지."

"선비 습관이 몸에 배어 그란갑습니다요."

"만호 말을 듣고 보니 맞는 것도 같네."

그제야 김억추는 경성읍성의 느슨한 분위기를 이해했다. 문신이 북병사로 왔기 때문에 군사들의 군율이 흐트러져 있는 것 같았다. 남문을 통과할 때도 성문지기 군사는 정위치를 떠나 보이지 않았고 수문장이 가까스로 다가와 안내를 했던 것이다. 또한 성안의 군사들도 모두 사냥이나 땔나무를 구하러 나갔는지 보이지 않았으며 성 밖의 양민으로 여겨지는 무명 바지저고리 차림의 백성들이 성가퀴에 기댄 채 보초를 서고 있었다. 한양에서는 상상도 할 수 없는 일이었다. 성문지기 군사가 정위치를 이탈하면 바로 의금부로 끌려가 하옥되거나 치도곤을 당했다. 성문 경계가 그 어떤 방비보다도 중요하기 때문이었다. 김억추가 일어서려 했을 때에야 이제신이 진보(鎭堡)의 방비를 짧게 지시했다.

"강 밖에서 사는 적호들이 강물이 얼면 노략질을 하러 오곤 하네. 그런데 놈들은 우리 성을 넘보지는 못하고 성 밖의 양민들 곡식이나 재물을 도둑질하러 오지. 그러니 방비를 잘해서 양민들 재산 피해가 없도록 하게. 우리 쪽에 붙어사는 번호도 조심하고."

적호(賊胡)란 금나라가 망한 뒤 두만강 주변에 흩어져 사는 여진족을 뜻했다. 조선에 귀화한 여진족은 번호(藩胡)라고 불렀다. 그런데 번호는 울타리처럼 순응하다가도 조선 관원에게 횡포를 당하거나 적호의 세력이 커지면 그쪽에 붙어 피해를 주는 반호(叛胡)가 되었다. 적호, 즉 남만주에서 유목생활을 하던 여진족은 명나라와 무역이 활발하지 못할 때는 늘 두만강을 건너와 식량 약탈을 일삼았던 것이다.

김억추는 적호보다 번호가 더 위험한 무리라고 판단했다. 아군의 군사정보를 언제든지 상황에 따라 적호에게 전해 주는 반호가 될 것이기 때문이었다. 그다음으로는 성을 지키는 군사의 군율이 흐트러져 있는 것도 문제라고 생각했다. 경흥부의 주성(主城)이며 북병사가 공무를 보는 경성읍성의 남문만 봐도 허술하기 짝이 없었던 것이다.

칼바람은 더욱 맵고 날카로웠다. 코와 귀를 베어갈 것처럼 인정사정 없이 불었다. 새들이 가랑잎처럼 점점이 허공에 날렸다. 칼바람이 더욱 거칠어진 까닭은 강이 가까워지고 있기 때문이었다. 강을 건너온 칼바람은 드넓은 갈대밭을 무자비하게 짓밟으며 불어제쳤다. 김억추는 말고삐를 잡아당기며 눈을 가늘게 떴다. 오리쯤 너머로 무이보가 보였다. 산모퉁이를 돌자 무이보가 더욱 또렷하게 나타났다. 무이보 문에 문지기 군사는 보이지 않았다. 경성읍성 남문의 경계 상태와 흡사했다. 김억추는 실망하여 화살통에서 긴 화살인 장전을 하나 꺼냈다. 바람이 거칠게 불어오므로 무거운 장전을 뽑았다.

'군율이 엉망이그만.'

김억추는 무이보 문을 향해 긴 화살을 날렸다. 장전은 칼바람을 가르며 포물선을 긋더니 사라졌다. 활쏘기 하나는 자신이 있었던 것이다. 그제야 김억추는 말고삐를 힘껏 쥐면서 달렸다. 무이보에 다다르자 긴 화살은 목책 문에 이미 박혀 있었다. 장전 끝에 달린 깃털이 파르르 떨었다.

"아무도 읎느냐!"

"신임 만호가 왔는디 아무도 읎느냐!"

군사 하나가 느릿느릿 나타났다. 복장으로 보아 군사라고 하기보다는 산발한 양민과 흡사했다.

"가장 군관은 으딨는가?"

"강변으로 순찰 나가셨슴메다."

"니는 누구냐?"

"무이보 밖에 사는 토병임메다."

토병이란 예비 군사인 양민이었다. 그때 군사 몇 명이 나와 새로 부임해 온 만호인 줄 알고 부동자세를 취했다.

"나리, 노루를 잡아서 회식 중임메다."

"회식을 하드라도 경계는 서야 하지 않겠는가!"

김억추는 불같이 화를 냈다. 그때 순찰 나갔다던 가장(假將) 군관이 달려와 말했다.

"나리, 가장 군관 최여만입네다."

"니덜 경계를 시험해볼라고 저 목책 문에 화살을 쏘았다. 하지만 아무런 반응이 읎었다. 이러고도 경계를 선다고 할 수 있겄느냐! 적호들이 기습했다믄 니덜 목심은 어쩌께 됐겄냐?"

"나리, 용서해주시꼬망. 강물이 아직 얼지 않아서 방심했슴메다."

"강물이 얼었을 때만 적호가 공격한다고 하드냐? 배를 타고 기습할 수도 있지 않겄는가."

"나리, 죽을죄를 지었꼬망."

"앞으로는 경계를 철저히 하겄는가!"

군사 모두가 땅바닥에 엎드려 맹세를 했다.

"예꼬망, 만호 나리!"

"가장은 문지기 군사를 내보낸 뒤 회식을 마저 하도록 전하라."

"만호 나리께서 오셨으니 함께 모시고 싶습메다. 마침 사냥한 노루가 한 마리 더 있습메다."

김억추는 가장 군관이 안내하는 군막으로 갔다. 군막은 갈대이엉으로 지붕을 인 미음(ㅁ) 자 형태의 띳집이었다. 군막 안은 창호가 없어 어두컴컴했다. 김억추는 앞으로 나가 엄한 목소리로 한마디 했다.

"변방에서 고상이 많다. 니덜이야말로 나라의 은혜에 보답을 다허는 군사다. 나라를 지키는 장졸들이다. 정월이 되믄 적호들이 준동할 것이다. 내가 여기 온 까닭은 적호덜을 소탕하기 위해서다. 여그 지세나 사정은 니덜이 나보다 더 밝을 틴께 나는 니덜 도움이 뭣보담 필요허느니라. 알겄느냐!"

"예꼬망."

"북병사 나리 말씸은 적호는 진보를 공격허기보담 양민덜 식량 약탈이 목적이라고 했다. 그러나 노략질을 허다 보믄 적호 놈덜의 간땡이가 부을 것이다. 간땡이가 배 밖으로 나오믄 뭔 일인들 못 허겄느냐. 반다시 우리 진보를 공격해 무기 등을 탈취허라고 공격헐 것이다. 그러니 양민과 합심해 적호덜이 기습공격하믄 초전에 박살내부러야 할 것이다."

"예, 만호 나리!"

"음석을 앞에 놓고 말이 질어져서 미안허그만. 얼능 묵고 심을 내서 공격과 수비에 최선을 다하거라."

"만호 나리, 살아 있는 노루 한 마리는 어케 하꼬망."

"낼 아칙까정 살려두거라."

"어데 쓸라고 함메까?"

"가장은 오늘 밤에 내 방으로 와 지시를 받으라."

"예꼬망."

김억추는 가장 군관을 밤에 방으로 오도록 지시한 뒤 군사들과 노루고기를 먹는 시늉만 하고 일어섰다. 무이보를 한 바퀴 돌아보기 위해서였다. 무이보를 순시하려 하자 가장 군관의 부하인 권관 하나와 말구종이 따라붙었다. 말구종은 일부러 말을 천천히 이끌었다. 김억추가 물었다.

"보를 한 바퀴 도는 디 을매나 걸리는가?"

"날레 돌믄 두어 식경밖에 안 걸립네다."

밥 한 끼니 먹는 시간을 한 식경이라고 했다. 그러니까 무이보 둘레는 십리도 안 된다는 말이었다. 그만큼 무이보 땅은 좁았고 인구도 적었다. 권관이 무이보 현황을 보고했다.

"소진 안의 군사는 1백여 명이고, 소진 밖의 양민은 2백여 명입네."

"긍께 3백여 명이 사는 곳이그만."

"그렇습메다."

원래 만호란 1만 호를 다스린다고 해서 명명한 벼슬이었다. 그러나 무이보는 군사와 양민을 합쳐서 3백여 명 정도밖에 안 되는 소진(小鎭)이었다. 다른 소진들도 마찬가지였다. 소진 중에서 경원부 훈융진처럼 큰 곳은 군사가 150여 명 주둔했고, 건원보처럼 작은 소진은 군사가 60여 명에 불과했다. 무이보는 소진들 중에서 중간 정도 되는 곳이었다.

순시를 하던 김억추가 갑자기 활 하나를 뽑아 번개처럼 빠르게 쏘았다. 그러자 갈대밭에서 막 솟구쳐 날던 꿩 한 마리가 강변 모래밭에 수직으로 떨어졌다.

"나리, 쇤네가 줏어 오갔슴메다."

"즉시 꿩을 찾아들고 가서 항아리에 꿩 피를 내서 담아 두어라."

"나리께서 꿩 피를 드시갔슴메까?"

"낼 아칙에 쓸 것인께 얼지 않게 잘 두어라."

"예, 나리."

작은 소진이었으므로 순시를 돌 것도 없었다. 무이보를 한 바퀴 돌았지만 말을 타고 비호처럼 달릴 만한 땅은 없었다. 권관이 말했다.

"화살 하나로 꿩이 떨어지는 것을 첨 보았슴메다."

"바람이 잦아들어 운이 따랐는갑다."

권관은 김억추의 활솜씨에 넋이 나간 듯했다. 하마터면 강둑에서 헛발을 디뎌 굴러 떨어질 뻔했다.

"나리가 오셨으니 인자 적호 넘덜이 살아돌아가지 못헐 것임메다."

"권관도 활을 잘 쏘고 잪은가?"

"예꼬망."

"그렇다믄 내 참좌군관이 되게."

김억추가 있는 자리에 늘 대기하는 비서직 권관이 되라는 말이었다. 그러한 비서직 권관을 참좌군관이라고 불렀다.

"영광임메다."

상현달이 선명하게 뜬 밤에 가장 군관이 김억추 방을 찾아왔다. 김억
추는 가장 군관을 보자마자 지시했다.

"낼 아칙에 무이보 군사를 모다 집합시키게."

"점고를 하시갔습메까?"

"점고는 오후에 허겄네. 조식을 헐라고 그러네. 조식이 뭔지 아는가?"

"군사덜이 입에 피를 묻히고 약속하는 거 아님메까?"

조식(朝食)이란 조반(朝飯)과 달랐다. 조반은 아침 끼니이고 조식은 아
침에 피를 마시는 충성 맹세 의식이었다. 원래 중국에서는 장수끼리 백
마의 피를 마셨지만 조선에서는 백마 대신에 닭이나 다른 짐승의 피로
입술을 적셨다. 함경도에서는 드문 의식이었다. 그만큼 김억추는 군사들
에게 군율을 다잡고 정신무장을 시키고자 했다.

"장졸덜이 나라에 충성할 것을 맹세받을라고 허네."

"그러니까네 노루를 죽이지 말라고 하셨꼬망."

"참모덜은 닭 피 대신에 꿩 피로 입술을 적시고 군사덜은 모다 노루
피를 쬐깐씩 마실 것이네."

가장 군관은 김억추의 방을 둘러보면서 고개를 갸웃했다. 검대에는
장검과 긴 화살이 하나 놓여 있었다. 긴 화살 하나가 화살통에 있지 않
고 검대에 칼과 함께 놓여 있어서였다. 그러나 김억추는 병조 판서 이이
에게 받은 긴 화살을 굳이 이야기하지 않았다. 다만, 마음속으로 '저 장

전으로 적호의 추장 숨통을 끊어불 것이여'라고 다짐했을 뿐이었다. 김억추는 가장 군관이 방을 나간 뒤 무이보에서 첫 밤을 맞이했다. 눈을 감았다. 그러나 잠을 이루기가 쉽지 않을 듯했다. 적호의 무리 같은 칼바람이 창궐해 방문을 잡아당기곤 했다.

무이보

김억추는 간밤에 한숨도 자지 못했다. 거친 칼바람 소리 때문이기도 했지만 그보다는 무이보 방비계책에 골몰하다보니 먼동이 텄다. 강물이 얼면 반드시 여진족의 무리가 강을 넘어와 노략질을 하는데 근본적인 방비 전략이 필요했다. 적군을 제압하려면 독사의 머리를 치듯 적의 우두머리를 잡으라는 것이 병법의 전술 중 하나였다.

두만강 건너편 마을에 살고 있는 여진족의 추장은 니탕개, 우을지, 율보리 등 세 명이었다. 그들은 함경도 육진의 군사를 괴롭힐 만큼의 기마와 무기를 가지고 있었다. 그들과 관계가 원만할 때는 두만강이 조용하고, 그렇지 못할 때는 크고 작은 전투가 발생했다. 그렇다고 무이보 같은 소진의 적은 군사를 거느리고 기습하여 적호 마을의 추장을 생포하거나 사살한다는 것은 무모한 작전이었다. 유목민인 그들 추장에게는 수천 마리 이상의 말을 끌어 모아 반격해올 전력이 있기 때문이었다.

먼동이 트고 난 뒤에는 함박눈이 나붓나붓 내렸다. 칼바람이 누그러지고 기온이 조금 올라가자 함박눈이 흩날렸다. 만호가 공무를 보는 군막 앞마당도 금세 하얗게 변했다. 군막지기 군사들이 눈을 쓸려고 빗자루를 들고 서성거렸다. 참좌군관이 말했다.

"날레 쓸라우."

"눈포래가 오갔습둥."

"만호 나리께서 점고를 하시니까네 날레 쓸라우."

"알았습둥."

눈보라가 몰아쳐 눈이 쌓일 때 쌓이더라도 당장 마당을 쓸라는 권관의 지시였다. 어제 김억추를 처음 만나 보직을 받은 참좌군관이었다. 무이보 군사 숫자와 무기 상태를 검열하는 정식 점고는 아니었다. 김억추가 무이보 부하들로부터 첫 인사를 받는 약식 점고였다. 잠시 후 군사들이 하나둘씩 만호 군막 앞마당으로 나왔다. 가장 군관도 나타나서 군사들이 대오를 갖추기 시작하자 한마디 했다.

"새 만호 나리께서 오셨으니까네 인자 나를 가장이라고 부르지 말라우."

"그라믄 뭣이라고 부름메까?"

"무기고나 군량창고 군관을 맡갔지."

군사들이 대오를 모두 정열한 뒤 참좌군관이 만호 방 앞으로 가서 소리쳤다.

"나리, 군사덜이 다 모였습메다."

"꿩 피와 노루 피는 준비해부렀는가?"

"피 단지에다 사발까정 갖다 놓았습메다."

김억추는 갑옷을 입은 뒤 투구를 썼다. 화살통까지 맨 전투 복장 차림으로 만호 방을 나섰다. 함박눈을 맞으며 웅성거리던 군사들이 부동자세로 김억추를 맞았다. 김억추가 단에 오르자 순간 군사들 사이에 긴장감이 돌았다. 체격이 우람한 김억추의 모습은 위압감을 주기에 부족함이 없었다. 단 위에 큰 바위가 하나 세워져 있는 듯했다. 함박눈이 날벌레처럼 김억추의 얼굴에 달려들었지만 김억추는 꼼짝도 안 했다. 이윽고 김억추가 위엄 있는 목소리로 말했다.

"나 김억추는 무이보 만호로서 부하 군사와 양민덜을 지키기 위해 심껏 노력헐 것이다. 적호 넘덜은 강물이 꽁꽁 얼어붙는 정월을 노려불 것인디 적호가 침입헐 줄 앎시롱도 당헌다는 것은 만호로서 용납헐 수 읎는 일이여잉. 적호를 격퇴허기 위해서는 방비 훈련과 정신무장뿐인께 명심해야 써. 당장 오늘부텀 적과 아군으로 나누어 훈련허고 목책을 이중으로 치고 강변 초소를 정비헐 것이니라. 알겄는가?"

"예꼬망, 만호 나리!"

군사들이 일제히 복창하자 김억추가 다시 말했다.

"군관과 권관덜은 꿩 피를 입술에 묻히고 군사덜은 노루 피를 마실 것이니라. 우리는 피를 입술에 적심으로 해서 하나가 돼 나라의 은혜에 보답헐 것이니라. 알겄는가?"

"예꼬망, 만호 나리!"

김억추는 붉고 차디찬 꿩 피를 먼저 한 모금 마셨다. 꿩 피는 얼음물처럼 차가웠다. 꿩 피가 목구멍을 넘어가는 순간 진저리가 쳐졌다. 뱃속이 시리고 아렸다. 군관과 권관들이 뒤이어 꿩 피를 입술에 묻혔고, 군사들은 사발에 든 노루 피를 돌아가면서 한 모금씩 마셨다. 이빨에 붉은 피를 적신 군사들이 여진족 적호에 대해 적개심을 드러냈다.

"오랑캐 넘덜, 천 번 만 번 찢어 죽일꼬망!"

"나리, 우리 군사가 몬자 쳐들어가 복수하갔슴메다!"

군사들의 마음은 한결같았다. 나라를 향한 충의와 적호에 대한 적의가 넘쳤다. 다만 그것을 담아낼 장수가 지금까지는 없었던 것이다. 김억추는 참좌군관을 만호 방으로 불러 훈련일과를 전달하도록 했다.

"오늘보텀 주야간 훈련을 해야 쓰겄네. 주간은 공격 훈련이고 야간은 수비 훈련이네. 그런께 군사 50여 명씩을 나눠놓게. 한쪽이 공격하믄 또 한쪽은 수비를 해야 헌께. 메칠 뒤보텀 기습 훈련도 해야 허고."

"강을 건너가 기습 공격도 하갔슴메까?"

"기습을 못 헐 것도 읎제. 우리 전략이 넘덜보담 강허다든 말이여."

"실패허믄 문책을 받지 않갔슴메까?"

"군사가 강허다믄 실패는 읎네."

"경원읍성 김수 부사님도 나리와 같슴메다. 소문입네다만 강을 건너가 적호를 무찌르갔다는 생각뿐임네다."

"용장이그만. 적허고 맞대고 있는 요런 디서는 덕장은 소용읎네. 용장이나 지장이 필요하지."

참좌군관은 만호 방을 물러갔다. 군사들에게 아침 끼니 뒤부터 시작하는 훈련 일과를 전달하기 위해서였다. 그사이에 가장 군관은 군창군관으로 보직을 바꾸었다. 군창군관은 군사들의 군량미뿐만 아니라 양민들의 식량까지 지키는 일을 맡았다. 그러니 무이보에서는 만호 다음으로 권한이 주어지는 중요한 직책이었다.

무이보 같은 소진의 무기고는 보잘것없었다. 무기나 칼은 군사들이 자비로 구하거나 만들어 사용했다. 토병인 양민들도 스스로 무기를 구했다. 휴대용 화포인 승자총통이나 폭탄의 일종인 진천뢰, 투척용 철퇴인 유성추 같은 병기는 읍성 같은 거진(巨鎭)의 무기고에서나 볼 수 있었다.

만호 군막지기 군사의 말대로 함박눈은 아침 끼니 후부터 눈보라로 바뀌어 휘날렸다. 눈송이가 눈을 찌를 정도로 퍼부었다. 지난번 만호 같으면 훈련을 취소할 만한 날씨였다. 그러나 김억추는 식전에 알린 대로 군사들을 둘로 나누어 집합시켰다. 식전에 조식을 한 때문인지 군사들은 사뭇 눈빛이 빛났다. 김억추가 말했다.

"사고가 날 수 있응께 무기는 지참허지 않겄다. 맨주먹으로 공격허고 수비험시롱 목책을 빼앗기믄 지는 것으로 간주허겄다."

군창군관 최여만이 건의했다.

"공격허는 군사가 더 많아야 함메다. 목책 안에서 방어허는 수비가 쉬우니까네 그람메다."

"군관 말이 맞그만. 병서에 의하믄 성을 공격헐 때는 수성허는 군사보담 시 배는 돼야 허는 벱인께."

김억추는 50여 명씩 둘로 나뉜 군사를 공격 70여 명, 수비 30여 명으로 재편했다. 그러자 수비조는 재빨리 목책을 이중으로 보강하기 위해 진 밖으로 뛰어나갔다. 공격조도 진 밖을 돌면서 공격하기 수월한 곳을 찾았다. 눈보라 속에서 군사들이 들짐승처럼 이리저리 민첩하게 움직였다. 군창군관 최여만이 말했다.

"만호 나리, 인자 군사덜 기상이 살아난 거 같습메다."

"그런가?"

"나리께서 오신 뒤부텀 군사덜 눈빛이 달라졌꼬망."

"노루 피를 생켜분 효과잉갑네."

"나리를 모신 것이 행운임메다."

"최 군관은 시방 진 밖으로 나가 양민덜 곡석을 조사해 오게."

"양민덜이 비밀동굴 같은 곳에 숨겼을 것임메다."

"적호덜에게 노략질을 당허기 전에 우리 군량창고에 맡겨두믄 안전허지 않겠는가. 긍께 조사해보라는 것이네."

"알갔습메다."

"군량창고에 맡겨두믄 집에 숨켜둔 것보담 안전해불제잉."

군사들이 오전 내내 눈보라 속에서 공격조와 수비조를 한 번씩 바꿔가며 훈련하고는 그 강도 때문에 모두 지쳤다. 그러면서도 허기는 참지 못했다. 점심 끼니를 조 한 알 남기지 않고 순식간에 먹어치웠다. 분청 사발이 반들반들 윤이 날 정도였다. 오후에도 힘든 훈련은 계속되었다. 군사들은 공격과 수비를 하면서 함성을 쉬지 않고 지르느라고 목이 쉬었다. 바지저고리는 숫제 흙투성이가 되었다. 아침에는 수비가 허술하여 목책이 뚫리기도 했지만 오후에는 그런 일이 일어나지 않았다. 공격조 군사가 못해서라기보다는 수비조와 공격조 군사의 전력이 팽팽해져서였다.

며칠 뒤 김억추는 야심한 밤중에 침투 훈련까지 시켰다. 기습공격의 1단계 훈련이었다. 배를 저어 두만강을 건너갔다가 돌아오는 훈련은 실전이나 다름없었다. 섣달인데도 다른 해와 달리 강물은 얼지 않았다. 칼과 활을 지참하여 만일의 돌발 사태에 대비토록 했다. 탐망조를 짜서 차츰 대담하게 여진족 적호 마을까지 잠입해서 동태를 파악하게도 했다. 침투전술의 훈련은 섣달 하순까지 이어졌다. 탐망조를 이끌었던 군창군관 최여만이 건의했다.

"만호 나리, 군사덜 사기가 떨어지고 있음메다."

"뭣이 불만인가?"

"기습공격은 어느 때 하냐고 불만임메다."

"군사덜 적개심이 목아지까정 차분 모냥이네."

"언제까정 훈련만 할 거냐고 야단임메다."

김억추는 회심의 미소를 지었다. 군사들의 적개심이 들끓어 오른 이때를 내심 기다려왔던 것이다.

"최 군관, 추장의 목을 베어올 수 있겠는가?"

"생포해 오갔슴메다."

"추장을 생포허는 작전은 위험헌께 이번에는 적호 마실을 불질러불고 돌아오게."

"강풍을 이용해 단번에 마실을 불태우고 오갔심메다."

"작전이 성공헌다믄 적호덜이 우리 무이보를 다시는 넘보지 못헐 것이네. 약자헌티 강허고 강자헌티 약한 것이 도적놈 심뽀거든."

"나리, 군사들이 토병 중에 번호의 끄나풀이 있을지 모르니까네 기습작전 직전까정은 비밀로 해야 함메다."

"나도 고러코름 생각허네. 기습공격은 달이 읎는 그믐날 밤이네. 최군관은 침투조 열 명만 뽑아두게."

"날랜 권관 한 명에 군사덜을 붙이갔슴메다."

"나도 나서겠네."

"만호 나리께서 화를 입으실 수 있으니까네 불가함메다."

그러나 김억추는 도리질을 했다.

"우리덜은 피를 묻침시롱 하나가 돼야부렀네. 그런디 내가 어치께 빠지겠는가."

"무이보는 누가 지킴메까?"

"참좌군관이 수비를 잘 헐 것이네."

최여만 군창군관은 깜짝 놀랐다. 김억추는 이미 기습공격 작전을 완벽하게 짜놓고 한 치의 빈틈없이 자신에게 지시를 하고 있는 것이었다.

마침내 섣달그믐 전날 밤이었다. 나룻배 한 척이 강변에 대기하고 있었다. 김억추가 맨 먼저 올라타 선두로 갔고 마지막에는 최여만 군관이 군사들을 확인한 뒤 선미에 탔다. 사공 출신인 토병이 상앗대를 잡았다. 검은 강물이 출렁거리자 나룻배 선두가 당나귀처럼 *끄떡끄떡* 주억거렸다. 김억추가 손을 들어 출발하라는 수신호를 보냈다. 이에 복창하듯 최여만 군관이 사공의 귀에 속삭였다.

"건널꼬망!"

"알겄슴둥."

사공이 상앗대를 강물 속에 깊이 찌르자 나룻배가 스르르 미끄러졌다. 두 사람의 목소리가 너무 작아 마치 갈매기의 날갯짓 소리 같았다. 작전이 개시되면서부터 모든 명령을 손짓으로 하달했다. 강에서는 기침 소리만 내도 멀리 퍼져나갔다. 며칠 전부터 밤중에 도강 훈련을 해서인지 강을 건너는 데는 아무 탈이 없었다. 훤한 대낮에 강을 건너듯 여진족 관할의 강변에 정확하게 도착했다. 김억추는 사공 출신 토병을 남겨놓고 적호 마을 후방으로 돌아갔다. 지름길을 피한 이유는 시간이 걸리더라도 흔적을 남기지 않기 위해서였다. 대신 철수할 때는 지름길로 신속하게 빠져나오려고 했다.

예상한 대로 바람은 지름길 쪽에서 동쪽으로 강하게 불고 있었다. 서만주 쪽에서 불어오는 된하늬바람이었다. 지름길 쪽에서 마을에 불을 놓으면 적호들은 추격하지 못할 것이었다. 반면에 김억추의 기습공격조가 지름길을 이용해 퇴각한다면 추격을 받지 않으면서도 최단시간에 나룻배를 숨겨놓은 곳에 도달할 수 있을 터였다. 김억추는 최여만 군관의 계책에 혀를 내둘렀다. 그에게 바짝 붙어서 중얼거렸다.

"내 최 군관을 잊어불지 않을라네."

"나리께서 훈련시킨 덕분임메다."

"내가 어치께 여그 지리를 알겠는가."

"나리, 이짝으로 누가 오고 있슴메다."

"마실을 순찰허는 적호인갑네."

"저넘 땜시 작전이 어그러질 수도 있갔슴메다."

"요럴 땐 화근을 읎애부러야 써."

김억추는 화살통에서 편전 하나를 꺼냈다. 애기살이라고도 불리는 편전은 빠르고 살상력이 컸다. 김억추는 군사들을 산길 옆으로 은신하게 한 뒤 시위를 당겼다. 적호가 비명소리도 내지 못하고 픽 거꾸러졌다. 조심스럽게 다가가 보니 적호는 마을 추장으로 짐작됐다. 둥그런 모자는 노란 털이 둘러 있고, 가죽털옷에는 칼이 하나 매달려 있었다. 가슴에 꽂힌 편전을 뽑으려고 움켜쥔 그의 두 손이 힘없이 펴졌다. 눈을 치뜬 채 고개가 뒤로 젖혀졌다. 그의 모자가 데굴데굴 굴렀다. 적호의 숨통은 김억추가 날린 편전 한 발에 끊어져버렸다.

"추장의 모자와 칼만 챙겨부러라."

"예꼬망."

추장급을 사살한 군사들은 용기가 솟구쳤다. 누가 먼저랄 것도 없이 적호 마을로 접근했다. 한두 집에서 기름불 빛이 새어 나왔다. 방금 죽은 추장의 거처인지도 몰랐다. 바람은 여전히 서만주 쪽에서 불어오고 있었다. 김억추는 불을 놓으라고 손짓을 보냈다. 그러자 군사 하나가 나뭇단을 찾아 부싯돌로 불을 만들어 붙였다. 불은 바람을 타고 곧 띳집 움막으로 옮아갔다.

"군사덜은 군관을 따르라."

김억추는 최여만 군관을 앞세우고 강변 지름길로 들어섰다. 군사들이 멈칫 뒤를 돌아보았다. 불길이 컴컴한 하늘로 치솟고 있었다. 적호들의 비명소리가 들려왔다.

"앞사람을 놓치지 말그라!"

기습공격은 완벽한 성공이었다. 단 한 명의 사상자도 없이 1백여 명이 사는 적호 마을을 불태워버린 기습공격이었다. 무이보 건너편에 산재한 적호들은 적어도 올 겨울에는 두만강을 건너와 공격하지 못할 것이었다. 군사들이 나룻배를 모두 탄 것을 확인한 뒤에야 김억추는 한 사람씩 불러 격려했다. 달도 없는 섣달 그믐밤이었지만 김억추는 작전에 성공한 군사들의 들뜬 표정을 역력히 보았다.

투구와 갑옷

새벽 놀이 바윗덩어리 같은 구름장 너머로 시나브로 피어났다. 날빛은 강물의 잔물결에까지 떨어져 희부옇게 번졌다. 하늘과 강, 세상의 유무정물이 잠에서 깨어나는 시각이었다. 무이보로 돌아온 김억추 군사들은 만호 방 앞에서 승리감에 젖은 채로 정렬했다. 적호 추장을 죽이고 1백여 명이 사는 적호 마을을 불태운 것은 이전에 없었던 큰 전과였다. 김억추는 군창군관 최여만을 불러 지시했다.

"북을 시 번 쳐불고 나발을 불게. 양민덜에게 우리 군사가 승리했다는 것을 알리게."

"예, 만호 나리."

그러자 작전에 나가지 않았던 군사가 망루에 올라가 북을 치고 나발을 길게 불었다. 북과 나발 소리는 고요한 새벽의 공기를 타고 멀리 퍼졌다. 군사들이 적호 마을을 공격하고 있는 동안 뜬눈으로 무이보를 순찰했던 참좌군관이 달려와 말했다.

"만호 나리, 고생이 많으셨습메다."

"그새 벨 일 읎제?"

"아무 일 없습메다."

"우리 군사가 자랑시롭다. 오늘은 특별히 허락해불 틴께 화톳불을 맹글어 군사덜이 몸을 녹이도록 하그라."

군사들에게 화톳불은 특별한 선물이었다. 초소에서 화톳불을 피우다 적발되면 누구나 예외 없이 치도곤을 당했다. 적호에게 아군의 위치를 노출하는 것은 물론 바람에 불티가 날리면 산불이 날 수도 있기 때문이었다. 여기저기서 화톳불이 피어올랐다. 군사들이 둥그렇게 엉거주춤 앉아서 몸을 녹였다. 온몸이 근질근질해질 때까지 화톳불을 쬤다.

사기가 오르면 흥이 나는 법이었다. 흥이 난 군사들이 덩실덩실 춤을 추었다. 한쪽에서는 화톳불을 가운데 두고 어깨동무를 한 뒤 빙빙 돌았다. 어느새 아침 끼니를 준비하는 군막에서 간간한 명탯국 냄새가 풍겨 나왔다. 북소리를 들은 토병과 양민들이 새끼돼지 한 마리를 몰고 왔다.

"나리 덕분에 인자 다리를 뻗고 잘 수 있갔습메다."

"인자는 적호덜이 더 이상 무이보를 넘보지 못헐 것이여."

"도적넘덜에게 뺏긴 잡곡을 생각하니까네 치가 떨림메다."

"올 시안은 그런 일이 읎을 틴께 안심해부러잉."

김억추는 참좌군관을 불러 지시했다.

"오늘 아칙 훈련은 읎응께 경계군사를 멀리 내보내고 군사덜에게 휴식을 주게."

"영내서만 쉬도록 하갔습메다."

새떼가 갈대밭 쪽으로 날아갔다. 먹이를 찾아 강을 넘나드는 새떼였다. 김억추는 북병사에게 보고서를 올리고 장계를 작성하려고 했다. 만호 방에는 벌써 아침 끼니 소반이 들어와 있었다. 관노 말구종이 갖다놓았을 터였다. 아침 끼니는 조가 섞인 잡곡밥에다 명탯국이었다. 반찬은 취나물 장아찌, 마늘종 짠지, 무청 김치 그리고 별미 반찬으로 가자미식해가 올라와 있었다. 김억추는 명탯국에다 조가 섞인 잡곡밥을 말아 단숨에 삼켜버렸다. 함경도 음식은 짜지 않고 삼삼했다. 처음에는 함경도 음식이 입에 맞지 않아 한두 숟가락 뜨고 말았지만 지금은 언감자국수 삼키듯 훌훌 목구멍 너머로 넘겨버렸다. 가자미식해까지 먹고 나면 소화도 잘되었다.

'그래도 엄니가 차려준 고향 음석이 최고제.'

김억추는 앉은뱅이책상 위에 종이를 펴고 먹을 갈았다. 먼저 북병사 이제신에게 보고서를 썼다. 비밀을 유지하기 위해서 미리 북병사에게 보고하지 않았다며 용서를 구하는 글로 시작했다. 야밤에 기습 공격하여 추장을 사살했고, 적호 마을을 불태워 1백여 명의 적호를 몰살했다는 사실을 보고서에 담았다. 조정에 올리는 승첩장계도 같은 내용으로 한 부를 작성했다.

한양까지 승첩장계를 가지고 갈 군사로는 올 가을에 치러진 알성시에서 무과 급제한 신참 권관을 선발했다. 김억추는 신참이지만 한양 가는 길을 알고 있는 그를 뽑을 수밖에 없었다. 그리고 북병사에게 올리는 보고서는 참좌군관 편에 보내기로 했다.

두 사람은 오전에 바로 무이보를 떠났다. 한나절 만에 경성읍성까지 간 두 사람은 바로 헤어졌다. 신참 권관은 한양으로 가기 위해 남병사가 공무를 보는 북평읍성 쪽으로 떠났고, 참좌군관은 경성읍성 북문을 통해서 북병사 이제신에게 갔다.

"나리, 무이보 만호 전령임메다."

"무슨 공문을 가지고 왔느냐?"

"나리께 바칠 만호의 보고서임메다."

참좌군관이 김억추가 작성한 보고서를 북병사에게 올렸다. 북병사 이제신은 동헌 마루 호상에 앉아서 보고서를 펼쳐보더니 입이 크게 벌어졌다.

"추장을 사살하고 마을의 적호 1백여 명을 몰살시킨 것이 사실이란 말이냐?"

"만호 나리께서 군사를 이끌고 가서 거둔 전과임메다."

"내가 이렇게 있을 때가 아니구나. 직접 무이보로 가서 내 눈으로 확인하고 상을 내릴 것이니라."

이제신은 자신이 싸워서 전과를 낸 것처럼 흥분했다. 군량창고 군관을 부르더니 창고 문을 열라고 지시했다.

"군관은 창고 문을 열어 쌀 1가마, 보리 1가마, 조 2말을 무이보로 바로 보내게."

군량창고에서 보관해둔 쌀을 꺼낸다는 것은 김억추가 올린 보고서 내용이 북병사 이제신을 흡족하게 하고 있다는 방증이었다. 이는 지극히 드문 일이었다. 함경도에서는 쌀이 귀할 뿐만 아니라 조정에서 감찰을 나오는 경차관이나 관찰사가 순시할 때나 겨우 꺼내 대접하는 미곡이기 때문이었다.

이제신은 무이보 참좌군관을 앞세우고 서둘러 경성읍성을 나섰다. 두 사람은 오존천 얕은 개울물을 건넌 뒤 대련골산 산자락 너머로 사라졌다. 산비탈의 자드락길을 달리는데 서로 앞서거니 뒤서거니 했다. 이제신이 탄 말은 젊어서인지 너풀거리는 갈기나 엉덩이에 윤기가 흘렀다. 반면에 무이보 참좌군관의 말은 노쇠해서인지 물똥을 싸곤 했다. 그러나 참좌군관은 노쇠한 말의 말고삐를 잡고 요령 있게 다루어 결코 뒤처지지 않았다. 두 마리 말이 경쟁하듯 달린 덕분에 이제신과 참좌군관은 생각보다 빠르게 무이보 목책 문 앞에서 멈췄다. 참좌군관이 소리쳤다.

"병사 나리시다! 목책 문을 열꼬망!"

"알갔슴메다!"

목책 문 양편에 선 문지기 군사가 재빨리 문을 열었다. 문지기 군사의 경계상태는 양호했다. 군사들은 오후 체력단련 훈련 중이었다. 훈련장 옆에 만든 모래밭에서 기술과 힘으로 승부를 겨루는 각력(脚力)을 하고, 나머지 군사들은 편을 나누어 응원했다. 각력 선수들은 얼음처럼 차가운 날씨에도 불구하고 웃통을 벗은 채 용을 썼다. 각력 선수로 나선 한 군사가 밑으로 깔리면서 한 판을 질 듯했다. 그러나 무릎이 땅에 닿으려고 하다가 가까스로 일어나 뒤집기를 했다. 그러자 군사들이 두 팔을 번쩍 들고 함성을 질렀다.

"와아! 와아!"

참좌군관이 더 큰 소리로 소리쳤다.

"병사 나리시다! 경성읍성에서 오셨다!"

그제야 군사들이 이제신 앞으로 하나둘 다가와 부동자세로 섰다. 각력 선수로 좀 전까지 시합을 한 군사는 이마에 땀을 훔치면서 숨을 몰아쉬었다. 이제신이 말했다.

"그 자리에서 듣거라. 나는 너희들이 적호 마을을 불태우고 추장을 사살했으며 1백여 명의 적호들을 몰살시켰다는 보고를 받고 내 눈으로 확인하고자 무이보로 달려왔다. 상관으로서 어찌 기쁘지 않겠는가. 지난가을에도 적호들이 강을 건너와 수확한 잡곡을 약탈하지 않았던가. 무이보 군사가 적호의 소굴을 불태워버렸으니 다시는 도적놈들이 준동하지 못할 것이다. 함경도 육진의 모든 진보 장졸들은 무이보 군사를 본받아야 할 것이니라."

"예꼬망!"

그때 김억추가 만호 방에서 달려 나와 두 팔을 옆구리에 붙이고 고개를 숙였다.

"병사 나리, 방으로 드시지라우."

"아닐세. 각력하는 장졸들을 보니 믿음직하네. 강한 체력이 강군을 만드는 법이네. 마침 각력하는 무이보 장졸들을 보니 더 기쁘네."

"육진의 모든 진보가 같을 것이지라우."

"내가 북병사로 부임해 와서 적호 추장을 사살했다는 말은 처음 들었네. 그러니 내 어찌 가만히 있을 수 있겠는가. 나는 무이보 장졸들에게 상을 내리겠네. 쌀 1가마, 보리 1가마, 조 2말을 내리겠네. 모든 군사들을 배불리 먹이게."

이제신이 무이보 군사들을 격려하자 또 한 번 더 큰 함성이 들렸다.

"와아! 와아!"

김억추가 답례하듯 이제신의 말을 받았다.

"병사 나리께서는 일곱 살 때 시를 지으신 천재 문신이시다. 근디 무장덜도 꺼리는 여그 함경도까정 오시어 요로코롬 자상허게 군사들을 보살피시는 분이다. 이런 분을 또 우리가 으디서 만나겠는가. 우리덜은 상관 복이 많은 것이여. 그런가, 안 그런가!"

"만호 나리 말씀이 맞심메다!"

김억추는 군사들을 최여만 군관에게 맡겨놓고 이제신을 만호 방으로 안내했다. 보고서에 없는 내용을 설명하고자 그랬다. 이제신은 방에 들어서자마자 검대에 놓인 장전을 바라보았다.

"검대에 있는 장전이 특이하군."

"병사 나리 검대에는 칼 옆에 모지랑붓이 놓여 있었지라우."

"그게 어쨌다는 건가?"

"글 읽는 선비의 모습을 본 것 같았습니다요."

"그대의 눈이 칼 같이 예리하군."

"애린 시절에 모셨던 연안 이씨, 후(後) 자 백(白) 자 스승님이 떠올라부렀지라우."

"검대에 있는 활을 보니 그대는 천상 무장이군그래."

"하하하."

이제신과 김억추는 너털웃음을 터뜨렸다. 김억추가 웃음을 먼저 멈추고 정색을 하며 말했다.

"병사 나리, 나리께 용서를 구할 일이 하나 있그만요."

"무언가?"

"적호 마실 추장 모자와 칼을 병사 나리께 먼저 보여드린 뒤 조정에 보내야 허는디 그러지 못했습니다요."

"그건 나에게 용서를 구할 일이 아니네. 전하께서 나보다 더 빨리 알고 기뻐하셔야 할 일이 아닌가."

"넓은 도량으로 이해해주신께 인자 맘이 놓입니다요."

"전하를 기쁘게 하는 일이야말로 신하의 도리네. 그러니 그대는 군신의 도리를 지킨 것이니 걱정할 일이 조금도 없네."

이제신은 참으로 도량이 넓은 문신 출신의 북병사였다. 선조가 문신을 함경도 북병사로 보낸 것은 분명한 의도가 있었다. 무신들만 보내면 서로의 이익을 위하여 군벌을 형성할지도 모르기 때문이었다. 선조는 그것을 경계하여 문신과 무신을 섞어서 변경으로 보냈던 것이다.

이제신과 김억추는 문신과 무신이지만 대립하지 않았다. 오히려 서로 의기투합하여 군사들의 사기를 북돋았다. 이제신이 흥미를 느낀 듯 기어코 물었다.

"저 장전에 무슨 사연이 있는가?"

"병판대감께서 병조 참지로 겨실 때 일이그만요."

"이이 대감을 말하는구먼."

"소장이 훈련원에 있을 때 일인디 대감 앞서 장전 시발을 쏘았지라우. 화살은 모다 활터 너메 바우까정 날아가부렀지라우."

"여기 검대에 놓인 화살이 그 화살이란 말인가?"

"병판대감께서 기념으로 가지고 겨시다가 소장이 무이보로 오기 전에 돌려주셨그만요."

"에끼 이 사람아, 시재 날 사용했던 화살이라고 어찌 단정할 수 있겠는가?"

이제신이 믿지 못하겠다는 듯 고개를 뒤로 젖히며 얄궂은 표정으로 물었다. 그러자 김억추는 장전을 들고 오더니 증거를 들이밀며 말했다.

"병사 나리, 여그를 보시지라우."

"거기가 어쨌다는 말인가?"

"화살 깃 밑에 소장의 이름이 새겨져 있지 않습니까요."

"아, 그 글씨 때문에 그대가 쏘았던 화살이라는 것을 증명할 수 있다는 말이군."

"그렇그만요, 병사 나리."

이이와 이제신은 두 살 차이가 났지만 과거급제는 명종 19년(1564)으로 같았고 벼슬 운도 엇비슷하여 이이가 호조 좌랑, 예조 좌랑을 할 때 이제신은 형조 정랑, 공조 정랑을 했다. 이제신은 이이의 발탁으로 무장의 길에 들어선 김억추를 더욱 신뢰했다. 그날 이제신은 무이보 군사들에게 상을 내리고 땅거미가 질 무렵에 경성읍성으로 돌아갔다. 가는 길도 무이보 참좌군관이 앞에서 향도를 맡았다.

10여 일 뒤, 한양으로 승첩장계를 가지고 갔던 훈련원 무과급제 출신의 신참 권관도 돌아왔다. 신참 권관은 승첩장계를 선조에게 무사히 올리고 돌아온 공으로 종9품에서 정9품으로 승진했다. 선조는 적호 추장을 사살하고 적호 마을을 불태운 김억추의 전공을 치하하여 표창을 했다. 김억추에게 황금으로 충(忠) 자가 새겨진 투구와 가죽이 번들번들할 만큼 두껍게 옻칠한 갑옷을 하사했다.

눈보라가 새벽부터 몰아치는 날이었다. 무이보 군사들이 열외 없이 모두가 만호 방 앞에 정렬했다. 망루에서 군사 하나가 나발을 길게 불자 군창군관 최여만이 소리쳤다.

"전하께서 만호 나리께 하사하신 투구와 갑옷은 무이보 군사 모두의 영광이 아니겄는가!"

"만호 나리께서 투구를 쓰고 갑옷 차림으로 나오실 것이니까네 움직이지 말꼬망!"

선조가 하사한 투구와 갑옷을 가져온 신참 권관도 큰 소리로 외쳤다. 눈보라가 또다시 허공을 하얗게 메웠다. 마치 흰 장막을 친 듯했다. 이윽고 김억추가 눈보라를 밀어내듯 뚜벅뚜벅 나타났다. 투구를 쓰고 갑옷을 입은 김억추의 모습은 더욱 장대했다. 거인 하나가 눈보라 속에 우뚝서 있는 듯했다. 신참 권관이 김억추 앞에서 무릎을 꿇고 고개를 숙이

자 모두가 따라했다. 투구에 새겨진 황금빛 충(忠)이 번뜩였다. 김억추가 입을 열어 말했다.

"투구에 충(忠) 자가 새겨진 까닭은 무이보 군사 모다 충(忠) 밑에 뭉치라는 전하의 뜻일 것이다. 충(忠) 하나만 각자 맴에 새긴다면 뭣이 두렵겠는가. 목심을 아끼지 않고 싸울 수 있지 않겠는가. 전하의 뜻도 바로 이것이 아니겠는가."

"예꼬망, 만호 나리!"

"군사덜이 약속허니 나도 목심을 아끼지 않고 싸울 것이다."

눈보라는 더욱 거세졌다. 그러나 무이보 군사들은 거친 눈보라에 맞서듯 아랑곳하지 않았다. 임금이 내린 투구와 갑옷을 보면서 목숨을 아끼지 않고 싸울 것을 맹세했다. 김억추의 검붉은 갑옷이 눈보라 속에서 번들거렸다. 눈송이들이 김억추의 갑옷에 하루살이 떼처럼 그악스럽게 달려들었다가는 떨어졌다.

적호의 난

1583년 1월 중순.

조선인 통역관이 여진족 적호 추장 우을지 마을로 갔다가 붙잡혀 돌아오지 못했다. 경원부사 김수가 보낸 조선인 통역관이었다. 김수가 우을지에게 통역관을 보낸 것은 경원부로 넘어와 노략질하지 말라고 경고하기 위해서였다. 또한 그들의 요구가 무엇인지도 알아보고자 했다. 여진족 야인들은 식량이 늘 부족했다. 그러나 경원부에서 식량을 원조하는 일은 통역관 혼자서 결정할 일이 아니었다. 마침 경원부를 침략하려고 적호 추장들이 모여 있다가 자신들을 정탐하러 왔다는 핑계를 대며 조선인 통역관을 억류해버렸다.

용장 김수는 분기탱천했다. 강이 얼어붙어 두만강 건너편에 있는 적호들을 공격하기도 좋았다. 김수는 판관 양사의를 불렀다.

"야인 도적놈들이 내가 보낸 통역관을 돌려보내주지 않고 있네. 어찌했으면 좋겠는가?"

"부사 나리, 이유가 무엇인지 정확하게 알아보고 조치를 해야 합니다."

"우리 통역관이 정탐했다는데 말도 안 되는 소리네. 내가 먼저 연락을 한 뒤 보내지 않았는가."

"적호들이 요구하는 것은 식량일 것입니다."

"사정해도 줄 둥 말 둥 한데 이게 무슨 불량한 소행인지 알 수가 없네."

"좀 더 기다리고 있으면 도적떨이 뭘 원하는지 알 수 있을 것입니다."

"통역관은 내가 보낸 사람이네. 그러니 통역관을 억류하고 있다는 것은 도적놈들이 나를 붙잡고 있는 것이나 다름없는 일이네. 그러니 무엇을 기다린단 말인가. 당장 장졸들 중에서 날랜 기마 군사를 뽑게."

양사의는 가능하면 일이 더 이상 악화되는 것을 막으려고 했다. 그러나 김수는 기마 군사를 선발해서 우을지 마을에 감금된 통역관을 구해오자고 했다. 양사의는 부사인 김수의 지시를 거부하지는 못했다. 김수의 불같은 성정을 잘 알고 있기 때문이었다. 현지 첩을 데리고 살던 판관 양사의는 읍성 서문 밖에 있는 집으로 돌아와 혼잣말로 투덜거렸다.

"우리 상관은 성질이 너무 급해 탈이야."

양사의의 애첩이 물었다.

"나리, 성안에 사고가 났슴메까?"

"사고는 무슨 사고, 부사가 우을지 마을로 쳐들어가 우리 통역관을 구해오자고 하는구먼."

"좋은 일이 아님메까?"

"이 사람아, 우을지가 통역관을 거저 내줄 성싶은가?"

"위험하니까네 목숨이 왔다갔다 하겠심둥."

"쳐들어갔다가 내가 죽기라도 한다면 니를 다시는 못 볼 수도 있다는 것이야."

"부사 나리께서 용감하시니까네 그런 일은 없을꼬망."

"니는 나보다 부사를 더 좋아하는 것 같구나."

"소첩은 일편단심임메다."

양사의가 애첩의 허리를 껴안으면서 은근히 말했다.

"이번 작전만 끝나면 나는 너를 데리고 한양으로 갈 것이니 그리 알라."

양사의는 이부자리 속에서 애첩과 한바탕 나뒹굴고 난 뒤 일어나 읍성으로 돌아왔다. 김수가 지시한 날랜 기마 군사를 선발하기 위해서였다. 장졸들이 용장 김수를 따랐으므로 너도나도 자원했다. 비실비실한 토병과 번호 출신들을 탈락시키고도 정예 군사 50여 명을 금세 채웠다. 양사의는 기습작전이 성공할 수도 있을 것이라고 자신했다. 무이보 만호 김억추가 추장을 사살하고 적호 마을을 불태운 일도 있어 적호들의 사기가 저하됐을 것이라고 짐작했기 때문이었다.

김수는 양사의가 선발한 기마 군사를 데리고 한 번의 기습 훈련을 했다. 정예 군사였으므로 말을 타고 실수 없이 비호처럼 내달렸다. 김수는 기마 군사의 용맹을 보고는 흡족해하면서 양사의에게 말했다.

"정예 군사라 다르군. 훈련은 더 필요 없어."

"적호들도 기마는 능숙하니 조심해야 합니다."

"판관은 직접 눈으로 보고도 우리 장졸들을 의심하는가."

"그건 아닙니다."

"그렇다면 적호를 상대하기 싫은가."

양사의가 쩔쩔매면서 대답을 못 했다. 그러자 김수는 기마 군사들이 한밤중까지 충분한 휴식을 취하도록 지시했다. 힘을 비축해 두었다가 단 한 번에 쏟아 부을 셈이었다. 쉬는 동안 각자 타는 말에 감발을 치도록 조치했다. 언 강을 건널 때 말발굽 소리가 나지 않고 미끄러지지 않게 하기 위해서였다.

자정이 되자 김수는 언 강을 건넜다. 속전속결하기 위해 정탐조를 보내지 않고 바로 우을지 마을로 달렸다. 그런데 우을지 마을에는 적호 수천 명이 진을 치고 있었다. 적호 추장들이 모여 노략질 모의를 하고 있었던 것이다. 김수의 기마 군사들은 범의 소굴에 뛰어든 것이나 다름없었다. 적호의 놀란 말들이 소리치자 적호 수천 명이 달려 나와 김수의 기마 군사를 몇 겹으로 에워쌌다.

"부사 나리, 큰일 났슴메다!"

"내가 속았다."

"부사 나리, 지금 탈출해야 합니다."

양사의가 당황해 울먹거렸다. 김수는 자신에게 무운이 없음을 한탄했다.

"하늘이 나를 도와주지 않는구나."

"어찌 하시겠습니까?"

"각자 알아서 도생하라."

김수를 호위했던 기마 군사들의 대오가 흐트러졌다. 김수와 양사의의 눈앞에서 활을 맞고 쓰러져 갔다. 군관 몇 명이 김수를 힘겹게 호위하고 있을 뿐이었다. 김수와 양사의는 칼을 휘두르면서 몇십 보 물러섰다. 그러나 적호들이 늑대처럼 물어뜯을 듯이 달려들었다. 김수와 양사의를 생포하기 위해 적호들이 칼을 쓰지 않고 밧줄 올가미를 던져댔다.

그때였다. 내금위 출신 기마군관 백윤형이 달려와 올가미를 든 적호 몇 명을 순식간에 쓰러뜨렸다. 탈출할 절호의 기회였다. 김수와 양사의는 백윤형이 돌진해 온 방향으로 말을 쏜살같이 몰았다. 백윤형이 뒤를 엄호해주었으므로 구사일생으로 도망쳤다. 강에 겨우 도착해 보니 기마 군사 십여 명만 보였다. 한 번의 실수로 장졸 40여 명을 잃어버린 결과였다.

김수는 입술을 깨물었다. 살아남은 군사들을 보고 눈물을 흘렸다. 그러나 양사의는 군관 백윤형에게 굽신거렸다.

"백 군관, 고맙소. 그대가 부사 나리와 나를 구해주었소."

"포위가 뚫린 것은 천운입니다. 하늘에 목숨을 맡겨놓고 돌진했을 뿐입니다."

경원읍성으로 돌아온 김수는 동헌에 들어 자신의 몸을 살펴보았다. 칼 맞은 상처가 한두 군데가 아니었다. 칼끝에 찔린 왼쪽 팔뚝에는 붉은 피딱지가 선명했다. 칼날이 스친 뺨은 아직도 실룩거렸다. 의원청에서 달려온 의원 하나가 김수를 보고는 놀랐다.

"나리, 함께 싸우지 못한 것이 한이 됩메다."

"누구라도 당했을 것이네. 중과부적이었어."

"나리, 치료를 받고 때를 기다리셔야 함메다."

"결코 나는 굽히지 않을 것이네. 적호를 소탕할 때까지 계속 공격할 것이네."

김수는 의원에게 응급조치를 받고는 읍성의 군사들을 집합시켰다. 날이 밝으면 강 밖의 적호 무리나 강 안의 반호들이 공격할 수도 있었다. 김수는 60여 명의 정예 장졸들을 읍성의 동서남북 각문에 15명씩 배치했다. 그리고 토병 2백여 명을 각 문에 나누어 보냈다. 군관들은 교대로 순찰을 돌도록 조치했다. 김수는 전의를 상실한 판관 양사의를 2선으로 뺐다. 대신 가장 중요한 서문 수비 임무는 만호 이봉수에게 주었다.

"이 만호, 적호는 물론이고 반호까지 날뛸 것이네. 방비를 철저히 하게."

"부사 나리, 서문은 읍성의 인후이니 군사를 더 보강해야 합니다."

"신립의 원군이 온다면 우선적으로 지원하겠네."

경성읍성과 인접한 서북쪽에 온성부사 신립이 있었고, 동남쪽 무이보에 만호 김억추가 있었다. 김수는 신립과 김억추 군사의 지원을 바랐다. 신립은 용장으로 소문나 있었고, 김억추는 이미 전공을 세워 임금으로부터 투구와 갑옷을 하사받은 무장이었던 것이다.

이틀 후, 김수의 예상대로 경원지역 반호 수백여 명이 경원성을 공격해 왔다. 김수가 우을지 마을로 가서 패배했다는 소식이 돌자 번호들이 반호로 돌변한 것이었다. 반호들은 기세 좋게 경성읍성을 에워쌌다. 한 나절 동안 지루한 공방전을 벌였다. 토병들은 성 위에서 돌을 던지고 재를 뿌렸다. 반호 수백여 명의 공격에 수성전을 펴던 60여 명의 김수 군사는 차츰 밀렸다. 토병들의 사기도 꺾이면서 가장 먼저 서문이 뚫렸다. 반호의 무리를 보고 놀란 이봉수가 전의를 상실해버렸기 때문이었다. 서문이 열리는 순간 반호의 무리들이 밀물처럼 몰려왔다. 반호들은 무기를 든 군사보다 몽둥이나 농기구를 든 사람들이 더 많았다.

판관 양사의는 향교로 도망쳤다. 양사의에게 앙심을 품었던 몇몇 반호들이 쫓아와 그는 향교 아궁이 속에 몸을 숨겼다. 반호들은 맞서 싸우던 토병부터 잡아갔다. 양사의가 한양으로 데리고 가려 했던 애첩도 끌고 갔다. 김수는 동헌으로 물러나 배수진을 쳤다. 동헌 담장을 엄폐물 삼아 장졸들이 돌아가면서 활로 맞섰다. 1선이 공격하고 물러서면 2선이 앞으로 나가 공격하고, 2선이 공격하고 물러나면 3선이 앞으로 나가 활을 쏘았다. 활은 쉬지 않고 반호들을 향해 날았다. 그러자 반호들은 동헌 가까이 접근하지 못했다. 김수는 동헌 마루에 서서 목이 쉬도록 외쳤다.

"한 놈도 살려주지 말고 죽여라."

"더 힘껏 싸우라. 놈들이 물러가고 있다."

김수는 이틀 전의 패배를 만회하고자 사력을 다해 독전했다. 더구나 동헌 뒤쪽은 무기고와 군량창고가 있었다. 무기고와 군량창고를 내주면 군사들의 전의는 곤두박질할 터였다. 그것을 아는 김수와 장졸들은 끝내 최후방어선인 동헌을 지켰다. 점심 무렵에 반호들이 퇴각하자 김수와 군사들은 즉시 말을 타고 쫓아가 그들의 목을 베고 사살했다. 순식간에 반호 40여 명을 죽였다. 그러나 읍성 밖 양민들의 피해는 컸다. 곡식을 약탈당하고 많은 늙은이와 아녀자들이 포로로 끌려갔다.

다음 날에는 반호보다 더 포악한 적호들이 읍성의 무기고와 군량창고를 노리고 공격해 왔다. 그러나 온성부사 신립이 정예 군사를 미리 거느리고 와서 여진족 적호들을 물리쳤다. 성 밑까지 다가온 적장이 신립의 화살을 맞고 말에서 떨어지자 들개 떼처럼 달려든 적호들이 퇴각했던 것이다. 적호들의 숫자가 불어난 것은 회령지역의 적호 추장 니탕개와 종성지역의 적호 추장 율보리, 그리고 경원지역의 적호 추장 우을지의 무리들이 합세해서였다. 이때 북병사 이제신은 김억추를 불러 지시했다.

"온성부사 신립이 김수를 지원해 그나마 적들이 물러갔네."

"놈덜은 반다시 다시 쳐들어 올 것입니다요. 긍께 소장의 군사도 지원군으로 나서부러야 허지 않겠습니까요."

"내가 김 만호를 부른 것은 무이보를 잘 수비하라는 것이네. 무이보가 뚫리면 경성읍성까지 놈들이 파죽지세로 달려올 것이 아닌가."

"도적놈덜이 날뛰는 것을 보고도 지원 나서불지 못하고 있응께 분허그만요."

"내가 볼 때 무이보는 육진의 심장 같은 곳이네. 그러니 군사를 함부로 움직였다가 낭패를 보면 더 큰일이네."

"도적놈덜이 장차 무이보까정 쳐들어 올 것그만이라우."

"온성부사 신립, 부령부사 장의현, 첨사 신상절 등이 니탕개 등을 잘 막아낼 것이니 지켜보세."

그러나 이제신의 기대와 달리 추장 니탕개의 무리들은 그악스럽게 경원부 진보들을 공격했다. 경원부 진보의 군사 대부분이 경원읍성으로 지원 나갔기 때문에 진보들은 텅 비어 있는 것이나 다름없었다. 두만강 강변의 안원보와 아산보는 적호들이 이미 점거했고, 이와 같은 와중에도 큰 진인 훈융진은 그나마 지켜졌다. 황자파에 있던 신립과 유원첨사 이박이 구원 나가자 적호들이 산자락을 타고 도망쳤던 것이다. 신립은 온성읍성을 떠나 종횡무진 활약했다. 적호들이 가장 두려워하는 조선 장수 중에 한 사람이 됐다. 물론 김억추도 적호들이 공포에 떠는 이름이었다.

마침내 2월 중순, 북병사 이제신은 보복의 칼을 빼어 들었다. 두만강 안팎에서 준동하는 여진족 적호와 반호들을 소탕하기 위해 북병사 관할 대부분의 군사를 거병시켰다. 이제신은 경성읍성을 수비하고자 경흥부의 진보만 빼고 육진의 장졸들을 세 부대로 나누었다. 신립과 변국간은 두만강 건너 적호 소굴인 금득탄, 안두리, 자중도 등 450여 곳을, 훈융진 첨사 신상절과 원희는 마전오를, 김우추, 장의현, 이종인, 유중영, 권홍 등에게는 상가암, 우을기, 거여읍, 포다통, 개동 등 80여 곳을 공격해서 불태우라는 명을 내렸다. 적호의 씨를 말려버리자는 대규모 작전이었다. 적게는 수십에서 많게는 수백여 수급에 달하는 전과를 올렸다. 이로써 적호들의 살상과 노략질은 차츰 사라졌다.

"김 만호, 군관 김우추와 어떤 사인가? 형제인가?"

"김우추 군관은 소장허고 같은 청주 김가가 아니그만요."

"이름이 비슷해서 나는 형제인 줄 알았네. 김우추 군관이 이번 전투에서 크게 공을 세워 주목할 군관이 됐네."

그래도 북병사 이제신은 김억추 만호를 더욱 신뢰했다. 보복전을 펴기 전에 김억추의 전략을 듣고 참작하여 큰 전과를 올렸음이었다. 그러나 이제신은 2월 하순에 곤경에 처하고 말았다. 경원읍성이 한때 함락됐고, 경원부 관할인 안원보와 아산보가 적호의 수중에 들어갔다는 이제신의 서장을 받아본 선조가 그 책임을 물어 경원부사 김수와 판관 양사의를 성 밖에서 참수하여 군율을 진작시키라는 어명을 내렸기 때문이었다. 병조 판서 이이와 비변사 당상관들이 김수가 분전한 사실을 들어 만류했으나 소용없었다. 2월 9일의 어명이 이제신에게는 하순에 전달되었다. 난감해진 이제신은 김억추를 또 불렀다.

"양사의는 목을 베더라도 김수는 아까운 장수가 아닌가?"

"소장의 생각도 병사 나리와 같그만요."

이제신은 3일 동안 고민했다. 그러나 선조가 보낸 선전관이 경원읍성에 당도하여 어명이라고 외치며 두 사람을 부하 군사들 앞에서 참수해 버렸다. 10여 일 후에는 이제신에게도 화가 미쳤다. 북병사로서 패전의 책임이 있으며, 어명을 3일 동안이나 미룬 죄를 저질렀다고 의주 인산진으로 유배를 보냈다. 급히 경성읍성으로 달려간 김억추는 유배형이 떨어진 이제신과 헤어지면서 눈물을 흘렸다. 이제신이 피딱지로 얼룩진 입술을 무겁게 달싹였다.

"김 만호와 또다시 만나 나라의 은혜에 보답할 날이 오게 될지 모르겠네."

"병사 나리, 억울하시더라도 반다시 살아남으셔야 합니다요."

"김 만호가 위로한 말대로 목숨을 보존하여 전하의 신하로서 나라에 공을 세워야겠지."

그날 무이보로 돌아온 김억추는 밤새 자작으로 술을 마셨다. 귀양 가는 이제신의 뒷모습이 떠올라 괴로웠다. 눈앞에 어른거리는 이제신의 그림자를 지우려고 꼭두새벽까지 혼자서 과음을 했다. 마침내 김억추는 대취해 큰대자(大)로 곯아떨어졌다.

이이의 십만양병

적호 추장 니탕개와 율보리가 거느리는 1만여 명의 적호들이 다시 준동했다. 니탕개와 율보리는 종성의 요새지를 노렸다. 첩보를 접한 우후 장의현과 판관 원희, 군관 권덕례 등이 기병과 보병 1백여 명을 이끌고 강여울에서 맞섰지만 중과부적이었다. 권덕례가 피살당하자 장의현은 군사들에게 종성읍성으로 후퇴하라고 명했다.

종성읍성에는 북병사 이제신의 후임으로 부임해온 김우서가 와 있었다. 공무를 보는 경성읍성에 있지 않고 육진을 순시하고 있는 중이었다. 종성부의 군사가 후퇴하자, 적호들이 추격해 와 종성읍성을 몇 겹으로 포위했다. 60대 초반의 노장 김우서는 놀라지 않고 수성전을 진두지휘했고, 여진족 적호들은 한나절 만에 물러갔다. 그러자 부사 유영립이 추격을 허락해 달라고 김우서에게 말했다.

"병사 나리, 놈덜을 쫓아가서 사로잡아 올랍니다."

"놈들 유인전에 말려들 수 있네."

"헛심을 써 지쳤을 것인께 멀리 가지 못했을 거그만요."

"젊은 시절에 나는 갑산, 부령, 회령, 경원에서 군관으로 있었네. 이곳 지리는 험하고 미로 같은 곳이 너무 많아."

김우서가 무과급제를 한 뒤 육진에서 군관생활을 한 것은 사실이었다. 그러나 유영립은 판관 원희를 몰래 불러 명했다.

"기병장 김사성허고 추격조를 짜서 적호덜 모가지를 베어 오게."

"부사 나리, 지금이 적기입니다."

원희와 김사성은 동문을 열고 나가 퇴각하는 적호 뒤를 쫓아갔다. 원희의 판단대로 적호들 중에 부상자 대여섯 명이 숲길을 절뚝거리며 가고 있었다. 기병장 김사성이 비호처럼 달려가 칼을 휘둘렀다. 추격조 군사들도 적호들에게 화살을 쏘았다. 한 명은 놓쳤지만 순식간에 다섯 명의 목을 베었다. 원희는 김우서의 말을 떠올리며 더 이상의 추격은 하지 않았다.

"놈들이 매복해 있을지 모르니 돌아가자."

다섯 급의 목을 벤 원희와 김사성은 지체하지 않고 종성읍성으로 돌아왔다. 원희가 김우서에게 달려가 보고했다.

"병사 나리, 야인 다섯 급의 목을 베어왔습니다."

"뭣이라고?"

"놈들의 목을 더 베어오지 못해 죄송합니다."

"누구의 허락을 받고 성문을 열었느냐?"

"부사 나리의 명을 받고 나갔습니다."

김우서는 허연 수염을 덜덜 떨며 화를 냈다.

"이놈들, 병사의 명을 우습게 아는구나. 부사를 불러 오너라!"

"예, 병사 나리."

잠시 후 유영립이 김우서 앞에 섰다.

"내가 추격을 허락하지 않았거늘 어찌하여 부하들이 성문을 열고 나갔는가!"

"나리의 명을 어긴 것은 잘못된 일입니다. 그러나 저로서는 부하들의 사기를 올릴 수 있는 절호의 기회라고 생각해서 내보냈습니다."

"만약 부하들이 일을 크게 그르쳤다면 그 책임은 누가 지는가?"

"저에게 있습니다."

유영립은 용서를 구하기보다는 자신이 책임을 지겠다고 말했다. 그렇게 말한 데는 김우서에 대한 반감도 조금 섞여 있었다. 회령, 부령, 종성, 경원 등의 부사들이 니탕개의 적호들을 제압해온 온성부사 신립을 북병사 이제신의 후임으로 조정에 품신했으나 물거품이 되고 만 까닭이었다. 육진 중에 일부 부사들은 김우서를 상관으로 인정하지 않았다. 그러나 김우서는 그런 분위기를 모른 채 육진을 순시 중이었다. 유영립이 김우서를 흠모하고 있었다면 절대로 명을 어기지 않았을 것이었다. 북병사를 내심 기대했던 신립은 노골적으로 불만을 터뜨리고 다녔다. 그래서인지 몸을 아끼지 않고 지원 작전을 폈던 지난봄처럼 종횡무진하지 않았다. 강훈련을 시킨 5백여 기병을 데리고 싸움 대신에 사냥을 나가는 날도 있었다.

"명을 어긴 판관은 물론이고 기병장을 장형에 처하겠으니 나장은 곧장을 준비하라.”

“병사 나리, 제가 책임을 지겠습니다.”

“부사는 따로 죄를 물을 것이네.”

다음 날, 적호들은 전날 당한 것을 보복하려고 또 종성읍성을 공격했다. 이번에는 인해전술을 폈다. 그러나 성문이 뚫리거나 성벽이 무너지지는 않았다. 해 질 무렵 신립이 5백여 기병을 몰고 와서 협공하자 허둥지둥 후퇴했다. 신립은 강까지 추격하다가 돌아왔다. 신립의 용맹스러운 기병들을 본 김우서가 감탄했다.

“과연 소문으로만 듣던 기마병이군.”

김우서는 군관을 성 밖으로 내보냈다. 신립을 만나고자 그랬다. 그러나 신립은 응하지 않고 북을 치며 나발을 불면서 성을 떠나버렸다. 김우서는 직속상관으로서 자존심이 상했다. 유영립 앞에서 체통이 말이 아니었다. 적호들 사이를 휘젓고 다니는 신립의 용맹을 보고는 마음속으로 부끄럽기까지 했다.

한편, 김억추는 사시(오전 10시)에 무이보를 찾아온 이조 좌랑 백유함을 맞이했다. 백유함은 선조의 어명을 받고 함경도 육진에 조사 나온 안핵어사였다. 백유함의 임무는 김우서와 신립의 갈등을 조사하여 보고하는 것이었다. 백유함은 병조 판서 이이를 만났을 때 김억추에게 안부를 전해달라는 당부를 받고 온 인물이기도 했다. 백유함은 만호 방에 들어서자마자 이이의 소식부터 전했다.

"병판대감께서 안부를 전하라고 하셨소."

"대감께서는 안녕하신게라?"

"요즘 편치 않으실 것 같소."

"몸이 불편하신게라?"

"마음도 편치 않으실 것 같소."

"으째서 그렇소?"

"대감께서 지난 2월에 전하께 시무육조(時務六條)를 올렸으나 흐지부지돼버렸소."

김억추는 이이의 심신이 불편하다는 전언에 자신도 마음이 무거워지는 것을 느꼈다. 조정에 동인과 서인의 당파 갈등이 가장 큰 원인일 터였다.

"당파가 심해져분 것이그만요."

"내 입으로 뭐라고 말은 못 하겠소."

백유함은 김억추에게까지 말조심을 했다. 이이가 선조에게 올린 개혁안인 시무육조는 다음과 같았다.

임현능(任賢能) 어질고 유능한 사람을 임용할 것.

양군민(養軍民) 군사와 백성을 양성할 것.

족재용(足財用) 국가재산(財用)을 풍족히 할 것.

고번병(固藩屛) 국경(藩屛)을 견고히 할 것.

비전마(備戰馬) 전마(戰馬)를 준비할 것.

명교화(明敎化) 교화(敎化)를 밝힐 것.

여섯 가지 개혁안 가운데 군사에 관한 것이 세 가지나 되었다. 거꾸로 말하자면 병조 판서로서 판단할 때 세 가지 군사의 일이 허술하다는 이 이의 고언이었다. 세 가지 가운데서도 이이는 군사와 백성을 양성하는 양군민(養軍民)을 가장 중요하게 여겼다. 백유함이 말했다.

"전하께서 시무육조를 받아들이시지 못하자 대감께서는 2달을 기다렸다가 다시 밀봉한 글을 올리셨소."

"무신 글이었는게라?"

"나도 모르오. 다만 양군민이라도 실시하자는 글이 아니었을까 싶소."

"대감께서 소장에게 보낸 지난달 편지에 10만을 양병하면 함경도 육진을 걱정하지 않아도 될 것이라고 한탄을 하셨그만요. 고런 내용이 아니었을게라?"

"10만을 양병하자는 글이었다면 대신들 중에 몇몇 분은 나라를 파탄 낼 일이라고 가만히 있지 않을 것이오."

김억추가 말했다.

"으째서 나라를 파탄 낸다는 것인지 이해를 못 허겠소."

"정예 군사가 있는데 또 10만을 양병한다면 그 비용을 어찌 나라가 감당하겠소. 세금으로 충당할 수도 있겠지만 그때는 백성들이 들고 일어날 것이오. 도성은 물론이고 온 나라가 뒤숭숭해지겠지요."

"대감께서 10만 명을 새로 뽑아 군사를 늘리자는 것이 아닐 거라고 알고 있그만요. 방금 좌랑께서 말씀허신 대로 거둬들이는 세금 땜시 큰 난리가 일어날 수도 있었지라. 대감 생각은 토병이나 양민덜 중에서 10만 명을 군적(軍籍)에 올려놓고 일이 없는 농한기 같은 때에 훈련을 잘 시켜놓자는 거지라우."

"군적 정리 차원이고 그런 식으로 훈련을 시킨다면 파탄 나는 일은 없겠지요. 군적에 올라가는 백성에게 세금을 감해주는 것도 한 방법이겠소."

실제로 이이는 10여 년 전 황해감사로 부임하면서 군관 이원익에게 군적을 정리하게 했는데, 이후 황해도 군적은 팔도에서 가장 잘 정비돼 있다는 평을 들었다. 그러니까 이이의 10만 양병은 팔도의 군적을 정리한 뒤, 농사꾼인 토병이나 양민들이 한가할 때 훈련시켜 정예화하자는 차원이기도 했다. 결코 나라 재산을 파탄 나게 하는 개혁안은 아니었다. 김억추가 말했다.

"소장 같으믄 10만 군사에게 당장 세금을 덜어줘불고 노비는 면천해주는 등 혜택을 주어 도성은 2만, 각 도는 1만까정 군적에 올려놓고 사변에 대처하겠소. 앞으로 누군가도 소장과 같은 생각을 많이 헐 것 같으요."

"지난달에 전하께서 올려 보낸 8천 명의 군사는 어떻소?"

"야인 적호들을 모다 합치믄 3만 명인디 어림도 읎지요. 우리 군사가 10만 명은 돼야 안심헐 수 있었지라."

김억추의 말에 백유함이 고개를 끄덕끄덕했다. 백유함은 한양에서

들을 수 없는 이야기를 김억추로부터 실감나게 듣고 있었다. 안핵어사 백유함은 김억추를 가장 먼저 만나고 있는 것을 다행으로 여겼다.

"병판대감께서 왜 무이보를 먼저 가라고 하셨는지 이해가 되오. 김만호가 있기 때문이었던 것 같소."

"병판대감은 소장의 은인이시지라."

김억추는 육진의 부사와 첨사들이 신립을 북병사로 품신할 때 중립을 지켰다. 그럴 수밖에 없었다. 자신의 직속상관인 이제신이 유배형에 처해졌는데 의리상 그들의 주장에 동조할 수 없었던 것이다. 그래서 이이가 안핵어사 백유함에게 김억추를 먼저 만나보라고 추천했을지도 몰랐다. 김억추는 사실대로 말했다.

"육진의 부사덜 대부분이 신립을 신(信)허고 있지라. 그래서 모다 북병사로 품신했겠지라. 근디 김우서 노장께서 번개멩키로 북병사로 오셔부렀소. 신립 부사 체통만 요상허게 돼부렀지라."

"부사가 병사를 이길 수 없는 일이오. 항명을 계속한다면 신립 부사에게 죄를 물을 수밖에 없소."

"신 부사에게 죄를 묻는다믄 손실이 더 크겠지라."

"무슨 손실이오?"

"육진 중에서 유일허게 반호가 생기지 않는 곳이 종성이라. 신립이 나타나믄 적호덜도 '온성의 영공(令公)이다'라고 험시롱 도망쳐분다고 허요. 온성을 지켜낸께로 회령, 종성, 경원이 무사해진 거지라."

"김 만호 생각이 일리가 있소. 온성의 신립 부사는 지금 그 자리에 있는 것이 나라에 득이 되겠소."

백유함은 안핵어사답게 다소 집요하게 캐물었다가도 나름대로 결론을 내리거나 김억추의 말에 공감했다. 무이보의 애로사항이 무엇인지도 물었다.

"무이보에 무엇을 도와주었으면 좋겠소?"

"육진의 진보가 다 마찬가지지라."

"군사를 지원해 달라는 말이오?"

"그렇지라."

"여기는 토병이 없소?"

"있지만 숫자가 미미허그만요. 화전민이나 유랑민덜이라 정착을 안 허지라."

여진족이 강 안쪽으로 넘어와 무리지어 살지만 그들은 반호(叛胡)로 돌변하기도 하기 때문에 믿을 수 없었다. 김억추는 그들은 무조건 전력에서 열외로 쳤다. 그들에게는 무이보 군사정보를 철저하게 차단했다. 백유함은 은근한 표정을 지으며 김우서에 대한 평판도 물었다.

"지금 북병사는 어떻소?"

"노장이시라 건강이 몬자 걱정되지라."

"그밖에는 없소?"

"빠른 시일 내에 부사나 첨사덜을 자기 사람으로 맹글어야 되겠지라."

김억추는 김우서 북병사가 종성읍성에서 판관과 기병장에게 장형을 가했다는 이야기를 전해 듣고는 적잖게 실망했던 것이다. 니탕개 무리들이 언제 준동할지 모르는데 장수들의 마음을 얻지 못한다면 전력을 극대화시키기는 어려웠다. 더구나 적호의 머리를 베어왔는데 표창은 못 할망정 벌을 주었다니 안타까웠다.

"장수는 칼로 부하를 복종시킬 때도 있고, 또 진실헌 맴으로 부하를 복종시킬 때도 있지라."

"북병사는 어느 쪽이라고 생각하오."

"소장이 어쩌께 상관을 평허겠소."

"그렇다믄 만호의 생각은 어떤 것이오."

"소장은 칼보담 맴으로 복종시키는 장수가 더 훌륭허다고 생각허그만요."

백유함이 김억추의 마음을 떠보기 위해 이리저리 찔러보았지만 김억추는 넘어가지 않았다. 또 그럴 필요도 없었다. 김우서를 평하기보다는 자신의 평소 생각만 이야기하려고 했다. 그러나 이이의 이야기가 나오면 김억추는 숨기지 않고 스스럼이 없었다. 백유함이 말했다.

"삼사에서는 적호들을 물리치지 못한 책임을 병판대감에게도 지우려 하고 있소. 나는 탄핵이 지나치다고 생각하오."

삼사라 하면 사헌부, 사간원, 홍문관을 말했다. 최전선의 현장을 모르거나 임금이 이이만 총애하므로 시기하는 자들의 소행이라고 김억추는 짐작했다.

"육진을 단 한 번이라도 와본 대간이라믄 그런 소리는 함부로 못 헐 거그만요. 적호의 기마가 강허고 적호 추장덜이 을매나 간사허고 잔인

헌지 몰라서 허는 소리지라."

"김 만호 얘기만 들어도 소름이 끼치오. 백면서생들이 무얼 알겠소. 그래서 전하께서는 문신들을 변장(邊將)으로 보내고 있는 것이오."

"또 다른 이유도 있겠지라."

"또 다른 이유라니, 무엇이오?"

그러나 김억추는 백유함의 물음에 대답하지 않았다. 문신 출신인 전임 북병사 이제신을 육진의 부사와 첨사들이 겉으로만 복종하는 체했던 것이다. 무신들이 군벌을 형성한 것이나 다름없는 일이었다. 김억추는 직접 눈으로 보았기 때문에 조정에서 문신과 무신을 섞어 보내는 것을 찬성하는 편이었다. 백유함은 몇 가지 더 조사를 하고는 일어섰다.

"병판대감 말씀대로 김 만호를 뵈니 든든하오. 오늘 본 대로 전하께 다 보고하겠소."

"소장의 이야기가 도움이 되었는지 모르겠소."

"육진을 돌면서 조사하는 데 큰 도움이 될 것 같소."

백유함은 신상절 첨사가 있는 경원부 훈융진으로 가겠다면서 말을 탔다. 일부러 북병사 김우서가 있는 경성읍성은 가지 않았다. 마찬가지로 신립이 있는 온성읍성도 가지 않을 터였다. 경흥부와 경원부의 변방 진보부터 들러 안핵어사로서 임무를 수행하려고 했다. 은전 같은 늦봄의 해는 아직도 중천에 떠 있었다.

이순신의 공

백유함이 김억추에게 말한 대로 이이는 선조 16년(1583) 6월 11일에 사헌부와 사간원의 탄핵을 받았다. 탄핵 사유는 두 가지였다. 첫째는 활을 쏠 줄 아는 장정을 북방으로 투입시키면서 전마(戰馬)를 바치면 면제해주었는데, 이는 선조에게 미리 보고하지 않은 군정(軍政)을 마음대로 한 죄였다. 둘째는 이이가 선조의 부름을 받고 가던 중 갑자기 일어난 현기증으로 퇴궐하고 말았는데, 이는 임금을 기만한 죄였다. 사헌부와 사간원에 포진한 동인들이 이이의 파직을 요구하고 나섰다. 결국 이이는 6월 17일 사헌부와 사간원 양사(兩司)로부터 탄핵받은 일로 선조에게 절하고 다음과 같이 사직을 청했다. 선조가 타일렀고 영의정 박순이 만류했지만 이이는 칭병하며 사직 의사를 꺾지 않았다.

"신은 죄를 짓고 황공하여 감히 출사를 못 하겠습니다. 병권을 제 마음대로 하거나 임금을 업신여긴 죄는 신하로서 바로 사형에 해당되는 죄입니다. 지난번 대신들이 신을 위하여 변명하면서도 대간들의 말이 지나치다고 지적하지는 않았습니다. 신이 이렇게 큰 죄를 짓고서 장사(將

士)들을 호령한들, 그것이 사방에 전해졌을 때, 그들이 반드시 해괴하게 여길 것이니 파직해 주소서.”

그래도 선조가 이이를 감싸자, 양사는 6월 19일에 다시 이이의 파직을 선조에게 청했다. 이번에는 홍문관까지 가세했다. 선조는 이이를 더 이상 붙잡지 못했다. 탄핵을 유독 주장하는 대간(臺諫)을 유배 보내고 이이의 사직을 허락했다. 그런 뒤 6월 23일 심수경을 병조 판서에 제수하는 것으로 이이의 탄핵 건을 마무리했다.

신임 병조 판서 심수경의 공문이 무이보에 도착한 것은 6월 말이었다. 장맛비가 뒤늦게 추적추적 내리는 날이었다. 김억추는 백유함이 다녀간 뒤부터 꿈자리가 사나워 머릿속이 뒤숭숭했다. 공문은 대신들의 인사 내용뿐이었다. 이이의 파직과 심수경의 병조 판서 제수도 공문에 나와 있었다. 김억추는 마음이 울적하여 방문을 열어 환기를 시켰다. 비가 오는 날 군사들은 활을 매만진다거나 떨어진 옷을 깁는 등 평소에 미뤄두었던 일로 소일했다. 김억추는 방문을 활짝 열어놓고 떨어지는 낙숫물 소리를 들었다. 낙숫물은 마당에 구멍이라도 후벼 팔 듯 줄기차게 떨어졌다.

김억추는 이이가 곧 복귀할 것이라고 믿었다. 선조는 이이를 늘 자신의 지근거리에 두고 싶어 했기 때문이었다. 선조가 탄핵에 앞장선 대간을 유배 보냈다는 것은 신하들에게 던지는 경고의 의미도 있었다. 참좌 군관이 보릿짚도롱이를 쓴 채 왔다. 김억추가 공무를 보는 마루로 나오면서 말했다.

"비오는디 들개멩키로 으디를 고로코름 싸돌아댕기는가?"

"강물이 불어나 민가가 잠겼다고 해서 확인하고 왔습메다."

"피해가 났던가?"

"미리 대피해서 양민덜은 무사함메다."

"토병덜이 잘 대처헌 모냥이그만."

"만호 나리께서 훈련시킨 덕분임둥."

김억추는 이이의 시무육조 양군민(養軍民)에 감화되어 자신의 관할 지역만이라도 토병과 양민의 군적을 정리해 훈련을 시켜두었는데, 그 효과를 본 것 같아 울적함이 조금 가셨다.

"군적에 올린 대로 중년덜은 강물이 넘실대는 강둑을 손보고 늙은이와 아녀자들은 자잘한 살림살이를 산자락으로 옮긴 모냥임메다."

"당황허지 않고 훈련받은 대로 움직였군그래."

"소장의 눈으로 확인했습메다."

"적호덜이 쳐들어 올 때도 초장보텀 노략질을 막아야 써."

여진족 적호들이 공격할 때도 중년 토병들은 강둑에서 1차로 저지하고, 양민들은 산자락으로 피신해서 수비하는 훈련을 받아왔던 것이다.

"강물이 불어난 디다 유속이 빨라져부렀응께 적호덜이 강을 넘어오기 심들겄제잉."

"한시름 놓갔심둥."

"경원부 소문은 읋던가?"

"진보덜 수장을 바꾸지 않갔습메까."

"패장덜은 교체허고 온성 부사 신립은 영전허겄제."

"훈융진 첨사도 진을 내주지 않았으니까네 승진하지 않갔습메까."

"그러코름 되겄제."

안원보, 건원보, 아산보 등 경원부의 모든 진지들이 적호에게 일시적이나마 점령당해 수장의 교체는 불가피할 것 같았다. 적호들의 공격이 경원부에 집중한 것은 경흥부 쪽보다 두만강 강폭이 좁고, 니탕개, 율보리, 우을지 등이 가까운 곳에 웅거하고 있기 때문이었다.

김억추가 만호로 있는 무이보 쪽의 두만강은 경원부의 아산보 밑에 있는 강폭이 넓은 요충지였다. 그뿐만 아니라 적호들이 무이보를 넘보지 않은 행운도 있어서 김억추는 지난봄을 별 탈 없이 보냈다. 물론 작년 겨울 동짓달 그믐밤의 기습공격으로 적호들이 김억추를 두려워한 것도 전투가 없었던 큰 이유였다.

"우리덜은 공을 세운 것이 읎응께 기대헐 것이 읎네."

"나리께서 작년에 적호 추장을 사살하지 않았습메까?"

"이미 전하께서 갑주를 하사하셨네."

"조만간 병사 나리께서 오신다니까네 묻습메다. 무신 일이 있습메까?"

"평시에 도시는 순시겄제. 전투가 읎을 때는 군사덜 군율이 느슨해져 불 수 있응께 순시를 허시는 것이여."

"장맛비가 끝나고 오시갔습메다."

"그려. 참좌군관은 고향이 으딘가?"

"경원부 건원보임메다."

"한나절이믄 갈 수 있는 디가 아닌가?"

"말을 타면 한나절 걸림메다."

김억추가 말했다.

"병사 나리 점고를 마치고 가실에나 휴가를 줄 틴께 그리 알게."

"공을 세운 것이 읎슴메다."

"그동안 고상을 많이 했응께 포상휴가를 주고 잪네."

김억추는 충직한 참좌군관을 신뢰했다. 전령이 되어 수시로 경성읍성을 드나들었으며 자신과 군사들 간에 허리 역할을 부지런히 해주었던 것이다.

"가실이라믄 또 적호덜 때문에 위험해짐메다."

"초가실까정은 괴안찮을 거네."

"저만 휴가를 간다믄 말이 나지 않갔슴메까?"

"반다시 병사 나리께 허락을 받아 보낼 틴께 걱정허지 말게."

북병사 김우서는 보고를 무엇보다 중요시하는 장수였다. 아무리 전공을 세웠어도 사전에 보고가 없었다면 인정하지 않았다. 인정하기는커녕 오히려 벌을 주었다. 종성읍성에서 판관 원희와 기병장 김사성이 보고 없이 성문을 열고 나가서 적호의 목을 베어왔지만 곤장을 쳤던 것이다. 무장의 가장 큰 덕목은 상명하복이라는 것이 김우서의 지론이었다. 김우서의 성정을 잘 알고 있는 김억추는 자신의 부하지만 정식으로 보고한 뒤 휴가를 보내려고 했다.

며칠 뒤, 장맛비가 그치고 불볕더위가 시작됐을 때였다. 김우서가 계
청군관을 데리고 와서 점고를 시작했다. 사열을 받고 나서는 무기고의
무기 상태부터 살폈다. 군량창고 안의 군량미 가마니도 셌다. 마지막으
로 정예 군사 숫자를 하나하나 확인했다. 그때 김억추가 자신이 작성한
군적을 내밀었다.

"병사 나리, 무이보 군적이그만요. 정예 군사와 액외 군사를 나누어
놓았지라."

액외(額外) 군사란 전투 때만 군사로 편입되는 토병과 양민들 중에
일부였다. 양민들이 군적에 오르면 전투 때 빠져나갈 수 없었다. 또 그
들은 농한기 훈련으로 전투력을 길러야 했다. 김우서는 군적을 보더니
놀랐다.

"다른 진보에서는 이런 군적을 보지 못했네. 오래된 치부(置簿)를 보면
서 군사를 세다보니 점고할 때마다 숫자가 달라지곤 했네. 무이보는 빈
틈이 없군. 김 만호의 고안(考案)인가?"

"아니그만요. 병판대감의 고안을 소장이 실시해보았지라."

"이이 대감께서 구상한 것이란 말이군."

"일찍이 황해도감사 때 이원익 군관을 데리고 군적을 요런 방식으로
정리허셨다는 말씀을 여러 번 들었지라."

김우서는 흡족한 듯 입맛을 다셨다.

"김 만호와 나는 이이 대감의 천거를 받아 이곳으로 임명돼 온 사람이지."

"미처 생각허지 못했습니다요."

"오늘 점고는 이것으로 마치겠네."

"군적에 오른 액외 군사를 보시려믄 밖으로 나가셔야 헌디 끝내시겠다는 말씸이신게라?"

"정예 군사의 숫자가 군적과 일치하니 다른 것은 볼 필요가 없네."

북병사 김우서의 점고는 한두 식경 만에 끝나버렸다. 점고의 긴장으로부터 벗어난 군사들이 활개를 치고 다녔다. 김우서는 '강장 밑에 약졸 없다'는 말을 실감했다. 김억추는 상관의 예를 갖추어 김우서를 만호 방으로 안내했다.

"나리를 모시기에는 떳집 군막이 누추허그만요."

"무슨 소린가. 젊은 시절 함경도에 왔을 때 나는 군사들하고 땅굴이나 동굴에서 거적을 깔고 살았네."

"약주를 하시겠습니까? 아니믄 차를 드시겠습니까?"

"나는 술을 한 잔만 하겠네."

"좁쌀로 맹근 독헌 술이 있그만요."

"술은 독주가 좋지."

만호 방 밖에서 두 사람의 대화를 듣고 있던 부엌데기 관노가 술이 든 항아리와 잔을 들고 왔다. 김우서가 작은 분청 잔을 보더니 웃었다.

"하하. 만호는 이런 오종종한 잔으로 마시는가? 장수가 한 잔이라고

할 때는 작더라도 오목주발 정도는 돼야지."

"부엌데기 관노가 서툴렀그만요."

노장 김우서는 젊은 장정 못지않은 호기를 보였다. 독주를 오목주발에 가득 붓더니 숨도 안 쉬고 단숨에 들이켰다. 낮에는 한 잔만 마신다며 더 이상은 거절했다. 김우서가 입 안을 도는 술 향기 때문인지 큼큼거리며 말했다.

"그대도 조정에 북병사 후보로 신립을 품신했던가?"

"소장은 이제신 병사 나리와 의리가 있어 그럴 수 읎었그만요."

"신립은 도대체 어떤 인물인가?"

"육진에서 가장 용맹스러운 장수지라."

"나도 동감이네. 김 만호가 솔직하게 말하는구먼. 허나 장수가 용맹이 지나치면 오만해질 수밖에 없지."

김우서가 김억추를 뚫어지게 쳐다보더니 말했다.

"잘 들으시게. 장수가 오만하면 먼저 자기부터 다치게 되지. 그뿐인가. 장수의 부하들도 다치게 되니 결국에는 불충(不忠)이 되고 말지."

신립에게 경고하는 말이 분명했다. 그러나 김억추는 김우서의 눈빛이 너무 형형하여 자신에게 하는 말로 들었다. 수염은 희고, 얼굴에는 팔자 주름살이 깊게 패었지만 두 눈은 무언가를 빨아들일 듯이 강렬했다. 김우서는 곧 아산보로 떠났다.

김억추는 초가을이 되어 참좌군관에게 약속한 대로 휴가를 주었다.

다만 들농사를 거둬들이기 전에 무이보로 돌아오라는 조건을 달았다. 적호들이 수확한 곡식을 작년처럼 노리고 있을지도 모르기 때문이었다. 참좌군관은 자신의 고향인 건원보로 떠나기 전에 어머니에게 갖다 줄 보리쌀과 조를 챙겨 자루에 쌌다. 그동안 요미(급여 곡식)나 포상으로 받은 곡식이었다.

참좌군관이 건원보에 도착한 것은 한나절 만이었다. 건원보는 분위기가 무이보와 사뭇 달랐다. 검문이 몹시 까다로웠다. 적호가 준동할 가을이 왔다는 증거였다. 검문하는 우두머리 군사가 참좌군관의 몸을 더듬더니 말했다.

"어디서 왔슴메?"

"무이보 권관임둥."

"자루에 든 것이 뭣임메?"

"곡식임둥."

"작전 중이니까네 이해할꼬망."

"무슨 작전임메?"

"알 것 읎음메."

참좌군관은 건원보 뒤 산골에 사는 고향집으로 들어가서야 무슨 작전인지를 알았다. 어머니에게 절한 뒤 곡식을 내놓자 어머니가 말했다.

"고생을 많이 했꼬망."

"좋은 나리를 만나 오마니를 뵙지, 아니믄 어드레 왔갔슴메까."

"건원보에는 새 나리가 왔다. 날마다 군사덜이 난리다."

"야인덜이 우리 곡식을 넘보는 수확 철이 다가오니까네 그럼메다."

"아니다. 당장 싸움이 날 거 같꼬망."

노파가 말하는 새 나리란 건원보 이순신 권관이었다. 건원보는 아주 작은 보이므로 종9품의 권관이 수장으로 왔다. 그런데 이순신의 행동은 만호 급이었다. 검문하는 우두머리 군사가 말한 대로 부임하자마자 바로 작전에 들어갔다. 건원보의 강은 수심이 얕아 말을 타고 쉽게 오갈 수 있었다. 장수가 결심만 하면 언제든지 적호들과 전투가 가능했다. 건원보에서 강을 건너면 바로 추장 우을지가 사는 적호 마을이 똬리를 틀고 있었다. 함부로 공격할 수 없는 요새 같은 적호 마을이었다. 경원부사 김수가 조선인 통역관을 구출하려다가 간신히 탈출해 살았지만 적호들 공격에 며칠을 시달렸던 적도 있었다. 그런데도 이순신은 건원보에 오자마자 우을지를 건원보로 불러들여 사로잡을 작전을 폈다. 장사로 위장한 군사를 적호 마을로 보내 위장전술을 폈다. 신임 권관이 부임해 왔는데 술에 취해 미첩을 끼고 놀아난다거나 상납하는 군사들에게 휴가를 주어 진지가 텅 비었다는 소문을 적호 마을에 퍼뜨렸다. 추장 우을지를 불러들여 생포하기 위한 이순신의 작전이었다.

우을지는 가을 수확기보다 빨리 두만강을 건너왔다. 적호들 규모도 줄여서 자신만만하게 건원보로 들이닥쳤다. 매복하고 있던 이순신 군사가 일제히 활을 쏜 뒤 혼비백산한 추장 우을지를 덮쳤다. 이순신이 쳐놓은 올가미에 우을지가 걸려든 셈이었다. 생포작전은 싱겁게 끝나버렸다. 아무도 잡지 못했던 추장 우을지를 생포한 이순신의 명성은 순식간에 육진 장졸들에게 퍼졌다.

"이순신이 독사 머리빡을 치듯 우을지를 잡았습메."

"인자 니탕개도 벨 수 없이 항복해 올꼬망."

우을지는 북병사가 있는 경원읍성으로 압송됐다가 조정으로 보내져 선조의 명으로 서소문 형장에서 참수형에 처해졌다. 조정 대신들에게 이순신의 이름이 처음으로 알려졌다. 그러나 휴가를 나왔다가 우연히 이순신의 생포작전을 지켜본 무이보 참좌군관은 고개를 흔들었다. 북병사 김우서가 분명 탐탁지 않게 여길 터였다.

'병사 나리는 좋아하지 않을 것임둥. 보고하지 않은 생포작전이라고 죄를 줄꼬망.'

참좌군관의 예상대로였다. 김우서는 자신의 부하인 계청군관에게 이순신의 공과 허물을 적시하는 장계를 쓰라고 지시했다. 이순신은 김우서에게 괘씸한 장수가 돼버렸다. 그런데 우을지가 붙잡힘으로써 니탕개와 율보리는 전의를 상실해버렸다. 회령과 종성, 온성, 경원지방은 적호들의 노략질이 봄눈 녹듯 사라져버렸다. 이순신의 공이었다.

작별과 약속

선조 17년(1584) 1월 하순.

순문관(巡問官) 서익이 북방을 시찰하기 위해 경성읍성을 들렀다가 무이보로 왔다. 서익의 직함은 종부시(宗簿寺) 첨정이었다. 왕실족보를 편찬하고 왕실의 잘못을 규탄하는 관청이 종부시였다. 서익은 이이가 지우(志友)라고 부를 만큼 아끼는 사람이었는데, 어떤 때는 공사가 분명하지 못하여 고개를 갸웃거리게도 했다. 그는 유독 이순신에게 너그럽지 못했다. 서익이 병조 정랑으로 있을 때 훈련원 봉사로 있는 이순신에게 자신의 친척을 승진시키려고 부탁했는데, 이순신이 규정 위반이라며 반대했던 적이 있었다. 그 결과 이순신은 외직인 충청병사 군관으로 밀려났다. 전화위복이랄까, 이 사건은 강직한 이순신의 이름을 병조에 알리는 계기가 되었다. 이순신은 다음해 파격적으로 8품계나 특진하여 발포만호로 부임해 갔다.

그런데 서익은 보복을 멈추지 않았다. 군기경차관이 되어 발포로 내려가 무기고를 점고했다. 군기경차관이란 왕명을 받아 무기관리를 점고

하는 검열관이었다. 서익은 발포 만호 이순신이 무기고 관리를 소홀히 했다고 선조에게 보고하여 이순신은 끝내 파면당하고 말았다. 무장에게 파면의 불이익은 컸다. 다시 출사한다 해도 낮은 품계인 8, 9품에서 다시 시작해야 했기 때문이었다.

두만강 칼바람에 서익은 쩔쩔맸다. 그는 넓은 소매로 눈을 가리면서 칼바람을 피했다. 김억추는 백면서생 같은 용모에 비쩍 마른 체형의 서익을 보고는 지체 없이 만호 방으로 불러들였다.

"순문관 나리, 얼능 들어오씨요."

"따귀를 한 대 얻어맞은 것 같구먼유."

"정월 칼바람이 젤로 맵지라."

"원래 무이보까지 올 계획은 읎었는디 이판대감 말씸이 겨시어 왔지유."

이판대감이란 이이를 말했다. 병조 판서 자리에서 물러난 지 여섯 달 만에 선조의 재요청을 뿌리치지 못하고 이조 판서로 출사했던 것이다. 그러나 병마에 시달려온 이이의 건강은 이미 회복할 수 없을 만큼 무너진 상태였다.

"무신 말씸인게라?"

"만호를 만나면 도움 받을 것이니께 가보라고 했지유."

이조 판서인 이이가 자신의 소관이 아닌데도 순문관으로 떠나는 서익을 부른 것은 북방을 수비하는 데 있어서 방비계책을 조언해주기 위해서였다. 그리고 김억추를 만나 보라고 한 것은 현장의 장수에게 자신의 방책이 실효가 있는 것인지 확인해 보라는 차원이었다.

"이판대감께서 소장을 믿어주신께 고맙그만이라."

"육진의 누구보다도 이판대감께서 만호를 신뢰허시는 것 같았지유."

"순문관 나리께 소장이 뭘 해야 도움이 될께라?"

서익의 원래 품계는 종부시 첨정인 바 종4품으로 만호와 같았다. 그러나 임금의 특명을 받은 순문관은 품계를 뛰어넘었다. 김억추는 서익에게 시종 공손하게 대했다. 더구나 이이의 부탁을 받고 만나러 온 순문관이었으므로 더욱 예를 갖추었다.

"만호께서는 이판대감의 시무육조 중에서 양군민(養軍民)을 잘 실행하구 있다는 얘기를 들었지유. 무이보에서 효과는 워째유?"

"작년 장마 때 강물이 범람했는디 여그는 피해가 읎었지라. 평소에 훈련받은 토병과 양민들이 전쟁이 난 거멩키로 움직여 피해를 보지 않았지라."

"양군민 효과를 보았구먼유."

"군적을 잘 정리허고 관리헌 결과지라."

"이판대감께서 방책의 근본은 군적 정리라구 말씸허셨는디 맞구먼유."

"군적 정리를 해놓아야 액외 군사를 적시에 부릴 수 있지라. 그렇지 않으믄 허깨비덜하고 같이 있는 셈이지라."

"액외 군사라구유?"

"진보에 있는 정규 군사가 아닌 토병과 양민들 중에 뽑혀 군적에 오른 자들이지라."

"토병이야 예비군들일 테구, 양민들 중에서 전쟁이 나면 쓸 만헌 사람들이겠구먼유."

"그렇지라."

서익은 무릎을 쳤다. 군적 정리야말로 방비계책의 근본이라는 것을 김억추의 말을 듣고는 실감했다. 군적 정리가 됐을 때만 전쟁이 나도 동원전력을 극대화시킬 수 있기 때문이었다. 정규 군사인데도 치부와 다르기 일쑤인데, 액외 군사는 더 말할 것도 없었다. 전쟁이 나면 슬그머니 산으로 도망치거나 어딘가로 숨어버려도 관에서는 잘 알지 못했다. 그만큼 동원전력에 구멍이 나는 셈이었다.

"어째서 이판대감께서 만호를 만나보라고 했는지 알겠슈. 어째서 만호를 무이보로 보냈는지 알겠슈."

"이판대감께서 천학비재한 소장을 항시 높게 평가해주셨지라."

"잘 평가해주신 것이 아니라 만호의 자질을 정확하게 보신 거지유. 그뿐만 아니라 만호의 명성이 자자하니께 병조에서도 왜구 침입이 잦은 제주도로 만호를 내려보내 왜구들을 소탕하자는 의견이 있지유."

"순문관 나리께서도 소장을 좋게 봐주신께 몸 둘 바를 모르겠그만요. 고마와부요."

"내가 시찰하면서 뭣을 살펴야 하는지를 만호께서 알려주었으니께 고마워할 사람은 바로 나지유."

논산이 고향인 서익은 충청도 말투로 느리게 말했다. 원래는 육진의 읍성만 들러 병사나 부사들을 만나 전력 상태를 시찰하려고 순문관으로 나섰으나 이이가 권유한 대로 무이보에 들러 김억추에게 유익한 정보를 얻은 것 같아 서익은 크게 만족했다.

"읍성만 시찰했다면 군적이 을매나 중요한지 모를 뻔했슈."

"소장이 감히 건의해본다믄 읍성도 중허지만 적과 대치허고 있는 진보까정 시찰허믄 으쩌겄는게라."

김억추는 서익이 진보까지 시찰해야만 두만강 강변이 얼마나 위험하고 중요한 요해지인지 실감할 것이라고 생각했다. 그래서 그렇게 건의했던 것이다. 서익은 김억추의 건의를 바로 받아들였다.

"진보라 하면 으디으디를 말하는 거유?"

"두만강 하류부텀 말씸드리자믄 이렇지라."

김억추는 서익에게 경흥부 관할의 조산보와 녹둔도, 그리고 자신이 근무하는 무이보를 먼저 말했다. 그런 뒤 경원부 관할의 건원보, 안원보, 훈융진, 황자파보, 온성부 관할의 방원보, 세천보, 응곡보, 서풍보, 동풍보, 회령부 관할의 고령진, 보을하진, 원산보, 영북보, 파진 등을 알려주었다. 서익은 육진의 진보를 단숨에 말하는 김억추를 보고 또다시 놀랐다.

"만호 같은 분이 북방에 있으니께 적호들이 쳐들어오지 못허는 거지유."

"과찬이그만요. 육진에는 명장이 많지라. 신립 온성부사가 있고, 이순신 건원보 권관이 있지라."

이순신이라고 하자 서익이 고개를 저었다.

"발포 만호 때 병기 관리가 엉망이어서 파면당한 장수지유. 그래서 미관말직인 권관으로 다시 시작헌 장수인디 명장이라니 당치 않지유."

"적호 추장 우을지를 생포해서 다른 추장들 전의까정 꺾어부렀응께 허는 말이지라."

"설령 그렇다 하더라도 김우서 병사 장계에 의하면 사전보고 없이 멋대로 생포작전을 했으니께 순신의 공은 반쪽이 돼버린 거지유. 만약 생포작전이 실패했드라면 김 병사도 책임에서 자유롭지 못헐 것이니께 그라지유."

서익이 틀린 말을 한 것은 아니었다. 장수는 전공을 세웠어도 군율을 어겼으면 그 공훈의 빛이 바랬다. 군사의 군율은 그만큼 엄했다. 서익은 이순신에 대한 반감이 아직도 남아 있었으므로 이순신의 전공보다 군율을 강조해서 말했다. 서익과 이순신의 인연을 모르고 있는 김억추는 관노 여종을 불러 술상을 봐오도록 시켰다.

"먼 길을 오시느라 고상허셨는디 술로 피로를 푸시는 것이 으쩔께라?"

"만호를 만나 얻은 것이 많은디 술 한잔혀야지유."

만호 방으로 개다리소반 술상이 곧 들어왔다. 술은 막걸리였고 안주는 명태회무침이었다. 서익이 먼저 술을 받아 마셨다. 얼음물처럼 술이 뱃속으로 들어가자 저절로 진저리가 쳐졌고 크윽 트림이 올라왔다. 명태회무침도 이가 시릴 정도로 차가웠지만 잘근잘근 씹을수록 단맛이 돌았다.

왜소한 체격이었지만 서익의 술 실력만큼은 김억추 못지않았다. 김억추와 서익은 번개처럼 빠르게 주거니 받거니 큰 술잔을 돌아가며 비웠다. 서익은 김억추보다 여섯 살 정도 위였지만 술잔이 거듭될수록 친구처럼 속에 담아둔 말을 거침없이 뱉어냈다.

"이판대감께서 재주가 너무 많지유. 재주가 열이라면 이제야 겨우 한 개를 보여준 거지유. 그런데도 동인들이 이판대감을 탄핵하지 못해 안달이지유. 전하께서 이판대감만 신임허시니께 질시하구 모략질허는 거지유."

"그래도 전하께서 총애허신께 다행이지라."

"전하로서는 큰 행운이지유. 이판대감께서 직언을 곧잘 하시니께유."

"그러고 본께 이판대감 안부를 묻지 못했그만이라. 잘 겨시지라?"

"할 말이 읎구먼유."

"북방으로 오실 때 이판대감을 뵈었다고 방금 얘기허셔 놓고 무신 말씸이신게라?"

"얘기했지유."

"근디도 헐 말이 읎다니 거시기허그만요."

"이판대감께서 평소에 나를 지우라며 아껴주셨는디 사람 도리를 다 허지 못혀서 그라지유."

서익은 북방을 시찰하라는 어명을 받은 날 밤에 이이를 만났는데, 이틀 후 이이가 별세했다는 부음을 들었던 것이다. 그러나 서익은 어명으로 한양을 떠난 뒤였으므로 되돌아갈 수 없었다. 조문은 북방 시찰이 끝난 뒤에나 할 수밖에 없었다. 어명을 받고 떠난 서익으로서는 어쩔 수 없는 일이었다.

"혹시 이판대감 신상에 변화가 있는 것인게라?"

"술기운을 빌지 않구서는 말헐 수 읎는 비통헌 소식이지유."

"운명을 달리 허셨그만요."

"그래유."

"참말로 큰 별이 떨어져부렀그만요."

"이판대감을 잃은 조정의 앞날이 걱정이구먼유."

"나리, 으째야쓰까요."

"이판대감께서 두만강 적호보다 더 무서운 것이 있다든 동인서인 파벌이라구 했지유. 적호는 방비를 잘 해서 막으믄 되지만 파벌은 해결방도가 읎다구 했지유. 그러니께 이판대감을 잃은 것이 큰 일이 아니구 뭣이겠슈."

김억추는 굵은 눈물을 주르르 흘렸다. 눈물이 술잔 속으로 떨어졌다.

"청천벽력이그만요."

"자, 술이나 마셔유. 이판대감께서도 저 세상에서 우리가 이렇게 술을 마시구 있는 것을 본다면 웃으실 거구먼유."

김억추는 술잔을 단숨에 마신 뒤 말했다.

"이판대감께서 저 세상에 겨신다니 믿어지지 않그만요."

"나는 이판대감 당부대루 무이보에 와서 만호를 만나구 있구, 만호야말로 이판대감의 총애를 받았던 무장이 아닌가유. 그러니께 웃으실 거 같다는 거지유."

　김억추는 또다시 술잔을 비웠다. 결국 이경(밤 9시~11시) 무렵에 서익이 먼저 대취해 쓰러졌다. 밖은 어느새 장막을 친 듯 어두웠다. 차가운 어둠 무더기가 칠흑처럼 윤이 났다. 반달은 검푸른 하늘 멀리 조각배처럼 떠가고 있었다. 강바람에 별들이 오들오들 떨었다. 김억추는 서익에게 만호 방을 비워주고는 참좌군관이 묵는 골방으로 갔다. 마침 참좌군관은 순찰을 도는지 없었다. 김억추는 방에 들어서자마자 소리를 죽여 통곡했다. 서익 앞에서 참았던 눈물을 끝내 터뜨렸다.

　"소장을 무이보로 보내불고 몬자 가시믄 으쩝니까. 인자 다시는 뵙지 못허는 것인게라. 앞으로 소장은 누굴 의지허고 무부의 뜻을 편다는 말입니까. 대감께 은혜를 조금도 갚지 못했는디 대감께서 몬자 가시고 말았으니 소장은 으째야쓰겠습니까. 참말로 원통헙니다요."

　잠시 후, 방으로 들어온 참좌군관이 김억추를 보고는 놀랐다. 김억추의 눈은 눈물이 말라붙어 붉게 충혈돼 있었다.

　"만호 나리, 순문관 나리와 무신 일이 있었슴메까?"

　"아니네."

　"근디 어캐 비통해 하심메까?"

　"이판대감께서 돌아가셔부렀네."

　"순문관 나리께서 부음을 전할라고 무이보에 오신 것임메까?"

　"어명을 받아 북방을 시찰하러 북방에 오는 길이었는디 한양을 떠나고 나서 부음을 들었다고 허네."

뜻밖의 소식에 참좌군관도 충격을 받았다. 작년 동짓달에 적호 추장을 사살하고 적호 마을을 불태웠던 승첩장계를 가지고 한양에 갔을 때였다. 이이가 사는 대사마을로 찾아가 김억추의 편지를 전했던 인연이 있었던 것이다. 그때 자신을 자애롭게 대해준 이이의 인격에 감화되어 두고두고 흠모의 정이 솟구치곤 했음이었다. 참좌군관도 눈물을 흘렸다. 김억추가 마음을 추스른 뒤 말했다.

"혹시 나를 다른 곳으로 보내는 명이 떨어져도 나는 가지 않을 것이네."

"인사가 있음둥."

"병조에서 나를 제주도로 보낸다는 말이 돈다고 그라네."

"명을 거절해도 되는 것임메까?"

"사직하믄 그만이네."

조정의 명령에 누구보다도 충실한 김억추가 인사명령을 거부하겠다고 하자 참좌군관이 어리둥절해했다.

"놀랄 거 읎네. 나는 여그 무이보에 벼슬이 읎는 급제로 남아 적어도 3년 동안은 싸울 것이네."

급제란 과거급제자이지만 벼슬이 없는 사람을 뜻했다.

"어캐 급제로 남으시겠다고 하심메까?"

"이판대감께서 나를 여그로 보냈을 때는 깊은 뜻이 있으셨을 것이네. 그러니 무이보에 있어야 허지 않겠는가. 나를 알아준 이판대감에 대한 도리를 지키고 잖네."

파주 자운산에 묻힌 이이의 명을 급제 신분으로라도 남아 지키겠다는 김억추의 말이었다. 참좌군관은 이이를 받드는 김억추의 말에 감동했다. 이이가 왜 김억추를 인정하고 후견인처럼 뒤를 봐주었는지 그제야 이해했다. 참좌군관은 이이보다 김억추가 더 부러웠다. 김억추야말로 무부로서 닮고 싶고, 따르고 싶은 상관이었던 것이다.

선조 17년 6월.

김억추는 서익의 말대로 제주판관으로 부임하라는 교지를 받았다. 그러나 그는 참좌군관에게 말했던 것처럼 제주도로 내려가지 않고 사직했다. 무이보에서 벼슬이 없는 급제로 남았다. 그러자 조정에서는 뽑아 올릴 만한 장수가 없었기 때문에 김억추를 다시 무이보 만호로 복귀시켰다. 이후 김억추는 수년 동안, 그러니까 선조 21년(1587)까지 무이보를 지켰다. 변방 장수로서 전례가 없는 일이었다.

보복작전1

이순신은 3년 전 우을지를 생포한 전공을 인정받아 훈련원 참군에 오른 뒤, 부친이 별세하자 아산으로 내려가 삼년상을 치르고 나서는 조산보 만호를 제수 받았다. 김억추의 직위는 무이보 만호 그대로였다. 두 장수는 모두 경흥부 땅에서 방비를 하는 셈이었다. 이순신은 두만강 하류의 삼각지인 녹둔도의 둔전을 관리하는 둔전관도 겸임했다.

녹둔도에 둔전이 만들어진 것은 순찰사 정언신의 건의에 따른 결과였다. 육진의 부족한 군량미를 녹둔도에서 조달하자고 정언신이 선조에게 건의했던 것이다. 그런데 이순신이 녹둔도 둔전관을 겸임한다는 소식이 여진족 적호들에게 퍼지자 긴장이 돌았다. 이순신이 자신들의 추장 우을지를 생포한 장수였던 것이다. 녹둔도 위쪽에 추도가 있었는데, 특히 추도의 적호들이 이순신에게 복수의 칼날을 갈았다.

추도의 적호들은 녹둔도 공격시점을 추수 중인 가을로 잡았다. 이순신에게 복수할 수 있고, 수확한 곡식도 약탈할 수 있기 때문이었다. 물론 적호들 입장에서는 김억추에게도 원한이 컸지만 철옹성 같은 무이보는 감히 건드릴 수 없었다. 반면에 녹둔도의 방비는 군사의 숫자도 적었고, 있으나 마나 한 토성과 6척 높이의 목책은 장애물이 아니었다. 목책이 6척이라고 해봤자 토성에서 말을 타고 내달리면 영내로 뛰어넘을 수 있었다. 그래서 이순신은 상관인 북병사 이일에게 수차례나 군사를 지원해달라고 간청했지만 무슨 까닭인지 지원군은 오지 않았다.

이순신이 할 수 있는 방비는 목책을 이중으로 치고 경계를 잘 서는 일뿐이었다. 추도의 적호들은 예상했던 대로 가을이 되자 쳐들어왔다. 추수하기 위해 농사꾼을 데리고 녹둔도에 들어온 경흥부사 이경록과 둔전관 이순신은 뻔히 알고도 당했다. 야밤이었다. 잠을 자고 있던 농사꾼들이 전투가 벌어진 것을 알고는 우왕좌왕했다. 농사꾼들은 오히려 전투하는 데 방해가 되었다. 캄캄한 밤이었으므로 피아 구분이 안 되었다. 이순신은 사력을 다해 방어했다. 둔전관 막사로 다가오는 적호들에게 활을 쏘아 차례차례 쓰러뜨렸다.

"물러나지 말구 맞서야 혀!"

"농사꾼덜은 엎드려서 적호덜에게 고함을 쳐야 혀!"

처음에는 군사들이 당황했으나 차츰 제자리에서 맞서 싸웠다. 농사꾼들도 창고를 지키는 군관 임경번의 지시를 받고는 도리깨나 긴 장대를 들고 고함쳐서 적호들의 사기를 떨어뜨렸다. 이윽고 책루 군관인 이몽서가 활을 쏘아 목책을 넘어오는 적호 추장 마니응개를 거꾸러뜨렸다. 추장의 말도 화살을 맞았는지 비명을 지르며 솟구쳤다가 나뒹굴었다.

마니응개가 죽고 나자 적호들의 기세가 꺾였다. 적호들 일부가 물러서기 시작했다. 이경록과 이순신은 반격작전을 폈다. 도망치는 적호들을 추격하여 뒤처진 세 사람의 목을 벴다. 또한 끌려가던 농사꾼 50여 명을 구출했다.

어느새 날이 밝았다. 마니응개의 사지를 찢어 나뭇가지에 건 뒤, 전과를 헤아려보니 아군의 피해는 생각보다 컸다. 수호장 오향과 감관(監官) 임경번 등 녹둔도 군사 11명이 전사하고, 농사꾼 160여 명이 사라졌다. 그뿐만 아니라 15필의 말까지 약탈당했다. 이순신은 사실대로 북병사 이일에게 보고했다.

이일은 분기탱천했다. 자신이 함경도북병사로 부임하여 육진 밖의 적호들이 함부로 도발하지 못해 두만강변이 조용해졌다고 생각했는데, 추도의 적호들에게 불시에 일격을 당했기 때문이었다.

"이건 패배가 아니라 함몰이다!"

이일은 이경록보다 녹둔도 수비 책임자인 이순신의 죄가 더 크다고 판단했다. 이일은 당장 이순신부터 경성읍성으로 불러들여 하옥시켰다. 그런 뒤 계청군관 선거이를 시켜 장계 초안을 작성하도록 지시했다. 조산보 군사들은 모두가 상관인 이순신이 사형당할 거라고 믿고 안절부절못했다. 그러나 선거이는 그 반대로 생각했다. 녹둔도에 수비할 군사를 지원해달라고 여러 번 요청했으며 중과부적의 전력에도 불구하고 분전하여 적호 추장과 적호 3명을 사살하고 농사꾼 50여 명을 구출해서였다.

보성 출신 선거이는 왕실 자제이자 온성부사인 이억기와 합세하여 북병사 이일을 설득했다.

"병사 나리, 조산보 만호가 군사를 여러 번 요청헌 사실은 평소 방비에 애썼다는 것이오. 비록 아군의 피해가 커불었다고는 하지만 바로 반격작전으로 들어가 적호들에게 웽간히 타격을 가했응께 패장이라고 단정헐 수만은 읎지라."

"적호들에게 군사가 피살되고 인마가 잡혀갔으니 국가에 욕을 끼친 것이 아닌가."

"국가에 욕을 끼친 것이 사실이지만 반격작전을 펴서 공을 세운 것도 사실이그만요."

"그래서 패장이 아니라는 말인가?"

"허물을 크게 지었지만 전공도 웽간히 있다는 것이지라."

장계를 받아본 선조도 패한 것만은 아니니 반격작전의 전과를 참작하라는 지시를 내렸다. 결국 이일은 이경록과 이순신을 백의종군케 했다. 선거이와 이억기가 이경록과 이순신의 목숨을 구한 셈이었다. 백의종군이란 전공을 세워 원래의 직위를 찾으라는 조건부 복직으로 벌의 일종이었다. 죄가 사라지는 사면과 전혀 달랐다.

이일은 적호들을 응징하기 위해 경흥부 진보들을 시찰했다. 전력을 점고하기 위해서였다. 조산보부터 들렀다. 조산보는 만호 이순신이 경성 읍성에서 아직 돌아오지 않고 있었으므로 초상집이나 다름없었다. 더군다나 녹둔도에 파견 나갔던 장졸 중에 사상자가 많아 조산보 분위기는 아주 뒤숭숭했다. 군관이 가장을 맡고 있으나 사기는 땅에 떨어져 있었다. 이일은 보복작전을 펴는 데 조산보 군사는 열외로 쳤다.

"한 번 패배한 군사는 또 지게 마련이네. 한 번 이겨본 군사는 또 이기게 마련이고. 그러니 조산보 군사는 이번 보복작전에는 열외시키겠네."

"부상자들을 직접 눈으로 본께 처참하그만요."

"내가 말했잖은가. 녹둔도가 함몰했다고 말이네. 추도 적호들이 우리나라에 욕을 보인 것이네. 그러니 크게 응징해야 하는 것이네."

두 번째로 순시한 곳은 무이보였다. 이일이 보기에 무이보의 경계태세는 빈틈이 없었다. 목책이 이중으로 둘러쳐져 있고, 무이보 뒤쪽의 산자락에는 진지들이 구축돼 있었다. 진지의 역할은 분명했다. 무이보가 공격당했을 때 뒤에서 엄호해 협공작전을 펼 수 있도록 구축한 진지들이었다. 이일은 흡족한 기분으로 무이보를 들어섰다. 선거이가 말했다.

"병사 나리, 김억추 만호 명성이 자자헌디 허명이 아니그만요."

"이판대감이 살아계셨으면 지금쯤 남병사나 북병사가 됐을 것이네."

"3년 전에 돌아가신 이이 대감 말씀입니까?"

"그렇다네. 자네는 누가 뒤를 봐주고 있는가?"

"보성서 온 촌놈이 무신 동아줄이 있었습니까? 병사 나리께서 봐주셔야지라."

"하하하."

이일은 호탕하게 웃더니 정색을 했다. 책루에서 망을 보던 군관이 달려 나와 부동자세로 섰다.

"무이보 군관 최여만입네다."

"만호는 어디 계시는가?"

"강변으로 순찰 나가셨음메."

"알겠네."

"만호 나리에게 연락하갔슴메."

"그럴 필요는 없네. 병사라고 해서 순찰을 방해하면 되겠는가."

"진지에 빗자루 자국이 선명한데 내가 올 줄 안 것 같구먼."

"병사 나리께서 경흥부 진보를 순행하신다는 소문을 들었슴메다만 무이보는 항상 이렇슴메다."

이일은 잘 훈련된 무이보 군사로 추도의 적호들을 선제공격을 했으면 녹둔도의 패배도 없었을 것이라고 생각했다. 때를 놓쳤다는 생각이 미치자 더욱 아쉬웠다. 보복공격을 하려면 적어도 적호의 군사보다 세 배는 되어야 했다. 공격하는 군사가 수비하는 군사를 압도해야만 이길 확률이 높았다.

무이보 군사들은 한쪽 활터에서는 습사를 하고 있었고, 또 다른 훈련장 모래밭에서는 각력을 하고 있었다.

"저건 각력이 아닌가?"

"예, 병사 나리. 군사들이 씨름을 하고 있음메다. 보시갔음메까?"

"아니네. 각력을 하도록 내버려두게."

"완력을 기르는 데 있어시리 최곱메다."

"그렇겠지. 선 군관도 각력을 잘하는가?"

"팔심허고 손아구 심을 지르는 디 각력만 헌 것이 읎지라."

"그보다는 허리 힘을 기르는 데 좋겠지. 모든 힘은 허리에서 나오니까."

"각력을 허다 보믄 허리가 유연해져불고 심도 생기라."

이일이 다시 최여만 군관에게 물었다.

"여기서 추도는 얼마나 되는가?"

"무이보와 조산보 중간쯤에 있슴메다. 정확허게 말씸드리자믄 조산보 쪽에서 더 가찹슴메다."

선거이가 말했다.

"그래서 추도 적호들이 녹둔도를 공격했을게라우?"

"여러 가지 이유가 있겠지만 무엇보다 강 건너편에 있는 시전마을 적호들을 믿고 그랬을 것이네. 시전마을 적호들이 지원하지 않았으면 추도의 전력만으로 어찌 녹둔도를 공격했겠는가."

"화근은 시전마을이그만요."

"시전마을은 적호 마을들 중에서도 큰 편이지. 궁려가 2백여 호쯤 되니까."

궁려(穹廬)란 강변에 사는 여진족의 띳집을 뜻했다. 김억추는 생각보다 늦게 순찰을 마치고 돌아왔다. 이일은 최여만의 안내를 받아 만호 방에서 쉬고 있었다. 김억추는 만호 방 밖에서 큰 소리로 인사했다.

"병사 나리, 만호 김억추입니다."

"어서 오시게."

이일은 술을 한 잔 마신 사람처럼 기분 좋게 김억추를 맞이했다. 무이보 군사들의 군율이 바르게 서 있는 것을 보았기 때문에 흡족한 표정을 감추지 못했다.

"강장 밑에 약졸이 없다더니 그 말이 맞구면."

"병사 나리, 과찬이시그만요."

"무이보 군사들의 눈빛을 보니 다 살아 있어. 그렇지 않던가?"

이일이 옆에 앉은 선거이에게 동의를 구하듯 말했다.

"김 만호께서 명궁수이니 부하덜도 모다 명궁수일 것이지라."

"나도 훈련원 활터에 김억추석(金億秋石)이 있다는 말을 들어보았네. 선 군관이 틀린 말을 한 것은 아니네."

"김 만호의 활솜씨는 전라도의 전설이지라."

"동향이라고 더 추켜세우는구면."

"장수라믄 다 같지 전라도 장수 다르고 함경도 장수 다르겄습니까요?"

"하하하. 선 군관 말이 맞네."

"병사 나리께서 순시하신다는 것을 알고 있었는디 직접 맞이하지 못해 죄송허그만요."

"죄송할 거 없네. 무이보 장졸들을 대하니 비로소 군사다운 군사를 보는 것 같아 든든하고 기쁘네."

"병사 나리, 지금이라도 점고 받을 준비를 헐께라?"

"아니네. 점고는 받지 않겠네."

"그럼 무신 일로 오셨는게라?"

"추도 적호를 응징하려고 하네. 무이보 군사를 선봉군으로 보내주겠는가?"

"경흥부 어느 진보든 모다 병사 나리 부하덜인디 여부가 있었습니까."

선거이가 1차 보복작전 개요를 말했다. 선봉군 무이보 군사 1백여 명과 경성읍성 군사와 한양에서 지원 나온 군사를 합친 3백여 명이 11월 초하룻날 새벽에 강을 건너 추도를 공격한다는 작전이었다. 그리고 2차 보복작전의 목표는 추도의 적호들을 뒤에서 조종하는 시전부락의 적호들이었다.

"지가 선봉장으로 나서겠습니다."

"추도 보복작전은 이미 선봉장을 결정해 두었네."

"어느 장수인게라우?"

"우후 김우추를 앞세우려고 하네."

옆에 있던 선거이가 물었다.

"우후허고 성제간인게라우?"

"우후는 해풍 김씨 수원 사람이고, 나는 본관이 청주고 강진 사람인께 아무 관련이 읎는 장수지라. 이름이 비슷헌께 사람덜이 더러 묻드그만요."

이일은 무이보 군사 1백여 명을 선봉군으로 삼겠다는 말을 남기고 다른 진보로 떠났다. 김억추는 10월 그믐날 밤에 추도 건너편의 나룻터에서 우후 김우추에게 자신의 부하들을 인계하면 되었다. 그믐날 밤에 군사를 집결한다는 것은 군사들이 어둠 속에서 은폐하기가 용이하기 때문이었다. 또한 꼭두새벽에 기습 공격하는 것은 사물이 어렴풋이 보이므로 피아 식별이 가능해서였다.

마침내 10월 그믐날 초저녁.

김억추는 1백여 명의 군사를 이끌고 두만강 나루터로 향했다. 말을 타고 가면서 최여만 군관에게 말했다.

"존 꿈 꿔부렀는가?"

"지는 꿈을 잘 안 꿈메다."

"자신만만헌께 꿈이 읎는 거네."

"나리와 함께 야간 기습공격을 해서 승리한 적이 있음메다. 그러니까 네 자신 있슴메다."

김억추는 나루터에 이르러 군사들이 무리지어 있는 것을 발견했다. 그쪽과 군호를 주고받았다.

"두만강!"

"초승달!"

어둠이 깔리자 하늘과 강물은 더욱 검푸른 빛깔로 변했다. 나루터는 오랫동안 사용하지 않은 탓에 갈대밭으로 변해 있었다. 김우추가 다가와 말했다.

"김우서 병사 나리 때 한 번 만났던가요?"

"맞그만이라."

김억추는 수하의 장졸들을 김우추에게 인계했다. 그런 뒤, 장졸들을 일일이 격려한 다음 곧장 말을 타고 무이보로 돌아왔다. 무이보로 돌아왔지만 잠을 잘 수는 없었다. 군사들이 보복작전을 성공했는지, 전과는 어떤지 여러 생각이 떠올라 뒤척거렸다.

그러나 다음 날 아침 사시에 생각보다 빨리 최여만이 장졸들을 이끌고 귀대했는데, 김억추는 그제야 안심했다. 최여만과 장졸들 표정으로 보아 보복작전이 크게 성공했음이 분명했다. 최여만의 보고를 받은 김억추는 부하들이 자랑스러워 참좌군관에게 특식을 준비시켰다.

추도 적호들의 떳집 17채를 전소시키고, 도망가는 적호 서른세 명의 목을 베었다는 전과를 군관 최여만이 보고했던 것이다.

보복작전2

북병사 이일은 무이보 만호 김억추를 믿었다. 추도의 적호 마을을 공격할 때 무이보 군사 1백여 명이 선봉군으로 나서 혁혁한 공을 세운 뒤부터 더욱 신임했다. 훈련이 잘된 선봉군의 작전성공으로 나머지 군사 3백여 명은 후방에서 울타리 역할만 했을 뿐, 사상자가 단 한 사람도 나지 않았던 것이다.

이일이 추도 적호 마을을 먼저 친 것은 본격적인 보복작전의 사전 정지작업 차원이었다. 배후에 적을 두고 공격하다가 실패하면 협공당할 수 있기 때문이었다. 보복작전의 최후 목표는 시전부락의 적호들 섬멸이었다. 시전부락은 두만강 건너편에 있는 경흥부 땅에서 보자면 정북 쪽에 있었다. 추도는 녹둔도 위쪽의 섬이었고, 시전부락은 두만강 건너편의 육지였다.

김억추는 이일의 부름을 받고 경성읍성으로 가려고 준비했다. 참좌군관을 데리고 가려 했다. 참좌군관을 대동하는 것은 투항해서 살고 있는 여진족 번호가 갑자기 적호로 돌변할 수 있으므로 경계 차원이었다.

"병사 나리께서 읍성에서 나를 부르네. 같이 댕겨오세."

"예 꼬망."

"지난달에 추도를 쑥대밭으로 맹글었다고 두만강 이짝 번호들이 독기를 품고 있는 거 같아부네."

"추도 넘덜이 몬자 녹둔도를 약탈하지 않았습메까? 그러니까네 응징당했심둥."

"예의를 모르는 놈덜이지. 우리가 을매나 잘해주었는가. 근디도 배은망덕을 밥묵데끼 허는 놈덜이네."

"오랑캐덜은 짐승과 같아서 교화를 시킬 수 읎습메다. 배고프면 남의 것을 제 것인 듯 노략질허는 넘덜임메다."

"젊고 날랜 말을 준비허게."

함경도의 섣달 초순 날씨는 남녘과 달랐다. 두만강에 벌써 얼음이 꽁꽁 얼기 시작하는 한겨울이었다. 경원부와 온성부의 적호들이 한두 해 잠잠해지자 이번에는 경흥부의 적호들이 장수들을 긴장시켰다. 지난 추수기에 추도의 적호들이 녹둔도를 공격해 왔다가 보복을 당했고, 두만강 건너편의 시전부락 적호들은 여전히 호전적이었다. 참좌군관이 두 마리의 날랜 말을 끌고 왔다. 가을 풀을 잘 먹이어 엉덩이에 살이 올라 탱탱했다. 출렁거리는 갈기에도 윤기가 흘렀다. 김억추가 먼저 말에 껑충 올라탔다. 참좌군관이 뒤따르면서 말했다.

"만호 나리, 아무래도 시전마실 적호덜이 화근임메다."

"적호 마실 중에서도 시전마실이 젤로 위협적이여. 권관 말대로 화근

154

이제."

"화근이라믄 뿌렝이를 뽑아부러야 함메다."

"그래부러야 후환이 읎겄지."

칼날 같은 강바람이 거칠게 불었다. 나뭇잎이 강바람을 타고 어지럽게 나뒹굴었다. 김억추는 몸뚱이를 말 등에 납작 엎드렸다. 눈도 제대로 뜰 수 없을 만큼 강바람은 차갑고 매서웠다. 참좌군관도 몸을 자라목처럼 움츠린 채 말고삐를 잡아당기고 있었다.

두 사람은 산길로 들어서서야 속도를 늦추었다. 비탈길을 오르려면 평지와 같이 달릴 수 없었다. 젊고 날랜 말을 골랐다고는 하지만 비탈길에서는 말도 지쳤다. 가끔 튼실한 다리가 휘청거렸다. 말이 젊다고는 하지만 산 정상 부근의 재를 앞두고서는 기어가듯 천천히 올라갔다.

"만호 나리, 궁금한 것이 하나 있음둥."

"뭣인가?"

"만호 나리께서 곧 떠나실 거라는 소문이 자자함메다."

"금시초문인디 으디서 들은 말인가?"

"만호로 오신 지 벌써 3년이 넘었슴메다."

"명이 떨어지믄 가야겄제. 근디 장수는 최전방에 있어야 장수인 뱁이여. 후방으로 가믄 편허겄지만 고건 장수가 아녀."

"소장은 대명천지 한양으로 한 번 가보고 싶슴메다."

"임금님 명으로 한양에 있어 봤지만 거그는 장수가 있을 곳이 아녀. 장수덜이 출세헐라고 썩어분 동아줄이라도 잡을라고 난리여. 장수란 적과 싸울 때 빛이 나는 거여. 긍께 그런 생각 말어. 적호허고 대치헌 여그가 권관이 있을 곳인께."

"무이보에 그대로 남으라는 말씸임메까?"

"그라제. 적호덜허고 싸와서 공을 세울 수 있응께 을매나 존냐 말여."

재 하나를 넘어서부터 길잡이로 나선 참좌군관이 손을 들었다. 멈추라는 수신호였다. 어디선가 웅성거리는 소리가 났다. 참좌군관이 소리를 죽여 말했다.

"번호들 말투임메다."

"화전민을 상대허는 장사치인지 모른께 조심해야 써."

번호라고 해서 모두 적은 아니었다. 순응해서 살면 번호이고 난을 일으키면 반호이고 호추의 지시를 받으면 적호가 되었다. 두 사람은 말발굽 소리를 죽이면서 사람이 있는 쪽으로 다가갔다. 화전민 움막 마당에 두 사람이 죽은 산짐승과 무언가를 놓고 흥정하고 있었다. 김억추의 짐작대로 화전민을 상대로 물물교환 하는 장사치였다. 참좌군관이 칼을 치켜들고 소리쳤다.

"움직이지 말꼬망!"

김억추는 지켜보고만 있었다. 참좌군관이 다시 소리쳤다.

"모두 꿇어앉을꼬망!"

"나리, 지는 강을 넘어와 산 지 10년이 넘었슴메다."

"니를 붙잡으로 온 것이 아님둥. 저 장사꾼 넘을 체포하갔슴메."

그러자 장사꾼이 두 손을 싹싹 빌었다.

"오랑캐로 살고 있으나 지는 소금장사꾼일 뿐임메다. 적호가 아님 메다."

"그렇다믄 허가증을 내보일꼬망."

"입에 풀칠이나 하고 사는 소금장사꾼이 허가증이 어데 있음메까?"

"니넘 정체가 수상함둥."

참좌군관이 칼끝을 소금장수 목에 대며 겁박했다. 그제야 김억추가 말에서 내려 부드럽게 말했다.

"강 너메서 살기 심들믄 여그 와서 화전민이 되지 으째서 위험헌 장사 치로 국경을 넘나드는가?"

"나리, 오죽하믄 위험헌 장사꾼으로 살고 있갔슴메까?"

"솔직히 말해라. 으디서 왔느냐? 무이보에서 살게 해주겄다."

"시전마실서 왔슴메다."

"시전마실이라고 했느냐?"

시전부락은 적호 마을 중에서도 강성한 곳 중에 하나였다. 북쪽의 니탕개나 율보리 등이 터를 잡고 사는 호추들의 마을과 세력이 엇비슷했다. 경흥부로서는 시전부락이 눈엣가시나 다름없었다. 그들의 작은집 격인 추도가 쑥대밭이 됐으니 반드시 경흥부 어느 진보를 노리고 있을 터였다. 소금장사는 번호들을 상대로 오랫동안 장사를 해왔음인지 함경도 말이 능숙했다. 김억추가 무이보에서 살게 해주겠다고 허락하자 묻지 않은 말까지 했다.

"시전 추장은 말을 잘 타고 싸우기를 좋아하고 잔인함메다. 그래서 마실은 조용할 날이 옰슴둥. 사람덜 중에는 추장을 따르는 사람도 있고 멀리하려는 사람도 있슴메다. 지는 목구멍에 풀칠하는 것이 우선이니까 네 눈치를 보는 축임메다."

시전부락 추장이 호전적이어서 은근히 싫어하는 사람도 있다는 말이 었다. 김억추는 소금장사로부터 시전부락 첩보를 더 들었다. 띳집 움막이 2백여 채이고, 마을 주민은 아녀자와 아이까지 합쳐 5백여 명에 이르며, 추장과 참모들이 노략질할 때 타는 말이 20여 마리, 논밭을 가는 소가 수십 마리라는 것을 알았다. 주민들은 추장에게 절대복종하며 방비 시설로 목책이 둘러쳐져 있다는 것까지도 알았다.

"그냥 가세."

김억추는 약속대로 시전부락의 소금장사를 살려 주었다. 소금장사가 마을 추장의 눈치를 보는 사람인 데다 무이보 번호들을 상대로 장사를 해온 장사꾼이므로 해코지는 하지 않을 것 같아서였다.

김억추와 참좌군관은 점심 끼니때가 지나서 경성읍성에 도착했다. 성문 수문장이 나와 김억추에게 말했다.

"만호 나리, 동헌에 나리덜이 다 모였심둥. 날레 가시라우요."

"알겠네."

동헌에 이미 경흥부 진보의 장수들이 모두 도착하여 있다는 말이었다. 김억추는 참좌군관에게 말을 맡겨놓고 북병사 이일이 공무를 보는 동헌으로 성큼성큼 올라갔다. 동헌 토방에는 수문장의 말대로 진보 장수들의 신발이 가지런히 놓여 있었다. 김억추가 동헌 문을 들어서자 토방에 서 있던 급창(及唱)이 알렸다.

"무이보 만호 나리 왔심메다!"

"들라 하라."

이일의 묵직한 목소리가 났다. 김억추는 동헌방에 들자마자 늦어진 이유부터 말했다.

"병사 나리, 오다가 시전마실 장사꾼을 만나 늦었그만요."

"시전부락이라고?"

"그렇습니다. 시전마실은 적호 마실이라 장사꾼을 붙잡아놓고 첩보를 세세하게 듣고 오느라 늦어부렀그만요."

"수고했네."

이일은 김억추를 나무라지 않고 오히려 격려했다. 미리 와서 좌중에 앉아 있던 장수들이 김억추를 주시했다. 진보의 장수들은 이일을 중심으로 좌우에 앉아 작전회의를 막 시작하려던 참이었다. 이일이 눈짓을 하자, 조금 전에 발언하려던 회령 부사 변언수가 말했다.

"강이 얼면 즉시 시전을 없애야 합니다. 소장이 선봉장으로 서겠습니다."

남원 출신인 온성 부사 양대수도 나섰다.

"소장이 앞장서불랍니다."

육진의 모든 지역의 장수들이 선봉장으로 나서려고 했다. 그러나 이일은 각자의 임무는 자신에게 맡겨달라고 말했다. 그런 뒤 김억추를 불러 시전부락에 대한 첩보를 설명케 했다.

"병서에 지피지기면 백전백승이라 했소. 무이보 만호에게 시전부락 첩보를 들어보겠소."

김억추는 소금장사에게 들은 바를 그대로 말했다.

"시전마실 호추는 싸움을 아조 좋아허고 가옥은 2백여 채인디 주민은 부녀자덜까지 합쳐서 5백여 명이라고 헙니다. 그라고 방비시설로는 목책이 있다는디 허술헌 것 같그만요."

"그 정도면 우리 전력으로 넉넉하게 압도할 수 있으니 공격할 날짜는 내가 잡겠소."

이일은 경흥부 관할의 서수라보, 조산보, 무이보, 아오지보 등 4보 군사와 육진의 군사 일부에다 길주 이북과 온성 이남의 토병을 총동원하고, 한양에서 올라온 지원군까지 합친 2500여 명의 장졸이면 아무리 호전적인 시전부락의 적호들이라 해도 압도하리라고 판단했다. 문제는 공격시점이었다. 장수들에게 미리 알리면 비밀이 새나갈 수 있으므로 이일은 우후 이하 참모들인 조전장과 선봉장, 좌위장과 우위장에게만 알리려고 했다.

작전회의가 끝나갈 무렵에야 이일은 어젯밤 미리 짜놓은 장수들의 직책을 알렸다. 김억추는 대장 이일의 참모인 조전장(助戰將)을, 좌위(左衛) 선봉장은 고령진 첨사 유극량, 좌위장은 회령 부사 변언수, 좌위 골격도장(鶻擊都將)은 송홍득이 맡았다.

그리고 우위(右衛) 선봉장은 함경도 조방장 이천이 지명받았고, 우위장은 온성 부사 양대수, 이일의 계청군관 선거이는 우위 용양도장, 추도의 적호를 섬멸했던 김우추는 우위 호분도장(虎奔都將), 우위 지원군인 계원장(繼援將)은 종성 부사 원균, 백의종군하는 이순신은 우위 화열도장(火烈都將)을 맡았다.

좌우위 선봉장 휘하의 아홉 명 도장(都將) 가운데 화포부대를 지휘 감독하는 장수를 화열도장이라고 불렀다. 북병사 이일은 나머지 좌우위 도장(都將)들과 대장(隊長)들은 선봉장과 좌우위장에게 즉시 추천하도록 일임했다.

마침내 총대장 이일의 명으로 시전부락 공격을 개시했다. 선조 21년(1588) 정월이었다. 온성부 남쪽 150리 지점에 있는 덕명역에서 13일 이경(밤 9시~11시)에 집결하여 습진했다. 14일 새벽 군사들에게 배불리 밥을 먹인 뒤 좌군은 아오랑 쪽으로 행군해서, 우군은 무이보 동쪽 산자락을 돌아서 삼경(밤 11시~1시)에 얼어붙은 두만강을 건넜다. 군사들이 언 강을 도강하고 나자 15일이 되었다. 도강한 군사들은 즉시 시전부락을 사방에서 포위했다. 이일은 장수들을 불러놓고 엄하게 명을 내렸다.

"우군 화열도장이 승자총통을 발포하면 공격을 개시하라."

"좌우 선봉장은 시전부락으로 뛰어들어 부여지(夫汝只) 같은 호추를 사로잡고 부녀자와 아이는 죽이지 말라."

"마소는 죽이지 말고 포획하라."

"소탕을 하면서 움막은 모두 불태워버려라."

이일은 명을 내리고 나서 본부 장졸들을 이끌고 시전부락 뒤쪽 산자락으로 올라갔다. 이윽고 먼동이 트기 시작했다. 사물이 어렴풋이 보이는 시각이었다. 이일이 손을 들자, 전령이 화열도장 이순신에게 달려가 명을 전했다. 승자총통을 방포하라는 지시였다. 이순신의 화포부대에서 승자총통이 불을 뿜자 즉시 사방에서 함성이 터졌다. 뒤이어 불화살이 날았다. 시전부락의 움막 하나가 불이 붙었다. 불기둥이 치솟자 마을이 환해졌다. 불길을 피해 뛰어나오는 적호들이 보였다. 일제히 그쪽으로 화살이 날았다. 좌위 선봉군이 먼저 불이 붙지 않은 부락을 향해 달려 나갔다. 적호들 한 무리가 산자락으로 뛰어올라왔지만 조전장 김억추의 군사들이 휘두르는 칼에 거꾸러졌다. 김억추가 부하들에게 소리쳤다.

"머리는 날이 밝으면 베어라! 시방은 놈덜을 한 명이라도 더 죽여야 써!"

이일이 시전부락을 내려다보면서 웃었다. 김억추는 이일이 웃는 모습을 처음 보았다. 평소에 여간해서는 웃지 않았으므로 왠지 무겁고 차가웠던 것이다.

"김 만호, 완벽한 승리가 눈앞에 있소."

"병사 나리의 공훈이그만요."

"일찍이 만호도 이런 전술을 써서 적호 마을을 소탕하지 않았소?"

"지금 병사 나리의 전공에 비할 바가 못 되그만요."

"아니오. 나는 만호의 전술을 빌려 쓴 것뿐이오."

띳집 움막을 태우는 불길은 새벽 놀보다 더 붉고 밝았다. 적호들의 비명소리가 차츰 잦아들고 있었다. 서너 식경이 지났을 때는 불길에 띳집 움막이 무너지는 소리만 들려왔다. 그제야 이일이 다시 명했다.

"소굴로 들어가 잔적을 소탕하라!"

소탕작전은 공격이 끝나가고 있음을 뜻했다. 시전부락은 이미 잿더미로 변해 사라지고 없었다. 적호 부녀자들은 마을 앞 공터로 나와 두 손을 든 채 부들부들 떨었다. 선봉장과 좌우위 장수들은 이일에게 재빨리 전과를 보고하고 계청군관 선거이에게 알렸다. 전과는 적호 머리 383급 노획, 띳집 2백여 채 분멸, 말 9필과 소 20마리 포획이었다.

아군의 사상자가 단 한 사람도 없는 완벽한 보복공격 작전이었다. 이일은 사시에 두만강을 건너와 즉시 승첩장계를 올렸다. 그러자 선조는 병조 정랑 이대해를 선유관(宣諭官)으로 올려 보내 어명을 전하고 육진의 장졸들을 위로한 뒤 특식을 내렸다. 그뿐만 아니라 이일의 아들에게는 관직을 제수했다. 참전한 장수들은 차례차례 승진을 기다렸다. 김억추도 마찬가지였다.

남솔(濫率)

　시전부락을 초토화시킨 전공으로 함경도 변방의 장수들은 승진하거나 표창을 받았다. 백의종군했던 이순신은 특별사면을 받아 고향 아산으로 내려갔다가 전라감사 이광의 군관으로 복귀한 뒤 정읍현감이 됐고, 북병사 계청군관 선거이는 거제현령으로 갔다가 성주목사로 부임했다. 무이보 만호 김억추는 사복판관 겸 내승이 되어 궁궐을 드나들다가 승진하여 진산군수로 내려가라는 교지를 받았다. 세 장수 모두 여진족 적호들과 싸웠던 함경도 변방에서 고향이 가까운 남쪽으로 내려왔다.

　전라감사 이광은 이순신과 같은 덕수 이씨였다. 문중에서 이순신의 이름이 알려지자 이광은 주저하지 않고 그를 자신의 군관으로 채용했다. 이순신이 함경도에서 전공을 크게 세운 장수라는 것을 이미 전해 들었고, 같은 문중 사람이므로 믿을 수 있었기 때문이었다. 그뿐만 아니라 이순신 뒤에는 유성룡이 있었다. 이순신을 선조에게 추천하여 정읍현감으로 보낸 사람은 유성룡이었다. 선조 22년 섣달의 일이었다.

　유성룡이 이순신과 선거이를 잊지 않고 있다면 김억추 뒤에는 선조가 있었다. 선조 23년(1590)에 김억추는 진산군수에 이어 순창군수가 되었다. 전임지인 진산에서 순창까지는 그리 먼 거리가 아니었다. 이순신이 공무를 보는 정읍에서는 더욱 지척이었다. 말을 타면 정읍에서 순창까지 한나절도 걸리지 않았다. 김억추는 이순신의 소식을 관아의 공문서를 들고 다니는 젊은 통인으로부터 가끔 들었다. 통인은 공문서만 전달하는 것이 아니라 다른 읍성의 특이사항을 보고하곤 했다.

"군수 나리, 정읍현감께서 새로 부임해분 뒤로 얘기덜이 많그만요."

"무신 변고라도 생겼다는 것인가?"

"이순신 장수가 온다고 모다 기대했는디 색리덜부텀 입을 나불거리고 댕기는 모냥입니다요."

훗날 아전을 당시에는 색리라고 불렀다. 구실아치 색리는 세습을 했으므로 벼슬아치가 바뀌어도 관아에서 붙박이로 일했다. 따라서 색리들의 텃새가 교묘하고 은밀하게 벌어지기도 했다. 일종의 하극상인 셈이었다. 고참 색리들이 새로 부임해 오는 신관 군수가 힘을 쓰지 못하게 슬쩍슬쩍 흔들었던 것이다.

"뭣 땜시 입소문을 내고 댕긴다는 것인가?"

"새로 온 현감께서 고향의 일가친척덜을 모다 델꼬 와 사시는 모냥입니다요."

"설마 관아의 창고를 염치없이 축내기야 허겄느냐."

"지가 볼 때는 현감께서 남솔의 죄를 지어분 것 같그만요."

남솔(濫率)이란 벼슬아치가 조정에서 인정한 숫자 이상의 가족 친지를 데리고 부임하는 것을 뜻했다. 그러니 남솔도 규정을 어긴 죄에 해당되어 사헌부의 탄핵 대상이었다.

"이 현감이 가족을 을매나 델꼬 왔기에 남솔이라고 허는가?"

"자식은 물론이고 아우, 과부가 된 형수, 조카, 종까지 20여 명이나 된다고 헙니다요."

"친족덜이 곤궁허니 도와주고 잪어서 그란갑다."

김억추도 이순신 형제들의 살림살이가 어렵다는 것을 함경도에서 들어 어렴풋이 알고 있었다. 이순신 가족은 부자인 장인 집에 얹혀서라도 살지만 큰형과 작은형 집의 형편은 형들이 일찍 요절한 바람에 형수와 조카들만 흥부 자식들처럼 남아 몹시 궁핍하다는 소문을 들었던 것이다. 젊은 통인이 자신의 해진 소매를 감추면서 김억추에게 은근히 조언했다.

"군수 나리께서는 남솔을 조심허셔야 합니다요. 사헌부에 찌르는 놈덜이 있응께요."

"그란가?"

"군수를 거쳐 간 나리덜이 한두 사람이당가요. 한양 나리덜허고 왕래허는 색리 친족덜이 있지라우."

"걱정할 거 읎네. 내 강진 친족덜은 넉넉허지는 못해도 묵고 살 만허니 말이네."

김억추는 순창군수로 부임하자마자 강진에 편지를 띄웠는데 친동생 김만추와 김응추는 한번 왔다가라고만 했고, 당숙 아들인 김대복과 김

166

덕복, 김인복은 순창으로 올라와 살면서 무술을 연마하라고 권했다. 그 정도는 남솔에 해당하지 않았다.

김억추의 친동생과 6촌 형제들은 모내기를 끝내고 나서야 순창에 왔다. 김억추가 한양에서 오위도총부 도사로 있을 때 만난 뒤로 두 번째였다. 강진에서 올라온 형제들은 한양의 궁궐 앞에서 김억추를 만났을 때보다는 덜 놀랐다. 순창읍성과 강진읍성은 크기가 엇비슷했다. 다만 들녘은 강진현이 순창군보다 훨씬 더 넓었다. 모내기를 한 뒤 바로 올라온 터라 김억추 형제들 눈에는 모들이 파랗게 자라는 들녘의 논들이 먼저 보였다. 산으로 둘러싸인 순창읍성은 답답하기조차 했다. 강진현은 탐진강을 따라가다 보면 바다가 합죽선 부채처럼 펼쳐져 가슴이 탁 트였던 것이다. 둘째 동생 김응추가 말했다.

"순창이 요로코름 깔그막인지 몰랐그만요. 밭뙈기만 있어부요잉."

"그래도 함경도보담 여그가 낫겄지 뭐."

첫째 동생 김만추의 대꾸에 김억추가 말했다.

"장수는 전방이든 후방이든 다 같아야. 함경도에 적호가 있다믄 여그는 왜구놈덜이 있지 않으냐."

"성님 말씸 듣고봉께 그라요."

"니덜은 으째서 말이 읎냐?"

"성님을 또다시 뵙고봉께 감개 무량허그만요."

6촌 동생 김대복이 눈을 지그시 뜨면서 말했다.

"덕복아, 인복아 당숙님 잘 겨시지야?"

"예, 성님."

김만추가 큰 소리로 화제를 돌렸다.

"아따, 여그 서서 있을 것이 아니라 성님헌테 큰절 한번 올리드라고 잉."

"저그 누각이 좋겄다."

김억추가 먼저 2층 누각에 올라서자 친동생과 6촌 동생들이 뒤따랐다. 김억추도 어느새 40고개를 막 넘어서 있었다. 이마에는 긴 주름이 파였는데 거친 세월의 흔적 같았다. 김억추는 위엄 있게 앉아서 동생들의 절을 받았다. 김억추가 웃음을 띠며 김만추에게 물었다.

"부모님은 무고하시고?"

"예, 강녕하시그만요."

"제수씨나 조카덜도."

"예, 성님."

김억추는 6촌 동생들에게도 안부를 물었다.

"당숙님, 당숙모님덜도 모다 강녕허시지야?"

"예."

"니덜이 우애허고 산께 내가 맴 놓아불고 객지를 돌아댕기는 것이여. 고맙다잉."

"성님께서 함경도를 떠나 순창군수로 내려오신께 을매나 좋은지 모르겄습니다요."

"전하께서 고상했다고 변방 장수덜을 배려허신 것 같다."

김억추는 형제들을 순창으로 불러올린 이유를 말했다.

"동상덜을 오라고 헌 것은 의향을 듣고 잪어서 그란다. 긍께 솔직허게 말해야 써. 만추에게 몬자 묻겄다."

"예, 말씸허시지라."

"지난 을묘년에 왜구놈덜이 강진에 쳐들어왔을 때 병영성의 원적 전라병사와 한온 장흥부사가 전사헌 적이 있느니라. 영암군수 이덕전은 사로잡혀부렀고. 또 재작년에는 왜구덜이 쳐들어와 손죽도 싸움에서 이대원 녹도만호가 분투허던 중에 순절해부렀다."

"고흥 장흥 강진이 바다와 면해 있응께 왜구놈덜이 자꼬 침입허는 것 같그만이라."

첫째 동생 김만추가 고개를 끄덕이며 대답했다.

"긍께 니덜은 평소에 무술을 닦어서 왜구놈덜이 나타나면 초전에 무찔러부러야 헌당께."

"성님 말씸이 지당허그만요."

"인자 내 말을 알아듣겄지야? 여그 와서 나헌테 무술을 익히란 것이다. 농번기에는 농사짓고 농한기에만 올라와 배우믄 으쩌겄냐?"

"낼부텀 당장 활터로 나가 성님 지도를 받어서 습사헐랍니다. 활쏘기 허믄 성님 아닌게라."

둘째 동생 김응추가 다짐하듯 말했다. 그러나 첫째 동생 김만추는 머뭇거렸다. 김억추와 김응추는 아버지 김충정을 닮아 체격이 우람하고 무술에 소질이 있었지만 김만추는 어머니 광산 김씨를 닮아 키가 작고 성정이 여렸다.

"만추야, 니는 으째서 말이 읎냐?"

"지는 검술이나 활쏘기에 자신이 읎그만이라."

"그래, 타고난 대로 살아야제. 니는 맴이 비단맹키로 고와서 부모님 봉양은 누구보담 잘 헐 것이다. 긍께 만추 니는 재가봉친(在家奉親)허는 것이 좋을 것 같다."

"성님 뜻을 따르지 못해 죄송허그만요."

"아니다. 니는 낼 당장 강진으로 내려가그라. 여그 남아서 순창관아의 곡석을 축낼 것은 읎다."

김억추는 6촌 동생들에게도 의향을 물었다. 다행히 모두가 순창에 남아서 김억추의 지도를 받아 무술을 닦겠다고 맹세했다. 특히 김대복은 야심을 숨기지 않았다.

"성님, 요번 기회에 무술을 확실허게 연마해서 급제헐랍니다요."

"그래, 대복이뿐만 아니라 덕복이 인복이도 별시든 알성시든 준비를 허그라. 기회가 갑자기 와불 수도 있응께."

다음 날 김만추는 순창을 떠났다. 함께 올라온 형제들이 아쉬워했지만 김억추는 냉정했다. 관아의 곡식을 축내기보다는 부모님을 봉양하는 것이 낫겠다고 판단하여 바로 내려 보냈다. 그런 뒤 남은 형제들에게는 말타기와 활쏘기, 검술을 가르쳤다. 물론 형제들만 연마시키는 것이 아니라 순창읍성의 관군과 읍성 밖의 토병까지 불러 조를 나누어 훈련을 시켰다. 색리들이 혀를 내둘렀다.

"무장 나리가 오신께 군사덜이 정신을 채리지 못허그만잉."

"요순시대는 다 지나가부렀제."

문신 출신인 전임 군수는 틈나는 대로 색리들을 이끌고 광덕산 계곡으로 나가 시회(詩會)를 열거나, 한양에서 안핵어사 등이 내려오면 누각에 올라 연회를 즐겨 열곤 했다. 따라서 읍성 관군들의 군율은 느슨했다. 문지기들이 졸면서 경계를 서다가 창을 잃어버리기도 하고, 순찰군관이 술에 취해 쓰러져 있기도 했다.

그러나 김억추는 장졸들의 일탈을 용납하지 않았다. 부임한 다음 날부터 군율을 어긴 장졸들은 지위고하를 막론하고 일벌백계로 다스렸다. 동헌 마당에 아예 형틀과 곤장을 갖다놓고 경각심을 불러일으켰다. 일부 장졸들이 불만을 터트리자 어느 날 김대복이 동헌방을 찾아오기도 했다.

"성님, 대복이그만요."

"들어오거라."

"무신 일이냐?"

"장졸덜을 너무 쪼이는 거 아닌게라?"

"함경도 무이보 장졸덜은 이보담 더했다. 여그 장졸덜은 내가 볼 때 군사인지 농사꾼인지 모르겠어야."

"그래도 단번에 변화시키기보담 가랑비에 옷 젖어불데끼 바꾸믄 으쩌겠는게라?"

"대복이 말은 알겠다만 나는 일단 정예 군사로 몬자 맹글어놓고 풀어
줄란께 그리 알거라."

"지라도 솔선수범해서 불만이 읎게 할랍니다."

"니가 그라믄 장졸덜 불만이 봄눈 녹데끼 차츰 읎어질 것이다."

"덕복이 인복이도 순창 장졸덜과 잘 어울리고 있그만이라."

"그래, 군수 동상이라고 위세를 부리거나 티를 내믄 못 쓴다. 행동
을 항상 조심해야 써. 좋은 일에는 물러나불고 궂은일에는 앞장서부
러야 써."

"영님허겠습니다요."

김억추 형제들은 훈련을 받는 데 솔선수범해서인지 활쏘기, 말타기
등에 두각을 나타냈다. 형제들의 무술은 나날이 일취월장했다. 특히 김
대복은 김억추의 뒤를 이을 만큼 활쏘기를 잘했다. 명궁수가 될 자질을
드러냈다. 과녁에 활이 꽂히는 소리도 시원시원했다. 그만큼 활에 힘을
실어 쏠 줄 알기 때문이었다. 힘 있는 화살이라야 적의 갑옷을 뚫고 치
명상을 입혔다. 그런가 하면 김인복은 용맹했다. 말을 타고 가다가 뛰어
내리거나 말 등에서 물구나무를 선 채 달려서 순창의 장졸들을 감탄케
했다.

어느 순간 색리들의 태도도 달라졌다. 정읍현감 이순신이 남솔 문제
로 아직도 뒤숭숭한데 비해 김억추의 형제들은 순창읍성의 장졸들에
게 모범을 보였기 때문이었다. 하루는 젊은 통인이 김대복을 찾아와 말

했다.

"군수 나리께서 훌륭하니 성제덜도 행실이 바른 것 같아부요."

"아이고메, 우리 성제덜은 성님 발뒤꿈치도 못 따라가지라."

"정읍은 남솔로 어수선헌디 여그는 깔끔하그만이라."

"아직도 해결이 안 나부렀소?"

통인은 정읍의 궂은 소식을 전했다. 사헌부에서 관원이 조사를 내려와 색리들을 불러 따져 묻자, 이순신이 눈물을 흘리며 "차라리 남솔의 죄를 지을지언정 의지헐 디 읎는 에린 조카덜을 차마 버리지 못허겄슈."라고 하소연했다는 것이었다.

"정읍 색리덜이 순창을 부러워하드그만요."

"정읍현감께서 인정이 많응께 그라셨겄지요 뭐."

"나리덜만 보고 살아온 색리덜 눈은 정확허당께요. 공사가 분명헌지 으쩐지를 훤히 알아불지라."

김대복은 순창의 구실아치인 색리나 통인이 관아의 일을 꿰뚫어보고 있다는 것을 느꼈다. 구실아치 나름대로 벼슬아치를 살피면서 복종하고 있다는 사실을 알았던 것이다. 결국 선조는 남솔로 말썽이 난 이순신과 비교했던지 김억추에게 선조 23년 12월에 초산부사를 제수했다. 물론 부임하지 않아도 되는 품계만 올려준 승진이었다. 이 또한 선조의 배려였다. 이순신 역시 사헌부 관원들의 반발이 심했지만 유성룡의 지혜로운 무마로 정읍현감 자리를 유지했다.

형제 결의

선조 24년(1591).

유성룡은 좌의정과 이조 판서를 겸했다. 선조가 가장 신임하는 대신이 되었다. 유성룡이 인재를 천거하면 선조는 다 들어주었다. 유성룡은 신뢰해온 이순신을 적극적으로 밀었다. 정읍현감 자리도 위태위태하던 이순신은 2월에 유성룡의 천거로 6품계나 건너뛰어 전라좌수사로 부임해 갔다. 유성룡은 서남해안의 주요 요해처에 용장들을 배치했다. 다대진첨사 윤흥신, 동래부사 송상헌, 전라좌수사 이순신, 녹도만호 정운, 진도군수 선거이 등이 그들이었다.

유성룡이 서남해안에 용장들을 일제히 배치하자, 공무를 보던 남쪽 고을 수장들이 사뭇 긴장했다. 진작부터 왜 군사가 쳐들어온다는 설이 소문으로 돌았으나 반신반의해 왔던 것이다. 왜국에 통신사로 갔던 정사 황윤길과 부사 김성일이 선조에게 아뢴 보고가 달랐기 때문이었다. 서인인 정사는 왜군이 곧 침입할 것이라고 했고, 동인인 부사 김성일은 그 반대로 이야기했다. 그때 유성룡은 같은 동인인 김성일을 붙들고 선조에게 아뢴 보고가 사실인지를 다그쳤다. 그제야 김성일은 나라의 혼란을 방지하고자 임금에게 그릇된 보고를 했다고 실토했다. 동인인 서장관 허성이나 무관 황진도 황윤길의 말에 동조했지만 선조는 애매하게 대처했다. 왜침 의견이 우세했으니 선조가 단안을 내렸어야 했던 것이다. 왜침을 예견해왔던 유성룡만 마음이 급해졌다.

우수가 지나자 매화나무 꽃망울이 하나둘 부풀었다. 김억추가 순창군수로 부임해 와서 옮긴 기념수 고매(古梅)였다. 매화나무는 이식한 지 2년 만에 꽃을 피우려고 했다. 김억추는 매화나무를 한동안 응시하면서 상념에 잠겼다. 간밤 꿈에 매화꽃이 갑자기 낙화하더니 왜 군사로 바뀌어 푸른 바다를 검게 덮었던 것이다. 악몽은 왜군이 침입할 것이라고 알려주는 듯했다. 매화꽃이 필 무렵이면 개구리도 동면에서 깨어나 울음을 터트릴 터였다. 그렇다면 동면하는 개구리는 누구일 것인가. 찌릿한 전율이 등골을 타고 흘렀다. 김억추는 동헌 마루로 나와 두 팔을 휘휘 저으며 께름칙한 악몽의 잔상을 씻었다. 평상심으로 돌아온 김억추는 색리를 시켜 형제들을 불렀다. 겨울을 난 형제들이 강진으로 내려가야 할 시기라고 판단했기 때문이었다. 동생들이 동헌방에 모이자 김억추가 말했다.

"인자 강진으로 돌아가야쓰겄다."

"시안이 지나가분께 금세 농사철이그만요."

"응추야, 봄에는 송장도 일어나 일손을 거든다는 말이 있지 않느냐?"

"성님허고 함께 지냄시롱 활쏘기 말타기가 겁나게 늘어부렀어라."

"다행이다. 니덜 정도믄 별시는 식은 죽 묵기보담 쉬울 것인께."

"성님께서 잘 갈쳐주신 덕분이지라."

"니덜이 여그 장졸덜허고 잘 어울려 준 것이 나로서는 더 고마워분다."

"내려가더라도 마실 토병덜을 모아 습사는 계속헐랍니다."

"대복이 말이 맞다. 무술은 꾸준허게 연마허는 것이 젤이여. 또 혼자 허는 것보담 토병 친구덜허고 같이 연습허는 것이 지루허지 않고."

김응추 집에서 가까운 금강천 너머 마을에 사는 김덕복과 김인복도 고개를 끄덕였다.

"인복아, 무술에 조예가 짚으신 당숙이신께 니를 더 이해허겄다."

"아부지도 마찬가지라우. 농사철에는 활을 잡지 못허게 해라우."

"긍께 눈치껏 해야제. 낮에는 일허고 달 뜬 밤에 활을 쏜다든지 말여."

"아이고, 성님. 낮에 일허고 나믄 초저녁에 쓰러져 자불지라."

"그러겄다. 내 말인즉슨 쓰지 않으믄 명검도 녹슬데끼 무술은 꾸준히 연마허라는 말이다잉."

"예, 성님."

"오늘은 행장을 꾸리고 낼 아칙에 일찍 떠나거라. 그라고 밤에 대복이 는 동헌방으로 오거라."

"무신 일인게라?"

"편지를 몇 장 써줄 틴께 강진으로 갖고 가그라."

"저녁 묵고 바로 가께라."

김억추는 동헌방을 나서려고 하는 형제들을 다시 불렀다. 형제들을 바라보는 김억추의 눈에 비장한 기운이 흘렀다. 형제들과 무언가를 다짐하고자 하는 눈빛이었다. 김응추가 조심스럽게 물었다.

"성님, 더 허실 말씸이 있는게라?"

"모다 활터로 모이그라. 나는 사시(오전 10시)까정 갈 턴께"

활터는 읍성 밖 남산의 귀래정 초입에 있었다. 귀래정은 무술에 능했던 신숙주의 동생 신말주가 전라도 수군절도사를 지내기 전에 잠시 은둔해 살면서 세운 정자였다. 귀래정 초입의 활터는 신말주 개인 땅이었지만 선조 때부터는 읍성의 장졸들이 습사(習射)하는 관군 활터로 이용했다.

사시까지라면 서둘러야 했다. 김억추 형제들은 바삐 막사로 돌아가 활과 활통을 챙겼다. 읍성 밖 경천을 건너 활터까지 가려면 두어 식경은 걸렸다. 형제들은 모두 긴장했다. 특히 김인복이 눈에 띄게 초조해했다. 경천 징검다리를 건너면서는 미끄러져 바지 양쪽이 무릎께까지 흠뻑 젖었다. 징검다리를 먼저 건너온 김대복이 말했다.

"인복이 동상, 얼굴이 벌거지 씹은 거 같은디 으째서 그란가?"

"대복이 성, 큰일 나부렀소."

"동상은 뱃심이 바우 같은 사람인디 뭣이 불안해부러?"

"어저께밤에 술을 겁나게 마셔부렀는디 오늘 활을 쏜당께 아찔해부요."

"평소 실력이 으디 간당가."

"아니라우. 시방 눈이 씀벅씀벅허당께요."

"맨 나중에 쏘아부러. 그라믄 술이 쪼깐 더 깰 틴께."

"성님 말씸대로 고로코름 요령을 부려불께라."

김인복의 표정이 조금 밝아졌다. 김억추 동생들 중에서 활을 가장 잘 쏘는 사람은 김대복이었고, 그다음이 김인복이었다. 두 사람은 별시무과에 응시한다면 바로 합격하고도 남을 실력이 연마돼 있었다. 김덕복이 김인복을 놀렸다.

"아따, 비 맞은 뿌사리가 따로 읎구만잉."

"맴이 심란헌디 시방 뭣이라고?"

"안 들었으믄 고만이고. 하하하."

경천은 섬진강의 상류 개울이었다. 우수가 지났지만 개울물은 얼음물이나 다름없었다. 경천에 빠졌다가 나온 김인복은 오들오들 떨었다. 그래도 간밤에 마신 술이 차츰 깨는 느낌도 들었다. 그러고 보니 김인복에게는 경천에 빠진 것이 새옹지마였다. 활터에 도착한 김억추 형제들은 몸을 풀었다.

"억추 성님이 으째서 여그로 가 있으라고 했을까?"

"성님이 지금까정 갈쳐줬응께 마지막으로 시험해볼라고 그라겄제."

"새삼시럽게 시험이라기보담 강진에 가불더라도 성제덜끼리 습사를 게을리 허지 말라는 당부가 아닐까?"

"으쨌든 몸을 쪼깐 풀고 있드라고잉."

형제들 모두가 무예를 하듯 이리저리 슬슬 왔다 갔다 하면서 만세 부르듯 두 팔을 휘휘 저었다.

"대복이 성님, 오후에 불렀으믄 더 좋았을 것인디 아숩그만요."

"오후에는 억추 성님께서 바쁘다고 그라등마. 홍계훈 어른이 오신다고 허드라고."

"홍계훈 어른은 강진 사시는 분이 아닌게라?"

"순창에 처가가 있는갑서. 처가에 온 김에 성님을 만나러 오신다드라고."

"쩌어그, 억추 성님이 오시그만요."

사시가 되자 말을 탄 김억추가 나타났다. 말이 경중거릴 때마다 늠름한 자태의 김억추가 끄덕끄덕 움직였다. 이윽고 김억추가 수염을 한 번 쓰다듬고는 말에서 내렸다. 사대(射臺) 앞에 선 김억추가 형제들에게 말했다.

"니덜을 여그로 오게 헌 까닭은 요롷다. 왜구덜이 을묘년에 강진으로 들어와 원적 병사를 죽이고 노략질해부렀다. 또 정해년에는 강진 바다와 붙은 손죽도 바다서 녹도만호 이대원 장수를 죽였다. 이는 큰 사변이 닥칠 징조다. 왜 군사가 은제 쳐들어올지 모른다, 이 말여. 오늘은 저 과녁을 왜 군사라 생각허고 1순씩 쏴부러라. 여그서 활을 쏘는 것은 니덜이 왜군을 물리치겠다는 맹세니라."

김인복은 가슴을 쓸어내렸다. 형제끼리 우열을 가리는 것이 아니라 결의를 다지기 위해 활쏘기를 한다는 김억추의 말에 안도했다. 형제들끼리 활쏘기를 하면 늘 김대복과 함께 선두를 차지했는데 취기 때문에 망신을 당할 뻔했기 때문이었다. 김억추가 먼저 사대에 올라 1순, 다섯 발을 쏘았다. 과녁 뒤에 숨어 있던 관노가 나와 다섯 발 모두 명중이라고 소리 질렀다.

"모다 멩중이오!"

화살이 과녁을 명중시키면서도 널판자에 돌멩이가 퍽 하고 부딪치는 소리가 나곤 했다. 화살이 힘 있게 꽂히는 소리였다. 두 번째는 김대복, 세 번째는 김덕복, 네 번째는 김응추, 마지막으로 김인복이 1순씩을 쏘았다. 모두가 평소 실력을 발휘하지 못했다. 세 발을 명중한 사람은 김대복뿐이었다. 그러나 김억추는 개의치 않고 말했다.

"응추야, 시방 심정이 으째부냐?"

"활을 쏘고 난께 적개심이 솟구쳐분만요."

"바로 그것이다. 그런 맘으로 강진으로 내려가 적이 나타나믄 목심을 아끼지 말고 무찔러야 헌다."

"성님 뜻을 이제사 알겠그만요."

"다른 동상덜도 마찬가지다. 알겠지야?"

"성님께서 지난해 우리덜을 순창으로 부른 까닭을 인자 알겠그만요."

1순씩 쏘았지만 이마에 땀이 맺혔다. 때마침 아침햇살이 활터로 비치어 찬 공기가 따뜻하게 바뀌었다. 이른 봄인데도 포근해졌다. 활터 옆 산자락에는 노란 복수초가 활짝 피어 금 조각처럼 반짝였다. 가져온 활을 각자 챙기고 나자 김억추가 말했다.

"자, 그라믄 우게 있는 귀래정으로 올라가자. 다담상(茶啖床)을 차려놓으라고 지시했다."

귀래정은 활터에서 1백보쯤 떨어진 산등성이에 있었다. 귀래정에 먼저 올라온 관노들이 찻물을 끓이고 다담상을 준비하느라 부산을 떨었다. 차는 김억추가 어디를 가든지 준비해두었다가 우려 마시는 강진차였다.

김억추 형제들은 다담상 주위에 둘러앉았다가 사발에 차가 나오자 돌렸다. 이윽고 김억추가 말했다.

"원래는 아칙에 붉은 피를 마심시롱 맹세허는 것을 조식이라 허지. 근디 우리 강진 출신덜은 강진차를 마심시롱 성제 우애를 다지는 것도 뜻이 있겠제잉. 니덜 생각은 으쩌냐?"

"성님께서 강진차를 갖고 요로코름 우애를 다지게 허니 감개무량허고 성님께서 강진을 을매나 애끼시는지 알겠그만요."

"자, 강진차는 뜨거울 때 제맛이 난께 얼능 마셔불자."

김억추 형제들은 세 잔을 연거푸 마시고 나서 일어났다. 뜨거운 차가 식도로 내려가 뱃속을 충만하게 했다. 핏줄을 타고 퍼지 듯 차의 온기가 온몸에 돌았다. 김억추가 굳이 강진차를 관노에게 우리게 한 이유는 형제들 모두에게 애향심을 우러나게 하기 위해서였다. 활쏘기가 왜군을 막자는 맹세였다면 차는 고향을 사랑하자는 애향심에 다름 아니었다. 귀래정에 서니 순창읍성이 한눈에 들었다. 해자 같은 경천이 눈 아래 보이고 읍성의 성문 중에서도 남문이 더욱 도드라지게 보였다.

"대복이는 점심 뒤에 바로 오그라."

"홍계훈 어른이 오시기로 했담서요. 긍께 지를 밤에 오라고 허시지 않했등가요?"

"아까 노비 편에 연락이 급히 왔는디 고뿔이 심헌께 담에 온다고 허는구나."

"점심 묵고 바로 동헌방으로 갈게라."

오전 내내 형제들과 함께 보낸 김억추는 가슴이 뿌듯했다. 형제간에 우애하는 모습을 장형으로서 직접 목도했기 때문이었다. 다만 강진에 있는 막냇동생 김기추가 순창을 오가지 못한 것이 아쉬울 뿐이었다.

"응추야, 니 동상 기추가 이 자리에 읎은께 아숩구나."

"에린께 그라지라. 한두 해만 지나믄 성제덜 자리에 끼겄지라."

"기추를 본 지도 참말로 오래돼부렀구나."

선조 10년(1577) 무과급제한 뒤부터 외지를 돌았으니 강진에 내려가지 못한 지 어느새 13년째였다. 강진 부근으로 부임할 때까지는 앞으로도 타향을 전전해야 했다. 금의환향이 어느 세월에 이뤄질지 김억추는 감히 엄두를 내지 못했다.

점심 뒤, 김대복이 동헌방을 찾았다. 김억추는 벼루와 붓을 꺼내놓고 먹을 갈고 있었다. 묵향이 방 안에 진동했다. 김억추가 김대복을 보더니 바로 붓을 들어 또박또박 몇 자 해서로 썼다.

"강진에 가거든 이 격문을 시 사람에게 돌리그라."

"누구 누구신디요?"

"작전의 효건, 해남의 대유, 성전의 순지에게 보내그라."

효건(孝蹇)은 황대중의 호였고, 대유는 윤현, 순지(順之)는 이준의 자였다. 김대복은 김억추가 쓴 글을 속으로 읽었다.

康津卽 沿海咽喉 急倡義旅 結陣城山 以扼倭路(강진은 바닷가에 인접한 목구멍 같은 요해처이니, 급히 의병을 일으키어 성산에 결진한 뒤 왜적이 침입해 오는 길목을 지켜주기 바라오.)

봉투에는 순창군수 김억추(淳昌郡守 金億秋) 치서우황공(致書于黃公) 급 윤현 이준(及 尹俔 李浚)이라고 적었다. 순창군수 김억추의 글이 황대중 공에게 이르게 하고, 윤현과 이준에게 도달하게 하라는 뜻이었다. 황대중은 한양에서 태어났으나 영암군수인 조부를 따라 강진 작천으로 이주하여 살았는데 어머니가 학질에 걸려 위독하게 되자 자신의 허벅지 살을 베어드려 낫게 하였다. 그리하여 황대중은 왼쪽 다리를 절룩거렸으며 이에 강진 사람들은 그의 효성을 칭송해 효건이라 불렀다. 전라감사가 효자로 천거하자 조정에서는 선조 22년에 정릉 참봉을 제수했다. 그러나 황대중은 몸이 불편하여 출사하지 않았다. 김억추가 자신보다 3살 아래인 황대중을 공이라고 사뭇 예우한 까닭은 그의 지극한 효성이 존경스러웠기 때문이었다. 한편, 윤현과 이준은 모두 별시무과 합격자들이었지만 아직 벼슬자리를 얻지 못한 급제 무부들이었다.

왜군 침략

들판은 삼베를 펼친 듯 보리가 누렇게 익어가고 있었다. 마파람이 불어오자 보리가 일제히 몸을 누이며 출렁거렸다. 말 한 필이 마파람을 가르며 들판을 가로질러 오고 있었다. 군사의 등에는 영(令) 자 깃발이 펄럭였다. 급보를 알리고자 남원성에서 달려오는 전령이었다. 전령의 깃발을 본 순창읍성 남문 문지기는 성문을 재빨리 열었다. 그런 뒤 동헌으로 달려가 동헌 군관에게 전령이 오고 있다고 알렸다.

"전령이오!"

"알았네."

동헌 군관이 성문지기의 보고를 받았을 때, 남원성 전령의 군마도 동헌에 도착했다. 군마가 쉬지 않고 달려왔는지 갈기가 땀에 젖어 축축했다. 군마는 멈춘 뒤에도 숨을 헐떡이며 침을 흘렸다.

"무슨 급보인가?"

"왜군이 쳐들어 와부렀소. 나리께 전해주씨요."

전령은 공문이 담긴 봉투 하나를 동헌 군관에게 전해주고는 바로 돌아갔다. 남원에서 순창으로 거쳐 정읍읍성으로 가는 모양이었다. 동헌 군관에게 공문을 건네받은 김억추는 놀란 나머지 얼굴이 사색으로 변했다.

"나리, 사실인게라우?"

"기어코 왜적이 쳐들어와부렀네. 이미 부산진성이 함락됐다고 허네."

"동래성도라우?"

동래부사 송상현의 먼 친척뻘 동생인 동헌 군관은 부산진성 소식보다는 형님의 안부가 궁금했다.

"다대진성의 윤흥신 첨사가 왜군을 격퇴한 덕분에 동래성 공격은 하루 이틀 늦춰진 것 같네."

동헌 군관을 물리친 김억추는 동헌 마루 호상에 앉아서 놀란 마음을 가다듬었다. 물론 조정의 명이 있어야 전선으로 달려가겠지만 오만 가지 생각이 다 떠올랐다. 자신이 부산 쪽의 성에 있었으면 어쨌을까 하는 가정도 해보았다. 전투경험이 많은 장수로서 본능적으로 가져보는 가정이었다. 공문대로라면 영남의 형국은 바람 앞의 등불이었다.

선조 25년 4월 13일 새벽.

대마도 와니우라항을 떠난 왜선 별동대 90척은 그날 부산 절영도에 나타났다. 왜왕 도요토미 히데요시가 명한 조선 침략이었다. 무도한 선전포고였다. 절영도에 사냥 훈련 나갔던 부산진성 정발 첨사는 곧바로 성으로 돌아와 수성전에 돌입했다. 부산포 굴강에 정박한 전선에 불부터 질렀다. 왜군의 공격을 저지하는 방어전술이었다. 그러나 왜군은 성의 서문 쪽을 피해 동쪽으로 우회하여 상륙했다. 그래도 정발 첨사는 성안의 관군과 양민을 격려하며 하룻밤을 버텼다. 그사이에 대마도주이자 고니시의 사위인 왜장 소 요시토시는 군사 5천여 명을 데리고 북문 쪽으로 올라가 유리한 고지를 선점했다.

상인으로 조선을 드나들었던 소 요시토시와 승려 겐소는 편지를 써서 화살에 묶어 정발 앞으로 날렸다. 우리는 조선을 치는 것이 아니라 명나라를 치러 가는 것이니 길을 비켜 달라는 내용이었다. 정발은 즉시 '왕명은 조선을 침략한 너희들의 목을 베라는 것이다'라는 답장을 보냈다. 정발이 물러서지 않자 또다시 소 요시토시와 겐소가 화살편지를 보냈다.

<우리는 조선과 사신 왕래를 하고 있어 싸울 의사가 없소. 길을 비켜 준다면 지난날의 우호가 유지되지 않겠소? 우리는 1만 8천7백 명의 군사지만 첨사의 군사는 고작 6백여 명, 있으나 마나한 양민 4백여 명인데 어찌 무모하게 목숨을 버리려고 하는 것이오.>

모욕감에 치를 떤 정발은 왜군 진지로 총통을 쏘며 저항했다. 그러나 북문이 열리면서 성안의 관민들이 밀려드는 왜군에 백병전으로 맞섰으나 중과부적으로 전세는 순식간에 기울어버렸다.

부산진성에서 1백4십여 명의 군사를 잃은 왜군은 1천5백 명을 뽑아

다대진성으로, 1만 7천여 명은 동래성으로 보냈다. 그런데 다대진성으로 간 왜군은 윤흥신 첨사의 매복전에 걸려들어 혼비백산한 채 물러섰다.

왜군 선봉장 고니시는 부산진성에서 한 번 이기고 다대진성에서 한 번 패한 전과에 내심 당황했다. 따라서 왜군 선봉장 고니시는 동래성 전투를 선봉군과 지원군이 합세하여 총공격하는 전술로 바꾸었다. 동래성을 방어하는 관민을 무시했다가는 다대진성 전투처럼 패할 수도 있기 때문이었다. 기독교 신자인 고니시는 동래성을 겹겹이 포위할 수 있을 만큼의 왜군이 합세하기를 기다렸다. 고니시는 자신과 경쟁관계에 있는 불교신자인 가토 기요마사의 군사까지도 받아들였다. 그리하여 왜군 3만여 명은 4월 15일 진시(오전 8시)에 동래성을 몇 겹으로 포위했다.

동래성 성주는 정읍 출신의 송상현 부사였다. 송상현은 관군 3천4백여 명과 성 안팎의 양민 2만여 명으로 수성전을 폈다. 그때 왜군 척후장 야나가와 시게노부가 남문 앞으로 팻말을 들고 나타났다. 왜군 척후장은 조선 사신일행으로 동래성을 드나들었던 낯익은 인물이었다. 송상현의 군관 송봉수가 성문을 열고 나가서 그의 팻말을 받았다.

싸우려면 싸우고, 싸우지 않으려면 길을 빌려 달라.
戰則戰矣 不戰則假道

군관 송봉수는 왜군 척후장이 준 팻말에 침을 퉤 뱉으며 성안으로 들어와 즉시 남문 누각으로 올라갔다. 지켜보고 있던 송상현도 고니시가 보낸 팻말을 보고 비웃었다. 송상현은 바로 준비한 팻말에 글씨를 썼다. 그런 뒤 왜군 척후장 야나가와를 향해 남문 밖으로 던졌다.

싸우다 죽는 것은 쉽지만, 길을 빌려주기는 어렵다.
戰死易 假道難

그때부터 조선관군의 활과 왜군의 조총이 맞섰다. 송상현은 동서남북의 성문들을 돌아다니며 독전했다. 그러나 실제 싸움은 왜군 3만여 명과 관군 3천여 명의 십 대 일 싸움이었다. 양민들은 우르르 몰려다닐 뿐 성을 넘어오는 왜군을 막지 못했다. 이각 병사와 박홍 경상좌수사의 구원군은 끝내 오지 않았다. 전세는 시간이 갈수록 왜군 쪽으로 기울었다. 송상현은 투구를 벗었다. 그리고 사모를 쓴 뒤 붉은 조복을 입고 호상에 앉아 부하들에게 말했다.

"내 배꼽 아래 검정콩알만 한 점이 있응께 죽거든 내 시체를 살펴 거두어라."

그런 뒤 정읍에 있는 아버지 송복홍에게 남기는 시 한 수를 자신의 부채에 써 내려갔다.

고립된 성을 적이 달무리같이 에워싸니
큰 진에서 구원을 오지 못하고

임금과 신하 간의 의리가 더 중하매

자식으로서 부모 은혜를 가볍게 했나이다.

孤城月暈 大鎭不救

君臣義重 父子恩輕

동래성 안으로 왜군들이 밀려든 뒤 척후장 야나가와 시게노부가 송상현에게 "전세는 기울었으니 피하시오."라고 외쳤다. 그러나 송상현은 "무도하다. 그대들은 도리를 모르는 야만인이다."라고 거절했다. 척후장 야나가와 시게노부는 대마도주 소 요시토시의 부관으로서 조선 사신 일행이었을 때 환대해준 송상현과는 구면이었던 것이다. 결국 송상현은 왜군 군사의 칼에 순절했다. 윤흥신 첨사가 수성전을 펴던 다대진성도 비슷한 시각에 동래성과 함께 함락됐다. 소 요시토시는 송상현의 충성심과 기개에 감복했다. 그는 생포하지 못하고 송상현을 죽인 왜군 군사를 잡아 죽인 뒤, 송상현의 시신을 동래성 북산에 매장케 하고, 조선충신송공상현지묘(朝鮮忠臣宋公象賢之墓)라는 푯말을 세우는 것까지 묵인했다.

왜장들은 조선의 성들을 파죽지세로 함락시키며 북진할 것이라고 판단했지만 결코 쉽지만은 않음을 알고는 왜왕 도요토미 히데요시에게 최대한 빠른 시일 안에 대군의 출병을 요청했다. 왜국에는 2십여만 명의 왜군이 출병을 대기하고 있었던 것이다.

십여 일 뒤에는 전라감영에서 이광 순찰사 수결이 적힌 공문이 왔다. 김억추는 공문을 다 보고 나서는 흐르는 눈물을 닦았다. 북방에서 상관으로 모셨던 이일 순변사가 4월 28일 상주에서 참패했다는 소식이었다. 사기가 꺾인 상주의 군사는 오합지졸에 불과했다.

선조의 명을 받은 이일 순변사가 급조한 군사 6천여 명으로 상주에서 1차 방어선을 쳤지만 패배했다는 것이 공문의 내용이었다. 대부분 농사꾼인 군사는 싸우기도 전에 도망쳤으며 종사관인 홍문관 교리 박지와 윤섬, 방어사의 종사관인 이경류와 판관 권길은 죽고, 이일은 군관 한 명, 남종 한 명과 함께 전포를 벗고 벌거벗은 몸으로 달아나던 중에 처분을 기다리는 장계를 올린 다음 충주에 2차 방어선을 친 용장 신립의 부대에 합류했다는 소식까지 공문에 적혀 있었다.

공문을 본 김억추는 호상에 앉은 채 한동안 고개를 들지 못했다. 이일 순변사의 참패 소식이 준 충격은 그만큼 컸다. 동헌 군관이 달려와 말했다.

"나리, 불편하신게라우?"

"괴안찮네."

흐트러졌던 자세를 바로잡고 허리를 꼿꼿이 세운 김억추가 말했다.

"북쪽서, 남쪽서 오는 전령들이 내 가심을 철렁허게 맹그네. 허나 촌각을 다투는 전시에 이러고 있을 때가 아닌 것 같네."

"으디로 가실랍니까?"

"전주를 댕겨와야 허겠네. 순찰사 나리를 뵙고 여그서라도 무신 계책을 세워야겠네."

"나리, 오늘은 늦었응께 낼 새복에 댕겨오시믄 으쩔게라?"

"그렇다믄 홍 공이라도 불러오게. 답답해서 그라네."

벼슬이 없는 홍계훈을 김억추는 홍 공(洪公)이라고 불렀다. 김억추보다 열 살 위인 홍계훈은 강진 출신이었다. 그런데 주로 순창 처가에 와살면서 장성이나 남원 선비들과 교유했다. 홍계훈의 처가는 순창 부자로 노비들이 농사를 크게 지어 곡식창고는 춘궁기에도 넘쳤다. 김억추는 홍계훈을 신뢰했다. 비록 처가살이를 하고 있지만 대의명분을 중시하는 그의 언행은 당당했다. 성 밖에 사는 홍계훈이 두어 식경 만에 동헌으로 왔다. 김억추는 동헌방으로 홍계훈을 맞아들였다.

"홍 공, 왜놈들이 상주를 지나 한양으로 올라가불 거 같소."

"우리 군사는 으디에 있는디 상주가 뚫려부렀다는 것이오?"

"인자 충주서 잘 막아야 한양이 안전할 거 같은디 답답허그만요."

"군량허고 노비들은 늘 준비해 놓고 있응께 말씸만 허시오. 나라에 은혜를 입고 살았응께 인자 나라에 보답해야지라."

홍계훈은 처가의 노비와 곡식을 내놓으려는 생각을 하고 있었다. 이미 장인에게 허락을 받아둔 터였다.

"왜군이 부산에 침략했다는 소식을 장성 남문서 김경수 참봉에게 들었지라. 사변 소식을 듣고는 맴이 급해 강진으로 내려갔다가 또 처가가 걱정이 되어 바로 순창으로 올라왔지라."

홍계훈이 장성을 자주 가는 이유는 김경수와 그의 자식들이 매번 극진하게 대접해주고 가족 모두 충의와 의기가 남다르기 때문이었다. 특히 김경수의 종제 김신남은 홍계훈을 형님처럼 따랐고, 김경수의 아들인 극후와 극순은 홍계훈을 아버지처럼 의지했다.

"다른 소식은 듣지 못했소?"

"김 참봉은 임금님 안위를 걱정하며 눈물을 흘리는디 내 가심이 찢어지는 것 같아부렀소."

"북방에서 용맹을 떨쳤던 이일 장수도 상주서 맥없이 패해부렀으니 눈물을 흘릴 만도 허지라."

"김 공, 요럴 땐 으째야쓰겄소?"

"전시에는 행동을 함부로 개볍게 처신헐 수 읎으니 임금님 명을 지달릴 수밖에요."

"무신 소식이 있으믄 나헌티도 알려주시오."

"낼 새복에 전주엘 댕겨올라고 허요."

김억추는 홍계훈과 초저녁까지 나라를 걱정하다가 헤어졌다. 김억추는 소쩍새가 피를 토하듯 우는 자정 무렵까지 잠을 자지 못했다. 비가 내려서인지 소쩍새 울음소리가 더욱 애처롭게 들렸다. 김억추는 선조에게 하사받은 투구와 갑옷, 그리고 이이로부터 돌려받은 긴 화살을 번갈아 보며 충의를 다지곤 했다.

꼭두새벽에도 장맛비가 부슬부슬 내렸다. 그러나 김억추는 비를 맞으며 꼭두새벽에 말을 타고 달려 전주성에 도착했다. 추녀 밑에서 비를 피하고 있던 수문장이 김억추를 알아보고는 성문을 열어주었다. 김억추는 이광 순찰사가 있는 동헌으로 바로 찾아가 인사했다.

"순창군수 김억추그만요."

"어서 들어오시게."

김억추의 갑옷이 봄비에 젖어 무겁게 보였다. 이광은 문신이지만 무인을 우대할 줄 아는 대감이었다. 고향에서 농사짓고 있는 이순신을 자신의 군관으로 특채한 이력도 있었다. 김억추는 직선적인 성격대로 말했다.

"순찰사 대감, 소장을 충주로 보내주씨요."

"늦었소. 벌써 신립 삼도순변사와 왜군이 맞서 싸우고 있을 것이오."

"하루 만에 도적놈들이 충주까지 올라갔다는 말씸인게라?"

"우리 모든 군사가 충주로 다 갔으니 거칠 것 없이 올라가지 않았겠소?"

"아!"

김억추는 비명 같은 탄식을 뱉어냈다.

"아무리 신립 순변사께서 기마전에 능허다고는 허지만 하늘이 우리 관군을 돕지 않은 것 같아부요."

"어째서 그렇소?"

"비가 와서 논밭은 수렁이 돼야부렀을 거고, 말들은 수렁에 빠져서 달리지 못허겠지라."

"어찌하면 좋겠소?"

"천운이 따르기를 바랄 뿐이그만요."

"김 군수의 얘기를 들으니 신립 장수의 작전이 잘못 된 것 같소."

"비가 오고 있응께 소장이라믄 충주 벌판을 버리고 문경 새재서 매복전을 했으믄 으짤까 잖그만요."

장맛비가 오고 있으니 벌판에서 기마전을 하기보다는 문경 새재에서 매복전을 펴야만 더 승산이 있다는 김억추의 대답이었다. 그러나 일기일회(一期一會), 때는 두 번 오는 것이 아니라 단 한 번뿐이었다. 이광의 말대로 충주로 달려가 봐야 소용이 없었다. 이광이 말했다.

"이제 전하께서는 옥체를 보전하셔야 될 지경에 이르렀소."

"순찰사 대감!"

"파천을 생각해봐야 할 때라는 것이오."

"전하께서 도성을 버리시고 피난을 가신다는 말씸인게라?"

"도성에 계시는 것이 최선이겠지만 다음의 계책도 생각해봐야지요."

이광의 예감은 정확했다. 실제로 김억추가 이광을 만나는 시각에 선조는 대신과 대간들이 입궐한 자리에서 파천(播遷)이란 말을 꺼냈다. 임금 입에서 도성을 버리고 피난 가야겠다는 말이 나온 것이었다. 수찬 박동현이 눈물을 흘리며 파천의 부당함을 아뢨다.

"전하께서 일단 도성을 나가시면 민심은 보장받을 수 없사옵니다. 전하의 대가를 멘 가마꾼도 길모퉁이에 대가를 버려둔 채 달아날 것이옵니다."

수찬 박동현이 극언하고는 통곡했다. 우승지 신잡도 반대했다.

"전하께서 끝까지 신들의 간청을 허락하지 않고 파천하신다면 신에게는 팔십 노모가 계시나 종묘의 대문 밖에서 자결할지언정 감히 전하의 뒤를 따르지 못하겠습니다."

그러나 선조는 내심 파천을 작정하고 서둘러 29일에 둘째 아들 광해군을 세자로 삼았다. 또한 파천의 안전을 위해 한양 수성작전도 세웠다. 김명원을 도원수, 신각을 부원수로 명하여 최후방어선인 한강으로 보냈다. 그리고 한양에 남아 방어할 유도대장에는 변언수를 임명했고, 각 도에 왕자들을 보내 군사를 모병했다. 도성을 방어할 군사가 크게 부족했기 때문이었다. 도성 궁문은 모두 3만여 개였는데 군사는 고작 1천여 명에 불과했다. 그것도 훈련받은 군사가 아니라 관청의 구실아치나 농사꾼들이 불려 나와 마지못해 죽창을 들고 서 있었다.

파천과 호종

김억추의 걱정은 현실로 나타났다. 2차 방어선인 충주가 무너졌다. 기마전에 능한 신립은 수렁으로 변한 들판에서 힘 한 번 써보지 못한 채 유성룡이 보낸 8천여 명의 군사를 잃었다. 군마들이 수렁에 빠져 속수무책으로 당했다. 신립은 탄금대에서 강물에 몸을 던져 죽었다. 이제 한강에서 최후방어선을 치고 왜군의 공격을 지연시킴으로써 선조의 파천 길을 돕는 길밖에 다른 묘수는 없었다. 종실인 해풍군이 입궐해 선조 앞에 엎드렸다.

"전하, 도성을 버리시면 아니 되옵니다."

해풍군이 손바닥으로 마루를 치며 큰 소리로 통곡했지만 대신들의 생각은 달랐다.

"사태가 이 지경에 이르렀으니 조속히 평양으로 행차하신 뒤, 명나라 황제께 천병(天兵)을 청해서 도성부터 수복할 것을 생각해야 하옵니다."

장령 권희가 나서서 해풍군과 같이 "전하, 도성을 지켜야 하옵니다." 라고 했으나 유성룡 등이 다른 의견을 냈다.

"권희의 말은 매우 충성스럽기는 하지만 작금의 형편상 궁궐을 잠시 비울 수밖에 없사옵니다."

선조는 유성룡의 말이 떨어지자마자 대가(大駕)를 호종할 행수(行首)로 황해도 연안에 유배 가 있는 윤두수를 임명했다. 근왕병을 모으기 위해 임해군에게 김귀영과 윤탁연을 붙여 함경도로, 한준과 이개에게는 순화군을 받들게 하여 강원도로 가도록 지시했다. 나머지 지방은 각 도의 관찰사가 근왕병을 모집케 했다.

4월 30일, 장맛비가 쏟아지는 새벽이었다. 선조는 전포 차림으로 파천 길에 올랐다. 눈앞이 보이지 않을 정도의 칠흑 같은 밤이었다. 장맛비가 내리고 있었으므로 길을 밝혀줄 횃불은 무용지물이었다. 역대 군왕들의 신주를 든 종묘 관원들이 선조의 대가 앞에 섰고, 세자와 신성군, 정원군이 뒤를 따랐다. 그다음으로는 문무 벼슬아치 1백여 명이 빗길을 걸었다. 그런데 선조가 돈의문을 빠져나왔을 때였다. 궁궐을 수비하는 내금위 하급 군사들은 다 도망쳐버리고 없었다. 왕비는 장맛비를 맞으며 걸어서 인화문으로 나가 가마를 탔는데, 궁녀 수십 명이 보따리 하나씩을 들고 종종걸음을 쳤다.

선조가 궁궐을 비우자 도성 사람들이 무리지어 몰려왔다. 궁궐 문은 닫혀 있긴 했지만 하나같이 자물쇠가 채워져 있지 않았다. 어영청 호위군과 궁궐지기들이 황급히 빠져나갔기 때문이었다. 도성 난민들은 비가 잠깐 갠 틈에 노비 문서가 보관된 장례원과 형조에 불을 질렀다. 도성 난민들은 경복궁, 창덕궁, 창경궁까지 불 지르고 창고를 약탈했다. 문무

루와 홍문관에 보관된 서적들, 춘추관에 있던 각 왕대의 실록, 승정원일기 등이 남김없이 잿더미로 변했다. 평소에 재물을 많이 쌓아둔 곳으로 원성이 자자했던 임해군과 병조 판서 홍여순의 사가도 난민들이 달려가 노략질하고 태워버렸다.

선조 일행이 벽제역에 이르렀을 때 잠시 갰던 장맛비가 다시 세차게 내렸다. 선조 일행은 퍼붓는 장맛비를 맞으며 파천 길을 쉬지 않았다. 선조는 마치 왜군이 바로 뒤를 쫓아오는 것처럼 극도로 불안해했다. 왕비 일행이 탄 말들도 잘 나아가지 못했다. 뒤따르던 궁녀들이 옷소매로 얼굴을 가리고 울었다. 선조 일행을 호위하던 군사들은 그 숫자가 들쑥날쑥했다. 도망친 군사가 있는가 하면 어디선가 나타나 어가를 호위하는 군사도 있었다.

선조는 새벽부터 장맛비를 맞은 데다 아침 수랏상을 받지 못해 허기가 지고 오한이 들어 몸을 부들부들 떨었다. 이를 본 내의원 용운이 근처 밭에서 오이를 서너 개 따 왔다. 그리고 체온을 유지하려고 준비해 간 술을 올렸다. 선조가 오이 하나를 먹다 말고 두 개를 집어서 이산해와 유성룡에게 주었다. 그들에게 술도 마시라고 잔을 건넸다. 그러나 유성룡은 "전하, 아껴 드시옵소서." 하고 술은 사양했다.

선조가 대가 뒤를 따르며 호종하는 광화문 수문장 고희를 보며 쓸쓸히 웃었다. 호위 장수들이 도망치건 말건 말없이 뒤따르던 수문장 고희였다. 선조가 승지 정수경을 불러 물었다.

"교룡기 행수군관 억추는 어디 있는가?"

"김억추는 남쪽 순창에 있사옵니다."

"활을 잘 쏘는 명궁수가 어가를 호위해야 하지 않겠는가?"

"즉시 선전관을 보내겠사옵니다."

"미는 어디 있는가?"

"여미는 경기도 광주에 있사옵니다."

"두 사람은 왜 과인을 따르지 않는가?"

"전교를 내리시옵소서."

그러자 선조가 명했다.

"두 사람에게 급히 어명을 보내 역마를 번갈아 타고 올라와서 과인이 탄 대가를 뒤따르게 하라."

승지 정수경은 선조의 명을 그대로 받아 적어 순창과 경기도 광주에 선전관을 보냈다. 이틀 뒤 선조 일행이 임진강을 건너 평양에 도착했을 때였다. 김억추는 선전관으로부터 선조의 명이 적힌 밀서를 받았다. 선전관이 나흘 만에 순창에 도착한 것은 역마를 타고 밤낮을 쉬지 않은 채 비호처럼 달린 결과였다.

<순창군수 김억추는 역마를 번갈아 타고 올라와서 대가 뒤를 따르라.>

장맛비를 뿌리려는지 남쪽 하늘에서 또 먹구름이 몰려왔다. 선전관이 떠난 뒤, 김억추는 순창읍성의 장졸들을 객사 마당에 모이도록 동헌

군관에게 지시했다. 달려온 장졸들이 정렬하자 김억추는 객사 안으로 혼자 들어가 궐패 앞에 엎드려 사배를 올렸다. 김억추의 통곡 소리가 객사 밖까지 들렸다. 하늘이 어두워지면서 무겁게 내려앉았다. 숙연해진 순창읍성 장졸들이 차마 고개를 들지 못했다.

나라에 보답할 길을 궁리해 오던 홍계훈도 읍성에 들렀다가 김억추의 울음소리를 듣고는 발길을 돌리지 못했다. 이윽고 김억추가 객사 밖으로 나와 정렬한 장졸들을 둘러보더니 입을 열었다.

"전하께서 쬐깐 전에 선전관을 통해 어명을 보내셨다. 순창군수 김억추는 대가 뒤를 따르라는 명이다. 전하께서 파천 길에 폴시게 오르셨응께 나는 한시도 지체헐 수 읎는 몸이 돼야부렀다. 정든 근무지를 떠나분다는 것이 나로서는 충이니 으쩔 수 읎다. 오늘부로 동헌군관을 가장으로 임명헐 것이니라. 가장은 홍계훈 공을 모시고 순창의 관민을 이끌어불도록 하라. 알겄느냐?"

"예, 나리."

김억추는 그 자리를 가장에게 맡기고 동헌으로 돌아와 짐을 꾸렸다. 함경도 무이보 만호 시절 선조에게서 하사받은 투구와 갑옷을 입은 뒤 활과 활통을 먼저 챙겼다. 홍계훈이 뒤따라와 말했다.

"김 공이 따나믄 여그 순창은 으째야쓰겄소?"

"전하께서 을매나 급허셨으믄 저를 부르셨을께라."

"순창보다 전하가 더 중허겄지라. 말씸을 듣고 있응께 눈물이 나올라고 허요."

"동헌군관이 명민헌 디다 날렌께 가장으로 임명해부렀그만요."

"그를 도우라는 말씀인 거 같은디 걱정허지 마시오."

"공이 겨신께 그래도 맴이 덜 불안허지요. 여그도 섬진강을 따라 왜적이 쳐들어올 수 있응께 안심헐 수는 읎지요."

"어명을 받았응께 김 공께서는 얼능 여그를 떠나시오."

김억추는 상자에 붉은 전포 한 벌과 선전관이 가지고 온 선조의 밀서, 그리고 강진차 한 통을 넣고 동헌방을 나섰다. 홍계훈이 또 말했다.

"김 공, 우리가 또 은제 만날지 모릉께 이별주 한 잔 허는 것이 으쩌겄소?"

홍계훈이 허리춤에서 호리병을 꺼내자 김억추가 동헌 마루에 섰다.

"북쪽으로 떠나드라도 홍 공을 잊지 않겄소."

"전하를 잘 호종허시오."

두 사람은 호리병을 번갈아들고 선술을 마셨다. 이윽고 홍계훈이 김억추의 손을 맞잡으며 작별의 인사를 했다.

"몸을 잘 보존하시오. 김 공, 또 만납시다."

"호리병 덕분에 밤새 달리더라도 배고픈 줄 모르겄소."

깃발과 창을 든 장졸들이 김억추를 위해 남문까지 도열하고 있었다. 김억추는 말을 타고 천천히 남문으로 나아갔다. 장졸들 중에는 북쪽으로 떠나는 김억추를 보고는 눈물을 흘리는 군교도 있었다. 홍계훈은 멀찍이서 김억추가 떠나는 뒷모습을 보고 있다가는 자리를 떴다. 남문을 나선 김억추는 말 엉덩이에 채찍을 가하며 바람처럼 장졸들의 시야에서 사라졌다.

김억추는 북쪽을 향해서 밤낮을 가리지 않고 달렸다. 그런데 한양은 이미 왜군이 점령해 있었다. 그리고 임진강은 예전에 명나라 수도를 갈 때 모셨던 김명원이 방어하고 있었는데 사기가 떨어진 군사들이 언제까지 강을 사수할지 알 수 없었다. 김억추는 도원수 김명원이 임진강에 배수진을 치고서 고군분투하는 것을 보고 그냥 지나치지 못했다. 김억추는 김명원이 좌군과 우군의 군사를 지휘하는 군막을 찾았다. 김억추가 고개를 절도 있게 숙이며 말했다.

"도원수 나리, 어명을 받고 가는 길이그만요."

"전하께서는 평양 행재소에 계시네."

"소장은 남쪽에 있어 나리를 자꼬 찾아뵙지 못했지라."

"마음이 있으면 천리도 지척이지. 마음이 없으면 지척도 천리가 되고."

"소장이 나리 옆에 있어야 헌디 그라지 못해 죄송허그만요."

"나는 괜찮네. 어서 행재소로 가보게."

"임진강 방어는 으쩝니까요?"

"보다시피 어렵네. 도성이 왜군에게 함락됐다는 소식이 퍼져 군사들 사기가 말이 아니네."

"휘하에 장수들이 나리를 잘 모시지 못허그만요."

"행재소에는 임진강 방어도 힘든데 강 건너 왜적을 무찔러 도성을 수복하라는 대신들이 있네. 난들 그러고 싶지 않겠나. 그러나 섣불리 선제

공격하여 무리수를 뒀다가는 임진강도 감당하지 못할 수 있네. 임진강이 무너지면 평양 행재소도 또다시 북쪽으로 올라가야지 않겠는가."

"도원수 나리보다 행재소 대신들의 눈치를 보는 장수가 있그만요."

"나에게 겉으로 예를 갖추는 척하고 전공을 세워 행재소 대신들에게 잘 보이려는 장수가 있지."

"이 일을 으쩌믄 좋겠습니까?"

"신할은 공명심이 많아. 5천 군사를 거느린 도순찰사 한응인도 강을 건너가 선제공격을 하자고 부추기는 것 같고."

"도원수 나리, 도성을 함락시킨 왜장 놈이 공격허지 않고 지연작전을 쓰고 있는 것 같습니다요. 유인작전에 말려들지 마셔야지라."

"나도 그렇게 생각하네. 강 건너 초소를 불태우고 물러가는 척하는 것이 바로 유인작전 같이 판단되네. 도성에 입성했으니 저놈들은 급할 것이 없지. 우리 힘이 빠지기를 기다렸다가 공격하려는 것이네."

김명원은 김억추가 마음에 들어 휘하에 두고 싶었지만 그러지 못했다. 김억추는 어명을 받고 임금을 호종하러 가는 길이었다. 김억추가 멈칫거리는 기색을 보이자 오히려 김명원이 재촉했다.

"어서 올라가게. 여기서 지체하는 것도 불충이 된다는 것을 모르는가?"

"예, 도원수 나리."

한때 상관이었던 김명원을 두고 떠나는 김억추의 마음은 무겁기만 했다. 그러나 사사로운 감정에 얽매이는 것은 장수가 아니었다. 장수는 오직 임금의 명을 따르고 명에 죽을 뿐이었다. 김억추는 어명을 받고서

지체하는 것도 불충이라는 김명원의 비수 같은 말을 새기면서 말고삐를 잡아챘다. 가죽신발에 단 박차(拍車)로 말의 배를 찼다. 말고삐를 잡아당기고 박차를 가하면 말은 전속력으로 내달렸다. 몇 날 며칠 동안 그렇게 달렸던 탓에 김억추의 발등은 붉게 물집이 생겨났고 발뒤꿈치는 굳은살이 박혔다.

행재소는 평안도 순찰사가 사용하던 동헌에 설치돼 있었다. 대동강을 건넌 김억추는 성문 앞에 이르렀다. 성문 앞에는 마름쇠가 깔려 있고 목책이 겹겹이 둘러쳐 있었다. 김억추는 성문 앞까지 바짝 다가서지 못한 채 멀찍이서 소리쳤다.

"순창군수 김억추요!"

"지금은 아무도 들어올 수 없시오!"

"어명을 받고 달려와부렀소."

"날레 열으라우."

성문 누각에서 소리쳤던 수문장이 아랫것들에게 성문을 열어주라고 지시했다. 김억추는 마름쇠와 목책을 피해 쏜살같이 성문 안으로 들었다. 그런 뒤 수문장이 검문할 틈을 주지 않고 행재소로 달렸다. 행재소 문에 이르러서야 말에서 내렸다. 때마침 승지 정수경이 김억추를 보고는 잰걸음으로 와서 말했다.

"정수경이오. 얼마나 고생이 많았소."

"전하께서는 옥체 강녕하시온지요?"

"전하께서 공을 이미 평양 방어사로 임명해 놓고 기다리고 계시오."

김억추는 정수경을 따라 행재소 안으로 들어가 선조를 배알했다. 선조는 평양감사가 앉았던 호상에 앉아 김억추를 맞이했다. 김억추는 동헌 마당에 엎드려 비통하게 말했다.

"궁궐에 계셔야 할 전하께서 누추한 이곳에 계시니 신은 그것이 억울하옵니다."

"억추를 보니 과인의 마음이 놓이는구나. 오늘부터 억추는 방어사가 되어 대가를 안전케 호위하라."

"목심을 아끼지 않고 어명을 받자옵겠습니다요."

선조의 심신은 지칠 대로 지쳐 있었다. 입술이 부르터 피딱지가 보였다. 그런 데다 입 안의 침이 마르는지 떠놓은 물로 자꾸 목을 축이며 말했다. 김억추에게 내린 평양 방어사는 고정된 직책이 아니었다. 행재소를 설치하는 곳마다 주어지는 방어사로서 주요 임무는 파천 길에서 대가를 호종하는 것이었다. 승지 정수경이 김억추에게 물러서라는 눈치를 주었다. 행재소 마당에는 선조를 알현할 대신과 평양 부근의 부사와 군수, 현감들이 길게 줄을 서 있었다. 선조는 그들을 일일이 다 만나지는 못했다. 대신들이 먼저 알현하고 나면 승지들이 관원들을 선별했다. 행재소 앞에 모여든 양민들은 아예 친견하지 못한 채 승지들이 그들의 하소연을 받아 적은 뒤 선조에게 간접적으로 전할 뿐이었다.

갑산 전투

고니시 유키나가의 왜군이 임진강을 넘고 개성을 함락시켰다는 비보가 평양 행재소에 전해졌다. 승지의 보고를 받은 선조는 안절부절못했다. 이제는 평양 대동강에 최후방어선을 친 뒤 압록강변의 의주로 떠날 수밖에 없었다. 설상가상, 함경도로 떠난 임해군도 안심할 수 없었다. 적진을 들락거리는 탐망군관 장계에 의하면 고니시 유키나가의 군사는 평양성으로, 가토 기요마사의 군사는 함경도로 북진한다고 하기 때문이었다. 강원도로 간 순화군도 몰려오는 가토의 왜군을 피해 이미 함경도로 떠났다는 보고가 올라왔다.

임해군은 세자로 책봉된 광해군의 동복형으로 공빈 김씨의 서출 장남이었다. 장남인데도 그가 세자로 책봉되지 못한 까닭은 성질이 포악하고 어려서부터 불의를 곧잘 저질러 아버지인 선조와 사이가 원만하지 못해서였다. 그뿐만 아니라 동인이든 서인이든 당파를 가리지 않고 모든 대신들이 그가 세자 되는 것을 꺼려했다. 배다른 동생이지만 성질이 난폭한 것은 순화군도 임해군보다 더했으면 더했지 덜하지 않았다.

그러나 선조로서는 그들도 애물단지 자식이었다. 실망스럽고 난처할 때가 한두 번이 아니었지만 그들을 매정하게 벌주거나 내치지 못했다. 특히 임해군을 볼 때마다 측은한 마음이 들어 마음이 편치 못했다. 장남인데도 세자가 되지 못한 그의 한과 불행이 느껴졌다. 자업자득이겠지만 친동생에게 세자 자리를 빼앗긴 마음의 상처는 죽을 때까지도 아물지 않을 터였다. 아침 내내 허둥대던 선조는 승지에게 지시했다.

"억추를 불러 오라."

"전하, 억추는 송언신에게 갔을 것이옵니다."

송언신은 평양감사였다. 방어사는 직급이 감사 밑이었다.

"과인이 지시할 일이 있으니 급히 오라고 일러라."

"선전관을 보냈습니다, 전하."

"김귀영, 윤탁연은 지금 어디에 있는가?"

"임해군을 모시고 회령까지 올라갔다고 하옵니다."

"회령이라면 삼수갑산 너머 아니더냐?"

선조가 미간을 찡그리며 물었다.

"산이 험악해 왜군이 쉽게 올라가지 못할 것이옵니다."

"그렇다면 그쪽 왜군은 어디에 있느냐?"

"금강산 승군들이 유격전을 펼치어 아직 강원도에 있지만 조만간 북진할 것이옵니다."

"승장은 누구인가?"

"묘향산 휴정의 제자 유정이옵니다."

"승군은 지리에 밝기는 하지만 목탁을 쳐서 사는 천민이어서 전력은 보잘것없사옵니다."

"그래도 왜군을 괴롭힌다니 고마운 일이구나. 도성을 수복한다면 과인이 친히 휴정을 불러 상을 내리리라."

휴정은 서산대사의 법명이고, 유정은 사명대사의 법명이었다. 서산과 사명은 두 승장의 법호였는데, 제자도 여럿이고 따르는 승도가 많았다.

정오가 조금 지난 무렵에 김억추가 행재소로 달려와 선조 앞에 엎드렸다. 선조가 엎드려 있는 김억추를 지그시 쳐다보더니 말했다.

"고개를 들라. 왜군이 아직 강원도 금강산을 넘지 못했다고 하니 그대가 미리 갑산읍성으로 가서 방어하라."

그러나 유성룡은 김억추를 갑산읍성으로 보내서는 안 된다고 반대했다.

"전하, 대동강 방어를 하는 데도 군사가 부족하옵니다."

"함경도도 우리 땅이 아니오?"

유성룡은 선조의 의도를 간파했지만 굽히지 않았다.

"임해군, 순화군이 회령에 있으니 당장에는 무사할 수 있을 것이옵니다."

어영대장에 새로 임명된 윤두수도 동조했다.

"함경도는 모두 천연적인 요새로 믿을 만하옵니다. 그러니 왜군이 함부로 재를 넘어 가지는 못할 것으로 사료되옵니다."

원래 윤두수는 선조 일행이 함경도로 파천해야 한다고 주청했던 사람이었다. 반면에 의주로 파천해서 명나라에 하소연해야 한다고 아뢴 사람은 승지 이항복이었다. 그러자 선조가 내부(來附)하는 것이 본래의 속마음이라고 했고, 유성룡이 깜짝 놀라면서 "대가가 우리 국토 밖으로 한 걸음만 옮기면 조선은 그때부터 우리나라가 아니옵니다. 그러니 명나라로 가서는 아니 되옵니다."라고 극력 만류했던 바가 바로 며칠 전의 일이었다. 내부란 다른 나라로 가서 붙는다는 말이니 선조의 속마음은 명나라로 가겠다는 것이었다. 이산해가 절충한 계책을 내서 아뢨다.

"김억추를 갑산읍성으로 보내되 평양의 군사를 거느리고 가는 것이 아니라 그곳 관군을 모아 싸우게 하는 것이 어떻겠사옵니까?"

"그게 좋겠소."

선조는 이산해의 제의를 받아들였다. 사실 평양성의 대동강 방어가 중요하지 갑산읍성은 그다음이었다. 평양에 임금이 정사를 보는 행재소가 있기 때문이었다. 선조가 김억추에게 지시했다.

"억추는 지금 바로 갑산으로 떠나라."

"전하, 분부를 받자옵겠습니다."

김억추는 즉시 행재소를 물러나 단기필마로 갑산을 향해 떠났다. 군사를 하나도 붙여주지 않았지만 대신들이 논쟁하는 것을 옆에서 들었던 터라 따로 이의를 제기하지 않았다. 장수는 임금 앞에서 입이 없어야 하고 오직 명을 따라야 했다. 다만 어명을 받아가지고 가니 갑산읍성의 관군들은 김억추의 지시대로 움직일 터였다.

평양에서 갑산까지는 아주 먼 거리는 아니었다. 말고삐를 잡아채며

군마를 바삐 몰자 자정 전에 갑산읍성 남문인 진북루에 도착했다. 김억추는 성문이 열려 있었으므로 검문 없이 바로 들어가 객사에서 하룻밤을 묵었다. 그러나 오만 가지 생각에 눈을 붙이고 있었을 뿐 잠을 자지는 못했다. 부엉이가 날갯짓을 하며 방문 가까이까지 날아왔다가는 사라지곤 했다. 먼 숲을 떠나지 않는 부엉이가 성안으로 들어온다는 것은 괴이한 일이었다. 김억추는 누운 채 창호가 밝아지기를 기다렸다가 객사 밖으로 나왔다. 날이 훤히 샜는데도 군사가 하나도 보이지 않았다.

'요런 변고가 있나?'

김억추는 동헌으로 달려가 보았다. 동헌에도 갑산부사나 군관은 보이지 않았다. 김억추는 불길한 예감이 들어 소리쳤다.

"아무도 읎느냐!"

"나리, 부사께서는 군사를 이끌고 회령으로 가셨습둥."

"니는 누구냐?"

"쉰네는 내아 관노임메다."

"부삭때기란 말이냐? 니는 으째서 함께 가지 않았느냐?"

"군사들이 다 간 것은 아님메다. 일부는 남아 있어 내아를 지키고 있습메다."

김억추가 엄하게 물었다.

"아무도 읎지 않느냐? 둘러댄다믄 살아남지 못헐 것이니라."

"왜놈들이 언제 들이닥칠지 모르니까네 밤에는 성 밖으로 나갔다가 돌아옴메다."

"알았으니 가 보거라."

김억추는 기가 막혔다. 엉망이 돼버린 갑산 군사의 군율부터 바로잡지 않으면 싸움은 하나마나 백전백패일 터였다. 김억추는 진북루로 올라가 북을 쳤다. 그러자 장졸들이 하나둘 모였다. 성 밖에 사는 양민들도 구멍 속에 들어갔다가 나오는 게처럼 슬금슬금 성안으로 들어왔다. 김억추는 진북루에서 외쳤다.

"방어사 김억추는 어명으로 갑산에 왔느니라. 나는 여그서 왜적을 무찌를 것이니라. 그래야 회령에 겨신 임해군, 순화군께서 안도헐 것이니라. 앞으로 내 명을 따르지 않는 자는 군율에 따라 엄벌에 처할 것이니 영념하라. 알겠느냐?"

김억추의 서릿발 같은 말에 갑산읍성의 장졸들이 자세를 고쳤다. 양민들은 무릎을 꿇었다. 김억추가 볼 때는 성을 비웠다가 나타난 장졸들이 관군이 아니라 도적 떼와도 같았다. 그때 한 군사가 술이 덜 깼는지 비틀거리면서 나타났다. 김억추는 진북루를 내려가 물었다.

"니는 뭣허는 놈이냐?"

"가장임둥."

"가장이란 부사 읎는 동안 성을 책임지고 지키는 장수가 아니냐?"

"가장은 술도 마시지 못함메까?"

"이놈, 왜군이 쳐들어와 백성들이 갖은 고초를 다 겪고 있는디 니가 진정 장수인 거 맞느냐?"

그제야 갑산 가장이 부동자세를 취하려고 했다. 그러나 대취한 뒤끝인지 그의 자세는 곧 흐트러졌다. 게다가 부하 군졸들에게 손을 허우적거리면서 '너희들이 아침부터 왜 여기 있느냐?'는 것 같은 손짓을 했다. 김억추는 칼을 빼어 들었다. 아침 햇살에 칼날이 번쩍였다. 순간 가장의 목이 피를 뿌리며 땅바닥에 데굴데굴 굴렀다.

"군율을 어긴 자는 가장맹키로 처단헐 것이니라. 알겠느냐!"

"옛꼬망."

장졸들이 일제히 큰 소리로 복창했다. 김억추가 다시 말했다.

"성문 밖에 간짓대를 세와불고 가장의 머리를 매달거라. 다만 사흘 후에는 짐승 밥이 되지 않게 자석들이 수습허는 것은 허하겄다."

갑산읍성의 장졸들이 혀를 내두르며 신속하게 움직였다. 김억추는 군사의 숫자부터 점고했다. 부사를 따라 회령으로 간 탓에 군사는 50여 명 남짓 되었다. 양민 중에 토병이 40여 명으로 모두 합쳐보니 1백여 명 안팎이었다. 수성전을 펴기에는 너무 적은 군사였다. 그렇다고 장졸들에게 전력을 내색해서는 안 되었다. 장졸들 중에서 탐망군관, 척후장, 순성장, 선봉장, 참퇴장, 화포장을 뽑고 김억추 자신은 대장을 맡았다. 장수만 있고 싸울 군졸이 태부족인 것이 안타까웠지만 달리 계책이 없었다. 다만 북방의 경험을 살려 성문 앞에 이중 목책을 치고 마름쇠를 깔아 쉽게 돌진하는 것을 차단했다.

왜장 가토 기요마사가 거느리는 2만여 명의 왜군은 예견했던 대로 사흘 후 갑산에 나타났다. 왜군의 규모는 김억추의 예상을 빗나갔다. 두만강 여진족의 적호 규모와는 비교할 수 없었다. 일자진으로 갑산읍성을 포위하듯 다가오는데 마치 검은 파도가 들판을 덮쳐오는 것 같았다. 갑산 장졸들은 겁을 먹고 낯빛이 사색으로 변했다. 양민 토병들은 벌써부터 엉덩이를 뒤로 뺐다. 전력이 약세인데 사기마저 떨어지면 싸움은 불을 보듯 뻔했다. 김억추가 소리 쳤다.

"우리 성은 견고헌께 싸울 수 있다. 화포를 쏘믄 왜놈들이 혼비백산헐 것이다. 절대로 자기 자리를 물러서지 말라. 우리는 조선의 관군이다! 알겄느냐?"

"예꼬망."

그러나 장졸들의 목소리는 기어들어갔다. 검은 파도처럼 몰려오는 왜군의 기세는 상상 밖이었다. 김억추로서는 다른 장수의 군사로 싸워보기는 처음이었다. 가장을 효수했지만 군령은 바로 서지 않았다. 이윽고 왜군의 척후장이 말을 타고 와서 항복하라는 화살편지를 성문에 날렸다. 왜군 척후장이 등을 돌렸을 때였다. 김억추는 수문장을 시켜 화살편지를 가져오게 명했다. 화살편지의 내용은 굴욕적이었다. 성문을 열고 항복하면 목숨만은 살려주겠다는 가토의 오만한 통고였다. 김억추가 화살을 뽑자 순성장으로 임명된 군관이 말했다.

"나리, 답신을 보내지 않습메까?"

"이 화살이 답신이니라."

왜군 척후장은 화살편지를 성문에 날려 놓고 2백여 걸음쯤 물러서 김억추의 답신을 기다리고 있었다. 그러나 김억추는 화살로써 답했다.

화살을 맞은 왜군 척후장은 즉사했다. 타고 온 말에서 굴러 떨어졌다. 비로소 갑산 장졸들의 사기가 올랐다.

"와아! 와아!"

왜장이 말에서 떨어진 것뿐만 아니라 갑산 장졸들의 사기를 더 올린 것은 김억추의 활솜씨였다. 단 한 발로 적장을 쓰러뜨리는 활솜씨에 장졸들 모두가 놀랐고 감탄했다. 그때부터 장졸들이 김억추의 지시를 받으며 일사불란하게 움직였다. 늑대 떼처럼 몰려드는 왜군을 향해 화포를 쏘기 시작했다. 화포공격에 왜군 선봉군이 우왕좌왕했다. 그러나 왜군의 대오는 겹겹이었다. 화포의 철환이 바닥이 나자 왜군의 대오는 금세 성벽 가까이 접근해 왔다. 조총의 사거리 안에 들면서 성문은 의외로 빨리 흔들렸다. 왜군의 숫자가 압도적이었으므로 활 공격만으로는 갑산 관군이 힘을 쓰지 못했다. 김억추는 군창군관을 불러 물었다.

"군량미는 을매나 남았는가?"

"회령으로 실어가고 이틀분밖에 없음메다."

김억추는 순간 읍성 안에서 버티는 지구전은 불가능하다고 판단했다. 수성전에 돌입한 척한 뒤 북문인 북승문을 빠져나가 후일을 도모하는 수밖에 없었다. 패장이라는 누명을 쓰더라도 부하 장졸들의 목숨을 살리기 위해서는 그 계책밖에 다른 전술이 생각나지 않았다. 김억추는 성문을 돌며 독전하고 있는 순성장을 불렀다.

"갑산 남쪽에 무신 산이 있는가?"

"동남쪽에 천봉산이 있슴메다."

"장졸들을 델꼬 북승문을 통해 그쪽 계곡으로 가게."

"남쪽에 왜군이 진을 치고 있슴메다. 후퇴하려면 북쪽으로 가야 함메다."

"북쪽은 왜군이 회령으로 가는 길이다. 그러니 후방으로 가야만 뒤를 기습허기 용이허지 않겄는가. 우리 군사가 적은께 그 계책밖에 없네."

"예꼬망."

김억추의 지시를 받은 순성장은 성가퀴에 허수아비들을 군졸처럼 세운 뒤 양민부터 거느리고 북승문으로 나가 우회하여 천봉산 계곡으로 향했다. 장졸들이 활을 쏘고 토병까지 합세하여 고함치며 수성전을 펴니 왜군들은 전혀 눈치를 채지 못했다. 초저녁이 돼서야 전투는 소강상태로 접어들었다. 김억추는 성안에 나뭇단을 옮겨와 불을 질렀다. 장졸들이 빈틈없이 경계하고 있다는 것을 보여주기 위한 위장술이었다.

왜군들도 북진을 강행군하면서 지쳤는지 더 이상 공격해오지는 않았다. 김억추는 탐망군관을 내보낸 뒤 살피면서 북승문을 통해서 남은 장졸들을 천봉산 계곡으로 철수시켰다. 한편으로는 성을 수비하지 못한 패장으로서 엎드려 죄를 청한다는 장계를 써서 군관 편에 평양 행재소로 보냈다.

다음 날 왜군은 갑산읍성을 무혈입성한 뒤 자축연을 벌였다. 왜장 가토는 양민들의 집을 뒤져 닭과 소를 잡아다놓고 질펀하게 술을 마셨다. 그러나 왜장 가토의 목적은 임해군과 순화군을 포로로 붙잡아 본국에 넘기는 것이었으므로 갑산읍성에 오래 머물 생각은 없었다. 그뿐만 아니라 군창에 군량미가 바닥나 대규모의 왜군이 주둔할 형편이 못 됐다. 결국 왜장 가토는 몇십 명의 왜군만 남겨놓고 다시 회령 쪽으로 북진했다.

김억추는 그 허점을 노렸다. 대규모 왜군이 성을 비운 날 밤에 공격을 감행했다. 김억추는 전포를 벗고 양민처럼 무명 바지저고리 차림으로 공격을 지휘했다. 순성장이 만류했지만 김억추는 스스로 백의종군했다.

"나는 갑옷과 투구를 쓸 자격이 읎는 패장이여. 나라에 죄를 진 장수란 말이여."

한밤중이었다. 갑산 장졸들은 김억추의 옷차림에 신경 쓸 여유가 없었다. 성 안팎의 지리에 밝은 갑산 장졸들은 허술한 쪽의 성벽을 넘어가 졸고 있는 왜군을 소리 없이 닥치는 대로 죽였다. 한 군졸이 왜군의 입을 틀어막으면 또 다른 군졸이 왜군의 목을 조르거나 칼로 배를 찔렀다. 동헌에서 애첩을 끼고 잠을 자던 왜장은 발가벗은 몸으로 도망치다가 등에 칼이 꽂혔다.

날이 밝았을 때 왜군의 시체를 살펴보니 성 밖으로 도망치지 못하고 대부분 다 죽은 것 같았다. 김억추는 왜군의 시체들을 객사 앞에 모은 다음 태워버리라고 지시했다.

"뼈따구도 챙기지 못허게 태와부려라."

왜군 시신이 타는 냄새가 코를 찔렀다. 그러나 장졸들은 누구 하나

216

고개를 돌리지 않았다. 성을 내주었다가 다시 찾은 승리감에 젖어 눈빛이 빛났다. 그때였다. 진북루를 향해 말 한 필이 달려오고 있었다. 선전관이 탄 말이었다. 김억추의 장계를 받아본 선조가 보낸 선전관이었다. 선전관은 김억추에게 백의종군하라는 어명을 전하러 오고 있는 중이었다.

그러나 선전관은 왜군의 시신들이 타는 모습을 보고 놀랐다. 김억추가 말했다.

"성을 찾아부렀소. 갑산 장졸들이 큰 공을 세웠소."

김억추는 붓을 가져오게 하여 또 장계를 썼다. 장계 첫 문장에는 자신의 허물을 드러냈다.

<나라에 충성하지 못한 죄는 1만 번을 죽어도 이르지 못하겠사옵니다.>

그런 뒤 갑산읍성을 수복했다는 소식과 왜군을 죽인 갑산 장졸들의 전공을 상세히 적어 선전관에게 건넸다. 선전관은 지체하지 않고 행재소로 되돌아갔다. 갑산읍성을 되찾았다는 희소식을 선조에게 한시라도 빨리 아뢰기 위해서였다.

그날 밤 선전관으로부터 김억추의 장계를 받은 선조는 기쁨을 감추지 못했다. 대신들을 행재소로 불러들여 김억추의 공을 치하했다.

"억추의 충성스럽고 정의로움은 뛰어나고 현명하다. 옛날에도 지금에도 듣기조차 드물고 큰 공로는 더욱 기이하다."

"전하, 이제는 김억추를 평양으로 불러들여 대동강을 지키게 하소서."

"억추를 바로 불러들이라."

김억추의 승전 소식으로 행재소에 모처럼 웃음소리가 났다. 선조는 오랜만에 두 다리를 쭉 펴고 술을 마시지 않고도 침상에 편히 누웠다.

평양성 후퇴

선조 25년 6월 13일.

고니시 유키나가의 왜군 1만 2천여 명은 대동강 부근에 진을 쳤다. 고니시의 본대 6천여 명은 강둑 너머에 산개해 있었고, 6천여 명은 대동강 강변 둑에서 위세를 부렸다. 선조는 또다시 의주로 파천 길에 올랐고, 평양 감사 송언신은 4천여 명의 관민을 규합해서 평양성 수성전에 돌입했다. 대동강은 평양성의 관군에게 해자 같은 역할을 해주었다. 왜군은 수심이 깊은 대동강을 마음 놓고 건너오지 못했다. 다만 대동강 동쪽 끄트머리의 왕성탄 같은 여울들은 상대적으로 수심이 얕아 왜군이 호시탐탐 노렸다. 관군도 왜군의 의도를 모를 리 없었다. 용맹한 장수를 여울로 보내 방어하게 했다. 여울을 지키는 장수를 탄수장(灘守將)이라고 불렀는데, 성취, 박석명, 김응서 등이었다.

평양 방어사로 돌아온 김억추는 도원수 김명원 휘하에 들어갔다. 김명원은 김억추를 보자마자 치하했다.

"그대가 갑산읍성을 탈환했으니 왜장 가등청정(가토 기요마사)이 위축

됐을 것이네."

"잠시 읍성을 빼앗긴 수모를 생각허믄 발등을 찧고 잪습니다."

"중과부적이라 어쩔 수 없는 일이었고, 대신 부하들 목숨을 살리지 않았는가? 나는 그대를 패장이라고 보지 않네."

"도원수 나리, 고맙그만이라."

"나뿐만 아니라 전하께서도 그대의 공로가 크다고 칭찬하셨네."

"대동관은 다녀왔는가?"

"예, 인사드리고 왔그만이라."

대동관은 평양 감사 송언신이 공무를 보는 곳이었다. 송언신은 평양 성에서 수성전을 맡았고, 김명원은 대동강 방어선을 진두지휘하고 있었 다. 대동관은 왜군의 조총 사거리 끝자락에 있었다. 왜군들이 가끔 조총 을 쏘면 총알이 대동관까지 날아와 기왓장에 힘없이 떨어졌다. 대동관 을 드나드는 송언신은 총알을 피하지 않고 다녔다. 그러나 장졸들은 총 알이 날아오면 기겁을 하고 피했다. 성문 기둥에 박히는 조총의 위력을 보았기 때문이었다. 김명원이 말했다.

"감사를 만났다니 그럼 연광정으로 가보세."

도원수 지휘부인 연광정은 대동관보다 안전하고 대동강이 내려다보 이는 산자락에 있었다. 연광정에는 유성룡이 선조를 따라가지 않고 머 물러 있었는데, 명나라 원군이 오면 명군 장수를 맞이하기 위해서였다. 말하자면 접빈사(接賓使)로 남아 있었다. 연광정에서 대동강 저편을 내려 다보니 왜군의 행태가 그대로 드러났다. 대동강 건너편 동대원 언덕에는 왜군의 붉고 노란 깃발들이 만장처럼 펄럭였다. 기병 한 무리가 말을 타고 대동강에 들어가 일렬종대로 선 뒤 괴성을 질러댔다. 그런 뒤 돌아 갔다. 일종의 심리전이었다. 언덕의 초소를 지키는 왜군들도 서너 명씩 조를 지어 백사장으로 내려와 어기적거리며 긴 칼을 휘둘렀다. 칼은 멀리서도 보이게끔 흰 칠을 한 목검이었다. 유성룡이 참다못해 군관 강사익에게 지시했다.

"왜놈들이 우리를 조롱하고 있는데 무얼 하는가. 활을 쏘게."

"예, 부원군 대감."

강사익이 활을 쏘자 백사장의 왜군들이 이리저리 흩어졌다. 활을 맞아 쓰러진 왜군은 없었다. 활이 연광정에서 백사장까지 날아간 것은 조총보다 사거리가 멀다는 증거였다. 김명원이 김억추에게 말했다.

"방어사도 활을 쏘겠는가?"

"예, 도원수 나리."

김억추가 활통에서 장전 하나를 뽑아들고 백사장에서 어기적거리는 왜군들을 보더니 붉은 투구를 쓴 왜군 장수에게 시선을 고정시켰다. 심호흡을 한 번 한 뒤 시위를 힘껏 당겼다가 놓았다. 김명원이 예감한 대로 명중이었다. 왜군 장수가 백사장에 고꾸라졌다. 유성룡의 눈이 커졌다.

"방어사야말로 명궁수로다!"

"부원군 대감, 훈련원에 김억추 표석이 있소이다."

"전하께서 왜 방어사를 찾으셨는지 이제야 알겠소."

왜군 장수가 김억추의 화살에 죽자 왜군들이 순식간에 사라졌다. 그러자 김명원이 유성룡에게 말했다.

"우리 군사 사기를 올릴 기회가 온 것 같소이다."

김명원은 대동강 병선 책임자인 주사(舟師)를 불러 지시했다.

"병선 한 척에 명궁수를 뽑아 강으로 보내시게. 그리하여 동대원 언덕에 있는 왜놈들 초소를 불태워버리게."

"강 한가운데로 나아가 불화살을 쏴 놈들 초소를 태워버리겠습니다."

"우리 활의 위력을 보여주고 오게."

도원수 김명원의 지시를 받은 주사는 병선 한 척에 명궁수들을 태우고 강 가운데로 나아갔다. 그러나 웬일인지 병선은 속도를 내지 못하고 느리게 움직였다. 병선이 출발하자마자 격군이 젓는 노 몇 개가 부러졌기 때문이었다. 평소에 노 관리가 엉망이었다는 것이 드러났다. 김명원은 분노가 치밀었지만 작전이 끝날 때까지는 참았다.

병선이 겨우 강 가운데로 나아가자 주사가 활 공격을 명했다. 명궁수들이 일제히 왜군 초소들을 향해서 불화살을 쏘았다. 초소에 불이 붙자 놀란 왜군들이 언덕 뒤로 도망쳤다. 화공작전을 마친 병선은 나루터로 돌아왔다. 귀진할 때도 몇 개의 노가 부러진 탓에 느릿느릿 움직였다. 수심이 깊은 대동강이 그들을 살려준 셈이었다. 김명원의 참좌군관은 즉시 나루터로 먼저 내려가 대동강 수군을 집합시켰다. 김명원은 방어사 김억추를 대동하고 나루터로 내려가 병선 정비 책임자인 조선장을 불렀다.

"병선 관리를 어찌하여 노가 부러지느냐?"

"격군들이 노를 다룰 줄 모르기 때문임메다."

"이놈이 남 탓을 하고도 살아남을 줄 아느냐!"

김명원은 부러진 노를 보더니 김억추에게 물었다.

"격군이 노를 잘못 저어서 부러진 것인가?"

"아닙니다. 노가 여러 개 부러진 것은 노에 문제가 있는 것이지 격군에게 허물이 있는 것은 아니라. 노가 썩어서 부러진 것입니다."

김억추는 정비 소홀에서 원인을 찾았다. 김명원이 칼을 빼어들어 조선장의 목을 베었다. 그래도 군기가 바로 서기는커녕 군졸들이 수군거렸다.

"육군 출신 조선장이 어드레 알갔어."

조선장은 수군 출신이 아니라 육군에서 차출된 군관이었다. 군졸들은 이래 죽으나 저래 죽으나 마찬가지라며 푸념했다. 실제로 육군 출신 군관에게 병선까지 정비하고 수리하라는 것은 무리였다.

어쨌든 평양 방어군의 화공(火攻)은 주효했다. 왜군이 강변에서 난동을 부리듯 평양 방어군에게 해왔던 심리전은 사라졌다. 그러나 평양 방어군은 긴장을 놓지 못했다. 5월 장마가 끝나더니 달포 이상 가뭄이 지속되어 대동강 수심이 점점 줄어들고 있기 때문이었다. 고니시의 왜군은 대동강 수심이 더 얕아지기를 기다리며 대규모 공격을 늦추고 있는지도 몰랐다.

평양에 남은 유성룡과 장수들은 대동강 수심을 걱정했다. 수성 책임자인 평양 감사 송언신은 속이 더욱 탔다. 대동강의 수심이 줄어드는 것을 볼 때마다 자신의 뼈가 깎이는 듯했다. 마침내 유성룡이 사당으로 올라가 기우제를 지내자고 제안했다. 평양성에는 세 개의 사당이 있었다. 단군사당과 기자사당, 동명왕사당이었다. 이 중에서도 단군사당은 가장 영험하여 평양에 우환이 생길 때마다 관민이 달려가 제사를 지내왔던 곳이었다.

전시 중이었으므로 제물은 형편없었다. 돼지를 잡는다는 것은 상상조차 할 수 없는 일이었고, 제사상에 올리는 과일은 감과 대추가 전부였다. 그것도 아직 익지 않은 풋과일이었다. 그나마 민가에서 구해온 닭과 대동강에서 어부들이 잡은 잉어가 제사상에 올라가 제주의 정성이 보였다.

제주 유성룡이 읽는 축문은 비장했다. 유성룡은 국조인 단군께 비를 뿌려 왜군이 대동강을 넘어오지 못하게 해달라고 비통한 심정으로 빌었다. 제주의 뜻을 단군께 전하는 것은 향로에서 피어오르는 향 연기였다. 향 연기는 단군의 혼령을 평양의 허공으로 모셔왔다. 기우제에 참석한 모든 사람들이 엎드려 단군의 혼령을 맞이했다.

기우제는 단군의 혼령이 제사 음식을 흠향하고 술을 세 잔째 받는 것으로 짧게 끝났다. 왜군과 맞서 있는 일촉즉발의 형국이므로 기우제를 순서대로 길게 지낼 수는 없었던 것이다. 김명원과 김억추는 곧 비구름이 몰려올 것이라고 믿었다. 기우제를 지낸 다른 관민도 마찬가지였다. 유성룡은 단군사당을 내려와 기우제에 참석하지 않은 어영대장 윤두수를 만났다. 김명원과 김억추도 합석했다. 유성룡이 말했다.

"연광정 앞쪽은 수심이 깊어서 배가 없는 적들이 건너오지 못하고 있소. 하지만 강 상류로 가면 반드시 얕은 곳이 있을 테니 적들이 건너기가 용이할 것이오."

김명원이 대답했다.

"강 상류에 왕성탄이 있습니다. 물살이 센 여울이지만 깊지는 않습니다. 여울 중에서 가장 위험한 곳입니다."

"방비를 단단히 해야 할 것이오. 그곳으로 적들이 건너온다면 무슨 수로 평양성을 지킬 수 있겠소?"

유성룡의 말에 윤두수가 말했다.

"그렇소. 적들은 가뭄으로 왕성탄의 강바닥이 드러날 때를 기다렸다가 공격해 올 것 같소."

"그곳의 방비는 누가 하고 있소?"

"병사 이윤덕 장수가 탄수장들과 함께 지키고 있습니다."

"이 병사만 믿을 수 없는 일이오."

"왜군은 우리보다 3배나 많소."

이원익의 말끝에 유성룡이 말했다.

"우리가 연광정에 다 모여 있을 수는 없소. 그러니 이 공이 왕성탄으로 나가 힘을 보태는 것이 어떻겠소?"

"지시만 하신다면 당연히 나가 힘을 다하겠습니다."

김억추가 유성룡에게 말했다.

"대감, 소장은 어디로 나가 힘을 보태믄 좋겠습니까?"

"방어사는 성에 남아 감사를 보좌하시오."

이원익은 곧 수하의 군관을 데리고 왕성탄으로 나갔다. 그리고 김억추는 감사가 있는 대동관으로 갔다. 도체찰사가 아닌 유성룡은 군사를 지휘할 권한은 없었다. 유성룡의 임무는 명나라 장수를 접대하는 것뿐이었다. 선조의 명이었다. 그런데 그러한 임무는 유성룡이 자청한 것이기도 했다. 유성룡은 명나라의 원군 없이 평양을 방어할 수 없다고 판단했다. 왜군은 1만 2천여 명이고 평양의 관민은 고작 4천여 명에 불과했으므로 달리 방법이 없었다.

유성룡은 어둑어둑한 초저녁까지 명나라 장수를 기다렸다가 나타나지 않자 평양을 떠났다. 종사관 홍종록과 신경진을 앞세우고 성을 벗어났다. 명나라 장수를 기다릴 것이 아니라 스스로 찾아가기로 결심했던 것이다.

유성룡은 순안, 숙천, 영변을 거쳐 박천에 이르러서야 파천 길에 있는 선조를 알현했다. 유성룡을 만난 선조가 물었다.

"평양성은 어떤가?"

"평양 성민들 각오가 단단하여 지킬 수 있을 것 같사옵니다. 그렇다고 내버려두어서는 안 될 것이옵니다. 한시라도 빨리 명나라 원군이 가야 할 것이옵니다. 신이 여기까지 달려온 것도 명나라 장수를 맞이하기 위해서이옵니다. 아직 원병이 보이지 않으니 안타까울 뿐이옵니다."

그러나 선조는 윤두수가 보낸 장계를 유성룡에게 내밀었다. 평양성을 포기하고 후퇴할 수밖에 없다는 장계였다. 산 사람이라도 살아야 하므로 늙은이는 물론 성민들을 모두 성 밖으로 내보내겠다는 내용이 쓰여 있었다.

"전하, 더 자세한 소식을 알아보고 오겠사옵니다."

"그렇게 하시오."

유성룡은 탄식하며 날이 저물 무렵에 들판으로 나갔다. 석양이 기울고 있었다. 들판 길에 군사 여남은 명이 서성거리고 있었다. 유성룡은 군관을 시켜 그들을 데려오게 하였다. 평양성에서 쫓겨 온 군사 같았기 때문이었다. 짐작한 대로 그들은 원래 의주, 용천 등지에서 차출되었다가 평양의 왕성탄을 수비하던 관군들이었다. 군관 하나가 유성룡에게 말했다.

"어제 왜놈덜이 왕성탄을 건넜슴메다. 우리 군사들은 모두 도망가고 이윤덕 병사 나리도 도망쳤슴메다."

"자세히 일러라."

"강바닥이 드러난 왕성탄을 왜놈덜이 무섭게 밀려왔슴메다. 몸을 던져 막았지만 놈덜에게 튕겨지고 말았슴메다."

군졸은 사실대로 말했다. 왜군은 아침부터 저녁까지 왕성탄을 건너왔는데, 수비를 3겹으로 해서 방어했지만 속수무책이었다고 도리질하며 이야기했다. 김억추, 허숙, 이윤덕의 군진이 차례차례 무너졌다고 넋이 나간 듯 말했다.

"왕성탄을 건넌 왜넘덜은 바로 평양성에 입성하지 않았습메다."

뜻밖에 성안이 조용하므로 기이하게 여겨 모란봉에 올라 하루 동안 살폈다는 것이었다.

그사이에 윤두수는 풍월루 연못에 무기를 버리고 성민들을 성 밖으로 나가 숨도록 지시했다고 군관이 말했다. 하나도 거짓이 없는 사실이었다. 김명원은 관군에게 후퇴를 지시했고 장수들은 대가를 호종하기 위해 의주로 오는 길이었다. 김억추도 그중 한 사람이었다. 김억추는 선조를 볼 면목이 없었지만 말을 몰았다. 달리는 말 등에서 탄식했다.

"기우제도 소용없구나. 비를 뿌려주기만 했어도 요로코름 밀리지는 않았을 틴디."

가뭄이 들어 대동강 수심은 얕아지고, 특히 왕성탄은 강바닥이 드러나 1만 2천여 명의 왜군이 수월하게 건너왔으니 하늘이 무심하다고 하지 않을 수 없었다.

명군 참패

선조 25년 6월 20일.

선조 일행은 가산, 정주, 선천을 지나 용천에 이르렀다. 평양성은 이미 왜군이 점령하여 독사처럼 똬리를 틀고 있는 형국이었다. 다만, 남해에서 이순신의 수군이 왜 수군을 맞아 연전연승하고 있는 까닭에 평양성의 왜장 고니시 유키나가는 더 이상 북진을 못 했다. 이순신의 수군이 남해 제해권을 쥐고 왜군의 군수보급 해로를 차단하고 있기 때문이었다. 불행 중 다행이었다. 어영대장 윤두수가 아뢨다.

"오늘의 행차는 명나라에 가서 하소연하기 위해 빨리 가는 것이오나 다만 갑자기 의주에 이르면 민심이 더욱 놀라 수습할 수 없을 것이옵니다. 지금 적세가 조금 늦추어졌으니 먼저 의주 관원으로 하여금 흩어진 백성을 모으게 한 뒤, 행차가 곧 요동으로 건너가지 않는다는 뜻을 알려 믿게 하고 나서야 천천히 나아가면 멀고 가까운 곳의 백성들이 실망하지 않을 것이옵니다."

선조는 윤두수의 건의를 받아들였다. 바로 의주로 가지 않고 3일 후에 들어갔다. 일행은 동쪽을 향해 통곡하고 서쪽을 향해 네 번 절했다. 의주목사가 공무를 보는 용만관을 행재소로 삼았다. 평시라면 행궁이라고 불러야 옳았다. 그런데 의주성은 뜻밖에 적막했다. 양민들이 모두 피난 가버리고 없었다. 개나 닭 울음소리도 들리지 않았다. 그날 밤 선조를 호종한 관원 수십 명은 행재소 근처의 비어 있는 민가를 찾아가 피곤한 몸을 뉘었다.

그러나 승지 등 신하들은 잠을 자지 못한 채 꼭두새벽에 행재소로 불려갔다. 선조가 의주 행재소에서는 파천 길에 입었던 전포를 벗어버리고 곤룡포 차림에 면류관으로 위엄을 세우려 했는데 그것들이 분실돼 소동이 일었던 것이다. 평양성을 떠난 뒤 파천 길을 서두르면서 어느 관아에 놓고 와버린 것이 분명했다. 곤룡포와 면류관을 챙기지 못한 채 떠난 지밀상궁의 큰 실수였다. 선조가 비변사 당상관 신잡에게 말했다.

"신 대감이 나서야겠소. 과인이 거쳐 온 숙소를 살펴 찾아오시오."

"전하, 즉시 용천부터 가 보겠사옵니다."

신잡은 군사 몇 명을 데리고 의주 용만관을 떠났다. 신잡은 용천부터 안주까지 차례차례 선조가 묵었던 관아를 점고했다. 그러나 어느 곳에도 곤룡포와 면류관은 없었다. 그래도 다시 한 번 안주에서 용천까지 되짚으며 관아를 점고했지만 찾지 못했다. 관아를 찾아가 그곳의 관원에게 당상관으로서 위엄을 부리며 지시했지만 영이 서지 않았다. 관아의 구실아치 관노들마저 신잡의 지시를 외면하거나 무시했다. 선조 일행이 묵었던 관아는 대부분 도둑 떼가 들어 먹고 남은 식량을 노략질한 자취가 역력했다.

　결국 신잡은 허탕을 치고 의주로 돌아오고 말았다. 의주 동문 밖에서 신잡을 기다리던 가주서 강욱이 달려와 물었다.

　"대감님, 곤룡포를 찾으셨습니까?"

　"도적 떼가 가져간 것 같네."

　"면류관도 말입니까?"

　"기가 막힌 세상이네. 전하의 옷과 모자를 훔쳐가는 세상이 됐으니 말이네."

　"도적에게는 아무짝에도 쓸모가 없을 것입니다만."

　"무도한 도적들이 무슨 일을 저지를지 모르니 답답하네."

　"무슨 일을 저지르다니요?"

　"쓸모가 없으니 도적들이 혹시나 짓밟아버리지 않을까 두렵네."

　신잡은 행재소에 들어가 선조에게 사실대로 보고했다. 그러자 선조는 윤두수를 불러 곤룡포와 면류관을 훔친 도적을 붙잡아서 찾아오도록 지시했다. 윤두수가 아뢨다.

　"전하, 강계군수를 선전관으로 삼아 훔친 도적을 잡아 찾아오는 것이 어떠하시겠사옵니까?"

　"어디로 가서 잡아온다는 말이오?"

　"함경도에는 도적의 소굴이 많으니 그곳으로 가야 잡을 것이옵니다."

　"김억추를 보내는 것이 좋지 않겠소? 억추는 함경도 변경에서 공을 많이 세운 바 있소."

"전하, 김억추는 행재소를 수비하고 있으니 강계군수를 보내야 하옵니다."

"어영대장 뜻대로 하시오."

선조는 잃어버린 곤룡포와 면류관에 집착했다. 곤룡포가 아닌 붉은 비단옷을 입고 있으니 임금으로서 위의가 서지 않았다. 신하들은 비단 바지저고리를 입고 있는 모습이 마치 명나라 장사치 같아서 쳐다보기가 민망했다. 물론 신하들도 하나같이 궁상맞았다. 한양을 떠날 때 대부분 관복을 챙기지 못했기 때문이었다.

곤룡포와 면류관을 훔친 도적 떼를 체포하러 갔던 강계군수는 함경도 철령까지 갔다가 돌아오고 말았다. 함경도 군관들의 협조를 받아 겨우 면류관과 곤룡포를 훔친 도적 떼가 지나간 곳을 찾았는데, 차마 눈 뜨고는 볼 수 없었다. 도적 떼가 곤룡포와 면류관을 버리고 갔는지 떠도는 유랑민들이 그것들을 짓밟고 다녔던 것이다. 면류관에 달린 금과 옥은 하나도 없고 사각 틀은 엉망으로 이지러져 있었다. 또한 곤룡포 비단 자락은 누군가가 다 찢어가 버리고 손바닥 크기의 흙 묻은 비단 조각만 딩굴었다. 강계군수는 그것이라도 수습해 오지 않을 수 없었다. 도승지 유근을 만난 강계군수는 비통하게 말했다.

"대감, 어찌 이런 해괴한 일이 있습니까?"

"전하를 잘 모시지 못한 우리 허물도 크오. 그러니 당장에는 이 일을 전하께 보고하지는 않겠소. 전하를 위로해 드리지는 못할망정 괴롭게 해서는 안 될 일이오."

유근은 선전관인 강계군수에게 비밀에 부치도록 지시했다. 도적 떼가 훔쳐 간 곤룡포와 면류관이 유랑민들에게 짓밟혔다는 것은 참으로 부끄러운 일이었다. 윤두수가 명나라 원병을 요청하러 요동으로 들어간 뒤 선조는 더욱 불안해했다. 아침저녁으로 신잡을 불러 물었다.

"왜적의 형세가 어떠하오?"

"남해에서 이순신이 제해권을 쥐고 있으니 고니시 유키나가(소서행장)가 함부로 평양을 떠나지 못할 것 같사옵니다."

"어째서 그렇소?"

"바닷길을 통해서 군사와 군량을 보급 받지 못하기 때문이옵니다."

"만약 평양의 왜적이 의주로 온다면 과인은 어찌해야 하겠소?"

"백성들의 마음이 조금이나마 안정된 까닭은 전하의 행차가 여기서 멈추었기 때문이옵니다. 그러니 여기서 움직이시는 것은 아니 되옵니다. 평안도 인심이 크게 어지러워진 것은 순전히 전하의 행차가 요동으로 건너가시려고 한다는 소문이 났기 때문이옵니다. 강을 건너신다면 이곳의 인심이 어떻게 변할지 헤아리기 어렵사옵니다."

"이러지도 저러지도 못하니 과인의 신세가 처량하오."

신잡은 공손한 말투로 직언을 마다하지 않았다. 무인 기질이 다분했다. 그의 둘째 동생은 탄금대에서 죽은 신립이었고, 셋째 동생은 임진강에서 왜적을 방어하다가 전사한 신갈이었다. 그리고 둘째 아들 신경지는 탄금대에서 작은아버지를 따라 함께 순절했던 것이다. 신잡이 또 아랬다.

"전하께서 요동으로 건너가신다면 평민이 될 것이옵니다. 호종하는 대신들도 마찬가지이옵니다. 차라리 여기서 평민으로 자처하시겠다는 각오로 버티신다면 난리를 피할 수 있을 것이옵니다."

신잡의 직언은 압록강 너머로 물러서지 말고 배수진을 치라는 말이었다.

"경의 말이 틀렸다고는 생각하지 않소. 왜적의 형세를 정확하게 알 수 없으니 과인은 대비하자는 뜻에서 하는 말이오."

"전하께서 여기 계시면 그래도 한 가닥 희망이 있사옵니다. 그러나 만약 압록강을 건너 요동으로 가시게 된다면 그때부터는 통역관 무리도 복종하지 않을 것이옵니다. 전하만 믿고 싸우고 있는 나라 안의 의병들도 뿔뿔이 흩어질 것이옵니다. 분전하고 있는 여러 장수들은 패전을 두려워하는 것이 아니라 오직 전하께서 요동으로 건너가시는 것을 두려워하고 있사옵니다."

"경의 뜻을 잘 알겠소."

마침내 7월 초에 명나라 원병이 곧 온다는 희소식이 날아왔다. 그러나 원병의 규모는 너무 작았다. 또다시 대신들이 명나라로 건너가 통사 정하고 하소연해야 될 규모였다. 명나라 황제 만력제가 평양성에 있는 고니시 유키나가의 왜군을 과소평가하고 무시한 결과였다. 부총병 조승훈은 요동 수비병 3천 명을 거느리고 압록강 너머에 진을 쳤다. 원병 장수 하나가 시기를 보아 압록강을 건너 바로 평양 밖 순안으로 간다는 공문을 가져 왔다. 조선의 임금이 의주에 있는데 만나지도 않고 바로 평양 쪽으로 간다는 무례한 공문이었다.

어쨌거나 바빠진 사람은 도원수 김명원이었다. 김명원은 자신이 거느리고 있는 3천 명의 관군을 거느리고 순안으로 내려가 합세하려고 했다.

"전하, 왜적을 무찌를 때가 왔사옵니다."

"황제께서 천병(天兵)을 보내주시니 마음이 놓이오."

"하오나 천병의 규모가 작아 걱정이 되옵니다."

"명나라 군사는 하늘에서 내린 천병이오. 왜구 출신이 많다는 왜군과 다를 것이오."

"신이 지휘하는 군사 3천 명을 보태면 전력이 배가되기는 하옵니다."

"반드시 평양성을 수복하시오."

"전하, 부탁이 하나 있사옵니다."

"무엇이오?"

"김억추 방어사를 관군의 수군대장에 임명하시면 어떠하시겠사옵니까?"

김명원이 조심스럽게 건의했다. 그러나 선조가 바로 대답하지 않았다. 김억추의 직책은 아직도 평양 방어사이지만 행재소를 수비하는 장수들 가운데 행수였던 것이다. 한참 만에 선조가 말했다.

"어째서 김억추가 필요하오?"

"활을 잘 쏘고 두만강에서 만호를 지낸 장수로 도강전술에 능할 것이옵니다."

"하긴 두만강 전술이나 대동강 전술은 비슷하겠소."

"그렇사옵니다."

"수군대장에 임명하면 잘 할 것 같소."

"전하, 신은 수군대장으로 김억추가 적격이라고 생각하옵니다."

"허나 이번에는 아니 되오."

선조는 무 자르듯 단호하게 말했다. 김명원이 의아해하며 물었다.

"무슨 일인지 신에게 알려주시면 안 되겠사옵니까?"

"여기 용만관을 수비하는 장수들이 많지만 과인이 신임하는 사람은 몇 사람에 불과하오. 과인은 억추가 일찍이 교룡기를 들고 활을 쏘는 모습을 직접 보았소. 그래서 억추를 믿을 수밖에 없는 것이오."

"용만관의 수비가 갖추어질 때까지는 더 이상 김억추를 요구하지 않겠사옵니다. 허지만 용만관이 안정되면 그때는 신이 다시 김억추를 요구해도 되겠사옵니까?"

"그렇게 하시오."

김명원은 행재소를 나온 뒤 김억추를 불렀다. 김억추는 행재소 부근 군막에서 군졸들을 모아놓고 경계와 수비를 지시하고 있다가 김명원에게 왔다. 김명원이 수염을 쓸면서 말했다.

"자네를 데리고 출진하는 것을 또 미뤄야겠네."

"어제까지만 해도 소장에게 수군대장을 맡긴다고 하지 않았습니까요."

김명원이 김억추를 수군대장에 임명한다는 것은 협공작전을 염두에 둔 전략이었다. 북쪽의 보통문과 칠성문을 조명연합군이 치는 동안 김억추의 군사는 양각도에서 대동강을 타고 올라가 남쪽의 대동문이나 장경문을 기습하는 것이었다. 김명원이 김억추를 달래듯 말했다.

"실망하지 말게, 또 기회가 올 것이니까. 전하께서 자네를 놓아주지 않으니 난들 어찌하겠는가."

결국 김억추는 조명연합군에 합류하지 못하고 행재소에 잔류했다. 명나라 부총병 조승훈은 북로(北虜)와 여러 번 싸워 이긴 경험이 있어서인지 자신만만하게 진격했다. 평양성에 있는 왜군 정도는 초전박살 내겠다고 장담했다. 순안을 떠나 평양성 외각에서 조승훈의 명군과 김명원의 조선 관군이 합세했다. 조명연합군의 총사령관은 조승훈이 되었고 공격 개시도 그가 주도했다.

7월 15일, 부총병 조승훈은 비바람이 거세게 몰아치는 밤중에 공격을 개시했다. 어쩐 일인지 내성의 칠성문과 중성의 보통문, 외성의 선요문은 열려 있었다. 조승훈은 괴이하다고 생각했지만 물러서지 않았다. 조명연합군의 사기가 중요했다. 조승훈은 김명원의 조선군이 뒤를 엄호하게 한 뒤 자신의 군사는 내성으로 신속하게 들어가 속전속결로 싸우려고 했다. 그러나 조승훈은 고니시의 유인작전에 말려들었다. 성 내부에 매복해 있던 왜군들이 일제히 조총을 쏘아 명군을 혼비백산케 했다. 갈팡질팡하던 명군은 순식간에 많은 사상자를 냈다. 특히 유격장 대조변과 사유가 전사했다. 명장이라 불리던 조승훈이라도 별수 없었다. 사상자를 더 이상 낸다는 것은 장수로서 도리가 아니었다.

"퇴각하라!"

전멸에 가까운 참패였다. 왜장 고니시 유키나가를 가볍게 여긴 대가였다. 김명원은 조승훈의 명에 따라 다시 의주로 돌아왔다. 오만방자하던 조승훈은 접빈사인 유성룡을 만나지도 않고 요동으로 건너가 버렸다. 명나라에 들어가서는 왜군에게 조총이 있다는 것을 알려주지 않아서 참패했다며 패전의 책임을 회피하는 데 급급했다. 선조가 김명원을 불러 물었다.

"패인이 무엇인가?"

"왜군에게는 조총이 있사옵니다. 몽골이나 여진과 다르옵니다."

"사상자는 어떠한가?"

"명군은 전멸하다시피 했고 후방에 있던 우리 군은 사상자가 거의 없사옵니다."

"도원수에게 비책이 있는가?"

"기회를 주신다면 김억추와 함께 출진하겠사옵니다."

"언제 출진하겠는가?"

"평양의 왜군 사기가 크게 떨어질 때이옵니다. 멀지 않을 것이옵니다."

김명원은 평양성 왜군의 사기가 반드시 떨어질 것으로 판단했다. 바닷길을 통한 군수물자의 보급이 차단되고 있기 때문이었다. 이는 바다를 장악한 이순신 수군의 숨은 공이었다.

평양성 타격

선조 25년 8월.

평양성에서 굶주리던 왜군은 성 밖으로 나와 노략질을 일삼았다. 성 밖의 옥수수나 조, 수수가 자라는 밭은 멧돼지 떼가 지나간 것처럼 엉망으로 변했다. 다행히 벼는 아직 알곡이 익지 않았으므로 왜군들이 손을 대지 않았다. 그러나 한 달 후면 왜군들이 벼 이삭도 도둑질해 갈 판이었다. 군량미가 떨어져가는 왜군이 차츰 평안도 전역을 돌며 노략질할 것이 뻔했다.

도원수 김명원은 이조 판서 겸 평안도순찰사 이원익과 함께 선조를 알현하기 위해 꼭두새벽에 청천강 군막을 떠나 아침 일찍 행재소에 들어섰다. 이원익은 일찍이 황해도에서 이이의 지시를 받고 군적을 정리한 적이 있는 군사지식에도 조예가 깊은 문신이었다. 김명원이 선조에게 아뢨다.

"전하, 왜놈들 분탕질이 심해 양민들의 피해가 날이 갈수록 커지고 있사옵니다. 평양 부근 양민들은 이미 유랑민이 되어 함경도를 떠도는 형편이옵니다."

"양민들 피해를 줄일 방도가 있소?"

김명원이 이원익에게 눈치를 주자 이원익이 아뢨다.

"왜적의 사기가 떨어질 대로 떨어져 있으니 지금 평양성을 공격하려고 하옵니다."

"소서행장(고니시 유키나가)의 왜적은 군사가 아니라 도적 떼와 다를 바 없사옵니다. 신들이 양민의 피해를 막지 못한 죄는 이미 태산 같사옵니다."

김명원이 중죄인이라도 된 양 고개를 푹 숙인 채 이원익을 거들었다. 그러자 선조가 물었다.

"비책이 있소?"

"평양성을 공격하려고 하옵니다."

"지난달에 천군도 참패하고 물러났는데 가능한 일이오?"

"평양성을 수복하는 것이 최상의 목적이오나 그렇지 못하더라도 왜적들이 성 밖으로 나오는 것을 두려워하게 할 수는 있을 것이옵니다."

이원익이 또 아뢨다.

"평양 인근의 밭은 이미 쑥대밭으로 변했고 다가오는 벼농사 수확기가 걱정이 되옵니다. 그러하오니 왜적들에게 조선 관군이 있다는 것을 보여주어 함부로 날뛰는 것을 막아야 할 것 같사옵니다."

"공격한다면 군사는 충분하오?"

"충분하지는 않사오나 토병과 유랑민을 모으면 1만 명은 될 것 같사옵니다."

"관군은 얼마나 되오?"

"지난달 평양성 공격에 소장이 거느렸던 관군 3천여 명은 청천강에
서 왜적의 북진을 막기 위해 수비를 하고 있사옵니다."

김명원은 솔직하게 아뢨다. 그러니까 양민 토병과 유랑민 7천여 명은
전투력에 큰 도움을 주는 인원은 아니었지만 왜군들에게 위세를 보이기
에는 충분했다.

"우리 장수들은 어떠하오?"

"전하, 여기 있사옵니다."

김명원은 소매 속에서 장수들의 이름이 적힌 장지를 선조에게 바쳤
다. 선조는 한 번 보더니 이의를 제기하지 않고 옆에 있는 승지에게 교지
를 쓰라고 지시했다. 김명원이 작성한 장지에는 맨 위에 조방장 김응서,
맨 밑에 수군대장 김억추 이름이 쓰여 있었다.

조방장 김응서
별장 박명현
별장 임중량
수군대장 김억추

승지들이 쓴 교지는 이원익이 받았다. 행재소를 나온 김명원은 참좌
군관을 먼저 청천강으로 보냈다. 청천강 둑에서 수비하고 있는 장수들

을 불러 모으도록 지시했다. 이원익도 장수들에게 교지를 나눠주기 위해 김명원을 뒤따라왔다. 김명원과 이원익은 신시에 청천강 군막에 도착했다. 의주에서 내려오면서 점심도 거른 채 달려왔던 것이다. 그만큼 촌음을 아껴야 했다.

비가 내리려는지 비구름이 남쪽에서 느릿느릿 몰려오고 있었다. 장수들은 이미 군막에 다 모여 있었다. 이원익이 엄숙한 목소리로 교지를 전했다.

"전하의 분부이시니 목숨을 아끼지 마시오."

이어서 김명원이 말했다.

"김응서 장수가 조방장이 된 까닭은 이러하네. 평안도 용천 출신으로 이곳의 지리에 밝기 때문에 필시 나를 도와 싸움을 승리로 이끌어야 할 것이네."

"예, 도원수 나리."

"박명현 장수를 별장으로 삼은 까닭은 용장인 그대가 선봉장을 맡아야 하기 때문이네. 또 임중량 별장은 바닷가 여러 고을의 양민 토병을 선발하여 후방인 중화를 지키시게."

"예, 도원수 나리."

"김억추 장수는 지난번에 전하께 아뢴 적이 있네. 그때 이미 수군대장으로 전하께서는 점지하고 계셨네. 두만강에서 싸운 경험이 있는 그대가 대동강에서도 계책을 세워 적을 물리치리라 믿네."

별장 박명현이 물었다.

"왜적은 문을 열고 성안으로 들어오게 유인작전을 펴서 조총을 쏘아 명군을 참패케 했습니다. 우리는 절대로 유인작전에 말려들어서는 안 됩니다."

"박 별장, 우리는 군사가 적어 들어갈 수도 없네. 다만 성 밖에서 왜적에게 타격을 가하는 계책만이 타당할 것이네."

"그것도 사방에서 동시다발로 공격해야 합니다. 그래야 왜적이 갈팡질팡 더 위축될 것입니다."

김응서의 말에 김억추도 한마디 했다.

"소장은 왜적들이 북쪽을 방어허는 동안 남쪽 대동강을 점거헌 뒤 성안에 불화살을 쏴 후퇴허지 못허게 틀어막아불랍니다."

이는 명군 조승훈이 평양성을 공격할 때 김명원과 함께 세워두었던 계책이었다. 그러나 선조가 행재소를 지키라며 김억추를 보내주지 않는 바람에 무산됐던 것이다. 김명원이 장수들에게 다시 지시했다.

"출진은 내일 묘시에 하겠네. 그사이 별장들은 군졸들에게 습진과 습사를 반복해서 시키시게."

습진(習陣)이란 진법 훈련이고, 습사란 활쏘기를 뜻했다. 장수들은 즉시 군막으로 돌아가 3천여 명의 장졸들을 데리고 공격과 방어 훈련을 시켰다. 또 부대별로 돌아가며 활터로 나아가 습사를 시켰다. 김억추는 관군 중에서 1백여 명의 어부 출신을 차출하여 노를 젓는 격군과 활을 쏘는 사부(射夫)를 뽑았다. 또한 닻을 다루는 무상과 돛을 조작하는 요수를 지명했다. 병선은 평양성에서 후퇴할 때 왜군에게 빼앗겼으므로 어부들을 찾아가 포작선 10여 척 정도를 빌려야 했다.

　다음 날 묘시. 빗방울이 나뭇잎에 후드득후드득 떨어지는 소리가 났다. 어제 오후부터 비구름이 하늘을 덮더니 마침내 비가 오고 있었다. 김명원은 별장과 수군대장을 불러 물었다.

　"비가 오는데 어찌하는 것이 좋겠는가?"

　"장졸들에게 명을 내렸으니 출진해야 합니다."

　장수들 모두가 출진을 바랐다. 비가 오는 날에는 왜군이 성 밖으로 나오지 않을 것이므로 차라리 출진하기에는 호기일 수 있었다. 장수들의 의견을 들어본 김명원은 마침내 출진을 명했다.

　"출진하라!"

　3천여 명의 관군은 장사진 대오로 움직였다. 탐망군이 먼저 나가 수색과 정찰을 하고, 그다음은 별장 박명현의 선봉대, 뒤따라 조방장 김응서의 본대와 별장 임중량의 후위대, 맨 뒤에는 수군대장 김억추의 부대가 행군을 시작했다. 선두에서 가던 김명원이 말을 타고 김억추에게 왔다. 김억추의 얼굴은 비장했다.

　"평양성을 잘 아는가?"

　"방어사로 있을 때 순찰을 자꼬 돌아 훤허지라."

　"기분이 어떤가?"

　"지난 6월에 성을 내줄 때 소장은 왕성탄 후방에서 지휘허고 있었지라. 탄수군 1선, 2선이 왜적에게 밀리고 탄수장들이 벨 수 읎이 후퇴하는디 소장은 하늘을 원망했지라.”

강바닥에 자갈이 보일 정도로 가뭄이 들어 왜군이 왕성탄으로만 탁류처럼 공격해왔는데, 관군의 1선방어와 2선방어가 와르르 무너져 방어사 김억추도 단기필마가 돼버렸던 것이다. 왜군의 압도적인 전력에는 진법이고 뭐고 아무 소용없었다. 기우제를 지냈지만 비를 뿌려주지 않는 하늘을 원망했을 뿐이었다.

“지금도 하늘을 원망하는가?”

“아니지라. 행군하기 좋게 요로코롬 비가 내리고 있응께라.”

“왜적의 탐망군이 어딘가에 나와 있을지 모르니 조심해야 허네.”

“예, 도원수 나리.”

“무슨 할 말이 있는가?”

“하늘은 누구의 편도 아니지라. 공평허지라. 다만 사람이 공평허지 못해 그르치는 것이 아닐께라? 긍께 사람은 하늘이 으쩌든 항시 최선을 다해야 허겄지라.”

“그대 말이 맞네. 사람이 최선을 다할 때 하늘이 사람을 돕는 게지. 진인사대천명(盡人事待天命)일세.”

이윽고 김명원의 군사는 평양성에서 가장 가까운 순안에 도착했다. 다행히 왜군의 탐망군을 발견하지는 못했다. 어쩌면 왜장 고니시는 명군에게 승리한 기분에 젖어 방심하고 있을지도 몰랐다. 순안에 도착한 김명원은 즉시 군사를 평양성 외곽으로 이동시켰다. 왜장의 방심을 빠르게 파고 들어가야 타격을 더 크게 줄 수 있었다. 더구나 내리던 비가 멈추고 하늘이 파랗게 뚫리고 있었다. 왜군이 떨어진 군량을 보충하기 위해 성문을 열고 나올 가능성도 컸다. 김명원은 조방장 김응서를 앞세워 본대를 거느렸다.

"나는 보통문을 치겠네. 선봉대 별장은 칠성문을 치게. 수군대장은 양각도를 먼저 친 다음 대동문을 치게. 후위대 별장은 후방에서 양민들에게 북 치고 나발을 불게 하여 우리 군사의 사기를 올리도록 하게. 다만 화포를 쏘아 공격개시를 할 테니 화포 소리가 나기 전에는 절대로 움직이지 말게. 알겠는가?"

"예, 도원수 나리."

김억추는 수군을 이끌고 평양성 서쪽에서 대동강으로 합류하는 보통강으로 나아갔다. 보통강 강변에 양민의 선소(船所)가 있고 부근에는 어촌이 몇 개 있다는 것을 알고 있기 때문이었다. 평양성 서쪽의 왜군 경계는 아주 소홀했다. 외성인 탓에 왜군이 보이지 않았다. 왜군은 내성과 중성 쪽에 몰려 있었다. 김억추는 탐망군을 양각도로 먼저 보낸 뒤 선소가 있는 어촌으로 갔다. 행운이었다. 포작선을 빌릴 필요가 없었다. 선소 굴강에 돛으로 움직이는 상선이 한 척 정박돼 있었다.

"대장 나리, 장삿배임메다. 난리가 난 바람에 오도 가도 못 하고 있는 장삿배임메다."

김억추는 직접 상선 위로 올라가 수색했다. 상선 갑판이나 선실 안에 있는 물건은 하나도 없었다. 이미 어부들이 와서 가져가버린 뒤였다. 돛을 떼어가지 않은 것만도 천만다행이었다. 상선은 수군 1백여 명을 태우고도 자리가 넉넉했다. 병선이 아닌 상선이었으므로 왜군에게 수군을 장사꾼으로 위장하기에도 좋았다. 양각도로 정찰 나갔던 탐망군이 와서 보고했다.

"초소에서 졸고 있는 왜적 두 놈을 죽이고 왔슴메다."

"교대헐 왜군이 올지 모른께 빨리 가야겄다."

김억추 수군이 탄 상선은 돛을 달고 보통강에서 양각도를 향해서 빠르게 움직였다. 때마침 서쪽에서 하늬바람이 세차게 불었다. 요수 군졸이 돛을 잽싸게 움직여 된하늬바람을 한가득 받았다. 김억추는 수군에게 모두 전포를 벗고 평복으로 위장하거나 저고리를 입도록 지시했다. 상인으로 위장하기 위해서였다. 상선은 평양성에서 보이지 않는 양각도 남쪽에 정박했다. 김억추는 갑판을 돌아다니며 말했다.

"왜놈덜이 중성과 내성에만 몰려 있는 거 같다. 이짝 외성허고 남쪽은 비우다시피 허고 있응께 을매나 존냐. 화포 소리가 나믄 우리는 대동문으로 다가가서 불화살을 쏠 것이다."

김억추를 그림자처럼 따라다니는 참좌군관이 물었다.

"대장 나리, 불화살이 멕히갔슴메까?"

"비가 내려서 나도 걱정이다. 허지만 불화살을 정확허게 쏜다믄 왜놈덜 군막을 태울 수는 있을 것이다."

그때였다. 북쪽에서 하늘을 찢는 듯한 화포 소리가 연달아 났다. 북과 나발 소리가 들려왔다. 김억추는 요수에게 돛을 올려 상선이 대동강을 타고 올라가도록 지시했다. 장사꾼으로 위장한 수군들이 선실 안에서 불화살을 만들었다. 상선이 대동문 앞에 이르렀을 때였다. 김억추가 불화살 하나를 성안으로 날렸다. 불화살은 왜군 지휘소 같은 누각 지붕에 떨어졌다. 왜장들이 누각에서 도망치는 모습이 멀리서도 보였다. 그러자 수군들이 일제히 누각을 과녁처럼 여기고 불화살을 쏘았다. 한참만에 누각이 불탔다. 수군들이 함성을 질렀다. 김억추는 또다시 왜군 군막을 찾아내어 불화살을 날렸다. 그러면 수군들도 김억추의 불화살이 날아간 지점을 확인하고는 시위를 당겼다.

"화살을 아끼그라. 함부로 쏘지 마라."

김억추는 자신이 겨냥한 곳에만 화살을 쏘도록 수군들에게 명했다. 아무 데나 화살을 쏘는 것은 낭비였다. 수군들은 김억추에게 습사 훈련을 받은 대로 화살을 쏘았다. 비가 오지 않았다면 화공작전이 더욱 효과를 보았을 텐데 김억추로서는 어쩔 수 없었다. 하늘은 공평하니 진인사대천명할 뿐이었다.

한나절을 공격했는데도 왜군은 성안에서 꿈쩍을 안 했다. 수비만 할 뿐 공격은 회피했다. 이윽고 북쪽 본대에서 또다시 화포소리가 났다. 철수하라는 신호였다. 김억추가 수군들에게 철수를 지시했다.

"철수하라!"

"성안으로 들어가 왜적을 죽여도 시원찮을 판에 물러서라는 말씀임메까?"

참좌군관이 김억추에게 항의하듯 말했다. 그러자 김억추가 말했다.

"오늘 작전은 왜적에게 조선관군의 심을 보여주는 것이었네. 타격을 받고 놀랬응께 성 밖으로 나와 노략질허기가 쉽지 않을 거네. 군사가 적은 우리의 오늘 작전은 여그까정이네."

　관군의 숫자가 3천여 명에 불과한데 왜군 1만여 명이 버티고 있는 평양성 안으로 들어가 무찌른다는 것은 섶을 지고 불 속에 뛰어드는 일과 다르지 않았다. 김억추 자신도 아쉽기는 마찬가지였다. 그러나 그는 도원수의 명을 따라야 하는 일개 장수일 뿐이었다. 평양성 탈환은 후일을 도모할 수밖에 없었다.

평양성 탈환

조선 관군의 공격을 받은 왜군은 성문을 나오더라도 순안 관아에는 미치지 못했다. 순안에 사는 양민들은 피난을 떠나지 않고 가을걷이를 한 뒤 근근이 겨우살이에 들어갔다. 양민들은 왜군의 노략질만 없어도 생지옥에서 벗어난 듯했다. 이는 모두 도원수 김명원의 관군이 평양성의 왜군을 마음대로 움직일 수 없게끔 묶어놓았기 때문이었다.

12월 중순.

명나라 원군이 얼어붙은 압록강을 건너오고 있다는 기별이 왔다. 이번에는 5만여 명의 대군이었다. 이조 판서 이산보는 눈물을 흘렸다. 며칠 전에 요동으로 건너가 명나라 병부시랑 송응창에게 속히 진군해 줄 것을 극력 간청했는데 이제야 오고 있었던 것이다.

명나라 군사 총대장은 이여송 제독이었다. 이여송은 홍명교(紅明轎)라 불리는 화려한 가마를 타고 오는 중이었다. 가마는 여러 개의 붉은 홍등으로 치장하고 있었다. 이여송은 체구가 커 가마 안이 비좁았다. 이여송은 압록강 중류쯤에서 가마를 멈추게 했다. 압록강이 흐르는 강계의 이산은 자신의 할아버지가 살았던 땅이었다. 할아버지가 사람을 죽이고 요동 철령위로 도망쳐 왔다는 소문이 돌았지만 그것은 알 필요가 없었다. 아버지와 형제들은 이미 명나라의 당당한 장수들이었다.

이여송은 다시 홍명교에 탔다. 홍명교 뒤쪽에는 군량미 8만 석과 화약 2만 근을 실은 수레부대가 바짝 뒤따랐다. 선조와 행재소 대신들은 용만관에서 이여송 제독을 초조하게 기다렸다. 선조는 객사 호상에서 내려와 발을 동동 굴렀다. 홍명교가 더디게 오고 있었던 것이다. 유근이 아뢨다.

"전하, 명나라 이여송 제독은 곧 이곳에 당도할 것이옵니다. 그러니 편안하게 기다리시옵소서."

"어찌 진군이 이리 늦다는 말인가. 설번이 돌아간 지 언제이던가."

"설번은 고마운 은인이옵니다. 따지고 보면 그의 노력으로 명 원군이 오고 있는 것이옵니다."

"평양에 있는 행장이 독하지 않은가."

설번이 군사 10만 명을 보내주겠다는 명나라 만력제 신종의 칙서를 들고 왔다가 전해주고 간 지 벌써 석 달째였다. 그동안에 명나라 사신 심유경이 평양에 들어가 왜장 고니시와 협상을 벌였지만 왜의 철군은 이뤄지지 않았고, 선조는 급히 정곤수를 연경으로 보내 원군을 요청했지만 별다른 성과가 없었던 것이다. 물론 심유경이나 설번의 외교는 조선보다 자국인 명나라의 안위를 위한 것이었다. 설번이 명나라 황제인 만력제에게 올린 글도 그랬다. 명나라의 이익, 그 이상도 이하도 아니었다.

<신이 깊이 근심하는 것은 조선이 아니라 우리 명나라의 국경이옵니다. 그뿐만 아니라 더 나아가 내지(本土)가 진동할 것을 두려워함이옵니다. 이에 피치 못할 시세를 헤아려서 황제께 진술하옵니다. 무릇 요동진은 연경의 팔과 같은 곳이요, 조선은 요동진의 울타리 같은 곳이옵니다. 영평은 국도(國都)를 보호하는 중요한 땅이요, 천진은 또 연경의 문정(門庭)이옵니다. 2백 년 동안 복건성과 절강성은 항상 왜놈의 화를 입어왔으나 요양과 천진에 왜구가 없었던 것은 조선이 울타리처럼 막고 있었기 때문이옵니다. 압록강에는 비록 세 길이 있으나, 서쪽에 가까운 두 길은 물이 얕고 강이 좁아서 말이 뛰어 건널 만하고 또 한 길은 동서의 거리가 활을 두 번 쏠 거리가 채 못 되니, 어찌 거기를 거점으로 해서 적을 막고 지킬 수 있겠사옵니까? 만일 왜놈들로 하여금 조선을 점거하게 한다면 요양은 하루도 편하게 잠을 잘 수 없을 것이옵니다.(하략)>

마침내 명나라 원군이 압록강을 건너 용만관에 도착했다. 선조는 용만관 마당으로 나와 이여송을 맞이했다.

"과인이 나라를 잘못 지켜 황제께 염려를 끼쳐드리고, 여러 대인께서 멀리 정벌하러 오시게 하였으니 비록 심복(心腹)을 쪼갠들 어찌 이 하늘 같고 땅 같은 망극한 은혜를 갚을 수 있겠소?"

"황제의 하늘 같은 위엄과 이 나라 임금의 큰 복으로 마땅히 왜적은 저절로 섬멸될 것입니다. 그러니 감사할 것까지 있겠습니까?"

이여송의 태도는 도도하면서도 공손했다. 그가 입은 붉은 비단의 전포가 눈부실 정도로 번들거렸다.

"우리나라 한 오라기의 명맥이 오직 대인에게 달려 있소."

"과찬이십니다."

이여송은 선조의 말이 과분하다며 두 손을 휘휘 저었다. 그러더니 큰 배에서 나오는 우렁우렁한 목소리로 말했다.

"이미 황제의 명령을 받았으니 어찌 죽음을 사양하겠습니까? 또한 나의 조상은 본래 귀국 사람이었고, 요동에서 나올 때 나의 아버지 또한 훈계하시었는데 내 어찌 귀국의 일에 힘쓰지 않겠습니까?"

"도독께서 오시니 갑자기 눈보라가 멈추고 하늘에 흰 무지개와 햇무리까지 출현하는 기적이 일어났소."

"이런 상서로운 기적을 데리고 온 장수들과 함께 봐야겠습니다."

이여송은 용만관을 나가자마자 하늘을 우러러보았다. 두 팔을 번쩍 들더니 장수들 앞에서 호탕하게 웃으며 기뻐했다. 선조는 이여송에 이어서 용만관 밖에 있는 부총병 양원, 사대수, 임자강, 장세작 등을 찾아가 감사를 표했다. 그러나 날이 너무 쌀쌀하여 모든 장수들을 만나지는 못했다. 그러자 선조를 만나지 못한 명나라 장수들이 불만을 터뜨렸다. 할 수 없이 한밤중에 유근이 이여송을 찾아가 날이 새면 그들을 위로하겠다고 말하여 무마했다. 그러나 이여송은 선조가 자리에서 일어나기도 전인 꼭두새벽에 대군을 이끌고 평양으로 진군하도록 명했다.

한편, 도체찰사 유성룡은 순안 관아에 있다가 부랴부랴 이여송을 영접하기 위해 안주 청천강 강변으로 올라갔다. 유성룡은 이여송을 정중하게 안주 동헌으로 안내했다. 그런 뒤 소매 속에서 평양의 지도를 꺼내이여송에게 주면서 성안의 형세와 군사의 공격지점을 자세하게 설명했다. 이여송은 유성룡이 설명하는 동안 주필(朱筆)로 그곳들을 표시했다. 이여송은 자신만만했다.

"왜군은 오직 조총만을 믿고 있지만 우리는 포탄이 오륙 리나 나가는 대포를 쓰고 있습니다. 그러니 적들이 어찌 우리를 당해낼 수 있겠습니까?"

이여송은 안주로 돌아와 작전을 구상했다. 먼저 고니시를 사로잡는 계책을 세웠다. 그 일환으로 고니시와 협상했던 심유경이 순안에 도착해서 화친을 허락한 황제의 친서를 전하기 위해 기다리고 있다는 소식을 전했다. 그러자 고니시는 반신반의했다. 황제의 친서이니 자신이 직접 순안으로 가야 하는 것이 도리이지만 고니시는 장수 다케우치 기치베와 20여 명의 왜병을 보냈다. 부총병 사대수는 그들에게 술을 주어 접대하는 척하다가 매복한 군사를 시켜 다케우치 기치베를 사로잡고 왜병을 거의 다 죽여 버렸다. 왜병 3명이 겨우 살아남아 평양으로 돌아가 명나라 군사가 온 것을 알리니 그제야 왜군이 크게 동요했다. 이때 명나라 대군은 숙천까지 내려와 있었는데, 숙천에서 순안, 평양까지는 지척의 거리였다.

이번 평양성 공격에 있어서 조선 관군의 총사령관은 도체찰사 유성룡이었다. 지난번 8월 공격 때는 도원수 김명원이었는데 이번에는 유성룡이 이여송의 지휘를 받으면서 조선 관군을 거느렸다. 유성룡은 수군

대장 김억추에게 지난번 공격 때와 같이 대동강 입구를 점거하라는 공문을 미리 보냈다. 공문을 가지고 간 사람은 강서 출신 군졸 김순량이었다. 유성룡은 김순량 상관인 자신의 군관 성남에게 물었다.

"김억추에게 보낸 공문은 왜 아직도 가져오지 않는가?"

"김순량에게 시켰음메다. 순량을 데려오갔습네다."

유성룡이 김억추에게 보낸 것은 대동강 하구에 대기하고 있다가 조명(朝明) 연합군이 평양성을 공격할 때 나서도록 지시한 비밀공문이었다. 그런데 비밀공문은 지휘체계가 허술한 부대에서는 종종 도중에 사라져버리기도 했다. 그런 예가 빈번해지자 장수들은 자신이 보낸 공문을 반드시 되가져오게 했다. 성남이 김순량을 데려오자 유성룡이 물었다.

"공문이 어디 있느냐?"

"김억추 장수님께 드리고 왔시다."

"다시 가지고 오라 하지 않았더냐?"

"그 지시까지는 듣지 못했시다."

군관 성남이 유성룡을 대신해서 다그쳤다.

"이놈! 내가 6일 안으로 가져오라 하지 않았네? 어서 날레 바로 불라우!"

"이곳이 어데라고 거짓말을 하갔습네까요."

"니놈이 나를 속이고 무사할 줄 아네?"

결국 김순량은 엉덩이가 물러터질 때까지 곤장을 맞다가 실토하고는 처형됐다. 김순량은 왜장과 관군 사이를 오고간 적의 첩자, 적첩(敵諜)이었던 것이다.

다음 날 새벽.

순안 관아에는 조선 관군 장수들이 모여들었다. 유성룡은 총사령관이나 마찬가지였다. 도원수 김명원, 순변사 이일, 평안도 순찰사 이원익, 평안도 방어사 김응서, 황해도 방어사 이시언과 조방장 김경로, 군관 강덕관, 승장 청허와 유정 등이었다. 이윽고 유성룡이 말했다.

"조명 연합군이 오늘 평양성을 포위할 것이오. 우리 관군은 이여송 제독의 지시에 따라 공격할 것이니 군율을 어기지 마시오."

"우리에게 작전권이 없다는 말씀인가요?"

"그렇소."

조선 관군 총대장인 도원수 김명원은 수염이 떨릴 만큼 얼굴을 일그러뜨렸다. 다른 장수들도 불만스러운 얼굴을 했다. 그러자 74세의 노승 청허가 입을 열었다.

"빈도가 한마디 해도 되갔습네까?"

"그러시오."

"작전권이 우리에게 있다믄 더 좋갔지요. 명군을 손님이라 생각하고 우리가 양보하는 것도 미덕일 것입네다. 허나 우리의 장점은 평양성의 지세를 환히 꿰뚫고 있는 거 아닙네까? 싸움은 우리가 저절로 주도할 것입네다."

유성룡이 물었다.

"대사에게 묻겠소. 어디부터 공격해야 평양성을 쉽게 무너뜨릴 수 있겠소?"

"어데라기보다는 가장 높은 데를 먼저 차지해야 하지 않갔습네까?"

"옳은 말이오."

"빈도의 승군은 모란봉을 공격하는 연습만 해왔습네다. 그러니 우리를 그쪽으로 보내주면 좋갔습네다."

"제독께 말씀하리다."

유성룡이 또 말했다.

"이여송 제독의 작전은 이렇소. 명군의 주력부대와 포병부대는 평양성 북쪽의 보통문과 칠성문, 현무문을 칠 것이오. 또 명군의 다른 부대는 평양성 남쪽 대동강에서 함무문을 공격할 것이오. 우리 관군 주력은 대동강 양각도 쪽에서 명군에 편입될 것이오. 김억추의 수군은 대동강 입구에서 왜군이 강을 타고 도망치지 못하게 틀어막고 있을 것이오."

청허의 제자 유정도 물었다.

"승군은 모란봉 공격부대에 합류하면 되겠십꺼?"

"청허 대사가 요청하니 그렇게 하시오. 명군 장수 오유충과 사대수 부대 뒤를 따르시오."

순안 관아 밖에는 각 진에서 차출한 8천 명의 관군이 도열해 있었다. 김명원은 즉시 이일과 김응서의 부대를 대동강 양각도 쪽으로 이동시켰다. 함구문을 공격하는 낙상지의 명군에 합류시키기 위해서였다. 남은 관군은 이여송에게 보내고 김억추의 수군은 이미 대동강 하구에 내려가 있으니 따로 지시할 필요는 없었다.

어느새 이여송이 기병 1백여 명을 거느리고 성 아래로 다가가 소리 쳤다.

"항복하라! 백기를 올리면 살려주겠다!"

그러나 왜군의 백기는 올라오지 않았다. 이여송이 본진으로 돌아와 화포를 쏘며 공격개시를 알렸다. 명군의 포병부대가 성안으로 포탄을 날렸다. 조선 관군도 화포로 철환을 쏘았다. 성안의 참나무들이 불탔다. 불길은 바람을 타고 솔숲으로 번졌고 연기는 사방으로 흩어졌다. 그래도 왜군은 수성전으로 버텼다. 그사이에 명군 포병부대는 평양성을 내려다볼 수 있는 모란봉을 공격했다. 3천여 명의 승군이 어느 순간 앞장섰다. 모란봉에서는 왜군의 별다른 저항을 받지 않았다. 왜군이 내성과 중성 방어에 치중하고 있기 때문이었다. 청허는 모란봉의 상봉인 무봉에, 유정은 문봉에 올랐다.

명군 포병부대는 왜군이 수성하고 있는 내성과 중성을 향하게 대포들을 거치했다. 이후 이여송의 지시를 받은 포병부대는 대포를 밤새 쏘아댔다. 성안을 초토화시켜버리는 대포공격에 고니시는 결국 전의를 상실해버렸다. 휘하의 수많은 부하들이 명군의 대포공격에 속수무책으로 당했다. 밤을 새는 동안 사상자가 몇백 명이나 발생했다.

이여송은 모란봉 무봉을 전투 지휘소로 삼았다. 싸움은 이틀간의 공방전 끝에 전력이 압도적으로 우세한 조명 연합군 쪽으로 기울었다. 이여송이 유성룡에게 말했다.

"대동강 남쪽 요로에 이녕과 조승훈 부대를 매복 배치해 두었소. 도망가는 왜적을 사살할 것이오."

"조선도 황해도 방어사 이시언과 조방장 김경로를 중화로 보내 퇴각하는 왜적을 사살하라는 지시를 내렸소이다. 명군 부대를 돕겠습니다. 왜적이 대동강을 타고 도망치지는 못할 것입니다. 김억추의 수군이 대동강을 틀어막고 있기 때문입니다."

"복병들끼리 전공 다툼을 해서는 안 됩니다. 그것만 조심하면 걱정할 것이 없습니다."

잠시 후, 이여송의 참모장 이응시가 명군 장수 장대선을 데리고 왔다. 고니시에게 이여송의 말을 전하기 위해서였다. 그는 절강성 사람으로 왜군에게 항복했지만 명군에게 다시 붙잡혀 와 언제 죽을지 모르는 죄인이었다. 이여송이 말했다.

"행장(고니시)에게 가서 내 말을 전하라. 우리 명군은 왜군을 모조리 죽일 수도 있지만 사람의 목숨을 차마 그렇게 할 수 없어서 살길을 내줄 것이니 속히 물러가라고 전하라."

"제독 나리, 살려만 주신다면 무슨 일인들 받들지 못하겠습니까?"

장대선은 바로 연광정 토굴로 가서 고니시에게 전했다. 그러자 고니시는 반색하며 말했다.

"반드시 물러갈 터이니 뒷길을 끊지 말라고 전하라."

퇴각과 전멸, 둘 중에 하나를 선택해야 할 시점에서 왜장 고니시에게는 희소식이었다. 고니시는 이여송이 허락한다면 지금까지 살아남은 몇

천 명의 군사라도 대동강 물이 얼어 있으므로 배를 타지 않고도 신속하게 퇴각할 수 있을 것이라고 판단했다.

이여송은 장대선을 다시 왜장 고니시에게 보냈다.

"내성의 남쪽 장경문과 중성의 남쪽 대동문을 열어줄 터이니 무기와 군마는 놔두고 밤중에 몸만 빠져나가라고 전하라."

이여송은 약속대로 대동문과 장경문을 열어주었다. 두 문을 나서면 바로 대동강이었다. 왜군은 소리 없이 들쥐 떼처럼 빠져나갔다. 함구문을 공격했다가 물러나와 성 밖 양각도 쪽에 진을 치고 있던 이일과 김응서가 왜군이 퇴각한 것을 이튿날 아침에 알았을 정도였다. 강물이 얼지 않은 대동강 하구에 있던 김억추도 마찬가지였다. 혹시라도 왜군이 대동강 하구에 배를 대고 있다가 퇴각할지 모르므로 거기에만 신경을 곤두세우고 있었던 것이다.

그러나 후퇴하던 왜군은 명군 장수 이녕과 조승훈이 거느린 복병에게 추격당하여 350명이나 머리를 잘렸고 2명은 사로잡혔다. 조선 관군의 장수 이시언도 매복하고 있다가 왜군 중에서 굶주리고 병들어 낙오한 60명의 목을 벴다.

평양성 전투는 조명 연합군의 대승이었다. 포탄과 철환, 화살과 칼에 맞아 죽은 왜군의 숫자는 1만여 명이 넘었다. 목이 잘린 수급은 1200여 개, 노획한 말은 2900마리, 무기는 4500기나 되었다. 조선인 포로 1015명을 구출한 것도 큰 전과였다.

그런데 이후부터 명군의 요구는 왜군의 노략질 못지않게 무도하게 돌변했다. 이여송이 접빈사를 불러 명했다.

"급히 명군의 앞길로 나아가 군량과 말먹이를 마련하고, 강이 나타나면 부교를 만드시오."

이여송 부하인 명군 장수들의 횡포는 점점 더 심해졌다. 애유신이 검찰사(檢察使) 김응남과 호조 참판 민여경, 의주 목사 황진을 불러 군량미를 빨리 반입하지 않는다며 장형을 가하기까지 했다. 수모를 당한 관원들은 그들뿐만이 아니었다. 황해 감사 유영경도 명나라 장수들에게 치를 떨었다. 명군이 처음 압록강을 건너왔을 때는 모든 양민들이 길가로 나와 환영했지만 이제는 그들이 나타나면 산중으로 몸을 피했다. 명군이 지나간 마을에는 소나 돼지, 개들이 사라졌다. 아녀자들은 명군 진중으로 끌려가 몸을 망치기도 했다. 명군의 노략질은 왜군과 진배없었다.

금의환향

선조 26년 2월, 행주성을 수비하던 전라 감사 권율은 벽제 전투에서 명군에게 승리한 우키타 히데이에의 왜군을 대파했다. 한양의 왜군은 지척에서 조선 관군이 언제 쳐들어올지 모르므로 전전긍긍했다. 그러다가 한양을 철수해 영남 쪽으로 내려갔다. 전선(戰線)은 임란 초기처럼 영남 쪽에 형성됐다. 드디어 접빈사 유성룡은 4월 20일에 한양으로 돌아왔다. 그때 유성룡은 자신이 목도한 한양의 참상을 다음과 같이 기록했다.

<4월 20일. 서울을 수복했다. 명나라 군사가 성안으로 들어오고, 이제독은 소공주택(남별궁)을 숙소로 삼았다. 전날 왜적은 성을 버리고 퇴각했다. 나도 명나라 군사를 따라 성안으로 들어왔는데, 남아 있는 백성을 보니 백 명 중 한 명도 살아 있는 사람이 없었다. 살아남은 사람도 모두 굶주리고 병들어 얼굴빛이 귀신과 같았다.

날씨는 매우 더웠으므로 죽은 사람과 말의 시체가 곳곳에 방치돼 있어 썩은 냄새가 성안에 진동해서 행인들은 코를 막고 지나갔다. 관청과

민가는 모두 사라지고 숭례문에서 남산 밑 일대에 왜적이 거처했던 곳만 조금 남아 있을 뿐이었다.

종묘와 경복궁, 창덕궁, 창경궁과 종루, 각 관사, 성균관 등 큰 거리 북쪽에 있는 건물들은 모두 사라지고 재만 쌓였을 뿐인데, 소공주택은 왜적의 장수 평수가(平秀家, 우키타 히데이에)의 숙소였기에 남아 있었다.

나는 종묘에 나아가 통곡하고, 그다음 이 제독의 처소로 가서 문안드리러 온 여러 신하들과 만나 한참 동안 소리 내어 통곡했다.>

그런데 선조는 의주 행재소에 여전히 머무른 채 한양으로 내려올 생각을 하지 않았다. 안전한 의주에서 더 있으려고 했다. 따라서 신하들만 한양과 의주를 오가느라고 힘이 들었다. 선조는 한양보다 평양 수비에 더 관심을 두었다. 평양이 또다시 왜적의 수중에 들어간다면 의주가 불안해질 것이기 때문이었다. 그래서 평양 감사 송언신 등만 바꾸고 나머지 장수들은 그대로 두었다. 김억추도 후퇴하는 왜군을 추격하지 못하고 선조의 뜻에 따라 평양에 남았다. 다만 대동강 수군대장에서 임시직인 주사대장으로 직급을 올려주었다. 수군대장은 수군만 거느리지만 주사대장은 대동강의 병선을 건조하고 정비하는 선소(船所)부터 부교 설치, 수군 지휘 등 일체를 관장했다. 선조가 김억추에게 주사대장을 맡기려 하자, 유성룡이 반대하기도 했다.

"억추가 대동강에 있으니 든든하오. 과인은 억추를 주사대장으로 올리려 하는데 영상 생각은 어떠하오?"

유성룡은 선조가 하루라도 빨리 한양으로 내려가야 하는데 평양 수비만 생각하고 있으니 답답했다. 왜군이 한양에서 철수한 뒤, 사헌부나 사간원의 대간들이 선조에게 여러 번 한양으로 가야 한다고 건의했지만 번번이 물거품이 되고 말았다. 유성룡은 한참 동안 머뭇거리다가 아뢨다.

"주사대장이면 큰 벼슬이 아니옵니까?"

"억추가 아니면 대동강을 맡을 적임자가 없으니 주사대장을 시키려고 하는 것이오."

"전하께서 한 번 더 숙고하신 뒤라도 늦지 않을 것이옵니다."

유성룡의 속마음은 김억추의 벼슬이 높아지고 낮아지는 것에는 관심이 없었다. 남쪽으로 퇴각하는 왜군을 추격하려면 여러 장수들이 필요한 시점인데, 전투경험이 풍부한 장수들을 대동강에 묶어놓고 있는 선조의 판단이 안타까울 뿐이었다.

결국 김억추는 선조가 그해 10월 1일 정릉 행궁으로 내려갈 때까지 대동강을 지켰다. 이후 다음 해까지도 김억추는 대동강을 수비하다가 주로 수군 진들을 전전했다. 고령 첨사 1년, 만포 첨사 1년, 그리고 조정에서는 김억추의 품계와 직책을 따지지 않고 왜적이 있는 곳이면 달려가 싸우게 했다.

고향이나 다름없는 장흥으로, 그것도 장흥 부사가 되어 내려온 것은 김억추의 나이 50세 되던 해였다. 선조 30년(1597)의 일이었다. 김억추 개인으로서는 금의환향이었다. 김억추가 장흥읍성에 도착했다는 소문은 강진 땅에 즉시 퍼졌다.

김억추는 장흥읍성에 도착한 다음 날부터 바로 군사와 무기고, 군창부터 점고했다. 아침 일찍 모여든 군사는 다행히 군적 치부(置簿)에 적힌 숫자와 엇비슷했다. 장흥읍성은 수군과 육군이 반반이었다. 회령진이라는 큰 수군진영이 있어 바닷길에 밝은 군관들이 많았다. 군관 임영립은 이순신이 임란 초기부터 데리고 가서 활약했을 정도였다. 장흥읍성과 강진읍성 중간쯤에 전라병사가 있는 전라병영성이 있으므로 군율이 흐트러져 있지는 않은 것 같았다. 사흘 뒤 김억추는 행수군관 임영립을 동헌으로 불러 위로했다.

"그동안 고상이 많았네."

"지난 2월 원균이 통제사에 오른 뒤 이 통제사 나리 휘하에 있던 장졸들이 한산도를 많이 떠나부렀지라. 지도 병을 핑계대고 장흥으로 와부렀지라."

"장수는 상관을 원망해서는 안 되네. 주어진 자리에서 나라에 은혜를 갚으믄 그뿐이네."

"좌의정께서 이 통제사를 내치고 원균을 밀었다는 소문이 파다헙니다요."

김억추는 대답하지 않았다. 영의정 유성룡은 이순신을 옹호했지만 좌의정 김응남이 선조에게 원균을 삼도수군통제사로 천거했다는 것은 사실이었다. 선조의 파천 때는 유성룡이 천거하여 김응남은 병조 판서가 되어 조정을 이끌었지만 어느새 서로 대립하는 형국이었다. 동인인 유성룡은 이순신을, 서인인 김응남은 원균을 밀었던 것이다. 그리고 보면 김억추는 굳이 따지자면 서인 계열의 대신들에게 지지를 받아온 셈이었다. 스승인 이후백, 항상 바람벽이 돼준 이이, 김억추의 무재를 인정해준 김명원 등이 모두 서인이기 때문이었다.

"인사가 잘못되었다는 것이 당장 나타날 것입니다요. 술독에 빠져 있는 원 통제사는 우리 수군을 모다 말아묵을지도 모르겠그만이라."

"좌의정께서 원 통제사를 민 것은 무신 생각이 있을 것이네. 긍께 변방의 우리덜은 서로 심을 모아 왜적을 쳐부술 생각만 허세."

"근디 인자 쪼깐 달라지겄지라. 이 통제사께서 출옥허셨다고 허고 백의종군허신당께라."

"좋은 일이네. 근디 임 군관은 내 밑에 있을 장수 같지 않네. 이 통제사가 부르믄 당장 가불 장수 같네."

"죄송허그만요. 이 통제사께서 부르시기 전이라도 가불지 모르겄그만요."

장수들끼리는 전우애라는 것이 돈독했다. 전투를 한 번이라도 같이 하면 끈끈한 의리가 생겼다. 이순신과 함께 싸운 장수는 끝까지 그 휘하를 떠나지 못했다. 김억추 휘하도 마찬가지였다. 대동강에서 왜적과 싸웠던 나주 출신 차은락과 무안 출신 강옥상이 그랬다. 그들은 장흥읍성까지 따라와 김억추를 보좌했다.

김억추는 임영립에게 읍성 군졸들을 훈련시키라고 지시한 뒤, 참좌 군관만 데리고 회령포진으로 떠났다. 장흥부에서 가장 큰 회령포진을 점고하기 위해서였다. 회령포진은 원래는 조그만 진이었으나 보성의 군영구미진이 쇠락하면서 커진 수군 진지였다. 회령포진에는 전선(戰船)을 수리하는 선소도 보유하고 있었다. 다만 회령포진은 사정에 따라 전라좌수영과 전라우수영 관할로 왔다 갔다 했다.

그런데 말을 타고 간 김억추는 회령포진 성문 앞에서 멈추었다. 참좌군관을 먼저 들여보낸 뒤 주위를 둘러보았다. 장흥부에서 가장 큰 수군진이지만 왠지 스산했다. 진의 열기가 전혀 느껴지지 않았다. 참좌군관이 군관 하나를 데리고 나왔다. 만호 부임이 늦어지자 군관이 가장을 맡고 있었다. 김억추가 말했다.

"만호는 읎는가?"

"만호 나리는 원 통제사 나리에게 갔는디 소식이 읎그만요."

"전선은 몇 척인가?"

"1척도 읎습니다요."

"모두 한산도로 갔다는 말인가?"

"전선뿐만 아니라 협선까지 모다 가부렀습니다요."

"수군은?"

"토병을 보충해서 예전 수준은 유지허고 있습니다요."

회령포진 정예 수군도 모두 경상도 바다로 나가고 없었다. 김억추는 선소를 먼저 찾았다. 가장의 말대로 선소에는 전선은 물론이고 협선이 단 1척도 없었다. 어부들이 고기를 잡는 포작선이 몇 척 개펄 위에 나앉아 있을 뿐이었다. 김억추는 옆에 있던 참좌군관에게 말했다.

"수리헐 전선마저 1척이 읎네. 읍성으로 돌아가세. 여그서 머뭇거릴 여유가 읎네."

"부사 나리께서 성으로 드신다믄 군사덜 사기가 오를 것입니다요."

김억추는 가장이 성안에 들기를 원했지만 거절했다.

"군사들은 사흘 전에 읍성에서 보지 않았는가. 그러니 따로 볼 것은 읎네."

"동백정도 들리지 않겄습니까?"

참좌군관이 물었다. 회령포진으로 올 때만 해도 동백정을 들르겄다고 참좌군관에게 알렸던 것이다.

"1월에 왜적이 재침허지 않았는가? 거그까지 갈 시간이 읎네. 요번 재침은 전라도 침략이 목적이여. 진주성을 공격헌 뒤에는 반다시 전라도를 넘어올 것이네."

김억추가 말하는 재침이란 이른바 정유재란이었다. 김억추는 선조들의 혼이 서린 동백정에 들러 조상께 장흥 부사로 왔음을 고할 계획이었지만 취소했다. 동백정은 고려 공양왕 4년 경연참찬을 지낸 김린(金潾)이 공민왕 9년 과거에 함께 합격했던 동기인 정몽주가 피살되자 비분강개하여 장흥 호계로 내려와 동백나무를 주변에 심고 나서 초창했는데, 선조 17년 김린의 후손 어모장군 김성장(金成章)이 중건했던 정자였다. 김억추는 김린의 6세손으로서 조상의 혼령께 왜적을 무찔러 나라를 태평케 하겠다고 엎드려 맹세하고 싶었지만 회령포진의 형편없어진 전력을 보고는 마음이 급해져 장흥읍성으로 급히 돌아오지 않을 수 없었다. 장졸들을 훈련시키고, 무기를 주조하고, 군량미를 비축하는 등 당장에 할 일이 태산 같았던 것이다.

　　첫째 동생 김만추가 찾아온 것은 두 달 뒤였다. 김억추가 장졸들을 활터로 데리고 가서 습사를 시키고 있는데 김만추가 동헌에서 기다리고 있다는 전갈이 왔다. 김억추는 행수군관이 된 차은락에게 습사 훈련을 맡기고 동헌으로 돌아왔다. 김억추는 김만추를 보자마자 두 손을 맞잡았다.

　　"만추야, 부모님은 잘 겨시냐?"

　　"강녕허시그만요."

　　"으째서 늦었냐? 여그 온 지도 두 달이 넘었고나."

　　"농번기에는 꼼짝을 못 허지라."

　　"그래 성제덜이 고향을 다 떠났는디 니 혼자 남어 고상이 많다."

　　병약한 김만추는 집에 남아 부모를 모시기로 형제들끼리 묵인한 바 있었다.

　　"지가 못난 놈이지라. 다덜 밖에 나가 싸우는디 지만 고향에 처박혀 있는 꼴이지라."

　　"효에서 충이 나오는 거여. 불효자가 충신이 된 거 나는 아적 보지 못했다."

　　김만추는 동헌 마루로 올라가 김억추에게 정식으로 큰절을 올렸다. 김만추의 얼굴을 보니 측은한 생각이 들었다. 고향집에 홀로 남아 부모 봉양하고 농사짓느라고 비록 동생이라고는 하지만 자신보다 더 늙어 보였다. 얼굴은 숫제 검댕을 묻힌 것처럼 새까맸다.

"니 동상덜도 다 잘 있지야?"

"웅추와 기추는 이억기 수사 나리를 따라서 경상도 바다로 나갔그만이라."

"원 통제사 휘하에 있다는 말이냐?"

"원래는 이 통제사 휘하에 있었지만 이 통제사가 한양으로 압송된 바람에 그라고 있겄지라."

"이 통제사는 특사로 풀려나 백의종군 중이다."

"그런게라? 지는 몰랐그만이라."

한산도에서 2월 26일에 한양으로 압송되었다가 3월 4일에 하옥되었고 4월 1일에 감옥에서 풀려난 이순신은 아산에서 어머니 상을 치른 뒤 바로 백의종군하기 위해 남쪽으로 내려오고 있을 터였다. 경상도 초계에 머물고 있는 도원수 권율의 지시를 받아 백의종군해야 하기 때문이었다.

"대복이나 덕복이, 인복이는?"

"육촌 동상덜이 이 통제사 나리 휘하에서 큰 공을 세왔는디 시방은 으디 있는지 모르겄그만요. 모다 뿔뿔이 흩어져 있지라."

"내가 심이 있으믄 내 밑으로 불러들이고 잪구나."

"성님 휘하에서 왜적과 싸울 날이 있을 거그만요."

"그랬으믄 을매나 좋겄냐."

"돌아가거든 집이 가차운께 곧 문안드리러 간다고 전허그라. 당장 못

270

가는 까닭은 왜적이 재침했는디 훈련이 중해서 그란다. 니가 부모님께 잘 말씸 드려라."

"예, 성님."

김만추가 돌아간 뒤 김억추는 끝내 고향집을 가지 못하고 말았다. 더구나 아버지 김충정이 노환으로 미질을 앓고 있다는 소식을 관노 편에 전해 듣고도 움직이지 못했다. 원균이 7월 16일 칠천량 전투에서 대패했다는 공문이 날아왔던 것이다. 삼도수군통제사 원균과 전라우수사 이억기, 충청 수사 최호와 조선 수군 2만여 명이 전사하고 조선 수군의 병선 3백여 척이 침몰됐다는 비보였다. 조선 수군이 궤멸한 것이나 다름없었다. 남은 전력이 있다면 경상 수사 배설이 싸우기도 전에 12척의 배를 이끌고 도망친 것이 전부였다.

김억추는 객사로 들어가 눈물을 흘리면서 임금의 궐패 앞에서 사배를 올렸다. 이를 악물고 입술을 깨물었다. 무도한 왜적을 생각하니 간을 꺼내 씹어 먹어도 시원찮을 것 같았다. 몇천 배 몇만 배로 복수하고 싶은 적개심에 김억추는 온몸을 부르르 떨었다. 공문을 받아본 지 닷새가 지났다. 김억추는 또다시 선조의 선전관이 가져온 공문을 받았다. 공문에는 7월 25일 자로 김억추를 전라우수사에 임명한다는 내용이 쓰여 있었다. 정식 교지는 조정이 어수선하므로 공문보다 몇 달 뒤인 12월 중순에나 내려올 거라고 선전관이 전했다.

이는 원균의 참패로 인한 조정의 충격이 얼마나 컸는지 알 수 있는 방증이었다. 전라우수사가 공석인바, 일단 7월 25일 자로 급히 김억추를 부임시키겠다는 공무처리였다. 한편, 백의종군 중인 이순신은 8월 3일 진주에서 선조로부터 전라좌수사 겸 삼도수군통제사에 재임명한다는 어명을 받았다.

우수영

장흥읍성을 떠난 말은 이글거리는 불볕더위로 서너 식경 만에 지쳤다. 목덜미는 물론 엉덩이까지 땀으로 축축하게 젖었다. 김억추는 말에서 내려 느티나무 당산나무 그늘로 걸어가 쉬었다. 그러는 동안 관노 말구종은 지친 말을 당산나무 밑의 탐진강 모래밭으로 데리고 가서 목을 축여 주었다. 말은 풀을 뜯어먹는 것처럼 강물을 납죽납죽 들이켰다. 관노 말구종도 두 손을 모아 강물을 떠서 얼굴에 뿌렸다. 덥기는 짐승이나 사람이나 마찬가지였다.

김억추는 전라우수영으로 부임해 가는 중이었다. 회령포진에 협선이라도 한 척이 있으면 뱃길로 가야 바닷바람을 쐬며 수월하게 가겠지만 별수 없이 삐질삐질 땀 흘리며 늙은 말에 올라타 가고 있는 중이었다. 김억추를 전라우수사로 천거한 대신은 좌의정 김응남이었다.

그런데 김억추는 고마우면서도 한편으로는 찜찜했다. 이순신을 밀어내고 원균을 강력하게 추천한 대신이 김응남이었다. 김억추도 김응남이 원균을 추천한 것은 명백한 실수라고 봤다. 원균은 왜적과 싸워서 한 번도 이긴 적이 없었지만 이순신은 연전연승했던 것이다. 따라서 이순신을 밀었던 유성룡은 원균이 칠천량 해전에서 참패하자 분통을 터뜨리며 혀를 끌끌 찼다. 김억추조차도 좌의정 김응남이 원균을 삼도수군통제사로 밀고 있다는 소문을 들었을 때 몹시 의아했던 것이다. 명장은 명장을 알아보는 법이었다. 더구나 김억추는 일찍이 함경도 시전부락 전투에서 총사령관 이일의 참모인 조전장이 되어 총통부대를 이끌었던 화열도장 이순신과 지원부대로 대기했던 계원장 원균의 풍모를 보고 간접적이나마 비교할 수 있었던 것이다. 김억추가 말구종에게 말했다.

"말이 웽간히 쉬였응께 인자 가자."

"부사 나리, 아무래도 말이 늙어서 심을 못 쓰는 것 같습니다요."

"으째서 그란다냐?"

"더위를 요로코름 이겨내지 못허는 말이 아니었습니다요. 한때는 부사 나리만 타는 명마였지라우. 근디 시방은 심이 읎어 비실비실허고 있그만요."

"무신 좋은 수라도 있느냐?"

"예, 부사 나리. 병영성이 가차운께 말을 바꽈타고 가시믄 으쩌겠습니까요?"

"병영성에서 쉽게 말을 내줄 리 읎다. 그렇담 강진읍성으로 가자."

병영성의 전라병사는 병조와 전라 감사의 지휘를 직접 받았고, 강진은 전라우수영의 관할 지역으로 우수사가 통솔했다. 그러니 말을 바꾼다면 강진으로 가야 했다. 탐진강에서 강진읍성도 지척이었다. 읍성 동문 밖의 민가들이 벌써 보일 정도였다.

"나리, 작천은 안 가십니까요?"

"으째서 가고 잪지 않겠느냐? 아버님께서 미질을 앓고 겨시는디 불효가 따로 읎구나."

"미질이 뭣입니까요?"

"나이 들믄 누구나 앓는 노환이다."

"걱정되시겄습니다요."

늙은 말이 다시 걸음이 더디어졌다. 불볕더위 때문에 기운을 내지 못했다. 말구종이 말을 요령껏 끄는데도 한계가 있었다. 조금 더 가서는 말이 길바닥에 무른 똥을 철푸덕 싸기도 했다. 할 수 없이 김억추는 말에서 내려서 걸었다.

"봐라. 사람도 늙으믄 이러니라. 아버님 생각이 나서 더 타고 가지 못허겄구나."

김억추는 두어 식경 만에 강진읍성 동문에 도착했다. 마침 현감이 남당포 장삿배들을 점고하러 가려다가 김억추와 마주쳤다. 현감도 김억추가 전라우수사로 부임할 것이라는 공문을 이미 받아본 듯 지나칠 만큼 머리를 숙여 맞이했다.

"우수사 나리, 이 더위에 말을 타고 가십니까?"

"회령포에 병선이 단 한 척도 읎소."

"남당포에는 장삿배들이 많습니다. 해남 가는 장삿배를 타시면 금세 우수영에 도착할 것입니다."

"그걸 생각하지 못했소."

"장삿배 점고를 나가는 길이니 함께 가시면 제가 주선해 드리겠습니다."

"장삿배도 점고를 허는가요?"

"강진으로 드나들 때 내야 하는 바닷길 통행세를 받기 위해섭니다."

"무얼로 받소?"

"쌀로 받아 군량미로 비축하고 색리들 요미로 지출하기도 합니다."

요미란 관원이나 구실아치들이 급료로 받아가는 쌀을 뜻했다. 김억추는 말구종을 불러 말했다.

"니는 작천에 들러 아버님 안부를 살피고 우수영으로 오그라. 니도 장삿배를 타믄 좋겠지만 아무래도 맴이 놓이지 않는구나."

"부사 나리, 걱정 마시지라우. 작천에 들렀다가 올라갈께라."

"지리를 잘 아느냐?"

"지 고향이 진도인디 여러 번 댕긴 질입니다요."

"알았다. 얼능 작천으로 가봐라."

현감이 내준 말을 타고 김억추는 남당포로 나갔다. 바닷물이 강진읍성 깊숙이 들어와 작은 거룻배들이 물건들을 싣고 오갔다. 아마도 남당포에 닻을 내린 장삿배에서 내린 물건들일 것이었다. 현감이 말했다.

"탐라에서는 대나무 바구니 등이 들어오고 추자도에서는 멸치젓 장삿배가 왔다 갔다 합니다."

장삿배들이 들락거리는 덕분에 전쟁 중이지만 강진은 어딘지 활기가 돌았다. 그래서인지 세금을 걷는 강진 색리들은 악명이 높았다. 현감 말대로 남당포는 읍성 못지않게 민가들이 많았다. 밥집과 술청도 여럿이었다. 김억추는 현감이 자꾸 낮술을 대접하고 싶어 했지만 정중하게 거절했다. 한시라도 빨리 우수영에 도착하여 왜적에 대한 방비계책을 세워야 했기 때문이었다.

이윽고 김억추는 현감이 주선해준 장삿배를 탔다. 마침 마파람이 불어 돛을 올린 장삿배는 미끄러지듯 남당포를 빠져나와 완도 가리포 쪽으로 나아갔다. 가리포 앞바다를 지나면 바로 해남 어란포가 나왔고, 더 나아가면 진도 벽파진 앞바다, 그리고 조금 거슬러 올라가면 울돌목이고, 그 목을 넘어서면 바로 우수영이었다. 김억추가 탄 장삿배의 장사꾼들은 갑판에 앉아 남당포에서 가지고 온 주먹밥을 점심으로 때웠다. 김억추에게도 권했지만 김억추는 사양했다. 바다에 그물을 던져 즉석에서 잡은 고기를 반찬으로 먹는 것도 이상했지만 고향 땅을 보고만 지나치는 마음이 무거워서였다.

미질을 앓는 아버지를 뵙지 못하고 가는 탓에 마음은 사뭇 괴롭기까지 했다. 김억추는 불효막심한 자식이라고 자신을 나무랐다. 그러나 공사를 가릴 줄 아는 것이 장수의 덕목이었다. 김억추는 월출산 밑의 작천 땅 쪽을 응시하다가 고개를 돌리고 말았다. 장수가 감내해야 할 얄궂은 운명이었다. 장사꾼 대방이 김억추에게 다가와 말했다.

"시방 울돌목 물때가 지나가기가 좋아불그만요."

"에렸을 때부텀 물살이 쎌 때는 폭포 같다는 소리를 나도 들었네."

"근디 시방은 들물 때라 목을 넘어가기가 수월할랑갑습니다요."

장사꾼 대방의 말은 정확했다. 오시(午時, 정오 무렵)부터 유시(酉時, 오후 6시 무렵)까지는 밀물로서 바닷물이 완도 바다 쪽에서 흑산도 바다 쪽을 향해 울돌목을 넘어갔다. 그러니 장삿배가 힘들이지 않고 빠르게 우수 영으로 넘어갈 수 있었다. 김억추는 울돌목 부근의 지형을 유심히 관찰하면서 장사꾼 대방과 이야기를 나누었다.

"자네는 으째서 수군이 되지 않고 장사를 허는가?"

"마흔 다섯까정 결꾼이었습니다요. 나이 드니 구신굴에서도 안 받아주어 장사를 시작했지라."

결꾼이란 전선에서 노를 젓는 격군을 뜻했고, 구신굴이란 사람들이 수군을 '귀신굴'이라고 부른 데서 연유했다. 그만큼 수군이 육군보다 위험하고 전투가 벌어지면 바다에 빠진 시신을 찾지도 못한다는 뜻이었다.

"자네 같은 장사꾼이 많은가?"

"명허시믄 멫십 멩이라도 델꼬 오겄습니다요."

"자네 말을 믿어보겄네."

"장사해봤자 남는 것이 벨로입니다요. 쎄가 빠지게 장사해도 색리덜이 세금 떼가불고 나믄 쭉정이만 남지라우. 그래도 수군은 달달이 요미라도 받지 않습니까요."

"아무 때라도 우수영으로 오게. 자네 같은 사람은 바닷길도 밝고 경험이 많은께 군관은 아니더라도 진무는 시켜주겄네."

"아이고메, 고맙습니다요."

"여기가 울돌목이그만."

"맞습니다요. 저짝 진도에서 이짝 해남까지는 어른 걸음으로 넉넉잡 아도 4백여 보밖에 안 됩니다요. 그래서 물쌀이 쎄지라우."

"시방은 자네 말대로 들물 때라 물쌀이 염염하군그래."

울돌목에 벙벙하게 가득 찬 바닷물은 곳곳에 둥그런 파문을 만들며 느릿느릿 북서쪽으로 올라가고 있었다. 물살의 방향은 올라가는 배를 밀어주는 역할을 했다. 김억추가 탄 장삿배는 밀물을 타고 어렵지 않게 우수영 앞바다에 이르렀다. 우수영 앞바다에 조그만 섬 하나가 보였다.

"저 섬 이름이 뭣인가?"

"맴생이섬입니다요. 식자들은 양도(羊島)라고 부르지라."

"경계병이 나가 있겄네."

장삿배는 선착장에 김억추를 내려놓고 바로 양도 옆을 돌아 신안 바다 쪽으로 사라졌다. 김억추는 태평루 누각에 올라 우수영을 살폈다. 성 안에 동헌과 군창, 객사 등이 수영의 격을 갖추고 있었다. 성의 서쪽 절벽 위로 왜적을 살피는 망대 하나가 보였다. 석성은 거기서부터 감자 모양으로 둥그렇게 축성돼 있었다.

어느새 석양이 진도 바다 위로 기울었다. 바다가 붉은빛으로 물들기 시작했다. 고온에 녹은 쇳물 같은 파도는 양도에 불이라도 붙일 것처럼 붉게 일렁였다. 우수사 이억기가 칠천량 해전에서 순절한 바람에 전라 우수영은 수사 없이 가장이 직무를 대리하고 있었다. 김억추는 성문을 들어서며 늙은 수문장을 불러 말했다.

"가장은 으디 있느냐?"

"동헌에 있그만요."

"나는 새로 부임한 김억추 수사니라. 가장을 불러 오그라."

수사란 말에 늙은 수문장이 납작 엎드리며 말했다.

"분부대로 하겠습니다요."

"수영 안이 으째서 이리 조용허느냐?"

"경상도 바다로 나가서 다 죽어부렀그만이라우."

"수영을 지키는 장졸이 아무도 읎다는 말이냐?"

"숫자는 맞춰놨지만 다 토병덜입니다요."

장흥읍성도 회령포진도 같은 처지였다. 조선 수군 2만여 명이나 수장당한 원균의 칠천량 해전 참패로 인한 여파였다. 군적 치부대로 군졸의 숫자만 맞춰놓았을 뿐 전력은 형편없을 터였다. 김억추는 우수사의 첫 번째 일은 토병들을 훈련시켜 전력을 배가시키는 것이라고 판단했다. 무기 주조는 두 번째, 자금이 필요한 전선 건조는 그다음이라고 생각했다. 이윽고 가장 김극희가 달려왔다.

"군관 김극희입니다요."

"그동안 고상이 많았네. 낼 아척에 당장 군사와 군창, 무기를 점고헐 것인께 준비허게."

"예, 수사 나리."

"김 군관은 용케 살아남았는디 운이 좋그만."

"아니지라. 지는 유진장으로 남아 살았그만요. 싸워보지도 못 헌 것이 분헙니다요."

"오늘부텀 군창을 감독허게. 군량미가 무기보담 중요허다는 것을 알고 있제?"

"예, 수사 나리. 군사는 배고프믄 싸우지 못헙니다요. 긍께 무기보다 중요헐 것이라고 생각하지라."

김억추는 김극희가 말하는 것을 보고는 보석을 하나 발견한 듯 만족했다. 아마도 순절한 이억기 수사가 김극희를 유진장으로 남겨놓은 것도 명민한 군관이기 때문이었을 것이라고 김억추는 짐작했다.

이틀 후.

작천으로 보낸 관노 말구종이 여러 사람의 길잡이가 되어 우수영에 도착했다. 여러 사람이란 김억추의 친형제, 육촌 형제들이었다. 친형제로는 김응추, 육촌 형제로는 김대복, 김덕복이었다. 김억추의 막냇동생 김기추는 아버지가 노환을 앓고 있으므로 함께 오지 못했다. 김억추는 동헌방으로 들어가 동생들의 인사를 받았다. 김억추가 말했다.

"아버님 건강은 어떠하시느냐?"

"올 시안만 넘기시믄 장수허실 것도 같은디 예전 같지는 않그만요."

"노인은 시안을 잘 넘겨야 헌다잉. 해동머리에 고인 되신 분들이 많드라."

"예, 성님. 영념헐라요."

"대복이는 거제도 견내량 싸움서 한후장을 맡았담서?"

"이 통제사 부하로 싸움시롱 활 한 번 실컷 쐈봤그만요."

"활 헌께 생각난다만 덕복이는 이순신 막하에서 명궁수가 됐담서?"

"아이고, 성님. 다 성님께서 갈쳐준 것이제 지가 활이 뭔지나 알았당가요."

김억추는 동생들을 보면서 흐뭇해했다. 우수영 장수들이 경상도 바다로 나가 대부분 순절한 상황이었으므로 토병들을 훈련시킬 장수가 몹시 필요했던 것이다.

"니덜이 온께 안심이 된다. 쪼깐 있으믄 장흥의 김위, 나주의 차은락 군관도 올 것이다. 대동강서 나를 도운 장수들인디 인자 우수영도 짱짱해질 것 같다."

김억추는 즉시 김극희에게 토병들을 불러 모으게 하고, 동생들에게 진법 훈련인 습진과 활쏘기 훈련인 습사를 시키도록 지시했다. 김억추가 부임한 우수영은 다시 군졸들의 훈련으로 사기를 되찾았다.

판옥선 개조

　삼도수군통제사를 재임명 받은 이순신은 진주에서 1주일 만에 보성 조양으로 왔다. 수군을 재건하기 위해 이동한 강행군이었다. 아침저녁은 쌀쌀했고 한낮은 더웠다. 주로 이른 새벽부터 아침나절을 이용해 진주, 하동, 구례, 순천, 낙안, 보성으로 행군했다. 도원수 권율이 보내준 군관과 스스로 자원한 군관들이 이순신을 보좌하며 따랐다. 흩어졌던 군졸들이 모여들어 순천에서 보성에 다다랐을 때는 군사가 1백여 명으로 불어났다.

　이순신은 관군 군창인 보성 조양창에서 6백 석, 양산항 집에서 군량미를 좀 더 확보한 뒤 보성읍성의 열선루로 향했다. 군량미는 마하수 등 재야선비 의병장들에게 향선을 구하는 대로 실어서 작은 포구인 군영구미로 가져오라고 지시했다. 자신은 어사 임몽정을 만나기 위해 보성읍성으로 들어갔다. 그때가 음력 8월 14일의 일이었다. 정유년 추석 전날이었다. 이순신은 임몽정에게 칠천량해전의 전황을 상세하게 듣고는 끌어 오르는 울분을 목구멍 너머로 삼켰다. 홍문관 교리였던 임몽정은 선유어사가 되어 칠천량해전의 보고서를 비변사에 올린 바 있는 관원이 었던 것이다. 임몽정이 떠나자 밤에 장대비가 쏟아졌다. 열선루 낙숫물 소리에 귀가 먹먹할 정도로 큰비였다. 습하고 찬 공기가 방문을 비집고 들어와 이부자리를 축축하게 했다. 보성관아 관노가 열선루 아궁이에 군불을 땠지만 방바닥은 미지근했다. 오랫동안 비워둔 방이기 때문이었다. 이순신은 임몽정에게 들은 이야기가 귓전에 맴도는 것 같아 잠을 이루지 못한 채 엎치락뒤치락했다.

다음 날 추석 오후에는 선전관 박천봉을 만났다. 박천봉은 선조의 명령서인 유서(諭書)를 가지고 왔다. 8월 7일에 작성한 공문이었다. 유서를 본 이순신은 현기증이 일어 눈앞이 캄캄했다.

<주사(舟師, 전선)가 너무 적어 왜적과 맞설 수 없으니 경은 육전에 의탁하라.>

경상도, 전라도의 전선들이 대부분 바다에 침몰됐고, 수졸들이 전멸하다시피 했으니 수군을 폐하고 도원수 권율의 육군에 합류하라는 선조의 어명이었다. 수군을 재건하여 명량에서 왜군과 일전을 불사하겠다는 이순신에게는 청천벽력이나 다름없었다. 전라좌수사 겸 삼도수군통제사로 재임명 받은 지 12일 만의 일이었다. 이순신은 어명이 믿기지 않아서 박천봉에게 물었다.

"전하께서 유서를 내리실 때 영상(유성룡) 대감은 워디에 겨셨슈?"

"영상 대감은 경기 지방으로 나가시어 순행 중이셨습니다."

이순신이 유성룡을 들먹인 까닭은 그가 선조 옆에 있었다면 수군을 없애라는 조치를 막았을 것이기 때문이었다. 이순신과 유성룡은 이심전심으로 서로 신뢰하는 사이였고 동인인 유성룡은 서인 대신들과 달리 수군에 우호적이었다. 이순신은 박천봉에게 유서를 받았다는 장계를 쓰기 위해 군관에게 벼루와 장지를 준비시켰다.

그런데 어제 윤선각 편에 올렸던 장계 일곱 통의 내용이 두서없이 떠올랐다. 진주를 떠나 보성으로 올 때까지 점고했던 고을의 방비 현황과 경상수사 배설에게 12척의 배를 군영구미로 가져오라고 지시했다는 내용의 장계들이었다. 이순신은 박천봉이 보성군수 반혼을 만나러 객사로 내려간 뒤 호흡을 진정했다. 반혼은 안골포해전에서 보성군수 안흥국이 전사하자 후임으로 온 거제 출신이었다. 이윽고 이순신은 피를 토하는 심정으로 선조에게 올리는 장계를 쓰기 시작했다.

<저 임진년으로부터 오륙 년 동안에 적이 감히 충청, 전라도를 바로 찌르지 못한 것은 우리 수군이 그 길목을 누르고 있었기 때문이옵니다. 지금 신에게는 아직 전선 12척이 있사옵니다(今臣戰船 尙有十二). 전선의 수가 비록 적지만 죽을힘을 다해 맞서 싸운다면 적들이 감히 업신여기지 못할 것이옵니다(戰船雖寡 微臣不死 則賊不敢侮我矣).>

장계를 쓰고 난 뒤 이순신은 자신의 의지를 행동으로 옮겼다. 보성군

의 군기고를 점고하여 무기를 읍성 밖 마장에서 끌고 온 말 네 마리에 실었다. 박천봉과 자신을 따르는 군관들에게 자신의 결기를 보여주고자 그랬다. 그런 뒤 밤이 되자 이순신은 송희립을 불러 술을 마셨다. 때마침 보름달이 열선루 추녀 끝에 걸려 술자리까지 달빛을 뿌렸다. 두 사람은 추석을 심란한 마음으로 보냈다. 보성군수 반혼이 보낸 술로 스스로를 위로하며 밤을 새웠다.

날이 새자마자 이순신은 반혼에게 지시하여 달아난 군졸을 잡아오게 하는 등 모병을 했다. 오후에는 궁장(弓匠) 지이와 도장(刀匠) 태귀생 등이 이순신을 찾아와 힘을 보탰다. 초저녁에는 보성에서만 50여 명의 군졸이 모아졌다. 지금까지 모병한 수군은 150여 명으로 전선 1척을 운용할 수 있는 병력은 되었다.

열선루에서 하룻밤을 더 머문 이순신은 아침 일찍 군마를 기르는 백사정으로 향했다. 백사정의 군창에는 군량미가 없었다. 이순신 일행은 백사정에서 양민들이 가져온 잡곡밥과 갈치속젓으로 점심을 해결했다. 그러고 나서 경상수사 배설이 12척의 배를 끌고 오기로 약속한 군영구미 포구로 내려갔다.

그러나 군영구미에는 군졸 한 사람 보이지 않았다. 물론 배설도 나타나지 않았다. 이순신은 부아가 치밀었다. 화가 치솟아 군영구미의 군창 관리를 소홀히 한 군량 감관과 색리를 잡아오게 한 뒤 곤장을 쳤다. 그나마 위로가 됐던 것은 석양 무렵에 나타난, 군량미 6백여 석을 실은 향선 10척이었다. 향선에는 조양창에서 확보한 6백 석과 양산항 집의 창고에서 가져온 곡식이 실려 있었다. 더욱이 향선에는 보성과 장흥의 의병장 마하수의 아들 사형제 마성룡, 마위룡, 마이룡, 마화룡과 종사관 정경달의 아우 정경명, 정경영, 정경준, 정명열과 의병장 문위세와 문영개 부자, 백진남, 김안방, 김성원, 변홍달 등이 타고 있었다. 이순신은 향선을 타고 온 보성 장흥 지방 사람들과 자정 무렵까지 이야기꽃을 피우고 나서 토막잠을 잤다. 그런 뒤 동이 틀 무렵 향선에 올라 회령포진으로 갔다.

한편, 김억추는 이미 회령포진에 와 있었다. 삼도수군통제사 이순신이 전라우수영 쪽으로 온다는 공문을 받고 나서 전선 1척을 타고 부랴부랴 왔던 것이다. 회령포진 만호 민정붕은 객사에 머물고 있는 김억추를 또 찾아왔다.

"우수사 나리, 통제사 대감께서 군영구미를 떠났다는 소식을 방금 받았그만요."

"점고 준비는 다 했는가?"

"진이 쪼깐헌디 점고헐 것이 있겠습니까요."

"그래도 무기고나 군량창고가 치부와 틀려불믄 안 되겄제."

"소장이 여그 온 지 을마 안 된께 봐주겄지라. 근디 이실직고허자면 엉망이그만요."

"통제사 눈에 걸리믄 국물도 읎응께 잘 허게."

김억추는 어물쩍하는 민정붕의 태도에 일침을 가했다. 이순신의 성격

을 잘 알고 있는 김억추로서는 민정붕의 태도가 못마땅했다. 민정붕이
말했다.

"우수사 나리께서는 통제사와 함경도에서 함께 국경을 지키고 싸운
줄 알고 있그만이라."

"두만강 건너 시전부락의 적호덜을 칠 때 그랬제."

"그때는 두 분 다 만호였지라?"

"무장의 직급이야 오르락내리락 허는 것인께 신경 쓸 거 읎네."

"그라믄 두 분이 친허겄그만이라우."

"친헐 것도 소원헐 것도 읎네."

민정붕이 뭔가 부탁을 하려다가 입을 다물었다.

"헐 말이 있으믄 해보게."

"지 생각으로는 우수사 나리께서 여그까지 오실 필요가 읎지라. 우수
영에 겨시다가 만나도 되지 않는게라?"

김억추는 민정붕이 쓸데없는 소리를 한다고 생각했다. 이간질은 아니
라고 하더라도 김억추의 비위를 맞추려고 하는 말은 분명했다. 김억추
가 민정붕의 속마음을 간파하고 잘라 말했다.

"인자 통제사는 나의 상관이여. 그래서 부임인사를 하러 온 것이네."

무안해진 민정붕이 눈알을 이리저리 불안하게 굴리더니 슬그머니 자
리를 떴다. 민정붕 같은 관원을 너무 많이 보아왔기 때문에 굳이 관심이
가지는 않았다. 정작 김억추의 신경을 거슬리게 하는 장수는 경상수사
배설이었다. 칠천량해전에서 왜적과 싸워보지도 않고 전선 12척을 가지

고 도망친 장수가 조금도 부끄러운 기색이 없었다. 배설은 객사 작은방에 틀어박혀 머리가 아프다는 핑계를 대며 끼니때도 잘 나타나지 않았다. 그의 군관이 끼니때 밥을 타서 배설이 있는 객사 작은방으로 갖다가 주곤 했다.

배설은 이순신이 회령포진에 도착했을 때도 객사 작은방에서 나오지 않았다. 이순신은 군영구미로 12척의 배를 가져오라고 지시했는데도 명을 어긴 배설이 괘씸했다. 어쩌면 배설이 이순신을 상관으로 인정하지 않는지도 몰랐다. 실제로 보성과 장흥의 의병장들은 이순신이 삼도수군통제사로 재임명 받은 사실을 모르고 있었다. 아직도 전라좌수사인 줄만 알고 "수사 나리!" 하고 불렀다. 그래서 이순신은 회령포진에 모인 전장졸들을 불러놓고 교서에 숙배하도록 조치했다. 교서란 선조가 이순신에게 전라좌수사 겸 삼도수군통제사로 재임명한다는 어명이었다. 교서는 송희립이 엄숙한 목소리로 읽었다.

그런 의식을 치르고 난 뒤에야 이순신은 두 가지 조치를 내렸다. 하나는 군량미에 손을 댄 민정붕과 숙배의식에 나오지 않은 배설에게 벌을 주는 일이었다. 이순신은 먼저 배설의 군관을 불러놓고 곤장을 쳤다. 경상수사인 배설의 직급을 고려하여 그의 군관에게 벌을 가했다. 그리고 군량 관리를 소홀히 한 민정붕에게 곤장 스무 대를 쳤다. 장졸들에게 삼도수군통제사의 군령을 엄하게 세우기 위해서였다.

두 번째 조치는 전선인 판옥선을 개조하는 일이었다. 판옥선 개조의 책임자로 김억추를 지명했다.

"우수사가 책임지구서 전선을 거북선 멩키루 개조허슈."

"판옥선을 모다 개조헐게라?"

"경상수사가 가지고 온 12척에다 우수영 배까정 허슈."

"그라믄 널빤지용 나무가 겁나게 필요허겄는디요."

그러자 옆에 서 있던 마하수에게 지시했다.

"가차운 산에 들어가서 참나무, 소나무 가리지 말구 구해 와야 혀."

"예, 통제사 나리."

이순신이 김억추에게 판옥선을 개조하는 데 우두머리로 지명한 까닭은 김억추가 대동강에서 주사대장을 지냈기 때문이었다. 실제로 김억추는 주사대장을 하면서 대동강 선소에서 병선을 수리하고 건조하는 일을 감독한 경험이 있었던 것이다.

그날 밤에 김억추는 이순신이 묵는 객사 큰방으로 가서 이야기를 나누었다. 이순신은 낮에 지시했던 태도와 달리 부드러운 말투로 김억추를 대했다. 따지고 보면 두 사람은 두만강에서 적호를 상대로 전투를 함께 치렀던 전우나 마찬가지였다. 이순신은 옛 친구를 만난 듯 회포를 풀었다.

"우덜이 만난 지 을매 만이유?"

"10년도 넘은 거 같아부요."

"서로 반백이 돼부렀구먼유."

"나라에 은혜 갚을 날이 아득허기만 헌디 중늙은이가 돼부렀그만요잉."

민정붕이 보냈는지 부엌데기 관노가 술상을 가져왔다. 두 사람 모두 애주가로서 술상을 반겼다. 김억추가 먼저 이순신의 잔에 술을 따랐다. 상관에 대한 예의였다. 그러자 이순신이 손을 휘휘 저으며 김억추 쪽으로 술잔을 밀었다.

"술상에서는 상하가 읎으니께 몬자 받으슈. 내 맴이구먼유."

"통제사께서 몬자 받으시는 것이 예의지라."

"술상은 평등허지유. 그러니께 몬자 받구 나를 주믄 그만이지유. 하하."

"술잔을 돌리믄 첫잔도 읎고 끝잔도 읎것지라. 하하."

두 사람이 서로 권주를 하니 술잔만 바빠졌다. 이순신은 갑자기 긴장이 풀어졌는지 다소 엉뚱한 이야기를 했다.

"우수사를 추천헌 대감이 좌상이었다면서유?"

"좌상이라고 들었지라."

"난 김 대감을 좋아허지 않구먼유."

김억추는 술잔을 놓고 허리를 곧추세웠다. 술이 확 깼다.

"으째서 그런게라?"

"나를 사사건건 무함허고 원 통제사를 터무니읎이 비호헌 대감이지유."

김억추는 마음이 사뭇 불편해졌다. 자신을 추천해준 사람이 바로 좌의정 김응남이므로 그랬다. 그렇다고 김응남을 변호할 생각은 전혀 없었다. 김응남이 추천한 원균이 칠천량해전에서 참패했기 때문이었다. 그러니 김응남을 불신하는 이순신을 이해하지 못할 것도 없었다. 김억추는 화제를 돌렸다.

"판옥선 개조작업을 빨리 헐라믄 회령포진에 있는 널빤지를 이용해야지라. 산에서 나무를 베어와 맹글라믄 늦어불지라."

"옳은 말씸인디 회령포진에 널빤지가 많슈?"

"선소에 쪼간 있는디 관가나 민가에서 문짝을 떼어 붙이믄 되겄지라."

"좋은 생각이구먼유. 시간이 급한디 을매나 걸리겄슈?"

"한나절이믄 끝나겄지라. 전선 옆구리를 쪼간 올리는 것인께."

"우수사 생각대루 빨리 끝내야 혀유. 일각이 여삼추구먼유."

왜군이 남원성을 함락했다는 공문이 어제 회령포진에 도착했고, 남원성 다음은 전주성 공격이 왜군의 목표일 터였다. 또한 왜 수군은 전라도 바다를 장악한 뒤 다시 서해로 진출하여 왜 육군의 보급로를 확보하려 할 것이었다. 왜군이 정유년(1597)에 육군과 수군을 동원하여 유독 전라도를 공격하는 것은 왜왕 도요토미 히데요시의 특명이었다. 전라도 바다를 점령하지 못했기 때문에 왜군이 평양성까지 북진했음에도 불구하고 경상도까지 후퇴하고 말았던 것이다. 왜의 지원군사와 군수물자가 서해바다로 올라가야 하는데 전라도 바다를 이순신이 틀어막고 있어서였다. 따라서 왜왕은 정유년 들어 왜군 장수들에게 오직 전라도를 점령하라고 명령을 내렸던 것이다.

다음 날 새벽에 김억추는 장졸들에게 널빤지를 관가나 민가로 가서 구해오라고 지시했다.

"통제사 대감 지시인께 성 안팎에 있는 문짝이나 널빤지덜을 떼어 오 그라."

"예, 수사 나리."

크고 작은 널빤지들이 순식간에 쌓였다. 김억추는 선소 초입에서 널 빤지를 들고 오는 장졸들 팔뚝에 붉은 도장을 찍어주었다. 도장 받은 장 졸들에게는 요미를 더 준다고 약속했다. 장흥 보성지방 의병장들 중에 목수 일을 할 줄 아는 사람이 나와서 수졸들을 움직였다. 의병장들은 수졸들에게 존경을 받는 지역인물들이었다.

판옥선 개조작업은 석양 무렵에 끝났다. 거북선처럼 전선을 다 덮지 않고 배 옆구리를 두어 자 올리는 작업이었으므로 빨리 끝났다. 밤을 새 울 필요가 없었다. 이순신이 개조한 판옥선을 보고는 크게 만족했다.

"인자 거머리 같은 적덜이 우덜 전선에 달라붙지 못할 겨."

선수에 화포대까지 설치하여 판옥선 13척이 모두 돌격선 구실을 할 수 있었다. 왜적과 싸울 전선이 크게 부족하니 13척 판옥선이 다 돌격선 이 되어 일당백이 돼야 했다. 이순신은 지체하지 않았다. 명량 가는 바닷 길을 잘 아는 김억추를 앞장 세워 항해하는 선봉장으로 삼았다.

"이진으루 출발허슈!"

이진은 해남 북평리에 있는 진이었다. 명량, 울돌목으로 가기 위해서 는 반드시 이진을 지나야 했다. 이순신이 이진으로 급히 판옥선 12척과 김억추의 판옥선 1척을 옮기려고 한 이유는 회령포진 포구가 좁아서였 다. 포구가 좁으면 적이 공격하기는 용이하지만 아군이 방어하기는 부담

스러웠다. 적이 화력을 집중해서 공격하면 속수무책으로 당할 수 있었다. 화공에도 취약했다. 정박한 배들이 불화살을 받으면 힘 한 번 써보지 못한 채 불에 타 침몰할 수 있었다.

명량으로 가는 바다

마파람과 하늬바람이 섞인 남서풍이 불었다. 판옥선 13척은 첨자진 대오를 유지하며 장흥 앞바다를 지나갔다. 맨 앞은 김억추가 이끄는 판옥선이 향도 노릇을 했다. 전라도 바다에는 아직 왜선이 없었으므로 탐망군을 보낼 필요는 없었다. 날씨는 청명하고 바다는 잔잔했다. 초가을 길목이라 석양 무렵의 햇살인데도 따가웠다. 김억추는 전령선인 작은 협선을 타고와 이순신이 타고 있는 대장선에 올랐다.

"통제사께서 걱정허지 않으셔도 될 거그만요. 여그 바다는 적선덜이 없으니께라."

"회령포 수졸덜을 모다 델꾸 가니께 여력이 쪼깐 생겼지유. 시방은 척후선을 보낼 여력이 읎지만서두."

회령포진 장졸들 5백여 명과 순천과 보성에서 모병한 2백여 명을 합치고 보니 여유가 생겼다는 이순신의 말이었다. 모병한 군사 중에는 의병도 몇십 명 되었다. 그러나 김억추는 그 정도의 군사로는 왜군을 상대하기가 버겁다고 판단했다.

"우수영 군사를 다 합쳐분다고 해도 그러그만요."

"거그 군사는 을매지유?"

"정예 장졸, 토병, 포작선에 탈 양민덜까정 다 모으믄 2천여 명은 되겄지라."

"칠천량해전에서 피해를 보지 않았슈?"

"아니지라. 우수영 군사도 전멸했그만요. 그래서 지가 부임하자마자 장졸덜을 여그저그서 닥치는 대로 보강했지라."

"고맙구먼유."

이순신이 안도하는 듯 미소를 지었다. 우수영의 수군 규모가 정규군과 비정규군을 합쳐서 2천여 명이나 된다고 하니 안도하지 않을 수 없었다. 갑자기 희망이 솟구쳤다. 사실 김억추가 전라우수사로 부임해서 첫 번째로 한 일은 바로 수군보강이었던 것이다. 회령포진 수군 5백여 명도 김억추가 장흥부사로 부임해서 토병들을 흡수해 재정비한 군사나 다름없었다.

"우수영 2천여 명에다 이진, 어란포, 진도의 수군까정 합치믄 3천여 명은 되겄구만유."

"허지만 왜선은 수백 척, 수군은 수만 명인디 상대가 될께라?"

"그러니께 우덜이 시방 명량으로 가구 있는 거지유. 군사 한 명이 천 명을 대적헐 수 있는 명량으루 말이유."

"소장도 명량이라 불리는 울돌목이야말로 최고의 요해처라고 믿지만 조건이 있지라."

김억추도 이순신 못지않은 전술에 능한 지장이었다. 전력이 크게 차이가 나면 아무리 아군에게 유리한 지형이라도 조건이 있었다. 그 조건이란 전투는 단 한두 번에 끝나야 했다. 전투를 반복하면 피아 사상자가 불어나므로 결국 전력이 우세한 쪽으로 판은 기울게 마련이었다. 육전이나 해전에서의 인해전술은 가장 비능률적인 전술이지만 또한 그만큼 확실한 전술이었다.

"조건이 뭣인디유?"

"통제사께서도 아실 거그만요. 싸움을 단 한두 번에 끝내부러야 허지라."

"하하하."

장흥바다를 벗어나 판옥선들이 강진만으로 들어서자 완도 쪽 바다가 벌겋게 물든 쉿물 같았다. 갈매기들이 판옥선을 따르며 어지럽게 날았다. 김억추는 멀리 보이는 남당포를 응시했다. 장흥부사로 있다가 한 달 전쯤 남당포에서 상선을 타고 우수영으로 갔던 것이다. 이순신 역시 지금 지나가고 있는 바닷길이 낯설지 않았다. 작년(1596) 윤8월에 전라도 주요 군창을 점고하기 위해 순시하면서 흥양에서 배를 타고 장흥부로 가서 강진 전라병영성을 들러 전라병사 원균을 만난 뒤, 완도 가리포로 내려가 남해바다를 살핀 다음, 이진을 거쳐 우수영으로 올라가 4일을 머무르다 영암으로 이동했던 것이다. 김억추가 말했다.

"적선이 우수영으로 올께라?"

"반다시 올 거구먼유."

"으째서 그럴께라?"

"놈덜은 조선 수군이 웽간히 남아 있는 줄 알거구먼유. 그러니께 우덜 숨통을 확실허게 끊을라구 허겄지유."

"확인 사살하러 온다는 말씸이그만요. 그래야 전라도 바다도 지덜 바다가 될 틴께."

"맞아유."

석양을 받은 이순신의 얼굴이 붉게 번들거렸다. 석양빛을 받는 두 눈에 불이 붙은 듯했다. 김억추는 이순신의 눈에서 불같은 적개심을 느꼈다. 이순신이 말했다.

"왜놈덜이 이짝으로 오는 이유가 하나 더 있지유."

"고건 또 뭣인게라?"

김억추의 눈에서도 석양빛을 받아 불이 튀었다.

"나 이순신이 살아 있는지 죽었는지 확인하러 오는 거지유."

"참말로 징헌 놈덜이그만요."

"나 이순신을 죽이기보담 생포할려구 허겄지유. 왜왕 풍신수길(豊臣秀吉, 도요토미 히데요시)이란 놈의 야욕 땜시지유."

이순신이 틀린 말을 한 것은 아니었다. 왜왕 도요토미 히데요시는 왜군이 전투에서 패배하면 왜군 장수에게 반드시 승리한 조선 장수의 머리를 가져오라는 특명을 내리곤 했다. 1차 진주성 싸움에서 성주 김시민에게 패배하자 왜장들에게 김시민의 머리를 요구했고, 바다에서 왜수군이 연전연패하자 왜장들에게 이순신의 머리를 가져오라는 특명을 내렸던 것이다.

　바다를 핏물처럼 벌겋게 물들인 석양이 수평선 너머로 져버리자 사위는 금세 어둠이 스멀스멀 번졌다. 뱃전에 부딪치는 파도가 잔광을 받아 잠시 희끗희끗 드러났다가 사라질 뿐이었다.

　김억추는 전령선을 타고 맨 앞에서 달리는 판옥선으로 돌아왔다. 김억추가 이끄는 판옥선의 격군들은 대부분 고참 수졸들로 능숙하게 노를 저었다. 노는 힘이 아니라 요령으로 젓는 법이었다. 돛을 다루는 요수들도 두 개의 돛폭을 바람에 따라 능숙하게 대처했다. 강진만에서 이진으로 향할 때는 강한 샛바람이 불어와 판옥선의 속도가 빨라졌다. 13척의 판옥선들이 고래 떼처럼 부드럽게 파도를 헤치고 나아갔다. 평소라면 한나절 걸리는 거리인데 예상보다 빨리 이진에 도착할 것 같았다. 13척의 판옥선들이 이진에 무사히 도착했을 때는 캄캄한 밤하늘에 노란 하현달이 군사를 반기듯 떠 있었다.

　이진 관아는 관노와 구실아치들이 피난을 가지 못한 채 남아 있었고 관군들은 우수영이나 가리포로 차출되었기 때문에 잘 보이지 않았다. 늙은 진무가 관아와 마을 집을 오가며 관노들을 관리하고 있었다. 이순신과 김억추만 판옥선에서 내려 이진 관아에서 늙은 진무의 안내를 받아 잠잘 방을 구했다. 이순신과 김억추는 군관청으로 가서 큰방은 이순신이, 뒷방은 김억추가 차지했다.

　김억추는 선봉선장이 되어 신경을 곤두세우고 판옥선 12척의 향도 역할을 했으므로 몹시 피곤하여 곧 곯아떨어졌다. 그러나 이순신은 지병인 배앓이를 하며 뜬눈으로 밤을 샜다. 관노에게 군불을 지피라고 하여 아랫목에 배를 댔지만 소용없었다. 방은 미지근해졌다가 곧 식어버렸다. 꼭두새벽이 되자 기어코 뱃속의 창자가 꼬인 듯 통증이 심해졌다. 시간이 지날수록 뱃속이 온통 뒤틀렸고 쥐어짜듯 아팠다. 참기 힘든 토사곽란이었다. 이순신의 신음소리를 듣고 달려온 관노가 울상이 되어 말했다.

"대감마님, 군불을 더 땔께라우? 방이 찬 모냥입니다요."

"소주가 있는 겨?"

"시방 구해보겠습니다요."

"얼능 가져 오그라."

김억추는 눈을 뜨고 이부자리를 갰다. 관노들이 마당을 잰걸음으로 오가는 소리에 잠을 깼던 것이다. 이순신에게 무슨 사고가 난 것 같았으므로 김억추는 옷을 주섬주섬 입고 나서 방문을 열었다. 이순신 방문 앞에서 헛기침을 했다. 방 안에서는 끙끙 앓는 소리만 났다.

"통제사 나리, 무신 일인게라!"

"…"

방문을 열고 들어서자 이순신의 얼굴은 이미 백지장처럼 하얗게 변해 있었다. 이순신이 입고 있는 속옷은 진땀이 흘러 축축하게 젖어 있었다.

"으디가 편찮으신게라?"

"여, 여그요."

이순신이 오들오들 떨면서 배를 가리켰다. 김억추는 오한이 들어 떨고 있는 이순신에게 이불을 덮어 주었다. 그때 관노가 방 안으로 뛰어 들어와 소주를 내밀었다.

"대감마님, 쇠주를 가져왔습니다요."

"몸이 차니께 이런지 모르겠다."

이순신이 소주를 호리병째 들고 꿀꺽꿀꺽 마셨다. 순간 김억추는 아차 싫었지만 이순신이 소주를 마셔버린 뒤였다. 토사곽란에 소주를 마신다는 것은 기름에 불을 지르는 일이나 마찬가지였던 것이다. 소주는 소화불량에 어느 정도 효험은 있지만 토사곽란에는 아무 소용이 없었다. 오히려 위장을 마비시켜 혼절케 할 수도 있었다. 김억추가 걱정한 대로 이순신은 인사불성이 되어 쓰러져 버렸다. 그러나 잠시 후 이순신은 이를 악문 채 겨우 앉아서 날이 샐 때까지 버텼다.

소주 기운이 가실 때쯤에야 이순신은 정신을 차리고 자리에 다리를 뻗고 누웠다. 관노가 미음을 쑤어 왔지만 한 숟가락도 넘기지 못했다. 한 모금이라도 목구멍으로 넘기면 그대로 토할 뿐이었다.

다음 날 이순신은 우수영으로 가기 위해 대장선을 탔으나 곧 내려오고 말았다. 파도에 흔들리는 배에 있기가 불편해서였다. 김억추는 자신이라도 먼저 우수영으로 귀진하고 싶었지만 차마 말을 꺼내지 못했다. 상관이 토사곽란으로 끙끙 앓고 있었으므로 자신도 불편함을 감수해야 했다. 장수들은 자신의 수영(水營)을 떠나면 고생이었다. 바다 위에 있거나 뭍에 있거나 마찬가지였다. 수영이 아닌 곳에서는 먹는 것에서부터 잠자리까지 모든 것이 편하지 못했다.

이순신은 3일 만에 토사곽란을 털고 일어났다. 김억추는 또다시 선봉장이 되어 꼭두새벽에 어란포진으로 향해 갔다. 아침밥은 도괘포에서 해결했다. 도괘포에서 어란포진까지는 지척이었다. 어란포진도 이진과 같이 바다든 육지든 텅텅 비어 있었다. 김억추가 군관을 이순신에게 보내 보고했다.

"모다 피난을 가불고 읎는디 으째야쓰까라우?"

"간민이 설치구 댕길지 모르니께 오늘은 배에서 잘 것이다."

군관은 이순신의 명을 김억추에게 전했다. 어란포진도 이진과 같은 이유로 관아에 관노와 구실아치들만 남아서 지키고 있을 터였다. 논밭이 있는 양민들 역시 피난가지 않고 가을추수를 기다리고 있을 것이었다. 일찍 피난을 떠난 사람들은 양민 집에서 농사 품팔이를 하던 천민들이 대부분이었다. 그러자 빈집에는 유랑민들이 들어와 도둑질을 하거나 사기를 쳐 양민들의 재물을 훔치는 일이 잦았다.

이순신과 김억추는 판옥선에서 하룻밤을 보낸 뒤 새벽 무렵에야 어란포진에 내렸다. 이순신은 마을의 동태를 살피고자 하였고, 김억추는 전라우수사로서 어란포진을 점고하기 위해서였다. 관아에 들어서자 부엌데기 같은 처녀가 나와서 맞이했다. 김억추가 물었다.

"여그 종이냐?"

"아닙니다요. 쇤네는 관가에 더부살이허고 있습니다요."

이순신도 처녀를 이리저리 살펴본 뒤 물었다.

"종이 아니라믄 성이 있는 겨?"

"김해 김가이옵니다요. 이름은 관원들이 그냥 어란이라고 부릅니다요."

"어찌하여 관가에 붙어사는 겨?"

"부모님이 피난을 가버려 에린 나이 때 친지 손에 이끌려 관가에 맡겨졌습니다요."

"알겠다. 가 있그라."

잠시 후 어란이 아침상을 차려왔다. 밥상은 조촐하고 정갈했다. 그때였다. 관아 밖에서 누군가가 소리치고 있었다. 이순신이 어란에게 물었다.

"누군 겨?"

"쇤네도 보았는디 당포에서 왔다는 피난민입니다요."

이순신은 아침밥을 먹다 말고 밖으로 나갔다. 소를 끌고 가는 두 사내가 "적이 쳐들어왔다. 적이 쳐들어왔다."라고 소리치며 선동했다. 양민들이 마을을 떠나게 하려고 헛소문을 퍼뜨리고 있음이 분명했다. 이순신은 소를 끌고 가는 두 사내를 도둑으로 단정했다. 피난민이 소를 가지고 있다니 이상했다. 이순신은 칼을 빼어들고 다가가 사내를 붙잡았다.

"네 이놈!"

무서워서 눈치만 보고 있던 마을 양민들이 하나둘 모였다. 이순신이 관노들에게 지시했다.

"이놈덜을 묶어라."

관노들이 달려가 두 사내의 손을 묶어 꿇어앉혔다. 이순신이 다시 다그쳤다.

"니덜은 으디서 온 놈덜이냐?"

"당포에서 온 보자기입니더."

바닷가에서 해초를 뜯고 고기잡이를 하는 떠돌이를 보자기라고 불렀다.

"니덜을 받아준 마실 양민덜에게 은혜를 갚지는 못할망정 소를 훔쳐서야 쓰겄는가!"

"아이고, 살려만 주시믄 무신 일이든 하겠십니더."

"니덜은 사람이 아니니라. 사람의 도리를 지키지 않으믄 짐승이나 다름읎는 겨."

이순신은 단호했다. 꿇어앉아 있는 두 사내를 향해 칼을 휘둘렀다. 사내의 목이 하나씩 땅바닥에 나뒹굴었다. 이순신이 칼에 묻은 피를 닦으며 늙은 관노에게 지시했다.

"간짓대에 머리를 매달아 두거라."

"예, 대감마님."

그제야 양민들이 고개를 절레절레 흔들면서 마을로 돌아갔다. 김억추도 판옥선으로 돌아와 장졸들의 사기를 살폈다. 어제와 달리 병이 난 장졸은 없었다. 김억추는 그날 밤도 판옥선에 머물렀다. 불길한 예감이 들었다. 당포에서 왔다는 보자기가 왜적과 내통하는 간민(奸民) 같다는 예감이 들어서였다. 왜적으로부터 무언가 언질을 받았기 때문에 미리 혼란을 부추기고 다니는 것 같다는 생각이 뇌리를 스쳤던 것이다.

김억추는 이순신의 지시가 없었지만 장졸들에게 새삼 임무를 숙지시켰다. 화포장은 선수로, 요수와 무상은 돛과 닻 앞으로, 격군장은 격군들에게, 활을 쏘는 사부들은 판옥선 옆구리로 돌아가 경계를 철저하게 했다. 이진이나 어란포진은 전라우수영 관할이므로 김억추로서는 다른 장수들보다 긴장이 더했다. 무거운 책임감이 머리를 짓눌렀다. 삼도수군통제사인 이순신과는 또 다른 심정이었다.

어란포, 벽파진해전

바닷물의 흐름이 눈에 보일 정도로 또렷했다. 완도 쪽에서 밀물이 스르륵스르륵 들고 있었다. 정오부터 시작한 밀물은 신시쯤에 가장 빠르게 우수영 쪽으로 올라갔다. 김억추는 왜적이 쳐들어올 것 같은 불길한 예감 때문에 새삼 긴장했다. 판옥선을 오가며 이순신의 명을 전하는 협선을 타고 어란포진으로 갔다. 된하늬바람이 불자 선창에 뿌연 먼지가 일었다. 김억추는 바람에 날리는 반백의 수염을 가지런히 했다. 그런 뒤 이순신을 만나기 위해 바로 관아로 들어갔다. 김억추를 본 이순신이 말했다.

"날이 곧 저물 틴디 무신 일이유?"

"통제사께서 어저께 효시헌 보자기덜을 생각해본께 아조 불길허그만요. 놈덜이 적이 온다고 소리친 것은 분명 무신 낌새를 채불고 날뛴 거 같아라우."

"우덜이 이짝으루 온 것은 싸우러 온 것이니께 보자기덜 난동이 아니라도 경계는 철저허게 혀야지유."

"그래도 각 전선에 엄한 지시를 내리셔야 쓰겄그만이라."

"권준이나 배흥립 조방장, 송희립, 권준, 우수, 안위, 조계종 장수에게 회령포를 떠나믄서 이미 지시를 내렸으니께 김 수사는 걱정 말구 전선으루 돌아가유."

"이짝이 우수영 관할이어서 더욱 신경이 써지는그만요."

"당연허지유. 김 수사가 우수영 우두머리니께."

"통제사 나리, 배 수사가 탄 배는 아무 준비가 읎는 거 같그만요."

"배 수사는 우덜 전력이 미미허니께 바다를 버리구 육지에서 싸우자는 생각을 가지구 있지유. 정신 빠진 헛소리지유."

"수군을 다스리는 수사가 헐 소리는 아니그만요."

"칠천량에서 놀란 뒤부텀 바다만 보믄 무서우니께 헛소리허는 거지유. 허지만 내 부하 장수덜은 나를 믿구 결전을 각오허구 있지유."

이순신은 왜적과 싸울 마음의 준비를 이미 다하고 있으니 안심하라는 투로 김억추에게 말했다. 이순신이 건곤일척의 결전장으로 명량을 택하고 있음은 의심의 여지가 없었다. 김억추는 그러한 이순신이 은근히 부러웠다. 불퇴전을 맹세한 장수에게는 한 줌의 불길함도 없어야 했다. 장수는 싸우다가 장렬하게 죽는 자체가 최고의 명예이자 장수의 진정한 길인 것이었다. 김억추는 이순신에게 허한 마음을 잠시나마 보였던 것을 후회했다. 그러한 김억추의 마음을 간파했는지 이순신이 말했다.

"왜적이 온다니께 불안허겄지유. 사실은 나두 그래유. 신경이 곤두서니께 나헌티 자꾸 곽란이 일어나는 거유."

"통제사 나리, 불안한 맴은 읎지라. 불길헌 예감이 들어 지시를 받으러 왔을 뿐이지라."

"김 수사, 불안한 맴이나 불길한 맴이나 같은 말이지유. 하하하."

이순신이 한바탕 웃고 나자 밖에서 말발굽 소리가 요란하게 났다. 척후장으로 내보낸 탐망군관 임준영이 말을 타고 달려와 급하게 멈추는 소리였다.

"통제사 나리!"

"적선이 이진에 나타났습니다요."

이순신이 방문을 나서면서 말했다.

"차분허게 말혀. 몇 척 나타난 겨?"

"지 눈으로 확인헌 것만도 10여 척은 되었습니다요."

김억추가 이순신에게 말했다.

"통제사 나리, 왜적 선봉대 같그만요. 뒤에는 수백 척이 따르고 있겠지라."

"김 수사 말이 맞구먼유. 우덜이 지달리던 날이 온 거 같으니께 시방 바다루 나가 공격 훈련을 하라구 전혀슈."

"예. 이짝은 소장이 다스리는 바단께 전선의 장졸덜을 통솔헐께라."

김억추는 이순신의 명을 받아 어란포 바다로 나갔다. 김억추는 각 판옥선 장수들을 부른 뒤 일자진 공격 대오를 유지하며 실전처럼 훈련하자고 말했다. 판옥선이 13척밖에 없으므로 공격 대오는 일자진밖에 없었다. 그것도 넓은 바다로 나가면 오히려 불리해지는 대오였다. 넓은 바다에서 적선들이 빙 둘러싸버리면 꼼짝없이 포위돼버리기 때문이었다. 그러니 일자진은 현재의 전력으로는 좁은 어란포 앞바다에서만 가능한 공격 대오였다. 김억추는 이순신이 지시하지 않은 수비 훈련도 오후 내내 시켰다.

"성곽멩키로 똥그랗게 수비 대오를 맹글어라!"

"적덜 전력이 월등허지 않으믄 가장 좋은 수비 대오니라!"

송희립은 적극적으로 훈련에 임했지만 배설은 슬슬 눈치를 보며 시늉만 냈다. 백전노장인 조방장 권준은 김억추를 보면서 야릇한 미소를 흘렸다.

"자기 안방이라고 텃세를 부리는가. 훈련이 지나치면 사기가 떨어진다는 것을 모르는군."

이순신 휘하에서 전부장, 후부장을 맡아 수많은 해전을 경험한 배홍립 조방장도 고개를 뒤로 젖힌 채 한마디 했다.

"나에게 전술을 묻지 않는 김 수사의 야심이 하늘을 찌른데이."

그러거나 말거나 김억추는 장졸들에게 공격과 수비 훈련을 반복해서 시키면서 하루를 보냈다. 다행히 날씨가 맑아서 훈련하는 데는 조금도 지장이 없었다. 김억추가 대장선에 올라 이순신에게 말했다.

"청명헌 날씨를 본께 하늘이 우리 편인 거 같그만요."

"하늘이 돕는디 못 이룰 일이 으디 있겄슈."

그날 밤 이순신은 구실아치 어란의 간병을 받고 싶었지만 육지로 내려가지 않고 대장선에서 밤을 보냈다. 척후장 임준영의 보고대로 왜적이 언제 나타날지 모르므로 방비하는 차원에서 그랬다. 이순신의 지병인 토사곽란의 후유증은 쉽게 가시지 않았다. 통증은 멎었지만 몸에서 기운이 빠져나가버린 듯 눈이 어질어질하고 간혹 다리가 휘청거렸다. 공무로 끼니를 거를 때는 말도 크게 하지 못했다. 그렇다고 어란의 간병이 특별한 것은 아니었다. 어란이 지은 따뜻한 잡곡밥과 무청시래기 된장국, 한두 가지 밑반찬을 내오는 것이 간병의 전부였다.

김억추의 불길한 예감은 그대로 맞아떨어졌다. 일찍이 함경도나 대동강의 전장을 떠돌면서 장수로서의 몸에 밴 본능적인 예감이 적중한 셈이었다. 아침 일찍 왜선 8척이 어란포 먼바다에 출현했다. 그러자 성곽 대오로 밤을 새웠던 판옥선들이 갈팡질팡했다. 성곽 대오가 곧 흐트러졌다. 전선을 지휘하는 장수들이 당황하고 있다는 증거였다. 이순신이 대장기를 흔들며 명했다.

"대오를 유지하라!"

그러나 배설이 탄 판옥선이 먼저 주춤주춤 뒤로 물러섰다. 전선 한 척이 물러서면 다른 전선도 영향을 받는 법이었다. 김억추는 대장선 앞으로 나아가 장졸들에게 나발을 불고 북을 치게 하면서 공격 대오를 유지케 하였다. 그러자 적선들이 더 다가오지 못했다. 이순신이 또다시 명했다.

"추격하라!"

선봉장 김억추가 탄 판옥선이 앞장서서 적선을 추격했다. 그러자 이순신이 탄 대장선이 화포를 쏘았다. 앞장 선 김억추의 판옥선과 이순신의 대장선이 적선을 맹렬하게 추격하며 화포공격을 했다. 왜선 한 척이 화포에 맞아 연기를 피워 올리며 달아났다. 후퇴하는 속도로 보아 왜 수군 사상자가 발생했음이 분명했다. 그제야 다른 판옥선들도 사기가 올라 적선을 뒤쫓았다. 이진에서 출발한 왜군의 선봉대 8척은 싸울 의지가 없는지 도망치기만 했다. 이순신은 해남 갈두 앞바다까지 추격하다가 멈추었다.

"오늘은 여그서 돌아가야 혀. 놈덜 함정이 있는 줄 모르니께."

"통제사 나리, 인자 왜놈덜도 우리 전력이 만만찮은 것을 알았을 거그만요."

"그래도 우덜 있는 곳이 밝혀졌으니께 저녁에 진을 옮겨야 혀."

이순신의 명령대로 저녁에 진도 벽파진 건너편 장도로 이동해 결진했다. 왜적이 야간 기습공격을 감행할지 모르기 때문이었다. 다음 날 아침에는 장도보다 군량미와 물자 조달이 용이한 진도 벽파진으로 진을 옮겼다. 벽파진 뒷산에 오르면 진도와 해남 사이의 바다를 조망하기 용이한 망대도 하나 있었다. 적정(敵情)을 탐망하기 좋은 망대였다.

이순신은 벽파진에서 며칠 머무르면서 전력을 보강하려고 했다. 그러나 벽파진으로 진을 옮긴 지 나흘 만에 전력상 구멍이 하나 나버렸다. 배설이 수질을 앓는다고 하여 육지로 보내주었는데 끝내 도망쳐버린 것이었다. 김억추는 난감해하는 이순신을 위로했다.

"뒤로 물러설 궁리만 허는 배 수사 같은 장수는 차라리 읎는 것이 좋지라."

"배 수사를 군율에 따라 반다시 내 손으로 잡아 엄히 다스릴 겨."

배설이 사라진 이후부터 닷새 동안 바람이 거칠게 불었고 파도가 날뛰었다. 아군의 전선인 판옥선들은 벽파진 선창에 닻을 내리고 숨을 죽였다. 된바람이 몰아치는 날은 적선이나 아군 전선이나 옴짝달싹하지 못했다. 배를 띄울 수 없는 거친 날씨에는 어쩔 수 없이 서로가 휴전에 들었다. 그러나 날씨만 풀어지면 바로 전투상황으로 돌입해야 하는 극도로 긴장된 시기이기도 했다. 이럴 때 가장 분주한 사람은 적의 동향을 살피는 탐망군관이었다.

된바람이 부는 날인데도 탐망군관 임준영이 적정을 정탐하고 돌아와 이순신에게 보고했다.

"적선 55척 가운데 13척이 어란 앞바다에 들어와 있그만요. 아마도 우리 수군을 겨냥허고 있는 거 같습니다요."

임준영이 본 왜선 13척은 왜 수군의 선봉대였고, 왜 수군의 선봉장은 간 마사카게(管正陰)였다.

"이진에 든 적선까정 합치믄 더 많을 겨."

"지 생각도 그러그만요."

"또 보고헐 것이 있는 겨? 읎으믄 어란으로 나가 적정을 더 정탐혀."

"예, 통제사 나리."

이순신은 임준영이 간 뒤 각 전선의 장수들을 불러 경계를 더욱 엄하게 하도록 지시했다. 왜군이 10일 전 어란 앞바다에서 당한 피해를 보복하려고 덤빌 것이 분명했기 때문이었다. 김억추는 왜적이 온다면 오후 신시쯤(4시)으로 예상했다. 바닷물이 가장 빠르게 북쪽으로 흐르므로 왜선들이 조수의 힘을 이용해 공격할 가능성이 컸다.

"왜적은 들물(밀물)을 타고 공격허겄지라."

"나두 김 수사 생각허구 같구먼."

김억추와 이순신이 예상한 대로 신시가 조금 지나자 왜선 30척이 벽파진 쪽으로 다가오고 있었다. 왜선 30척의 대장은 한산도에서 이순신에게 참패했던 왜장 와키자카 야스하루였다. 와키자카는 한산도 바다에서 조선 수군의 학익진과 유인 전술에 말려들어 왜 수군 4천여 명을 잃고 겨우 자신만 탈출한 적이 있어 이순신에 대한 복수심이 대단했다. 벽파진 앞바다도 김억추가 다스리는 곳이었으므로 그의 판옥선이 대장선 앞에 나섰다.

이번에도 김억추의 전선에서 지자총통, 현자총통을 쏘아대자 왜선들은 도망치기에 급급했다. 뒤처진 왜선들 중에 한 척은 조선 수군의 화포 공격에 불이 붙은 채 달아났다. 조선 수군의 전력을 얕잡아 본 와키자카의 실수였다. 조선 수군의 판옥선 선수에는 화포대가 설치돼 있었다. 판옥선은 예전과 달리 돌격선이나 다름없었다.

그러나 조선 수군의 판옥선들은 왜선들을 추격하는 데 힘이 부쳤다. 배 밑이 뾰족한 왜선은 빠르고, 배 밑이 평평한 판옥선은 느렸다. 더구나 조선 수군은 조수를 거스르는 데다 때마침 마파람이 불었다. 조선 수군의 격군들은 탈진할 만큼 땀을 비 오듯 쏟았다. 이윽고 이순신이 대장선에서 대장기를 흔들며 명했다.

"주사장(舟師將, 수군 장수)들은 벽파로 귀진혀."

선두에서 왜선을 쫓던 김억추의 판옥선이 더 앞으로 나아가자 대장선이 다가왔다. 김억추가 소리쳤다.

"통제사 나리, 적선을 한 척도 침몰시키지 못했그만요."

"불탄 적선이 있으니께 됐슈."

이순신은 밀물과 썰물이 바뀌는 바닷물이 가장 순해지는 때를 놓치고 싶지 않았으므로 귀진을 재차 명했다. 썰물이 되면 역류가 되므로 벽파진으로 돌아가는 데 격군들이 힘들어진다는 것을 김억추 역시 잘 알고 있었다. 김억추는 귀진하라는 이순신의 명을 반박하지 못하고 따랐다. 이순신이 혼잣말을 했다.

"수사두 별수 읎구먼. 전공을 세울라구 애쓰는구먼. 권준이나 배흥립의 얘기가 빈말은 아녀. 쯧쯧."

김억추는 이순신이 혀를 차는지도 모르고 적선을 놓쳐버린 것을 두고 분하게 여겼다.

"통제사 나리, 물때가 바뀌지 않았으믄 적선을 더 추격했을 거그만요."

"김 수사, 아무리 여그 바다를 다스리는 장수라지만 대장은 나라는 것을 잊지 마슈."

그제야 김억추는 이순신이 자신을 나무라고 있다는 것을 직감했다.

전투 중이므로 이순신의 신경이 예민해진 듯도 했다. 그래도 이순신의 말은 옳았다. 총대장은 이순신이었다. 비록 예전 만호 시절에는 동급의 전우였을지라도 지금은 신분이 달랐다. 이순신은 삼도수군통제사이고 자신은 전라우수사일 뿐이었다.

달이 서산에 걸리고 산 그림자가 바다에 접힐 무렵에야 조선 수군의 13척 전선들은 벽파진 앞바다에 도착했다. 장졸들은 선창에 내리지 않고 전선에서 대기했다. 그대로 물러설 왜장 와키자카가 아니었다. 신시에 당한 패배를 보복하기 위해 반드시 야간 기습을 해올 위인이었다. 이순신이 대장선으로 장수들을 불러 지시했다.

"적선들은 조수를 이용할 겨. 밀치구 올라오는 들물 때가 되겄지. 그때가 은젠 겨?"

그러나 대답하는 장수가 없었다. 벽파진 바다의 조수를 모르기 때문에 모두가 벙어리처럼 입을 다물고만 있었다. 김억추는 일부러 말하지 않았다. 조금 전에 미묘한 신경전을 벌였기 때문이었다. 이진이나 어란포진, 벽파진 등이 전라우수영 관할이었으므로 두 번의 전투에서 몸을 사리지 않고 앞장섰는데, 이순신의 눈 밖에 난 듯해서였다. 그러자 이순신이 김억추에게 물었다.

"김 수사는 잘 알겨."

송희립과 권준, 김응함, 배흥립, 안위, 조계종 등이 김억추의 입을 주시했다. 김억추는 더 이상 입을 다물고 있는 것은 항명이란 생각이 들어 말했다. 또한 공과 사적인 감정은 구별해야 한다고 마음을 다잡았다. 김억추가 단호하게 말했다.

"자시부텀 바닷물이 들물로 바뀐께 왜적덜이 야습헌다믄 자시 안팎이 되겄지라."

와키자카의 왜 수군은 칠천량해전에서 야간 기습을 하여 대승하였으므로 자시를 전후해 공격할 가능성이 컸다. 김억추의 판단이었다.

"일자진으루 대오를 유지허구 방비를 잘 혀!"

장수들은 이순신의 명을 받자마자 판옥선으로 돌아갔다. 김억추는 대장선 뒤에 위치했다. 후방에서 전방을 돕는 후위장으로 임무가 바뀐 탓이었다. 알 수 없는 일이었다. 조방장 배홍립의 건의를 받아들여 그런 조치를 취했는지도 몰랐다. 송희립이 대장선에서 각 전선으로 돌아갈 때 이순신에게 잠깐 물었지만 분명한 대답을 듣지는 못했다.

"만호 시절 김억추는 괴안찮았는디."

"무신 말씸인게라?"

"김 수사를 좌상이 천거혀서 보냈는디 그것두 운명일 겨."

송희립은 더 묻지 않았다. 좌의정 김응남은 이순신이 몹시 경원시하는 인물이었던 것이다. 판옥선의 장졸들은 각자의 위치에서 밤바다를 주시했다. 파도가 판옥선 옆구리를 찰싹찰싹 따귀 때리듯 쳤다. 파도소리가 차갑게 들리면서 바늘처럼 예리한 긴장이 콕콕 파고드는 시각이었다. 해시(밤 10시쯤)가 되자, 척후선에서 벽파진 쪽으로 불화살을 쏘아 올렸다. 적선을 발견했다는 신호였다. 이순신은 대장선에서 즉각 공격 준비를 하달했다.

"이번에두 공격 대오는 일자진인 겨!"

중군장 김응함으로부터 이순신의 명을 전달받은 장수들은 각 판옥선들의 간격을 넓혔다. 적선이 쳐들어오면 화포로 선제공격을 하기 위해서였다. 이순신이 다시 명을 내렸다.

"대장선에서 화포를 쏠 때까정 지달렸다가 공격혀야 혀!"

"예, 통제사 나리."

밀물과 썰물이 교차하면서 조수의 흐름이 잠시 멈추는 자치기판이 되었다. 이윽고 대장선에서 지자총통 한 발이 불을 뿜었다. 공격개시 신호였다. 적선들이 바짝 다가온 듯 캄캄한 어둠 저편에 검은 절벽이 둘러쳐진 것처럼 보였다. 일제히 화포공격을 하자 적선의 규모가 어렴풋이 드러났다. 낮에 공격했던 적선의 숫자보다 배는 더 많았다. 왜장 와키자카와 구루시마가 이끄는 왜선 함대였다. 이순신은 왜장의 유인작전에 말려들지 말라고 중군장 김응함에게 지시했다.

"포위당헐 수 있으니께 벽파진 포구 너머루 나가지 말으야 혀. 치구 빠져야 써!"

왜선들도 총공격은 감행하지 못했다. 대포와 조총으로 대응할 뿐 벽파진 포구 안으로는 들어오지 않았다. 판옥선의 화포공격이 조총공격보다 훨씬 더 위력적이었다. 김억추가 탄 판옥선은 후방에서 아군의 사기를 올리고 왜군의 사기를 저하시키기 위해 나각과 나발을 불고 북을 치면서 밤바다의 정적을 찢었다. 별수 없이 왜군은 야간 기습 전투를 포기하고 자정이 지나자마자 퇴각했다. 김억추는 등에 멘 활통에서 활을 뽑았다가 다시 집어넣었다. 일찍이 이이에게 건네받은 그 화살이었다. 김억추는 천재일우의 기회가 온다면 화살 하나로 왜장의 숨통을 끊어버리고 싶었다.

충(忠)과 효(孝)

상현달이 어란포 바다에 달빛을 뿌렸다. 검푸른 파도가 출렁일 때마다 고기비늘처럼 금빛이 번뜩거렸다. 칠천량해전에서 도도 다카토라와 함께 전공을 세웠던 와키자카는 왜선 중에서 가장 큰 안택선 장대에 올라 바다를 응시하며 입술을 깨물었다. 한산도해전에서 패배했던 치욕을 설욕하러 왔는데 이순신은 여전히 강했다. 더구나 이순신 휘하에 바닷물의 흐름과 진도, 해남의 지세를 환히 꿰뚫어보는 김억추라는 장수가 있으니 함부로 덤벼들 수 없었다. 야간 기습 작전이 전혀 통하지 않았다. 왜군 대장 와키자카는 막하의 두 장수를 불렀다. 어란포진과 벽파진해전에서 선봉장으로 나섰던 간 마사카게와 이순신의 머리를 가져오라고 도요토미 히데요시의 특명을 받은 해적 출신 구루시마 미치후사였다.

"간민이 전해주는 첩보에 의하면 이곳 조수를 잘 아는 김억추 장수가 있다고 한다. 그자를 먼저 죽여야 싸움에서 우리가 승기를 잡을 것이다."

왜군의 군수물자를 담당했던 간 마사카게가 와키자카의 말을 받았다.

"이순신 부하라고 합니다. 이순신이 그자를 잘 활용하고 있는 것 같습니다. 우리를 추격했다가 바닷물이 역류하기 전에 조선 수군이 후퇴하는 것을 보면 틀림없습니다."

명량처럼 바다 물살이 빠른 시코쿠 지역에서 선대부터 해적으로 살았던 구루시마 미치후사가 말했다.

"조수의 흐름은 조선군이나 우리 왜군이나 조건은 같습니다. 더구나 소장은 바닷물이 빠르게 흐르는 섬에서 뼈가 굵은 사람입니다. 그래서 히데요시 간빠구(關白) 님께서 저를 이곳에 보냈을 것입니다. 우리가 조심해야 할 것은 조선 수군의 화포공격입니다. 이순신의 화포공격에 우리의 조총공격은 번번이 당했습니다."

그러자 와키자카가 말했다.

"나의 소원은 이순신을 단 한 번이라도 이기는 것이다. 벽파진에서 세 배의 전력을 가지고도 우리는 물러나고 말았다. 그러니 방법은 단 하나다. 수백 배의 전력으로 이순신의 수군을 소탕해버리는 것뿐이다. 나는 우리 수군의 모든 전력을 총동원하여 반드시 이순신의 수군을 섬멸하고야 말 것이다."

와키자카가 말을 마치자마자 30대 후반의 구루시마 미치후사가 주먹을 허공에 휘둘렀다.

"이순신의 목을 베어 반드시 간빠구 님게 바치겠습니다. 구루시마 미치후사의 소원은 오직 그것뿐입니다."

"소원이 간절하더라도 조심할 것이 하나 있다. 이순신 옆에는 전라우수사 김억추라는 명궁이 있다. 자네에게는 염라대왕 같은 장수지. 조선의 모든 장수들이 부러워하는 명궁이니 자네가 그자를 먼저 죽이지 않고는 이순신도 죽일 수 없을 것이다."

간 마사카게가 말했다.

"저는 조수를 잘 아는 구루시마 장수에게 선봉장을 내어주고 싶습니다. 소장은 원래 군수물자 조달 책임자로 조수에 어둡습니다."

"알겠다. 총공격을 할 때는 당연히 구루시마 장수가 선봉장이 되어야지."

"대장님, 고맙습니다. 지금 저는 배에서 내려 육지로 가겠습니다."

와키자카는 간 마사카게가 왜 육지로 서둘러 내려가겠다는 것인지 알고 있다는 표정을 지었다. 조선 수군의 협선처럼 작은 배인 중선을 타고 사라지는 간 마사카게를 향해서 혼잣말로 중얼거렸다.

"어란포진 관아의 미기(美妓)한테 홀렸군."

"대장님, 방금 무어라 했습니까?"

구루시마의 물음에 와키자카가 두루뭉술하게 대답했다.

"자네는 몰라도 되지. 며칠 뒤 총공격에만 집중해. 이순신의 목을 벨 생각만 하면 되네."

와키자카가 말한 미녀기생이란 바로 어란이었다. 어란포진 관아의 부엌을 담당하는 구실아치 어란은 어란포 바다에 정박한 왜선의 왜장들이 한 번이라도 만나기를 원하는 최고의 인기 있는 처녀가 돼 있었다. 그러나 선봉장 간 마사카게가 이미 어란을 강제로 차지하여 애첩으로 삼아버린 탓에 그것은 부질없는 일이었다.

벽파진해전이 끝난 뒤 3일 동안은 공방이 없었다. 왜군 대장 와키자카가 국지전이 아닌 총공격 전술로 바꾸었기 때문이었다. 이에 이순신은 각 장수들을 대장선으로 불러 대책을 논의했다.

"왜놈덜이 3일 동안 나타나지 않는디 무신 일인지 조방장이 몬자 말해봐유."

"우리 전력이 억수로 강헌께 숨고르기를 하는 거 같십니더. 놈들은 반드시 우수영을 집어삼킬라꼬 덤벼들 낍니더. 그러니 벽파진부터 철통같이 막아야 됩니더."

조방장 배흥립의 말을 권준이 받았다.

"놈들은 우리 화포공격에 맥을 추지 못했소. 두 번 싸움에서 놈들이 일찍 후퇴해버린 탓에 크게 타격을 주지 못해 아쉽지만 놈들에게 두려움을 준 것은 나름대로의 성과가 아니겠소?"

이순신이 김억추에게도 말할 기회를 주었다.

"우수사도 말해봐유."

"소장은 벽파진에서 버티는 것은 시간낭비라고 보그만요."

"으째서유?"

"왜군과 싸움은 한 번에 끝내부러야지 질질 끌어불믄 전력이 약헌 우리가 불리해질 거그만요. 벽파진에서 이러고 있을 때가 아니그만요."

"나두 명량이 결전헐 장소라구 믿지만서두 여그를 1차방어선으로 삼자는 거지유."

김억추가 언성을 조금 높여 말했다.

"우리는 1차방어선, 2차방어선을 생각헐 전력이 아니지라. 오직 1차방어선이 최후방어선이라고 생각험시로 싸와야지라."

배흥립과 권준, 김응함, 안위 등이 김억추의 주장에 이맛살을 찌푸렸다. 특히 권준이 더 못마땅한지 길게 말했다.

"김 수사는 우리 전력이 약하다고만 하는데 두려워서 그러는 것이오? 나는 어란포, 벽파진 싸움에서 큰 전과는 없었지만 전투를 해본 경험이 없는 대부분의 우리 군사들이 적을 물리침으로 해서 자신감이 붙었다고 생각하오. 그것도 큰 전과가 아니겠소?"

이순신이 권준의 말에 동조했다.

"권 공의 판단은 옳구면유. 우덜은 두 번의 작은 승리루 인해 이기는 군사가 돼가구 있구면유."

직선적이고 저돌적인 성격에다 전술 전략에 밝은 송희립만 단 한 번의 전투에 모든 전력을 쏟아 붓자는 김억추의 주장에 동조했다.

"통제사 나리, 우수사 말씸이 옳그만요. 단 한 번으로 모든 심을 쏟아 붓어부러야 왜놈덜이 두려와서 물러갈 것입니다요."

"나도 우수사의 뜻을 이해 못 허는 바는 아니지만 진을 당장 옮겨 가믄서 왜적에게 쫓기는 모냥새는 되지 말으야 혀. 왜적두 우덜 동향을 환허게 보구 있으니께."

　이순신은 김억추의 주장이 옳다고 판단하면서도 여러 장수들의 의견을 참작했다. 벽파진에서 며칠 더 방비하다가 최후방어선을 명량으로 올리자는 절충안이었다. 그러나 김억추가 자기 관할 지역이라고 해서 자신의 주장을 강하게 밀어붙이는 것에는 거부감이 들었다. 불쾌한 감정이 드는 것은 어쩔 수 없었다. 며칠 전 여러 장수들이 이순신에게 김억추가 수사답게 좌고우면해야 하는데도 최전방에서 싸우는 만호처럼 너무 설친다고 평했던 말이 떠오르기도 했다. 조방장 권준이나 배흥립은 열댓 번의 해전을 함께 치르면서 생사의 고비를 넘나들었던 동지들이었다. 이순신은 그들의 의견을 무시할 수는 없었다.

　그러나 이순신에게 순간의 감정은 그 순간일 뿐이었다. 전장에서 공과 사는 엄격하게 구별해야 했다. 때마침 중양절이었으므로 사기진작을 위해 녹도 만호 송여종과 안골포 만호 우수를 불러 모든 장졸들에게 특식을 먹이라고 명했다.

　"나는 아직 상중의 몸이지만 제주에서 구해온 소 다섯 마리를 줄 테니께 모든 장졸덜이 배부르게 먹두룩 허게."

　"장수덜은 국물만 마시고 괴기는 수졸덜 차지가 되게 허겠습니다요."

　"그라믄 사기가 하늘을 찌를 것이네. 배부르믄 싸움두 잘허는 겨."

　이순신의 지시에 따라 아침부터 잔치가 벌어졌다. 북 치고 나발을 부니 조용했던 벽파진이 갑자기 시끌벅적했다. 양민들도 꽹과리와 징을 가지고 나와 장졸들을 위해 춤추고 노래를 불렀다. 녹도 만호 송여종의 판옥선 갑판에서는 각력 시합이 벌어졌다. 여러 판옥선에서 대표선수가 나와 출전했다. 유시(오후 6시)가 되어 각력 시합이 결승에 이르자 장졸들의 함성이 더욱 크게 울려 퍼졌다. 그런데 결승을 치르기 바로 직전에 비상이 걸리고 말았다. 척후선이 달려와 적선의 출현을 알렸다.

"적선 쪼맨헌 배 두 척이 감포도에 나타났십니더!"

적선 2척이 어란포에서 진도 감포도로 들어와 정탐하고 있다는 척후장 조계종의 보고였다. 이순신은 조방장 배흥립에게 묻고는 즉시 영등포 만호 조계종에게 지시했다.

"추격혀! 쬐그만헌 적선이께 우덜 전선 한 척이믄 충분혀."

배흥립이 말했다.

"우리 중양절 잔치에 재 뿌리는 억수로 재수 읎고 고약한 놈들입니데이."

"그래두 적을 발견헌 조 만호가 경계를 잘헌 겨."

각력 시합을 구경하던 여러 장수들은 곧바로 자신이 지휘하는 판옥선으로 돌아갔다. 결승까지 오르면서 발목을 조금 다친 각력 선수는 안도의 한숨을 쉬었다. 그러나 다 이겼다고 여기던 선수는 판옥선 갑판을 치며 분해했다. 조계종은 두어 식경 후에 돌아와 또다시 이순신에게 보고를 했다.

"우리 전선이 화포를 쏘면서 추격허니 적들은 도망치기에 급급했십니더. 당황한 나머지 배에 실었던 물건들을 바다에 죄다 던져삐리고 내뺐십니더."

적선의 출현으로 각력 경기를 중단하고 비상경계로 돌아갔지만 장졸들의 사기는 하늘을 찌를 듯했다. 그러나 김억추는 혀를 차면서 아쉬워했다. 척후장 조계종이 적선을 쫓아버리는 것에만 만족해서였다. 아무리 적선이 빠르다고 하더라도 된바람이 불고 있었으므로 두 개의 돛을 펴고 격군들이 사력을 다해 노를 저었으면 따라잡아 왜적을 사로잡았을지도 몰랐던 것이다. 김억추의 부하인 장흥 출신 군관 김위가 말했다.

"수사 나리, 몸이 불편하신게라?"

"몸은 괴안찮은디 맴이 쪼깐 거시기허네."

"으째서 그라신지 짐작이 가는그만이라."

"통제사 나리 주변 장수덜이 나를 보는 눈이 껄적지근해부러. 희립이나 여종이 같은 이짝 전라도 출신 장수덜은 안 그라지만 말여."

"배 조방장님은 경상도고 권준 조방장님은 경기도라. 그래도 통제사께서 나리를 선봉장으로 맽기신 것은 신임허신다는 뜻이 아닐께라?"

"시방은 달라. 이러다가는 우수영이나 지키라고 유진장으로 주저앉혀불 수도 있어."

"그럴 수는 읎지라. 그란다믄 지가 가만히 있지 않겠습니다요."

"쓰잘떼기읎는 소리 말어. 장수는 상관의 명에 죽고 사는 것잉께."

"여그 바다를 수사 나리멩키로 잘 아는 장수가 으디 있는게라. 여그 바다를 모르는 장수들이 앞장 선다믄 고건 필패지라."

"허어, 그런 소리 말랑께. 나는 화포 쏘는 전선덜 궁댕이를 보믄서 얼찡거리는 후위장을 말더라도 최선을 다해불 틴게.”

“나부텀 불만인디 나리 동상덜은 참말로 더하겄지라.”

김억추는 우수영에 남아서 늙은 토병이나 새로 차출한 양민들을 훈련시키고 있을 동생들을 잠시 떠올렸다. 당숙 김충서의 아들인 김대복이나 동생들이 있었다면 형 김억추의 입장을 적극 두둔하였을 터였다. 더 나아가 큰소리가 났을지도 몰랐다. 김대복은 이순신 휘하에서 견내량해전 때 한후장으로 싸운 바 있었다. 동생들뿐만이 아니었다. 뒤늦게 우수영으로 와서 합류한 막내 당숙 김충질도 성정이 불같은 사람이었다.

가을비가 오고 된바람이 거칠게 불었다. 장대까지 선득한 빗방울이 들이쳤다. 가을이 깊어지면서 빗방울도 삭풍에 날리는 눈가루처럼 차가웠다.

“얼능 내려가 보게. 된바람에 판옥선 닻이 이리저리 끌릴지 모릉게. 야물게 단속허게.”

“예, 수사 나리.”

김위가 장대를 내려갔다. 김억추는 장대에 비스듬히 앉아 강진 쪽 하늘을 바라보았다. 결심만 하면 이순신의 허락을 받고 한걸음에 강진 고향집에 다녀올 수도 있지만 김억추는 어란포 바다에 왜적이 몰려와 있어 차마 그러지를 못했다. 수질을 핑계로 육지로 내려갔다가 슬그머니 줄행랑쳐버린 배설을 누구보다도 신랄하게 비판한 장수가 자신이었던 것이다. 김억추는 혼잣말로 자신의 처지를 한탄했다.

“이 세상천지에 나맹키로 한심헌 불효자가 으디 있을까.”

얼굴에 찬 빗방울이 달라붙었다. 된바람이 장대를 뒤흔들며 빈 바다를 거침없이 불어갔다. 소금 알갱이 같은 빗방울이 눈썹에 얹히고 반백이 다 된 수염에도 달라붙었다.

"아버님, 불효자 억추를 용서해부씨요. 이 싸움이 끝나믄 아버님을 편히 잘 모셔불라요."

김억추는 장대에서 가만히 일어나 강진 쪽을 향해서 큰절을 했다. 한 번으로 성이 차지 않아 두 번, 세 번을 엎드렸다. 세 번째 절하고 일어설 때 기어이 뜨거운 눈물을 흘리고 말았다. 굵은 눈물이 장대 바닥에 후두둑 떨어졌다. 김억추는 다시 한참 동안 엎드린 채 일어나지 못했다. 우수영을 돌아가면 동생들에게 아버지 안부를 바로 알 수 있을 터인데 그러지도 못한 자신이 한없이 초라했고 불효자라는 자책이 들어 억장이 무너졌다.

그러나 김억추는 휘하 장졸들에게 자신의 나약한 모습을 보여서는 안 된다고 뉘우쳤다. 백성들을 도탄에 빠지게 한 왜장을 죽여 원수를 갚는 것이 아버지의 뜻이라고 믿었다. 가장 큰 효도란 왜장을 죽여 아버지에게 알리는 것이라고 여겼다. 김억추에게는 충(忠)이 효(孝)고, 효가 곧 충이었다. 김억추는 자리를 툭툭 털고 일어났다. 그런 뒤 장대를 내려와 장졸들의 전투태세를 점고했다. 가을비는 멈추었지만 된바람이 여전히 사납게 불어 제쳤다. 다행히 판옥선은 된바람에도 닻이 끌리지 않고 제자리에서 크게 흔들리기만 했다.

그때였다. 벽파진 맞은편 바닷가에서 연기가 피어올랐다. 어란포로 정탐을 나갔던 탐망군관 임준영이 배를 보내달라는 신호였다. 각 장수들은 모두 임준영을 기다리고 있던 중이었다. 이순신이 즉시 협선을 보내 임준영을 싣고 왔다. 임준영은 이순신과 여러 장수들 앞에서 정탐결과를 보고했다.

"적선 2백여 척 가운데 55척이 어란 앞바다에 들어와부렀그만요."

"또 다른 정탐은 읎는 겨?"

"이달 6일에 달마산에 갔다가 적에게 잡혀 포로가 된 김중걸이란 자를 만났지라. 김해 김가라는 사람이 왜장에게 빌어 결박을 풀어주자 때를 보아 도망쳐온 자그만요."

"김해 김가가 여자인 겨, 남자인 겨?"

"김해 김가라고만 김중걸헌티 들었어라우."

김중걸이 김해 김가를 보호하기 위해 임준영에게 김해 김가의 성별을 흐렸는지도 몰랐다. 이순신은 김해 김가가 어란일 것이라고 짐작했지만 더 묻지 않았다.

"김해 김가가 김중걸에게 무신 정보를 흘려줬다는 말인 겨?"

"김해 김가가 김중걸 귀에다 대고 몰래 얘기해주었는디 왜장덜이 '조선 수군 10여 척이 우리 배를 추격해서 군사를 죽이고 배를 불태웠으니 극히 통분할 일이다. 각처의 배를 불러 모아 합세해서 조선 수군을 섬멸해야 한다. 그러고 나서 곧장 한양으로 올라가자.'고 하였다고 헙니다요."

"김해 김가가 김중걸을 도망치게 도와준 것만도 고마운 일인 겨. 더구나 왜놈덜이 총공격을 헌다는 첩보를 전해주었으니 김해 김가의 의리가 가상허구먼."

이순신은 전령선을 우수영으로 보내 포작선을 탄 채 바다에서 살고 있는 피난민들을 육지로 올려 보내도록 조치했다. 조선 수군의 판옥선 13척과 작은 협선들이 정박하려면 우수영 바다가 비어 있어야 했다. 마침내 결전의 시기가 임박했기 때문이었다.

명량해전

　마침내 이순신은 각 장수들에게 수군의 진을 벽파진에서 우수영으로 옮기라고 명했다. 즉시 판옥선 13척과 협선 32척은 우수영 쪽으로 흐르는 밀물을 타고 움직이기 시작했다. 이동하는 대오는 장사진(長蛇陣)이었다. 명량해협이 비좁기 때문이었다. 판옥선이 앞서고 수군 다섯 사람이 타는 협선들은 뒤를 따랐다. 앞서가는 판옥선은 뱀의 머리, 뒤따라가는 협선들은 뱀의 꼬리 같았다. 명량의 물목 한가운데는 밀물이 올라가고 있었지만 해안가는 소용돌이치는 와류와 거꾸로 흐르는 반류가 흘렀다.

　벽파진에서 우수영은 한나절 거리였다. 장사진 대오로 좁은 물목을 지나자 우수영 앞바다가 훤히 보였다. 이미 지시했기 때문에 피난민들이 타고 있던 포작선들은 바다에 떠 있지 않고 선창 끝머리의 말뚝에 묶여 있었다. 포작선들의 숫자는 이순신이 생각하는 것보다 많았다. 백여 척쯤 되었다. 피난민이나 보자기들을 태우고 남해를 떠돌다가 우수영으로 온 어선들이었다. 우수영 바다는 왜군의 노략질을 그나마 피할 수 있었던 것이다.

피난민들은 대부분 뭍에 내려가 있었다. 이순신이 탄 대장선이 선창에 이르자, 피난민들이 이순신을 연호하며 눈물을 흘렸다. 늙은 피난민들을 보자 이순신의 입에서는 저절로 탄식이 흘러나왔다. 돌아가신 어머니가 생각났다. 곁에서 아버지 이순신을 시봉하던 장남 회도 돌아가신 할머니 생각에 대장선 고물로 가서 북쪽 충청도 하늘을 바라보며 소리 없이 흐느꼈다.

이순신은 명량을 지나오며 머릿속으로 확정한 전투편제를 명하기 위해 송희립을 시켜 대장선으로 각 장수들을 소집시켰다. 벽파진에서 한번 구사했던 편제 그대로였다.

총대장 전라좌수사 겸 삼도수군통제사 이순신

조방장 권준, 배흥립

전부장 거제 현령 안위

중위장 미조항 첨사 김응함

척후장 영등포 만호 조계종

후위장 겸 유진장 전라우수사 김억추

그 밖에도 각 전선의 수군을 지휘할 장수들은 다음과 같았다. 발포 만호 소계남, 녹도 만호 송여종, 회령포 만호 민정붕, 안골포 만호 우수, 평산포 대장(代將) 정응두 등이었다. 김억추의 집안 무부로서 막내 당숙 김충질, 친동생인 김응추와 김기추, 육촌 동생인 김대복과 김덕복, 김인복 등의 명단은 아직 이순신의 손에 들어가지 않은 상태였다.

대오는 첨(尖) 자 모형의 첨자진을 유지하다가 적선이 출현하면 맞서서 싸우는 일자진을 택했다. 한산도해전에서 승리를 안겨준 학익진 대오 대신 명량의 바다가 좁고 아군의 판옥선 숫자가 적기 때문에 일자진을 선택할 수밖에 없었다. 김억추의 임무는 후위장 겸 유진장으로서 우수영에 남아서 군사와 군수물자를 조달하고 있다가, 해전이 개시되면 전선들 뒤에서 외호하는 협선과 포작선들을 관리하되 공방이 치열해지면 일선에 합류해 싸우는 것이었다. 협선의 토병들은 화살 같은 무기를 공급하고, 포작선의 피난민들은 식수와 필요한 물자를 나르는 것이 주요 임무인데, 정예 수군이 아니므로 막상 전투가 벌어지면 갈팡질팡하기 일쑤였다. 후위장이 뒤에서 협선과 포작선들을 다잡는 것은 바로 그런 이유에서였다.

김억추는 유진장의 임무를 다하기 위해 우수영 선창에 내렸다. 피난민 무리를 뚫고 동생들과 막내 당숙이 달려와 맞이했다.

"아이고, 을매 만인가?"

"요로크롬 당숙을 뵈니 심이 납니다요."

"동상덜이 으찌나 성을 따르고 지다리는지 눈물이 나더라."

"집안 어르신덜 모다 무고하신게라?"

"수사께서 나라에 큰 공을 세울 거라고 다덜 기대허고 있그만잉."

김억추는 막냇동생 김기추에게 말했다.

"아버님은 으떠시냐?"

"여름에는 쪼깐 나으셨는디 요새 추와짐서는 심들어허시는그만요."

"미음이라도 잘 잡수시고 방은 따땃헌지 모르겄다."

둘째 동생 김응추가 대답했다.

"심성이 착헌 아랫것덜이 지성으로 모시고 있그만요."

"이 싸움이 끝나믄 사내종허고 계집종에게 방을 하나 꾸며줘서 혼사
시켜야겄다."

"그라믄 좋아 허겠지라."

김대복이도 한마디했다.

"워낙 심신이 강헌 분이신께 올해도 잘 넘기실 겁니다요."

우수영 관아로 돌아온 김억추는 즉시 동생들에게 지시했다.

"토병덜을 시켜 무시와 칡을 캐오거라. 싸우다 보믄 목이 마르고 배
가 고픈디 무시와 가실 칡이 최고니라."

전투를 앞두고 무와 칡을 확보해두라는 것은 이순신이 김억추에게
지시했던 명이었다.

"그라고 전투가 개시되믄 통제사 어른이 좋아허는 대복이는 대장선
에 타고 응추, 기추, 덕복이, 인복이는 내 판옥선에 타그라."

"나는 으떤 전선에 탈까?"

"당숙 편허실 대로 허시씨요. 수영에 유진장으로 남으셔도 되겠지라."

"나도 싸울라네. 여그 싸우러 왔제 구경하러 왔간디."

김억추는 동생들과의 재회를 접고 숨 돌릴 겨를 없이 수영 현황 점고

에 나섰다. 군역치부를 펴고서 군사의 숫자부터 확인했다. 김억추는 안도했다. 각 전선에 배분하면 자기 몫을 다할 수 있을 만큼 훈련을 잘 받아온 군사들이었다. 다음에는 군창을 점고했다. 동생들에게 군창군관을 맡겼는데 군량미도 쌀과 잡곡이 넉넉했다. 동생들의 수고가 새삼 느껴질 정도로 군창에는 군량미가 가득했다. 무기고에 무기들은 잘 정비돼 있었다.

김억추는 우수영 양민들이 건의한 위장전술도 참고했다. 위장전술은 세 가지였다. 첫 번째는 적들이 조총과 포를 쏘게 하여 탄환을 소진시키는 전술이었다. 썰물 때를 기다렸다가 함지박과 짚을 묶어 관솔불을 붙이거나 뗏목에 나락 등겨를 쌓고 생대를 얹어 불을 놓은 뒤 떠내려 보내는 전술이었다. 두 번째는 널빤지에 사람 형상을 만들어 황토를 칠해 아군의 시체로 위장해 보내는 전술이었다. 세 번째는 빈 배에 허수아비들을 세우고 배 옆구리에 이엉을 돌려 적들이 화살공격을 하도록 유도한 뒤 화살을 빼오는 전술이었다. 다만 썰물 때인 신시와 자시 사이에만 쓸 수 있고, 달이 없는 칠흑 같은 밤에만 가능하다는 것이 한계이자 단점인 위장전술이었다.

보름달이 중천에 뜬 자정 무렵이었다. 동헌방 창호에 흔들리는 대나무 이파리들이 어렸다. 거풋거리는 댓잎 그림자가 방 안으로 날아오는 화살 촉 같았다. 판옥선으로 돌아온 김억추는 긴장한 탓인지 잠을 이루지 못했다. 희미한 꿈을 서너 개나 꾸었는데, 그중에서도 한 꿈이 유난히 선명했다. 장대에서 잠을 자다가 벌떡 일어나 갑판으로 내려왔을 정도였다. 꿈속에서 갑옷을 입은 건장한 체구의 장수가 김억추에게 말했다.

"그대는 나를 아는가? 나는 한나라 장군 관우이니라. 지금 싸움터에는 구리로 만든 방울을 두 귀에 단 왜장이 있다. 옛날의 치우처럼 사나워도 그대는 맞서서 싸울 수 있으니 놀라거나 두려워하지 말라."

관우라는 그 장수가 다시 말했다.

"싸움터에는 소름이 끼칠 만큼 무섭고 거친 기운이 하늘로 치솟고 있다. 그대는 급히 공격하되 좋은 기회를 놓치지 말라."

관우가 김억추에게 들려준 말의 요지는 두 가지였다. 하나는 치우처럼 사나운 왜장은 구리로 만든 귀걸이를 하고 있으며, 또 하나는 소름이 끼칠 만큼 거칠고 무서운 싸움판이 될 것이라는 당부였다. 관우는 전쟁에서 이기게 하는 군신이었다. 그런 이유로 명나라 장수들은 싸움터에 나아가기 전에 반드시 관우 사당에 들어 관우상 앞에서 무운장구를 빌었다. 김억추는 관우 사당을 가지 않고도 꿈속에서나마 관우를 만났으므로 길몽이라고 여겼다.

"워미! 관우 군신이 나를 도와줄랑갑네."

김억추는 길몽으로 해몽하면서 중얼거렸다. 보름달 달빛이 소나기처럼 쏟아지는 우수영 바다는 환하고 유난히 적막했다. 판옥선 갑판은 된서리가 내려 사금처럼 반짝였다. 군관 김위가 경계순찰을 돌면서 김억추를 발견하고는 놀랐다.

"아니, 어저께 수영으로 내려가지 않으신게라우?"

"수영을 점고헌 뒤 다시 배로 올라왔네. 일촉즉발인디 배로 와야제. 아칙에 다시 내려가드라도 말여."

"토막잠이라도 주무셔야지라."

"꿈 땜시 잠이 안 오네."

"싸울 전선이 작더라도 군사는 많아야 허는디 고것이 걱정이그만요."

"아칙이 되믄 우리 전선에 우수영 수군이 많이 올 것이네. 내 동상덜이 델꼬 올 것잉께 지달려 보게. 군관 강옥상, 정응 등도 오고."

김위는 김억추의 말을 새기면서 선실로 돌아갔다. 이른 새벽에 김억추는 보고하기 위해 협선을 타고 대장선으로 갔다. 보름달빛을 받아 금빛으로 출렁거리던 바다가 어느새 검푸르게 돌변했다. 달과 해가 순리대로 교대하는 박명의 이른 새벽이었다. 벽파진 쪽으로 불어가는 바람이 살얼음 같은 냉기를 뿌렸다. 기러기 떼가 날고 있는 하늘은 벌써 동이 트고 있었다.

별망군 군관이 이순신에게 와서 보고한 뒤 진저리를 쳤다. 적선들이 떼로 몰려오고 있어선지 겁에 질려 있었다.

"통제사 나리, 시방 적선들이 이짝으로 올라오고 있습니다요."

"적선의 규모는 으떤가?"

"무자게 많습니다요. 시커먼 거머리 떼맨치로 몰려와불고 있습니다요."

"알았다. 선실에 가서 화롯불에 몸을 녹이그라."

별망군 군관의 옷은 밤새 된서리에 젖어 가랑비를 맞은 것처럼 축축했다. 왜 수군 함대가 우수영 쪽으로 올라온다는 별망군 군관의 보고를 받고도 이순신은 흔들리지 않았다. 이미 자신의 목숨을 하늘에 맡겨 두었기 때문이었다. 이순신은 각 장수들을 불러 놓고는 공격 준비를 지시했다.

"적선이 올라오구 있는디 두려워 말 겨. 병법에 이르기를 '반드시 죽고자 하면 살구 살려구만 하믄 죽는다'라구 한 겨. 주사장들은 자기 임무를 철저히 숙지혀. 우덜은 한 군사가 천 명의 적을 막아낼 수 있는 명량을 차지하고 있으니께 두려워허지 말으야 혀. 쪼깐이라도 명령을 어기믄 군율대루 용서치 않을 겨. 주사장덜은 알겠는가?"

"예, 통제사 나리."

장수들의 복창 소리와 함께 결전의 날은 밝았다. 장졸들의 전의와 패기는 만조의 바다처럼 넘치고 푸르렀다. 비록 13척의 전선으로 133척의 왜 수군 함대를 맞서지만 조선 수군의 사기만큼은 하늘을 찔렀다.

왜 수군 함대의 장수들은 총대장 도도 다카토라, 대장 와키자카 야스하루, 선봉장 구루시마 미치후사 등이었다. 간 마사카게의 척후선은 이미 벽파진 앞바다까지 올라와 조선 수군의 동태를 살피고 있었다. 도도 다카토라는 이순신의 첫 해전인 옥포해전에서 패장이 된 수모를 씻기 위해 이번 싸움에 총대장으로 나섰다. 와키자카는 한산도해전에서는 이순신에게 참패했지만 칠천량해전에서 원균에게 대승을 거두었으므로 그 여세를 몰아 조선 수군의 잔당을 쓸어 없앤다는 야욕을 숨기지 않았다. 구루시마는 도요토미 히데요시의 특명을 받고 온 해적 출신

338

왜장이었다. 해적답게 백병전에 능해 '돌격전의 달인'이라는 찬사를 받아온 그의 본거지는 물살이 센 미야쿠보 해안에 위치해 있었으므로 이번 싸움의 최고 적임자라는 기대를 받았다. 더구나 임진년 당포해전 중에 이순신의 부하 권준의 화살을 맞아 죽은 왜장 구루시마 미치유키는 그의 친형이었으므로 이번 싸움은 이순신을 향한 복수전이나 다름없었다.

사시(오전 10시)가 되자 왜 수군 함대 133척이 명량 너머 벽파진 먼바다에 나타났다. 그러나 왜 수군 함대는 더 이상 올라오지 못했다. 썰물 때인데 조류 흐름이 가장 빠른 시각이기 때문이었다. 이순신도 성급하게 명량을 넘어서지 않았다. 왜 수군 함대가 올 때까지 명량을 사이에 두고 지구전을 폈다.

첨자진 대오를 유지하면서 방비를 철저히 했다. 장졸들은 포작선이 나르는 이불을 받아 바닷물에 적신 뒤 판옥선 방패막이 널빤지에 널었다. 조총이나 왜 수군의 대포 공격을 약화시키기 위해서였다. 또 방어무기들을 점고했다. 왜적이 판옥선에 기어오르지 못하게 휘두르는 각진 몽둥이인 능장(棱杖), 쇠몽둥이인 철타(鐵打), 손도끼, 이순신이 고안해 만든 쇠도리깨 등을 점검했다. 특히 발이 다섯 개인 쇠도리깨는 도리깨질을 해본 양민이라면 누구나 사용할 수 있는 방어무기였다. 이순신이 고안한 무기는 또 있었다. 당항포해전에서 처음으로 사용한 발이 네 개인 갈구리, 즉 사조구(四爪鉤)였다. 그 이전에는 발이 하나뿐인 외갈구리인 요구금(要鉤金)뿐이었던 것이다.

정오가 되자 바닷물의 흐름이 잠시 멈추었다. 밀물과 썰물이 교차하는 시각이었다. 바닷물이 도도해지고 군데군데 와류가 생겼다. 이윽고 왜 수군 함대가 척후선이 유도하는 대로 명량으로 공격해 왔다. 총대장 도도는 후방으로 빠지고 선봉장으로 구루시마가 나섰다. 이순신도 첨자진 대오를 유지한 채 우수영 코앞의 양도 앞바다로 나섰다. 이순신이 중군장 김응함에게 소리쳤다.

"일자진으루 혀!"

중군장 김응함이 깃발을 흔들자 11척의 전선들은 일렬횡대를 만들었고 대장선은 조금 뒤로 처졌다. 그리고 그보다 더 뒤쪽으로 김억추의 전선이 물러났다. 김억추의 임무는 후방의 협선과 포작선들을 지휘 통솔하는 것이었다. 왜 수군 함대는 생각보다 규모가 훨씬 컸다. 장졸들이 공격준비 때와 달리 조금 동요했다. 그러자 이순신이 참좌군관인 송희립과 전부장 안위에게 말했다.

"적선덜은 숫자만 많지 관선(중선)이 대부분이여. 우덜 판옥선이 화포 공격을 허믄 견디지 못할 겨."

이윽고 왜 수군 선봉대 30척이 2백여 보 거리 안으로 들어왔다. 공격을 개시해야 하는 최단거리였다. 이순신의 대장선에서 지자총통 한 발이 불을 뿜었다. 뒤따라 북이 울리고 나각과 나발 소리가 길게 울려 퍼졌다. 판옥선들이 앞으로 나아갈 기미를 보이지 않자 대장선이 돌격선 역할을 했다. 왜 수군 척후선에 지자총통, 현자총통을 멀리 쏘아대며 앞으로 나아갔다. 그러자 왜 수군 척후선이 명량 물목을 넘어서지 못하고 갈팡질팡했다. 대장선의 화포는 왜 수군 선봉대의 중심부터 타격했다. 물기둥이 치솟아 왜 수군 선봉대가 오도 가도 못한 채 우왕좌왕했다. 왜 수군 선봉대 중선에서 검은 연기가 솟아올랐다. 그때 선봉장 구루시마의 안택선이 치고 나왔다. 그의 안택선은 팔각형 안에 삼(三)자가 새겨진 깃발을 꽂고 있었다.

"왜놈 함대 중심에다 화포를 집중하라!"

적선들을 명량 해안으로 분산시키기 위한 전략이었다. 명량 바닷가는 갯바위들이 삐죽삐죽 솟아 있고 와류와 반류가 흘러 왜 수군의 조총과 대포를 무용지물로 만들어버릴 수 있었다. 갯바위에 부딪치면 배 밑이 파손될 것이고, 와류와 반류에서는 무기 조준이 용이하지 않았다.

이순신은 대장선이 너무 앞서 있다고 판단했다. 전부장 안위의 전선이 대장선 뒤에 처져 있을 정도였다. 더구나 김억추의 전선은 두 마장쯤 떨어져 가물가물했다. 후위장 김억추는 왜 수군의 함대를 보고 겁을 먹은 협선과 포작선, 향선들을 통솔하는 데 애를 먹었다. 이순신은 답답했다.

"김 수사 배는 위째서 멀리 떨어져 있는 겨?"

"협선과 포작선, 향선덜 질서를 잡느라 애를 쓰고 있는 거 같습니다요."

송희립의 말에 이순신이 또 말했다.

"비록 적선이 천 척이라두 우덜 전선 1척을 당해내지 못할 겨. 명량이 우덜 군사를 도울 겨."

"예, 통제사 나리 말씸을 믿어불라요."

중군선은 여전히 대장선 앞으로 나오지 않았다. 이순신은 당장 김응함을 불러 효시를 하고 싶었지만 전투 중이라 참았다. 이순신은 그 자리에서 호각을 불었다. 그리고 장수들을 부르는 초요기를 올렸다. 그제야 중군선에서 명을 받겠다는 영하기(令下旗)가 보였다. 잠시 후 중군선보다 안위가 탄 전선이 먼저 대장선 뒤로 붙었다. 대장선 갑판에서 이순신이 안위를 꾸짖었다.

"니가 군법에 죽구 싶은 겨? 도망간다구 워디 가서 살 겨!"

"통제사 나리, 목심을 아끼지 않겠습니다요."

안위가 부끄러워하면서 대장선 앞으로 나갔다. 그때 중군선도 대장선 옆으로 왔다. 이순신이 김응함을 보고서 또 소리쳤다.

"니는 중군장이면서두 대장을 구원하지 않으니 워치게 죄를 면헐 겨! 당장 처형허구 싶지만 적세가 급허니께 우선 공을 세울 기회를 줄 겨."

"통제사 나리, 인자 나설 낍니더. 이 칼로 왜장을 죽일 낍니더."

중군선과 안위의 전선이 대장선 앞으로 나서자 그때까지 상황파악만 하던 각 전선들이 일자진 대오를 유지하면서 화포를 쏘았다. 비로소 이순신의 당파전술이 위력을 발휘했다. 당파전술이란 전선끼리 부딪치는 것이 아니라 집중적인 화포공격을 뜻했다. 화포공격이 조총을 압도하자 구루시마의 선봉대와 와키자카의 본함대 사이가 벌어졌다.

멀리서 있던 김억추의 전선도 달려왔다. 협선과 포작선들이 김억추의 전선을 뒤따라 왔는데, 양민과 피난민들이 식수와 요깃거리로 칡과 무를 가득 싣고 왔다. 양민과 피난민들이 북과 꽹과리를 치고 나발을 불어 아군의 사기를 북돋았다. 김억추는 적선을 본 순간 참지 못하고 대장선 앞으로 나아가 달려들었다. 이순신이 '함부로 서둘러 쳐들어가지 말라'고 깃발을 흔들었지만 김억추는 우수영 전선에 탄 군관 김위, 박팽세, 오극신, 오계적, 동생들과 막내 당숙을 쳐다보면서 말했다.

"나라가 인재를 키운 것은 오늘 같은 날 사용할라고 그랬제. 만약 요런 때 왜적과 싸우다 죽지 못하믄 다시 또 어느 때를 지달리겠는가(國家養士 用在今日 若於此時 不爲戰死則 更待何時耶)."

이순신은 대장선 앞에서 싸우는 장졸들을 위해 북을 치며 독전했다. 안위 전선과 김응함의 중군선이 왜 수군 선봉장 구루시마가 탄 안택선 가까이 접근해서 싸우고 있었다. 구루시마의 지시로 왜 수군의 관선 3척이 안위의 전선을 에워싸며 공격했다. 그러나 안위의 전선은 견고했다. 장졸들이 죽기를 각오한 채 싸웠다. 활을 쏘면서 긴 창과 각진 몽둥이인 능장, 쇠몽둥이인 철타, 쇠도리깨로 왜적이 전선에 오르지 못하게 휘둘렀다. 대장선과 김억추의 전선이 안위의 전선을 포위한 왜 수군 관선 3척을 향해 화포공격을 했다. 녹도 만호 송여종의 전선과 평산포 대장 정응두의 전선도 가담했다. 그러자 3척의 왜 수군 관선이 불길에 휩싸이며 명량 바다 속으로 가라앉았다. 명량 바다는 왜적의 피로 붉게 물들었다.

황금투구를 쓴 선봉장 구루시마가 안택선 층각을 오르내리면서 괴성을 지르며 날뛰었다. 3척의 관선이 검은 연기를 피우며 침몰하자 제정신을 잃었다. 김억추는 그를 본 순간 어젯밤 꿈에 보았던 관우의 말이 뇌리를 스쳤다. 구루시마는 두 귀에 구리방울을 달고 있었다. 김억추는 혼잣말로 중얼거렸다.

"아, 치우처럼 사납다는 놈이 바로 저놈이그만. 두려워허지 말고 맞서서 싸우라고 했제."

김억추는 등에 멘 화살통에서 긴 화살을 하나 뽑았다. 함경도로 갈 때 이이에게 돌려받은 바로 그 장전(長箭)이었다. 김억추가 좌우에서 호위하고 있던 동생 김응추와 김기추에게 말했다.

"응추야, 기추야, 저놈만 거꾸러뜨리믄 승기를 잡을 수 있어야. 단번에 전세를 뒤집어불 수 있을 것이다."

"잠시도 가만있지 않고 미친 들개맨치로 날뛰는그만요."

"단 한 번은 멈출 때가 있을 것이다."

"성님, 저놈이 움직이고 있응게 화포로 날려붑시다."

"아니다. 내 화살로 확실허게 저놈을 죽여야 한다. 저 선봉장만 죽이믄 왜적 선봉대는 와그르르 무너질 것인께."

마침, 구루시마가 소리치다가 지친 듯 안택선 층각장대에서 잠시 호흡을 고르고 있었다. 김억추가 기다리던 단 한 번의 순간이었다. 김억추는 온 힘을 다해 구루시마를 겨누었다. 김억추의 동생들은 한 치도 의심하지 않았다.

"성님은 반다시 저놈 숨통을 끊어불고 말 것이여."

잠시 후 안택선을 공격하던 각 전선의 장수들이 일제히 탄성을 질렀다. 이순신도 눈을 부릅뜨며 신음 같은 소리를 뱉어냈다. 김억추의 손에서 화살이 떠나자마자 구루시마가 층각장대에서 굴러 떨어지더니 바다 속으로 사라져버렸다. 각 전선의 장졸들이 크게 함성을 질렀다.

"와아! 와아!"

조방장 배흥립이 권준에게 말했다.

"과연 김 수사는 명궁수입니데이. 김 수사 화살 한 방이 이 싸움을 유리허게 이끌 낍니더."

"배 조방장 말씀이 맞소. 나도 내 눈으로 똑똑히 보았소."

선봉장 구루시마가 죽자 왜 수군 선봉대는 순식간에 대오가 흐트러졌다. 왜 수군 대장 와키자카가 당황했다. 선봉대가 후퇴하면 본대도 밀리기 마련이었다. 승기를 잡았다고 판단한 이순신은 신시 전에 결판을 내려고 작심했다.

"들물이 가장 빠르게 들어오는 시각이 신시니께 그전에 끝내야 혀!"

"명량을 넘어온 적선 서른 척을 모다 수장시켜뻔지고 끝내야지라."

송여종의 말에 우수가 끼어들었다.

"그래야 저놈덜이 우리 군사를 다시는 깔보지 않을 낍니더."

장수들이 공격을 더 세게 하자는 것은 눈앞에 승리를 두었다는 자신감의 발로였다. 이순신도 승리를 확신했다. 완도 쪽에서 신안 쪽으로 올라오는 조수의 흐름도 이순신의 편이었다. 이순신은 계속 독전의 북을 쳤다. 왜 수군 선봉대를 물살이 소용돌이치는 명량 해안에서 가운데로 몰았다. 그래야만 화포공격이 더 위력을 발휘할 수 있었다. 바로 그때 왜인 준사(俊沙)가 바다에 뜬 시체를 보더니 소리쳤다.

"통제사 나리, 저 무늬 있는 비단옷을 입은 놈이 안택선의 적장 구루시마 미치후사입니다."

준사는 적진에서 투항해 온 구루시마의 부하였던 것이다. 이순신은 물을 긴는 수졸 김석손에게 갈고리를 주면서 구루시마의 시체를 뱃머리 위로 끌어 올리라고 지시했다. 그런 뒤 구루시마의 몸을 토막 내서 머리와 몸통, 팔다리를 대장선 돛대에 높이 매달게 했다. 아군 장졸들의 사기를 올리고 왜 수군의 사기를 저하시키는 조치였다.

구루시마의 토막 난 시체를 본 왜장들은 전의를 상실했다. 왜 수군들은 조총은 물론 대포도 쏘지 못했다. 판옥선의 화포공격을 피해 왜적 중에 일부는 바다로 뛰어들어 해안가로 도망치기도 했다. 이순신은 또다시 당파전술을 꺼냈다.

"돌진하라!"

선봉대 30척을 완벽하게 수장시켜버리겠다는 당파전술이었다. 이순신의 전선들은 반파된 왜 수군 선봉대를 향해 무자비하게 화포를 쏘아댔다. 정오부터 시작한 싸움을 신시 전에 끝내기 위해서였다. 구루시마의 지휘를 받던 선봉대 관선들이 뒤엉키더니 검은 연기를 내뿜으며 차례차례 명량 바다 속으로 침몰했다.

그때였다. 김억추를 비통하게 하는 비보가 전해졌다. 대장선에 탄 김대복이 전사했다는 소식이었다. 뒤이어 자신의 옆에서 싸우던 둘째 동생 김응추가 적탄을 맞고 쓰러졌다. 잠시 후에는 동생 김인복이 활을 쏘아대는 중에 왜선의 대포 파편에 팔 하나를 잃고 갑판에서 뒹굴었다. 김억추는 적개심이 끓어올라 이를 악물었다.

"왜놈덜을 모다 수장시켜불고 말 거여. 내 맴이나 동상덜 맴이나 똑같을 거여."

김억추는 적선을 한 척이라도 더 침몰시키기 위해서 홍양 현감 최희량의 전선과 협공을 펼쳤다. 도도와 와키자카는 멀리서 구루시마의 선봉대가 어떻게 무너지는지 지켜보기만 했다. 손에 부상을 입은 도도가 치를 떨며 말했다.

"아직 끝은 아니다. 칠천량 싸움 이상으로 이순신에게 갚아줄 것이다."

"총대장님, 손에 맞은 화살이 독화살이 아니어서 다행입니다."

"내 손에 화살을 맞다니 이것은 참을 수 없는 수모네."

"조선 수군의 활과 화포 실력은 우리보다 월등합니다."

"구루시마는 활로 죽고, 마사카게는 화포를 맞아 죽었으니 그 말이 맞지."

"조선 수군을 이기려면 다시 준비를 해야 합니다."

"명량싸움에서는 우리가 졌다. 그러나 싸움은 한 번으로 끝난 적이 없다. 나는 낙심하지 않을 것이네."

도도와 와키자카는 패배를 솔직하게 인정했다. 와키자카가 오늘의 참패를 잊고 내일의 싸움에 집중하자고 말했다.

"총대장님, 이순신은 인간인지 신인지 모르겠습니다. 전선 13척으로 우리의 133척 연합함대를 바보로 만들어버렸습니다. 믿기 어렵지만 받아들이고 싶습니다. 내일은 다른 전술로 싸워 설욕해야 합니다."

"구루시마를 잃은 것이 결정적인 패인이네. 간빠구 님이 가장 총애했지만 구루시마는 불운한 장수야."

한나절 전투에서 두 명의 장수와 30척의 관선과 안택선 1척을 잃었다는 것은 왜 수군의 참패였다. 명량 바다에 수장된 3천여 명의 왜 수군을 생각하면 두려워하지 않을 수 없었다. 특히 도도의 가슴을 아프게 한 장수는 간 마사카게였다. 명량으로 나아가 싸워보지도 못한 채 벽파진 앞바다에서 조선 수군의 화포공격을 받아 전사했기 때문이었다.

우수영 앞바다로 귀진한 이순신은 전선 13척을 보면서 중얼거렸다.

"천행이여. 하늘이 내려준 행운이여."

송희립이 옆에서 의아해했다.

"통제사 나리, 무신 말씀인게라우?"

"이 싸움은 우덜이 이길 수 읎던 싸움이여. 하늘이 도와준 거여. 워치게 13척으루 133척을 이길 수 있냔 말여."

"하늘도 도왔지만 김억추 수사 나리의 화살 한 개가 전세를 뒤집어부렀지라."

"나는 앞으루 판옥선을 건조허는 데 심쓸 겨. 파도가 거친 겨울 동안 왜적덜이 쉴 때 무기와 판옥선을 많이 맹글어 대비헐 겨."

그날 밤 이순신은 우수영에서 결진하지 않고 당사도로 진을 옮겼다. 왜 수군이 야간기습을 감행할지 모른다고 판단해서였다. 김억추만 우수영에 남았다. 본영을 방어하고 참전한 장졸과 양민, 피난민들을 치하하고 위로하기 위해서였다. 김억추는 저녁도 먹지 않고 떠나려는 이순신을 배웅한 뒤 관아로 돌아와 객사로 들어가 임금의 궐패 앞에서 사배를 올렸다. 그리고 동헌으로 돌아와 마룻바닥에서 강진 작천을 향해 엎드렸다. 김위, 차은락 등 군관들이 지켜보는 가운데서 병환 중인 아버지에게 마음으로 승전의 소식을 전했다.

그러나 어두운 얼굴을 하고 있는 동생들과 막내 당숙 김충질을 보자, 이내 자책감에 사로잡혀 마음이 또다시 무거워졌다. 동생 김응추와 김대복이 적탄을 맞아 순절했고 동생 김인복이 팔 하나를 잃은 탓에 가슴이 찢어질 것처럼 비통했다. 동생들이 간 뒤 목울대를 넘어오려는 속울음을 겨우겨우 참았던 김억추는 기어이 동헌방에서 통곡을 했다.

남당포 전투

명량해전이 끝난 뒤 김억추는 승진하여 종2품 경상 방어사를 제수받았다. 정3품 전라우수사는 거제 현령 안위가 부임하였다. 그러나 김억추는 실제로 경상 방어사에 즉시 취임하지 못했다. 무술년(1598) 정월 초사흘에 아버지 김충정이 노환으로 별세하였기 때문이었다. 상중에는 당장 부임하지 않아도 되는 관례가 있었다.

무술년 정월은 눈보라가 유난히 몰아쳤다. 모래알 같은 싸락눈이 삭풍을 타고 몰려다녔다. 김억추 형제들이 싸락눈을 맞으며 금곡사 위쪽 산자락에서 삼우제를 지내는 동안 노비들은 집 마당 한쪽에 영우를 지었다. 김충정의 신위를 모시기 위한 초막이자 임시 사당이었다.

영우는 둘째 아들 김만추가 관리했다. 이엉을 한 겹 더 얹었고 벽에도 외풍이 들지 않도록 두껍게 둘러쳤다. 아침이 되면 따뜻한 밥과 국을 영우 제단에 올렸고 조문객들이 오면 '아이고, 아이고!' 곡을 하면서 맞았다.

물론 귀한 객이 문상 오면 김억추가 영우에 들어가서 곡을 했다. 이순신에게 의병장 직첩을 받은 염걸이 왔을 때도 김억추는 영우로 들어가 상례로 맞이했다. 염걸은 김억추보다 세 살 위였다. 그러나 김억추가 당상관 벼슬에 있었으므로 염걸은 상관의 예를 갖추어야 했다. 염걸은 신위 앞에 엎드려 절하고 나서 먼저 김억추에게 위로의 말을 건넨 뒤 강진 바닷가에서 왜적을 물리친 이야기를 꺼냈다.

"작년에 노략질하러 온 왜적놈덜에게 강진을 넘보지 못하게 했지라."

"무신 방략을 썼소?"

"우리덜 숫자가 작은께 기습했지라. 그라고 바닷가에 허수아비를 맹글어 여그저그 꽂아 놈덜을 속였지라."

"위장전술이었그만요."

"왜놈덜이 그날은 쫓아오지 못하더그만요. 안개가 눈앞이 안 보일 정도로 끼어부러 허수아비덜을 우리 군사덜로 착각했던 거지라."

김억추는 염걸의 지략에 놀랐다. 수성전을 펼 때 성가퀴에 허수아비를 군사처럼 세워 적을 속여 본 적은 있지만 바닷가에서 신통방통하게 그런 위장전술을 썼다고 하니 놀라지 않을 수 없었다.

"뭣을 고로코롬 놀래분게라. 하늘이 안개를 내려 우리덜을 도와준 거지라."

"왜적덜은 반다시 복수를 허는디 그 뒤 방략은 뭣이었소?"

김억추의 물음에 염걸이 작년 가을의 전투를 떠올리며 대답했다. 왜적들이 정수사에 있는 동종 등 보물을 노략질할 것 같아 협곡 초입에서 매복하고 있었는데 그 작전이 맞아떨어져 작은 숫자의 의병으로 왜적을 퇴각시켰다고 차분하게 설명했다. 그러나 희소식만 들은 것은 아니었다. 황대중이 작년 남원전투에서 순절한 이야기를 듣고는 가슴이 아팠다. 그뿐만 아니라 남당포에서 왜적을 맞아 싸우다가 전사한 김홍업 부자 이야기도 비통하기는 마찬가지였다. 염걸이 말했다.

"모다 피난 가불고 사람덜이 을매 읎지라. 집안 가노덜과 가차운 친지 덜로 급조된 의병으로 남당포에 올라온 왜적덜을 격퇴헌 것까진 좋았 는디 그만 김 공(公) 부자가 순절했그만요."

"왜적덜 습성으로 볼 때 남당포를 잘 방어해부러야 쓰겄소."

김억추는 왜적들이 또다시 남당포를 침략할 것으로 믿었다. 남당포에 는 세곡을 모아두는 군창이 있는 데다 강진 관아까지 5리 남짓밖에 안 되고 전라병영성도 멀지 않기 때문이었다. 염걸이 간 뒤 김억추는 동생 들을 불렀다. 첫째 동생 김만추와 막냇동생 김기추가 영우로 들어왔다. 밖에는 여전히 눈보라가 미친 듯 울부짖고 있었다. 영우 지붕에 얹은 이 엉을 뜯어가기라도 할 것처럼 사납게 불었다.

"만추야, 남당포를 댕겨와야겄다. 말을 준비하그라."

"성님, 날씨가 요런디도 출타허실라요?"

"기추야, 시방 방비허지 않으믄 크게 후회헐 것 같다. 강진이 왜적에 게 뚫리믄 호남은 쑥대밭으로 변허고 말 것이란마다."

"눈보라가 횡횡허는디 으디를 가신단 말인게라우?"

"남당포가 으쩐지 돌아보고 오자. 왜적이 움직이지 않는 시안이 방비 허기에 적기인게, 이때를 놓치믄 에러와질 거 같다."

김억추는 겨울을 이용할 줄 아는 이순신의 지략에 늘 감탄했다. 보통의 수군장수들은 왜적의 침략이 사라지는 겨울에는 군량미를 절약하기 위해 수졸들을 휴가 보내는데 이순신은 달랐다. 오히려 이순신은 겨울 내내 수군을 모으고, 판옥선을 건조하고, 해로통행증을 발급하여 군량미를 받아 비축했다. 이순신이 명량해전을 끝낸 뒤 겨울 내내 보화도(현 고하도)에 진을 친 것은 순전히 그런 이유 때문이었다.

"통제사께서 보화도로 간 이유가 뭣이겄냐."

"전력을 보강하러 갔겄지라."

"맞다. 명량싸움에서 이기긴 했지만 전력의 열세를 뼛속 깊이 절감허고 보화도로 갔느니라."

"근디 성님은 통제사 나리헌티 섭섭허지 않는게라우? 명량싸움에서 성님을 모든 장수덜의 머리로 삼아 싸왔어야지라. 고것이 순리라고 생각허는디 지 말이 틀린게라우?"

"우리가 이긴 싸움인디 먼 말을 고러코름 허냐. 결과가 좋으믄 다 좋은 것이여."

"성님께서 더 큰 공을 세와불 수 있었는디 후위장으로 빼분께 공이 적어진 거라. 성님 배를 탄 지덜도 공 세울 기회가 적아졌고라."

김억추는 잠시 눈을 감았다. 동생들과 명량해전의 전공을 놓고 티격태격하는 것이 체통에 맞지 않는다는 생각이 들어서였다. 김억추는 이순신을 뛰어난 명장이라고 인정했다. 다만 이순신을 끊임없이 비난했던 좌의정 김응남이 자신을 전라우수사로 추천했다고 해서 잠시 시큰둥하게 대했던 때가 있었고, 이순신 휘하의 조방장 등이 전투 중에 그를 은 근히 견제했지만 다 이해할 수 있는 인간의 감정이었던 것이다.

"쓰잘떼기없는 소리 허지 마라. 그래도 통제사께서 전하께 '영남의 보전은 호남에 있고, 호남의 보전은 우수사 김억추의 방략에 있었다'고 장계를 올린 적이 있느니라. 통제사 맴이 이러하거늘 니덜은 으째서 속 좁은 소리만 허느냐."

"사실인게라?"

"전하께 올리는 장계인디 어치게 거짓을 올리겠느냐."

"만추 성님은 영우를 지켜야 헌께 지가 성님을 남당포로 안내헐라요."

"그러거라."

김억추는 영우 밖으로 나와 말에 올라탔다. 말은 병사에게 지급된 준마였다. 김억추가 발로 말의 배를 차자마자 말이 머리를 쳐들고 갈기를 흔들었다. 그러자 김기추가 재빨리 김억추 뒤로 뛰어올랐다. 보은산 산허리 까치내재를 지나면 강진 바다가 멀리 보였다. 남당포는 강진 바닷가 가운데 갈대밭이 가장 넓게 펼쳐져 있으며, 세곡선과 장삿배들의 출입이 빈번한 포구였다.

며칠 후 김억추는 상중이었으므로 머리에 검은 갓인 흑립(黑笠)을 쓰고 허리에는 흑대(黑帶)를 둘렀다. 흑대란 벼슬이 낮은 관리들이 착용하는 허리띠였다. 부모상을 당한 자식은 품계가 높아도 화려한 허리띠를 두를 수 없었다. 삭풍은 여러 날 계속 불었다. 따귀를 올려붙이듯 인

정사정없이 휘저었다. 그래도 김억추는 강진에 거주하는 토병들을 불러 모아 남당포 일대에 목책을 치고 군창의 곡식은 보은산 창고로 옮겼다. 군창의 곡식을 노략질하기 위해 왜적들이 자꾸 침입하기 때문이었다.

김억추는 남당포 군창을 무기고로 바꾸었다. 강진 관아의 활과 창 등을 남당포 군창으로 옮기고 도끼나 낫, 괭이 등의 농기구를 토병들에게 가져오게 하여 군창에 보관했다. 왜적과 싸울 무기를 어느 정도 확보하고 나서야 훈련을 시켰다. 김억추 자신도 함경도 무이보 만호 시절로 되돌아간 듯했다. 토병들과 함께 얼어붙은 땅바닥을 뒹굴며 공격과 방어 훈련을 반복했다. 강훈련 때문에 토병들의 불만이 터져 나올 무렵의 그믐날 밤이었다. 갈대밭 깊숙이 경계를 나갔던 탐망군이 김억추가 있는 움막으로 달려왔다.

"병사 나리, 왜선 한 척이 가찹게 오고 있습니다요."

"왜선인지 어치게 알았느냐?"

"왜놈 말을 똑똑하게 들어부렀습니다요."

"알았다. 내 명이 떨어질 때까지는 절대로 몬자 활을 쏘지 마라."

김억추는 왜적을 갈대밭 안쪽으로 유인했다. 마침 삭풍은 바다 쪽으로 불어갔다. 김억추는 갈대밭 속에서 거뭇거뭇한 왜적의 투구가 보일 때까지 공격을 미루었다. 강진 토병들도 숨을 죽이며 목책 밖의 참호 속에서 김억추의 명령을 기다렸다. 왜적들은 목책이 쳐져 있는 줄도 모르고 선창으로 접근하고 있었다.

이윽고 김억추가 불화살을 쏘았다. 공격개시 신호였다. 수십 발의 불화살이 갈대밭으로 날아갔다. 바싹 마른 갈대는 불화살의 불이 붙자마자 무서운 기세로 타올랐다. 왜적들이 불길을 피해 선창으로 왔지만 목책을 넘지 못했다. 토병들이 함성을 지르며 활을 쏘아대자 다시 갈대밭으로 도망쳤다. 그러나 갈대밭은 이미 불바다로 바뀌었고 강진바다는 대낮처럼 밝게 변했다. 갈대밭 너머로 왜선 한 척이 보이자 김억추는 불화살을 활에 걸었다. 왜선은 왜적들이 타고 온 관선이 틀림없었다. 불길이 치솟아 대낮같다지만 왜선까지는 먼 거리였다. 그래도 왜선을 분멸해야만 갈대밭으로 들어온 왜적들을 다 죽일 수 있었다.

"내 성제덜을 죽인 놈덜! 인과응보여."

김억추가 쏜 불화살은 정확하게 왜선에 꽂혔다. 왜선의 돛에 불이 붙었다. 삭풍까지 가세한 탓인지 왜선은 불이 붙은 지 얼마 후에 바다 속으로 가라앉고 말았다.

"들어가지 말어라. 잔불이 살아있다. 왜적덜은 다 몰살했응께 들어갈 필요가 읎다."

갈대밭은 나흘 동안 무섭게 탔다. 잔불이 남아 삭풍이 불면 다시 살아나곤 했으므로 몇 명의 왜적이 죽었는지도 파악하기 힘들었다. 시커멓게 잿더미로 변한 뒤에도 갈대밭은 몇 날 며칠 동안 연기를 피워 올렸다.

겨울이므로 조선군사가 방심할 것이라고 침입했지만 오히려 왜 수군이 크게 당한 남당포전투였다. 남당포전투 이후 순천왜성에 웅거한 왜 수군은 강진은 물론 장흥까지도 침입하지 못했다. 염걸과 김홍업에 이어 흑립을 쓰고 흑대를 두른 김억추의 방비작전이 왜 수군에게 공포를 주었으므로 그랬다.

　나주목 목포진 앞의 보화도에서 판옥선 40척에 수천 명의 군사와 군량미 2만 석을 싣고 2월 17일에 고금도로 온 이순신도 강진의 남당포전투를 보고받고는 크게 안심했다. 조정에서도 상중인 김억추에게 경상좌병사라는 직책이 있음에도 불구하고 격에는 맞지 않지만 강진현 소속인 완도 가리포 첨사로 이름만 올리도록 조치했다. 가리포가 서남해의 중심으로 왜적을 방어하는 데 최전방 중추 요해지이기 때문이었다.

　이순신은 고금도에 임시 통제영을 설치한 뒤 지척의 거리에 있는 남당포를 찾아와 주둔 군사를 격려하고 바로 돌아갔다. 김억추는 이순신이 조문을 올까 하고 작천의 집 영우에서 기다렸지만 이순신은 다녀가지 않았다. 이를 두고 김만추가 투덜거렸다.

　"통제사 나리께서 문상도 안 허고 가버리시다니 섭섭하그만요."

　"가만히 생각해본께 그럴 수밖에 읎겄다."

　"성님도 참말로 웽간허시오잉."

　"통제사도 상중이시니라. 긍께 여그 오시는 것을 삼갔을 것이다."

　이는 김억추 역시도 마찬가지였다. 이순신이 고금도에 임시 통제영을 설치하여 머물고 있다지만 함부로 영우를 떠날 수 없는 형편이었다. 서로가 부모상중인 몸이어서였다.

　그러나 7월 16일 명나라 진린 도독이 5천 명의 명 수군을 거느리고 고금도에 왔을 때는 경우가 달랐다. 김억추는 진린 도독을 만나기 위해

7월 17일 남당포에서 협선을 타고 갔다. 진린은 김억추의 이력을 알고 있는지 두 손을 맞잡으며 반갑게 맞았다.

"김명원 대감에게 들었소. 우리나라에 사신 일행으로 왔다지요? 우리말을 좀 할 줄 아오?"

"황제의 나라 수도에 두 번을 드나들면서 조금 익혔습니다."

김억추는 명나라 말로 대답했다. 그러자 진린이 마치 본국의 동지를 만난 것처럼 김억추를 덥석 껴안았다.

"우리 천군(天軍)과 조선군 간에 중책을 맡아주시오."

"도독의 말씀은 고마우나 소장은 상중이어서 아쉽습니다."

"오호, 문상하지 못하는 내가 오히려 안타깝소."

김억추는 이순신이 명나라 장수들을 위로하기 위해 마련한 다회(茶會)까지는 참석하지 못했다. 이순신에게 진린 도독을 만나고 돌아간다는 보고만 하고 남당포로 돌아왔다. 그것이 진린과의 첫 만남이자 끝이었다. 물론 이순신과도 허심탄회하게 술 한 잔 나누지 못한 채 마지막 만남이 되고 말았다. 다음 날 7월 18일 이순신의 조선 수군과 진린의 명나라 수군이 합세한 조명연합수군은 흥양 앞바다에 왜선 1백여 척이 나타났다는 탐망군관의 보고를 받고는 흥양 절이도(현 거금도)로 출진했던 것이다.

승전의 소식은 이틀 만에 김억추에게도 전해졌다. 장흥 관아의 전령이 공문을 들고 왔다. 절이도전투는 조명연합수군의 최초 승리였다. 조선 수군이 앞에서 싸우고 명나라 수군은 뒤에서 외호하는 데 그쳤지만 어쨌든 절이도전투의 승리는 이순신과 진린의 합동작전 결과였다. 흥양 바다를 제압한 조명연합수군은 나로도로 진을 옮긴 뒤 순천왜성 앞의 장도를 드나들면서 화포공격을 하는 등 국지전으로 왜군을 위협했다. 왜성에 웅거하고 있는 고니시의 왜군을 토벌하기 위해 육지와 해상에서 압박했다. 도요토미 히데요시가 죽은 뒤 그의 대신들이 철군을 결정하고 이미 고니시에게도 전한 바 이순신은 광양만 노량바다에서 최후 일전을 벼르고 별렀다.

수인산과 보은산의 단풍이 된서리 찬바람에 시나브로 떨어지는 날이었다. 영우를 지키며 근신하고 있던 김억추는 김만추를 불렀다. 문득 사촌 동생 김인복이 생각나서였다.

"인복이는 요새 뭣허고 지낸다냐?"

"팔 하나를 잃어불고 실의에 빠져 지내는 모냥이그만요."

"못난 놈. 긍께 정월달에 문상 한 번 오고는 몇 달이 지나도록 코빼기도 안 비친다냐?"

"명량서 병신이 돼부렀응께 그러겄지라."

"잃어진 팔 하나가 명예고 훈장인지 모르는 바본갑다. 얼능 인복이를 끄집고라도 오그라."

김만추가 날이 저물 녘에야 김인복을 데리고 왔다. 의기소침하고 핼쑥한 모습으로 영우에 들어서더니 곡을 했다. 김억추는 김인복을 나무라지 않고 오히려 따뜻하게 대했다.

"인복아, 나를 도울라고 명량에 왔다가 요로코름 돼부렀구나. 내가 다시 벼슬자리에 나가믄 반다시 니를 델꼬 댕길 것이다. 긍께 어깨를 펴고 댕겨라. 니에게 팔 하나 읎는 것이야말로 나라의 은혜에 보답했다는 증표가 아니겠느냐."

"성님, 말씸을 듣고본께 지가 생각을 잘못했그만요. 내 몸은 나라의 몸인디 내 것인 줄만 알고 있었그만요. 앞으로는 팔 하나가 마저 떨어질 때까정 왜놈덜허고 싸와불라요."

"그래. 잘 생각했다. 명량에서 죽은 대복이나 응추가 니 말을 듣는다면 아조 좋아헐 것이다."

그런데 그날 밤 김억추는 강진 관아에서 달려온 통인의 공문을 받고는 캄캄한 밤하늘을 쳐다보면서 장탄식을 토해냈다. 공문에는 이순신이 광양만 노량해전에서 대승을 거뒀지만 11월 19일에 적탄을 맞아 순절했다는 내용이 적혀 있었다. 그믐밤에다 구름이 짙은 날이어서 달도 별도 보이지 않았다. 한 점 별빛도 없는 그저 캄캄한 밤이었다. 김억추는 비탄에 빠졌다.

"끝이다, 끝이여. 나라의 오른쪽 어깻죽지를 잃어부렀구나. 진남(鎭南)의 절의를 누가 바로 잡고 세울까? 이 공(公)은 어지런 시상을 건지시고 영웅이 되시어 눈을 감으셨구나."

김억추가 탄식을 하면서 내뱉은 '이순신이 어지러운 세상을 건졌다'는 말은 마침내 생지옥 같은 임란 7년 전쟁이 끝났다는 의미였다. 김억추는 영우 안에 들어서 몇 번이나 탄식하고 끝내 눈물을 흘렸다.

이별주

선조 34년(1601).

김억추는 충청병사를 제수 받자 동생 김기추와 김인복을 군관 삼아 데리고 올라갔다. 팔이 하나 없는 김인복은 어디로 부임해 가든 부르겠다고 약속한 바 있었으므로 각별하게 배려했다. 동생들과 함께 근무한다는 것은 형의 도리를 다하는 일이기도 했다. 그래도 김억추는 마음이 개운하지 못했다. 선친의 삼년상을 다 마치지 못하고 떠나는 것이 못내 아쉬웠다. 그것은 자식으로서 큰 불효였다.

그뿐만 아니라 지금까지 나라에 불충한 것도 마음에 걸렸다. 무술년(1588년)에는 경상방어사 겸 밀양부사, 재작년(1589)에는 경상좌병사, 작년에는 제주병사를 임명받았지만 삼년상 중이었으므로 들쑥날쑥 충실치 못했던 것이다. 김억추는 무술년에 별세한 좌의정 김응남을 만났을 때 나누었던 말이 새삼 떠올랐다.

"의리가 읎으믄 충신이 아니요, 사사로운 정이 읎으믄 효자가 아닌 것 같그만요. 요럴 때는 어치게 해야 공적인 일과 사사로운 일 두 가지, 충과 효를 온전히 같게 할 수 있을게라?"

"효도의 도리란 어버이를 섬기는 것이 시작이요, 임금님을 받드는 것이 중간이요, 이름을 날리는 것이 마지막일 텐데 그대는 충과 효를 겸했으니 이제 이름을 드날리는 것이 효도의 마지막인즉 그대가 아니라면 누구겠소?"

충청병사 관아가 멀리 보였다. 그런데도 김억추가 얼굴을 일그러뜨리고 있자 김기추가 물었다.

"성님, 몸이 불편허신게라우."

"맴이 편치 않그만."

"아부지 삼년상 땜시 그러지라?"

"은젠가 좌의정 대감께서 효도의 시작은 어버이를 섬기는 것이라고 허시드라. 상례의 시작을 다 허지 못헌 채 가고 있으니 맴이 영 불편허다야."

김인복이 끼어들어 말했다.

"성님, 잊어부씨요. 작천을 떠날 때 원근 사람덜이 모다 위로허고 감복허지 않았는게라. 성님 같은 효자는 읎다고라."

"아버님이 살아겨실 때나 돌아가신 뒤에나 지극정성인 사람은 만추만 한 동상이 읎어야. 만추 동상은 복 많이 받을 것이다."

"고거야 우리덜이 나가서 싸울 때 만추 성님은 재가봉친허기로 약조했응께 그라지라."

김기추가 형제간에 약속한 김만추 역할을 강조하며 한마디 했다.

"니덜 말은 고맙지만 나는 부덕하여 충도 효도 내세울 것이 읎어야. 임진년에 임금님 대가를 호종함서 세웠던 내 원이 뭣이었는지 아느냐?"

"왜적을 물리쳐 이기는 것이었겄지라."

"고건 겉으로 드러난 원이었제."

"속맴이 따로 있었단 말인게라?"

"나라가 풍전등화 같았을 때 내 속맴은 수길(秀吉, 도요토미 히데요시)의 머리를 베어다가 임금님이 겨시는 북궐(北闕)에 거는 것이었제."

김기추가 큰 소리로 말했다.

"지보다 성님을 잘 아는 사람이 또 으디 있겄소. 성님이야말로 충도 효도 다 갖춘 분이지라."

"하늘이 우리덜을 보고 웃겄다야. 성제덜이나 자신의 입으로 충이니 효니 자화자찬허지 않는 벱이다."

충청병사에 부임한 김억추는 다음 날부터 전쟁으로 부서진 관아 건물들을 복원하는 일부터 했다. 군적 정리나 무기고, 군창 등 우선순위를 정해놓고 시작했다. 그렇다고 양민들을 함부로 울력에 동원하지 않았다. 그보다는 피난 갔던 양민들이 편안하게 고향에 정착하도록 도움을 주었다. 피난민들이 군역에 종사하지 않은 허물도 묻지 않았다. 목숨을 부지하기 위해 불가피하게 피난 갔다가 돌아왔으므로 천재지변이나 다름없는 일이라고 판단해서였다. 생고생한 군관들이 죄를 묻자고 주장했지만 김억추는 그들을 설득했다.

"그대덜이 보지 않았는가. 길바닥에 해골이 나뒹군 지난 시절은 생지옥이나 다름읎었네. 피난민덜이 아무리 잘못을 저질러부렀다고 해도 불문에 붙여야 허네. 고향은 어머니맹키로 피난민덜을 모다 품어주어야 허네. 오히려 돌아온 피난민덜을 고맙게 여겨야 쓰네. 묵은 논밭이라도 피난민덜 손길이 미쳐야만 농작물이 다시 자랄 거 아닌가."

김억추는 봄이 되자 관아에 있는 정예 군사를 풀어 양민들의 농사일을 거들게 했다. 그는 함경도 무이보 시절에 군전을 일구고 감독한 경험이 있었으므로 그런 조치들을 자신 있게 내렸다.

그런데 그 무렵이었다. 선전관이 공문을 한 장 가지고 달려왔다. 영의정 이항복이 전라좌수영을 순시한 뒤 상경하여 선조에게 이순신 신위를 봉안할 사당이 필요하다고 건의한 바, 그곳에 충민사를 짓게 됐는데 충청병사도 지원하라는 어명이 적힌 공문이었다. 충민사 건립에는 삼도 수군통제사 겸 전라좌수사인 이시언이 총감독을 맡는다는 내용도 쓰여 있었다. 김억추는 동생들을 불렀다.

"기추야, 인복아, 이 통제사 사당이 여수에 세워질 모냥이다. 협력하라는 어명이 내려왔다. 기추는 여그서 차출헐 수 있는 목수덜을 알아보그라. 그라고 인복이는 군창에 곡식을 점고해 보그라. 아마도 목수덜 요미로 많은 군량이 필요헐 것인께."

"예, 병사 성님. 근디 시방 통제사는 누구신게라?"

"이시언 장수다. 여그 충청병사를 지내다가 내려간 분이제."

"소문인디 육전에는 능허지만 수전에는 서툴다고 허던디요. 인사가 잘못된 거 아닌게라?"

"사변이 종식됐응께 먼 상관있겠느냐."

"좌의정 대감이 살아겨셨으믄 성님을 추천했을 거 같그만요."

"느그덜은 으째서 머리를 복잡허게 굴리고 사느냐. 장수는 입이 읎어야 헌디 말이다."

목수들은 병영성의 말을 주어 태워 보내고, 군량은 충청수사의 협조를 받아 배편으로 운송하면 될 터였다. 김억추는 그날 밤 해시쯤 벼루에 먹을 갈았다. 오랜만에 묵향이 동헌방 안에 번졌다. 칼과 활만 잡고 살아왔던 무장이 시를 쓴다는 것은 특별한 일이었다. 김억추는 이 통제사가 순절했다는 공문을 받고 오열했던 그날이 선명하게 떠올랐다. 이순신은 함경도 시전부락에서, 명량 바다에서 목숨을 걸고 함께 싸웠던 그의 상관이자 동지였으므로 더욱 한스러웠던 것이다. 김억추는 머릿속에서 맴도는 시상을 글로 풀었다. 이순신을 추모하는 시였다.

남녘 진압한 의리와 절의를 지금 누가 세웠는가
바로 이순신 통제사께서 세상을 구제하시던 때에
영웅은 한 번 떠남으로써 돌아가실 때 돌아가시니
나도 비탄에 빠져서 머리를 돌리기조차 더디구나.
鎭南節義今爲誰
正時李公濟世時
英雄一去死於死

使我悲兮回首遲

다음 날 아침 일찍 김억추는 동생들을 또 불렀다.

"일각이 여삼추여. 목수덜허고 군량은 점고해봤냐?"

"예, 병사 성님."

"그라믄 즉시 기추는 목수덜을 델꼬 전라좌수영으로 가고, 인복이는 군량미를 선적허고 나서 배를 타고 가그라. 모르긴 해도 물자가 부족헌 께 모다 손을 놓고 있을 것이다. 지긋지긋헌 사변 7년에 뭣이 남아 있겄 느냐."

이순신 추모시를 건네받은 김기추는 며칠 뒤 바로 충청병영성을 떠 났다. 김인복은 군량을 배에 실어야 했으므로 더 늦게 출발했다. 충민사 를 건립하는 데 충청도는 물론이고 전라도, 경상도 관아에서 물자와 인 원을 능력껏 지원했다. 전라도의 수사와 첨사, 군수, 만호들은 할당받은 책임량이 많았으므로 더 애를 썼다.

충민사가 조성되고 있는 중에 김억추는 여주목사로 부임해 갔다가 전라병사를 제수 받았다. 그런 뒤 충민사 건립 공로로 선조에게 조선 에서는 생산되지 않는 아주 희귀한 보물인 산호채찍(珊瑚鞭)을 하사받 았다.

전라병영성은 고향 강진에 있었으므로 몸에 병이 생기더라도 맡은 바 공무를 다할 수 있는 곳이었다. 실제로 김억추는 뚜렷한 병명을 모른 채 가끔 시름시름 앓고 있던 중이었다. 조선 삼천리 전쟁터를 이리저리 옮겨 다니며 풍찬노숙한 몸이 낡은 수레바퀴처럼 닳아버린 탓이었다. 반석 같은 그의 어깨는 점점 허물어지고 낙락장송처럼 훤칠했던 그의 허리도 어느새 굽어지고 있었다.

전라병영성은 예전처럼 변함이 없었다. 임란 동안 무너졌던 성은 견고하게 단장한 상태였고, 성 밖의 초가들은 새롭게 이엉을 얹어 산뜻했다. 수인산 망루에서 보면 금강천이 또렷하게 보일 정도로 작천마을은 병영성에서 지근거리에 있었다. 금강천 좌우로 펼쳐진 들판에서는 벼들이 강진 바다의 파도처럼 파랗게 물결쳤다. 작천마을이 가까워서인지 김억추의 친인척들이 자주 병영성을 들락거렸다. 하루는 김만추가 찾아왔다.

"영우 제사상은 잘 철상했그만요. 아버님은 좋은 디로 가셨을 거 같어라우. 금곡사 스님덜이 따로 사십구재를 지내줬는디 고로코름 말허드랑께요. 인자는 성님 건강이 걱정이어라."

"사실은 충청도 올라갈 때부텀 숨이 쪼깐 가쁘더니 인자 허리도 쑤셔불고 그런다."

"성님이 고향으로 오신께 지 맴이 놓이그만요. 금강천 쏘가리 많이 자시고 심을 내셔야지라. 남당포 싱싱헌 돔새끼도 맛이 아조 좋아라."

"고상은 니가 젤 많이 했제. 재가봉친이 을매나 에러운 일인지 나는 안다. 니가 우리 성제덜 중에 효 제일이여."

"이이고메, 병사 성님, 고런 말씸 마시씨요. 나는 원래 체력이 약골이어서 집에 남은 것이제, 효도 잘헌다고 남았다요? 성님이야말로 우리 집안에 별이지라. 우리 일가친척을 모다 살린 별이지라."

"만추야, 내가 별이라믄 니는 달이다. 니 성품이 본시 자애롭지 않느
냐. 하하하."

김억추는 오랜만에 너털웃음을 터뜨렸다. 그러나 곧 얼굴을 찡그리
며 쿨럭쿨럭 마른기침을 토해냈다.

"병사 성님, 다음에 올 때는 성님 좋아허시는 또랑새비젓 가지고 올
게라. 성님은 집에 겨실 때 또랑새비젓만 있으믄 따땃한 밥 두 그릇쯤은
눈 깜짝헐 새에 비어부렀지라."

"음석 얘기헌께 옛날 생각난다야. 출사허기 전인 그때가 좋았는갑다."

김억추는 김만추가 간 뒤에는 동헌방에 드러누워 한참을 쉬었다. 눈
을 뜨고 있는데도 알성시 무과를 급제했던 젊은 20대부터의 세월들이
회칠한 천장에 펼쳐지면서 빠르게 흘렀다. 선조 앞에서 6냥짜리 활로
시범을 보였고, 김명원의 추천으로 임금의 대가 앞에서 교룡기를 들었
고, 김명원이 중국사신으로 갈 때 무관으로 따라갔고, 이이의 추천으로
함경도 무이보 만호가 되었고, 두만강 시전부락 전투에서 이순신과 함
께 싸웠던 것이다. 또한 선조가 의주로 몽진할 때 선조의 부름을 받아
호종했고, 평양성탈환전투에서 대동강 수군대장과 뒤에 주사대장을 했
던 것이다. 그런가 하면 전라우수사가 되어 이순신을 회령포진에서 재회
한 뒤 명량 바다로 나아가 자신이 왜 수군 선봉장 구루시마 미치후사를
활로 쏘아 죽인 여세로 싸워서 크게 승리했고, 이순신이 광양만 노량바

다에서 대승을 거둔 날에 순절했던바 그때 자신은 부친상을 당하여 집에 있던 중 소식을 전해 듣고 비탄의 눈물을 흘렸던 기억이 어제의 일처럼 선명하게 떠올랐다. 김억추는 혼잣말로 중얼거렸다.

"장수로서 적에게 잽혀 머리를 내주지 않은 것만도 천운이여. 부모가 준 몸을 지켜온 것만도 하늘이 날 도운 것이여."

그러나 벼랑에 선 바위가 풍상에 쪼개지듯 김억추의 몸도 어쩔 수 없이 세월을 비켜날 수는 없었다. 막내 당숙 김충질은 김억추의 건강을 누구보다도 더 걱정했다. 김억추를 만나러 병영성을 자주 찾았다. 병영성에 올 때는 빈손으로 오는 법이 없었다. 기력 회복에 영험하다는 민물고기 즙을 노비에게 시켜 항아리에 담아오곤 했다. 감초 물에 붕어나 잉어를 고아 달인 즙을 노비가 들고 오게 했던 것이다.

"병사 조카, 돌아가신 성님도 붕어 즙을 잡수시고 심을 냈제. 긍께 병사 조카도 드시게, 효험이 있을 틴께."

"당숙님, 못난 조카 땜시 성가시겠그만요."

"성가시다니. 우리 집안을 살린 병사 조카신디 내 뭐라도 시키기만 허믄 당장에 허겄네."

김기추도 멀리서 구해온 보약을 들고 왔다.

"성님, 인자는 쉬셔야 헐랑갑소. 성님이 작천에 겨시믄 일가친척덜이 심을 내겄지라. 사변 후에 모다 뿔뿔이 흩어져서 작천도 인자 옛날 같지 않고 적막해라우."

"그래, 니나 당숙 맘을 알겄다. 높은 벼슬을 제수 받는다고 해도 이 몸으로 으디를 떠돌겄냐. 부실헌 몸으로 부임지를 돌아댕기는 것도 불충이제. 내 맴이 단단히 정해졌응께 지달리고 있그라."

김억추는 곧 동생과 당숙에게 약속한 바를 지켰다. 전라병사 벼슬에서 더 이상 나가지 않았다. 여러 높은 벼슬을 제수 받았지만 나아가지 않고 "왜적이 이미 평정돼부러 나라가 다시 살아났응께 대장부가 나라에 보답하고자 심쓰는 것도 여그서 끝났다." 하고 사직했다. 59세 때 나아가고 물러나는 진퇴(進退) 중에서 단호하고 분명하게 퇴(退)를 결심했던 것이다. 김억추는 작천 옛 마을로 돌아가 금강천이 잘 내려다보이는 언덕에 정사(精舍)를 짓고 전쟁에서 고혼이 된 형제 친척들의 손(孫)들을 불러 위로하고, 멀고 가까운 곳에서 찾아온 후학들에게 자신이 체험한 바를 돌려주듯 곡진하게 이야기해주었다.

이후 김억추는 국화향기가 그윽한 정사로 친인척들을 불러 시를 짓고 조금도 내색하지 않은 채 이별주를 통음하고 난 뒤, 한겨울까지 자신의 죽음을 미루다가 광해군 10년(1618) 1월 23일 71세로 홀연히 눈을 감았다. 나라가 다시 조용해졌음을 알고 떠난 그의 얼굴에는 미소가 희미하게 어렸다. 파란만장한 세월에 깊어진 주름살이 잠시나마 파르르 펴졌다. 김억추가 누워 있는 방 안까지 설매(雪梅)의 향기가 은은하게 감돌았다. 눈이 세상을 평화롭게 덮고 있는 날이었다.

부음이 알려지자, 조정에서는 선조 28년(1605)에 선무원종일등공신으로 녹훈된 김억추에게 정2품의 병조 판서를 추증했다. 5년 뒤 인조1년

(1623)에는 비로소 현무(顯武)라는 시호가 내려지고, 나라에서 현무묘를 조성하여 가정에서나 나라에서나 스스로를 속이지 않았던 김억추의 충과 효를 기렸다.

<끝>

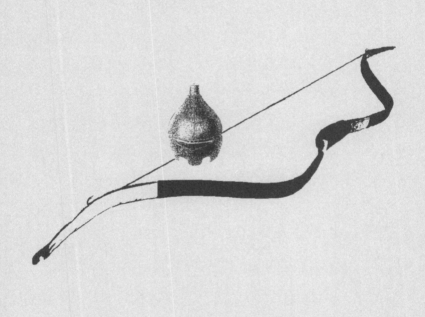

명량해전을 승리로 이끈 명궁수 김억추 장수

영화 <명량>이 천만 이상의 관객이 관람하여 국민영화로 등극한 일이 있다. 나는 당시 이낙연 지사의 초대로 <명량> 감독과 목포 어느 식당에서 저녁을 함께 한 적이 있다. 나 역시 대하소설 《이순신의 7년》을 발간한 바 있으므로 이 지사께서 어떤 공통분모를 느끼고 초대했을 것으로 짐작된다. 그 자리는 토론하는 자리가 아니었으므로 나는 말을 아꼈지만 영화 <명량>에 대한 내 나름의 판단은 분명히 있었다.

영화 <명량>과 내 소설의 차이점 중에는 이순신의 당파전술(撞破戰術)에 대한 해석부터 완전히 달랐다. 당파전술이 전선끼리 부딪치는 것도 되겠지만, 나는 화포(火砲) 사격으로 적선을 분멸(焚滅)시키는 것을 당파전술로 보았음이다. 왜냐하면 전선끼리 부딪치는 것은 바다 위에서 쌍방이 피해를 입는, 물리적으로 불가능한 전술이기 때문이었다.

그런데 이보다 더 큰 잘못인 강단사학자들이나 영화 <명량>의 오류는 전라우수사 김억추 장수의 위상을 폄하하고 왜곡했던 것이 아닐까 싶다. 김억추를 평가 절하하는 듯한 《난중일기》의 두어 구절 때문에 김억추 장수를 고민 없이 무능하고 비겁한 장수로 해석해버린 것이다. 역사인물에 대한 평가는 여러 사료와 관점에서 비롯되어야 한다. 나는 《선조실록》《백사집》《난중일기》《연려실기술》《현무공실기》 등을 참고한 바 김억추 장수를 새롭게 바라보지 않을 수 없었다. 그래서 소설 제목을 《못다 부른 명량의 노래》라고 정했다.

나는 김억추 장수의 위상을 한마디로 평가하라고 한다면 다음과 같이 말하겠다. 전라우수사 김억추 장수는 명량해전에서 이순신 통제사와 함께 눈부신 전공을 세우고도 역사의 뒤안길에 묻혔던 용장이다. 도요토미 히데요시가 특명으로 보낸 해적출신 왜군 선봉장 구루시마 미치후사를 화살 1발로 죽임으로써 전선 13 대 133이라는 전력의 열세에도 불구하고 단번에 전세를 뒤집어버렸던 것이다.

그러나 김억추 장수는 《난중일기》의 다음과 같은 두 구절 때문에 억울하게도 용장으로서 빛을 잃는다. 《난중일기》 정유년 8월 8일, 명량해전 전투 전에 나오는 구절이 첫 번째다. '우수사 김억추는 겨우 만호(萬戶)에나 적합할까 대장감이 못 되는 사람인데 좌의정 김응남이 서로 친밀한 사이라고 해서 함부로 임명하여 보냈다.'

이 구절은 이순신이 김억추보다는 김응남을 비난했다고 보는 것이 옳지 않을까. 이순신을 사사건건 비난하고 원균을 옹호했던 좌의정 김응남이 못마땅하니까 김억추까지 싸잡아 비난했다고 봐야 하는 것이기 때문이다. 두 번째는 《난중일기》 정유년 9월 16일, 명량해전 결전의 날에 나오는 구절이다. '여러 장수들은 스스로 적은 군사로 많은 적과 싸우는 형세임을 알고 달아날 꾀만 내고 있었다. 김억추가 탄 배는 벌써 2마장 밖으로 물러나 있었다.' 이 구절 역시도 김억추는 전선 후미에서 질서를 잡는 후위장 역할을 하느라고 물러나 있었을 뿐이었고, 실제로 전투가 벌어졌을 때는 너무 앞서지 말라고 이순신이 걱정했을 정도로 왜선과 맞붙어서 싸웠던 것이다. 김억추 장수는 충(忠)과 효(孝)를 다했던 장수이다. 나는 김억추 장수가 임진왜란을 종식시킨 장수 가운데 한 분이었다고 확신한다. 김억추 장수를 칭송하는 율곡 이이와 김명원과 이덕형, 유영경의 시를 보면 그의 진면목을 짐작할 수 있다. 왜곡된 역사를 바로잡고 억울한 인물의 위상을 재조명하는 것도 소설가의 몫이 아닐까 싶다.

끝으로 이 소설을 연재하게끔 배려해준 강진군청 이승옥 군수님과 담당 공무원, 사료를 제공해주신 김동진 선생님과 청주김씨 대종회 임원진 여러분께 감사드린다. 어려운 출판환경 속에서도 기꺼이 발간해 세상의 빛을 보게 한 박연 한결미디어 사장님에게도 고마움을 표하고 싶다.

2020년 2월, 이불재에서
정찬주